Elsa Lohe

IL
CIGNO

La Saga degli Altavilla

Copyright © 2024 – Elsa Lohengrin

ISBN: 978-3-9525963-8-8

Tutti i diritti riservati.

Riproduzione vietata con qualsiasi mezzo meccanico o elettronico senza il consenso dell'autrice, eccetto per brevi citazioni in recensioni del libro.

Cover design: EK Graphic Factory

Impaginazione e albero genealogico: RISE - Agenzia creativa per scrittori

La presente opera è frutto della fantasia dell'autrice. Nomi, personaggi, istituzioni, luoghi ed episodi sono fittizi o usati in modo fittizio senza alcuna pretesa di correttezza. Qualsiasi somiglianza con fatti e scenari veri o immaginari o con persone viventi o defunte, vere o immaginarie, è puramente casuale.

Quest'opera è stata creata senza l'ausilio di strumenti basati sull'intelligenza artificiale.

Alcuni contenuti potrebbero disturbare la sensibilità dei lettori.

LA FAMIGLIA D'ALTAVILLA

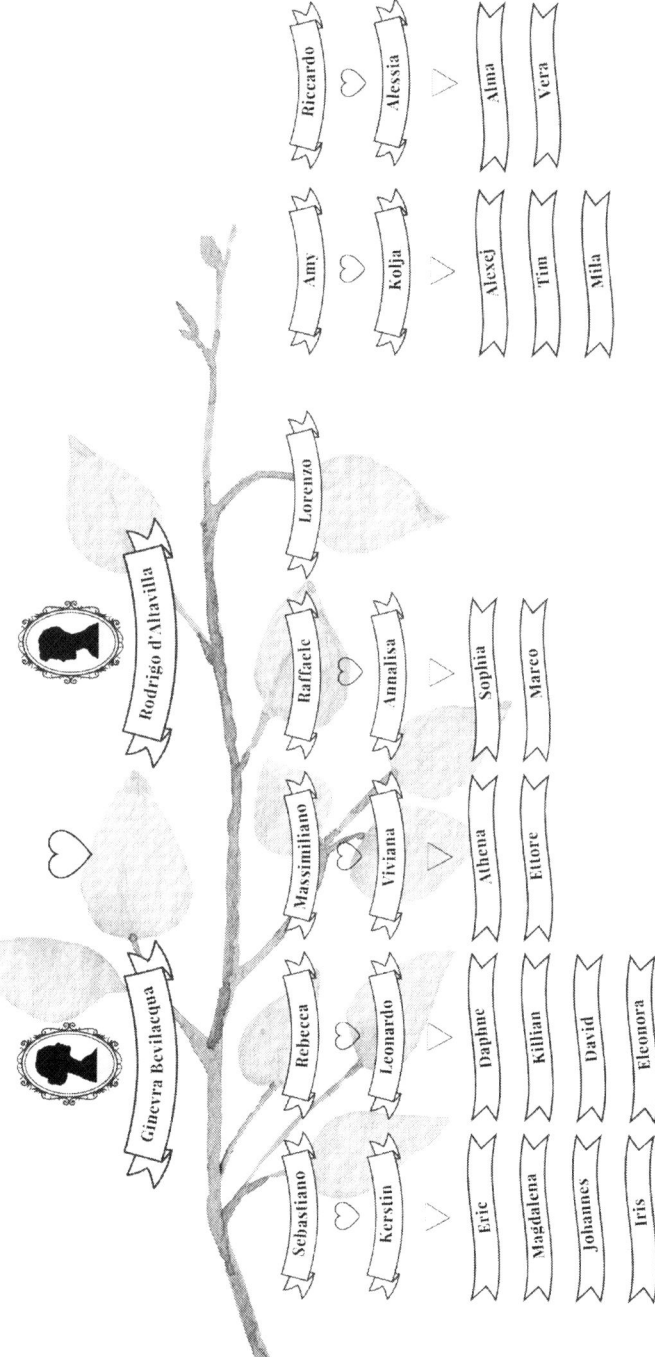

*Per tutti i Cigni di questo mondo,
affinché trovino la forza di spiegare le ali e volare*

*La troverai la Via,
se prima avrai il coraggio di perderti*

— Tiziano Terzani

CAPITOLO 1

Bussai alla porta della sala riunioni del reparto di radiologia dell'Ospedale di Zurigo con tredici minuti di ritardo, mentre cercavo di appuntarmi sul camice immacolato la targhetta di metallo su cui c'era scritto *Dott. K. Altavilla*, caso mai me lo fossi dimenticato. Non avevo ancora risolto il problema dei jeans bagnati, che si appiccicavano rigidi e freddi alle mie tibie sotto i lembi del camice, ma almeno il bruciore al polso si stava attenuando.

Quando aprii la porta, sette teste si voltarono verso di me quasi fossero tante piccole calamite attratte da un magnete di carica opposta. L'ultimo a girarsi fu il Professor Graf, che era seduto a uno dei quattro tavoli ammassati al centro della stanza e dava le spalle alla porta. Sollevò la mano per interrompere il flusso di parole della dottoressa Flury, ma la mia collega si era già fermata di sua spontanea volontà e mi stava fissando come se fossi appena riemerso dall'aldilà.

Il Professor Graf mi osservò al di sopra degli occhiali dalla montatura dorata, evidentemente cercando di processare la mia apparizione. Mi passò in rassegna dalla testa ai piedi: si soffermò prima sui miei capelli castano scuro, che con tutta probabilità erano più spettinati del solito, e poi sui miei jeans in condizioni pietose. La sua espressione non richiedeva spiegazioni.

«*Guten Morgen*» lo salutai, resistendo alla tentazione di omettere il *guten*, sebbene ne avessi ogni motivo.

«Oh, Doktor Altavilla! Che piacere riaverla tra noi.» Il tono di Graf trasudava sarcasmo come sempre quando si rivolgeva a noi assistenti.

Strinsi i denti e sollevai appena il mento. «Mi scusi per il ritardo» dissi. «In realtà ero qui alle sette, ma sono scivolato sugli scalini all'ingresso.»

Non ero del tutto sicuro che quella giustificazione avrebbe giocato a mio favore, ma volevo che capisse che non era colpa mia. Sapevo che stavo camminando sulla cresta di una montagna con un precipizio su ciascun lato: nel mondo secondo Graf, quei due strapiombi si chiamavano Carenza di professionalità e Ritardo. Come in montagna, l'unica cosa da fare era tenere gli occhi puntati sulla meta ed evitare di mettere un piede in fallo. Avevo già rischiato di fratturarmi un paio di ossa neanche mezz'ora prima.

«È solo una distorsione al polso. Gli scalini sono una lastra di ghiaccio» spiegai a tutti e a nessuno per colmare il silenzio che regnava nella stanza. I miei colleghi mi guardavano, alcuni preoccupati, altri cercando di nascondere un sorriso divertito.

«I corrimano sono stati inventati per qualcosa» disse Graf.

«Infatti mi sono aggrappato alla ringhiera, ma pure quella era scivolosissima e mi si è storto il polso mentre cadevo.»

Le ultime scintille degli impulsi luminosi che erano esplosi nel mio cervello stavano ancora facendo ardere il mio avambraccio fino al gomito. Avrei avuto una gran voglia di denunciare l'Ospedale per non aver provveduto a liberare le scale dal ghiaccio della notte.

«Dunque la sua capacità di lavorare è compromessa» concluse Graf.

Ero davvero un cretino. Perché non mi ero limitato a scusarmi?

«Ho preso del paracetamolo. Tra poco sarò di nuovo a posto.» E anche se non lo fossi stato, non avrei permesso al dolore di pregiudicare ulteriormente la mia situazione. Avevo trascorso metà della notte sui miei manuali per riuscire a dare il meglio di me quella mattina e dimostrare a Graf che, nonostante i miei ventisei anni, sapevo quello che stavo facendo e non intendevo essere la causa del mio fallimento. Soprattutto considerato quanto felice sarebbe stata Mélanie se fossi riuscito a fare carriera all'Ospedale.

«Magari potrebbe farsi stabilizzare il polso da qualche collega.» Lo sguardo di Graf scivolò in direzione della Flury, che non poteva vedere il suo volto.

Senza riflettere feci la stessa cosa. La Flury era in piedi accanto al diafanoscopio acceso, su cui spiccavano le lastre di un bacino fratturato. Indossava uno di quei completi con gonna a colori pastello e camicia bianca che le dottoresse amavano portare al posto dei comuni camici. In pediatria potevo anche capirne il senso, ma da noi? Perché farsi belle per analizzare dei radiogrammi? I suoi capelli neri, tagliati alla Cleopatra, sembravano non crescere mai e tutto il suo aspetto, dagli orecchini abbinati ai fiori sulla sua gonna alle scarpe in tinta, era curato nei minimi dettagli. Quando i nostri sguardi si incrociarono, arrossì e si portò alla guancia una mano dalle unghie laccate di rosa perla nel vano tentativo di nascondere la sua reazione.

Nelle condizioni trasandate in cui ero, la differenza tra noi mi parve ancora più stridente del solito. Per un attimo mi pentii di non aver dato retta a Mélanie, che mi aveva amorevolmente suggerito di andare a tagliarmi i capelli proprio il giorno prima, facendomi notare che, quando superavano il centimetro e mezzo, cominciavano a crescere in tutte le direzioni come se la natura avesse scambiato le mie caratteristiche somatiche con quelle di un porcospino. Purtroppo non le avevo dato retta e ora temevo che quel piccolo dettaglio non stesse contribuendo a perorare la mia causa.

«Continuate pure» dissi, facendo loro cenno con la mano lesa che riprendessero la discussione. Una scarica di dolore mi attraversò il braccio e non riuscii a nasconderlo.

«Sono sicuro che qualcuno sarà molto lieto di assisterla più tardi» rincarò la dose Graf. «Ora, per quanto ci dispiaccia per la sua disavventura, dobbiamo effettivamente riprendere, perché abbiamo una tabella di marcia piuttosto serrata oggi. La stanza 301 è tutta sua, in ogni caso.»

Scheisse!

Qualcuno inspirò rumorosamente, colpito alla bocca dello stomaco dalla condanna. Quello era un verdetto inappellabile e lo sapevano tutti. Il silenzio nella stanza divenne più pesante dei grembiuli di piombo che usavamo per proteggere i pazienti dalle radiazioni. Si sentiva addirittura l'acqua circolare nei termosifoni scrostati sotto le finestre.

Chinai la testa. Di questo passo sarei rimasto assistente per il resto della mia vita. E avrei continuato a cercare parole che non conoscevo in nessuna delle lingue che parlavo per spiegare a parenti disperati che un loro caro non sarebbe più tornato a casa. Nella stanza 301, con quell'odiosa scatola di fazzoletti di carta che faceva da centrotavola.

«Dottoressa Flury» continuò Graf, «vorrebbe essere così gentile da riassumere quanto abbiamo detto finora per il dottor Altavilla?»

A che pro? Avrei solo invidiato i miei colleghi per il resto della giornata, ma forse era proprio ciò che voleva. Perché accettavo tutto questo, giorno dopo giorno?

«S-sì, certo.» La Flury cercò di riordinare i fogli nella cartella clinica che teneva schiacciata contro il petto, ma l'intero plico le sfuggì di mano. Carte e radiografie si sparpagliarono a terra, emettendo un sibilo sinistro a contatto con il pavimento di linoleum verde.

Graf sospirò sonoramente e prese a picchiettare la penna sul tavolo.

La Flury si affrettò a chinarsi per raccogliere il materiale. Se le fossi stato più vicino, l'avrei aiutata perché, per quanto non provassi per lei l'attrazione che lei non riusciva a dissimulare per me, in quel momento mi faceva davvero pena. Nessuno dei miei colleghi pareva però condividere i miei sentimenti e la Flury dovette raccattare i fogli da sola.

Mi infilai la mano sana tra i capelli cercando di riportare una parvenza d'ordine tra i ciuffi indisciplinati e feci un passo verso la finestra che mi era più vicina.

Il cielo si stava schiarendo, passando dall'indaco della notte a un grigio striato di rosa: si preannunciava una giornata fredda e nuvolosa, di cui avrei visto ben poco. La luce che illuminava i miei giorni era quella artificiale dei neon, il cui massimo segno di vita era uno sfarfallio che paralizzava i miei neuroni.

Più in basso si intravedeva l'insegna della farmacia di fronte con un cigno bianco su sfondo azzurro. La neve, che era caduta fitta per tutta la notte mentre studiavo, si era attaccata all'insegna ricoprendola per metà: il cigno si era trasformato nel mostro di Loch Ness, il cui lungo collo arcuato spuntava da un lago di nebbia e ghiaccio.

CAPITOLO 2

«Nora, ascoltami» dissi in dialetto bernese, stringendo al petto il braccio con cui tenevo il cellulare per evitare di urtare qualcuno col gomito. Mi infilai in uno spazio libero tra le persone che, come me, stavano sciamando verso l'uscita della stazione e la sala concerti ai piedi del grattacielo di vetro turchese che contraddistingueva la silhouette di Zurigo.

«Sei libera di scegliere. Sei giovane, bella, intelligente, altruista. Ti meriti qualcuno che ti voglia davvero bene.»

«Ma Matthias mi vuole bene» disse mia sorella con voce piagnucolosa all'altro capo della linea. «È che ha tanto a cui pensare al momento, con gli esami il mese prossimo e l'atletica e la band...»

Me la vedevo seduta a gambe incrociate sul suo letto nella grande casa con i muri color pesca e gli scuri verdi, in cui eravamo nati entrambi. Era così difficile tenerla sott'occhio, lei a Berna e io a Zurigo, eppure dovevo fare qualcosa per proteggerla. Se ripensavo a come quell'opportunista del suo ragazzo l'aveva trattata a Natale, ignorandola metà del tempo e dandole ordini l'altra metà, mi veniva da prendere il primo treno per Berna e andare a sistemare le cose di persona.

«Quello non è amore.» Alzai gli occhi al cielo, ma, anziché le stelle, a consolarmi trovai soltanto il soffitto di cemento sporco del sottopasso della stazione. «So che non vuoi sentirlo, ma non ti ama, credimi. Amarsi è quello che fanno mamma e papà. Guardali: possono essere stanchi morti, uno nel suo laboratorio fino a mezzanotte e l'altra a scavare buchi nel deserto, ma hanno sempre tempo l'uno per l'altra. Magari solo due minuti, però si sentono ogni singolo giorno. Ci *tengono* l'uno all'altra. A Matthias non gliene frega niente se tu sei felice o meno, vuole solo scoparti.» Alzai la voce sull'ultima parola senza volerlo: com'è che non vedeva quello che stava succedendo?

La signora che mi precedeva si voltò e sollevò un sopracciglio troppo sottile al mio indirizzo. Indossava un cappotto bordato di pelliccia ed emanava un profumo nauseabondo di gelsomino. Alzai la mano per scusarmi per l'espressione poco garbata. Alla vista della mia fasciatura verde mela la donna sollevò anche l'altro sopracciglio. Le sorrisi, mentre mi valutava. Evidentemente soddisfatta dell'esito del suo esame, nonostante il mio linguaggio e la mano ferita, mi sorrise a sua volta e si rigirò verso l'uomo che la accompagnava, non senza avermi prima lanciato un ultimo sguardo di malcelato apprezzamento. Cercai di impedire che l'immagine si depositasse nella mia memoria e mi concentrai di nuovo sulla conversazione.

«Non sono affari tuoi.» La voce di Nora si sentiva a malapena, soffocata dal brusio che riecheggiava nel sottopasso. «E quando siamo insieme stiamo benissimo, giusto per tua informazione. Tu e Mélanie siete forse come mamma e papà?» chiese poi, come riflettendo sulle mie parole, mentre io mi mordevo la lingua per non dirle che il problema era proprio quello: *quando* stavano insieme.

«Non ancora, ma ci sto provando. Perlomeno noi ci rispettiamo. Comunque, non stavamo parlando di me, ma di te e domani, se finisco di lavorare presto, vengo a Berna per la serata, così possiamo discutere di tutta la questione.»

«Non è una *questione*. E non ho niente da discutere con te.»

«Benissimo. Allora vengo a vedere come stanno i vecchi, ok? Ora devo correre. Lo sai come diventa Mél quando sono in ritardo. *Ha di gärn*» aggiunsi, perché volevo che sapesse che le volevo bene – nonostante il suo pessimo ragazzo.

Mi riempii le guance d'aria e la rilasciai molto lentamente. Ci mancava giusto la testardaggine di mia sorella a conclusione di quella giornata che aveva già richiesto tutto il mio autocontrollo.

In qualche modo ero riuscito a mantenere l'equilibrio tra il medico che vede la morte tutti i giorni e l'uomo dotato di empatia, ma i miei nervi avevano ormai perso ogni strato della loro guaina protettiva: se il dolore fisico che mi aveva accompagnato ora dopo ora aveva sfaldato l'epinervio, l'impossibilità di svolgere un'attività pratica sensata per otto ore e mezza aveva logorato non solo il perinervio bensì anche l'endonervio. E ora non vedevo l'ora di rifugiarmi tra le braccia della mia amatissima musica classica e spegnere il cervello. Per me quello era l'unico rimedio davvero efficace a una giornata così.

Mentre emergevo dal sottopasso nell'aria pungente della sera, con l'angolo dell'occhio colsi un guizzo d'oro che mi parve di riconoscere. Scandagliai la massa indefinita di persone che mi circondava, ma non riuscii a individuare nessuno che conoscessi.

Poi una chioma di capelli biondi ricci apparve ancora una volta e i miei polmoni collassarono.

Era chi pensavo io? Voltati. Voltati!

Un muro di teste e cappelli variopinti si serrò intorno a me e mi occluse la visuale.

Il mio corpo in subbuglio fu trascinato oltre, ma la mia mente rimase impigliata in un ricordo che era riemerso dagli anfratti più reconditi del mio cervello. Il ricordo di due mani calde che accarezzavano il mio corpo, tracciando scie di fuoco sulla mia pelle, risvegliando desideri proibiti. Il ricordo di due occhi che luccicavano nella semioscurità, invitandomi a fare altrettanto. Il ricordo di un sorriso malizioso, che si avvicinava alle mie labbra. L'odore di quel corpo, la sensazione di quella pelle sotto i polpastrelli...

No! Era stato solo un incidente di percorso, una di quelle cose che si fanno quando si è bevuto un bicchiere di troppo, o forse anche due, e non si è nel pieno possesso delle proprie facoltà mentali. Qualcosa che dovevo dimenticare. Cancellare. Eviscerare. Nel senso di strapparmelo dalle viscere. Era stato un errore di valutazione. Poteva succedere.

Chiuso.

Punto.

Stop.

Mi sistemai il cappotto, cercando di ignorare la reazione del mio corpo, sebbene il mio battito cardiaco avrebbe fatto preoccupare qualsiasi cardiochirurgo.

Alzai lo sguardo e vidi Mélanie davanti alla Prime Tower, bellissima ed elegantissima come sempre, con la sua mantella di lana blu sopra un vestito da sera verde smeraldo: una meravigliosa sirena urbana, da cui mi ero felicemente lasciato irretire. Aveva i capelli sciolti e i boccoli castani riflettevano la luce dei lampioni che punteggiavano il piazzale. Guardò il suo orologio per la seconda volta nell'arco di pochi secondi e pestò i piedi nella neve. Dovevo assolutamente distrarla, se non volevo rovinarmi la serata.

«Ciao, tesoro!» La strinsi a me e le poggiai un bacio sulle labbra compresse, inspirando il costoso profumo che usava per le occasioni mondane.

«Ciao.» Non aggiunse altro.

«Scusami, sono in ritardo, lo so. Ma mi sono fermato un attimo all'Ospedale dopo il turno per farmi fasciare il polso.» Alzai il braccio. Sotto l'effetto degli antidolorifici l'avevo sollecitato troppo nel corso della giornata e ora mi doleva nonostante il gel antinfiammatorio, la fasciatura e l'ennesima dose di paracetamolo. «Poi sono dovuto correre a casa a cambiarmi.»

«Oddio, Killian!» Mélanie si portò una mano alla fronte. L'anello che l'adornava brillò per un istante nella semioscurità come un faro che allerta i marinai. «Ma cosa ti sei fatto?»

«Niente, stamattina sono scivolato sul ghiaccio. Sembra peggio di quello che è. In realtà è solo una distorsione.»

«Ecco, vedi che avevo ragione a dirti di non andare in bici! Pensa cosa sarebbe successo altrimenti.»

Probabilmente niente, visto che le piste ciclabili venivano liberate dalla neve per prime e che sarei entrato dall'ingresso posteriore dove non c'erano scale, ma preferii astenermi da qualsiasi commento per evitare di rinfocolare la mezza discussione che avevamo già avuto quella mattina. Feci un gesto vago con la mano. «Tra un paio di giorni sarà ok. Ad ogni modo, ho delle novità ben più interessanti.» La presi sottobraccio e mi avviai verso l'entrata della sala concerti.

«Cosa?»

«Ora ti racconto. Prima entriamo, che tra poco comincia.»

CAPITOLO 3

Trovammo i nostri posti nella galleria alle spalle dell'orchestra nell'ampio auditorium foderato di legno di frassino. Era uno dei miei luoghi preferiti a Zurigo, uno dei pochi in cui mi sentissi davvero a mio agio in quella città.

La gente intorno a noi si salutava, chiacchierava, si scambiava gli auguri di buon anno in ritardo, rideva e spettegolava. In sottofondo si sentivano un clarinetto che faceva scale per scaldarsi e un violino che ripeteva un passaggio particolarmente ostico.

Mi sporsi oltre la ringhiera della galleria e lasciai che il mio sguardo abbracciasse il palco: i leggii con gli spartiti aperti alla prima pagina della terza sinfonia di Mendelssohn si susseguivano in semicerchi perfetti intorno al podio. Dal punto in cui ero seduto potevo leggere le parti delle viole e avrei avuto una visuale perfetta del direttore: il mio posto ideale. Se non vedevo le sue espressioni facciali, mi sembrava di perdermi una parte essenziale dello spettacolo, per quello prediligevo le sale concerti dove ci si poteva sedere anche dietro al palco.

Un brivido di anticipazione si propagò lungo la mia pelle. Amavo la tensione che permeava l'aria prima di un concerto e avrei sempre avuto un briciolo di rimpianto per non aver scelto la carriera del musicista di professione. Il dilemma era durato settimane, finché non avevo deciso di seguire l'esempio di mio padre e di mio zio Kolja, che mi aveva insegnato a suonare la viola. Come loro avevo scelto la medicina e tenuto la musica come rifugio per sfogare i malumori e ripristinare le energie. E la soluzione funzionava benissimo: dopo un buon concerto mi sentivo più appagato che dopo il sesso. Quando lo avevo confessato a Tim, il mio migliore amico, mi aveva detto di imparare a fare sesso. Il ricordo di quella conversazione mi fece sorridere.

Mélanie mi tirò la manica della giacca. «Beh?» I suoi occhi color nocciola erano liquidi di curiosità. Odiava essere tenuta all'oscuro di qualcosa e io non volevo rischiare di cadere del tutto in disgrazia, per cui le rivelai quello che avevo scoperto.

«All'Ospedale si libera il posto di vice di Graf.»

Mélanie spalancò gli occhi e il suo volto si illuminò come se fosse improvvisamente sbocciata la primavera. «Ti candidi, vero?» mi chiese in un sussurro, mentre batteva i tacchi vertiginosi sul parquet di legno chiaro.

Il signore che le sedeva accanto la guardò incuriosito. Lei si ricompose e gli offrì un ammaliante sorriso di scusa. La rapidità con cui riusciva a cambiare espressione a volte mi sconcertava.

Alzai il palmo della mano sana. «Calma. Sinceramente non lo so. Non è che l'idea di lavorare ancora più a stretto contatto con Graf mi attiri poi così tanto.»

«Ma non puoi mica lasciarti sfuggire un'occasione così! Tieni duro per un annetto o due con lui e poi ti cerchi qualcos'altro, ma almeno così potrai puntare a posizioni di maggiore rilievo e avrai molto più potere contrattuale.»

«Non è nemmeno detto che mi prenda in considerazione, visto come mi tratta. Di certo c'è solo il fatto che vuole risolvere la cosa internamente, perché almeno con noi sa come limitare i danni – parole sue.»

«Sono sicura che ti tratta così solo per metterti alla prova.»

«301. Tutto il giorno» dissi, giocherellando con la mia fasciatura. Nel frattempo sapeva pure lei che quello era il numero della stanza in cui si comunicava ai familiari il decesso dei pazienti e che essere relegati lì tutto il giorno era la massima punizione inflitta da Graf.

«Ti sta solo testando, credimi.» Mi accarezzò i capelli, forse nel vano tentativo di domarli. «Graf non è scemo, lo sa benissimo chi ce la può fare là dentro e chi no. Scommetto che vuole vedere se reggi allo stress perché ti sta già valutando. Avanti, candidati!»

Lo scroscio di applausi che accoglieva l'orchestra mi impedì di risponderle. I musicisti si sedettero ai loro posti: ce n'erano solo quattro coi capelli biondi – strano per la Svizzera.

Senza essere invitati, i miei neuroni mi presentarono l'immagine di una chioma bionda riccia, che rispedii subito al mittente. Quei ricordi avevano sempre il sapore amaro del tradimento, anche se non avevo tradito nessuno, dato che all'epoca ero single. Al massimo me stesso.

Mentre i musicisti accordavano i loro strumenti in un guazzabuglio indistinto di note, Mélanie mi sorrise con gli occhi che brillavano di malizia e mi diede un colpetto al ginocchio col suo, ricoperto di seta verde scintillante. Forse rivelarle cosa stava succedendo all'Ospedale non era stata la mossa più astuta, vista la sua tendenza a fantasticare con un po' troppo fervore sul roseo futuro che ci attendeva, ma come strategia di depistaggio era stata perfetta.

Mi sbottonai la giacca del completo grigio e allungai le gambe nello spazio libero davanti a me, un altro motivo per cui quei posti erano perfetti.

Puntai gli occhi sul direttore e trattenni il respiro aspettando l'attacco. Per fortuna, però, quella sera dovevo solo ascoltare perché, esausto com'ero, con tutta probabilità non avrei imbroccato due note giuste di seguito. E non avrei potuto suonare comunque in quelle condizioni. *Scheisse!*

Mélanie mi poggiò una mano sulla coscia e me la strinse.

Chiusi gli occhi e lasciai che le note mi piovessero intorno, isolandomi dal mondo come una cascata di argento liquido.

CAPITOLO 4

Scesi dall'autobus al capolinea di Elfenau, il quartiere bene di Berna dove ero cresciuto. Fiocchi di neve fittissimi, soffiati dal vento sullo sfondo nero della notte, mi ballavano davanti agli occhi, richiamando alla mia mente le note di uno spartito per pianoforte in negativo. Eppure, sebbene avessero un'innegabile armonia, non emettevano alcuna melodia, ma soltanto una specie di crepitio quasi impercettibile quando atterravano su una superficie.

Ai lati della via che portava dai miei genitori si susseguivano antiche case unifamiliari, con giardini fiabeschi nascosti dietro ringhiere di ferro battuto e alte siepi. Conoscevo i dettagli di ognuno di quegli edifici: il colore dell'intonaco, gli odori delle piante che bordavano il marciapiede, lo spessore delle stanghe dei cancelli. Non erano anonimi blocchi di cemento tutti uguali, fila dopo fila, come quello in cui vivevo con Mélanie a Zurigo. Queste case erano organismi viventi, erano confortevoli, spaziose, come quelle che disegnano i bambini. Avevano tante finestre e ampi tetti, che racchiudevano enormi soffitte in cui potevi giocare per ore o nasconderti quando il mondo ti faceva così inviperire che avresti potuto fracassare ogni finestra a pugni nudi. Erano case costruite per famiglie numerose come la mia, che consentivano di vivere senza restrizioni e fare tutto il baccano che si voleva, tanto i vicini erano abbastanza lontani da non sentire.

A Zurigo da Mélanie, invece, si sentiva ogni respiro. Ormai erano passati già un paio di mesi da quando mi ero trasferito da lei, ma continuavo a non sentirmi a casa. A volte mi sembravano più accoglienti gli edifici datati dell'Ospedale, con la pittura che si scrostava negli angoli e gli spifferi alle finestre. Forse perché tutto quello che avevo portato da Mélanie erano i miei manuali di medicina, alcuni vestiti, la mia viola, un paio di pentole e le mie piante aromatiche, che ora occupavano quasi tutto il balcone striminzito, sepolte sotto un telone ricoperto di neve. Mélanie non era stata molto felice di quell'invasione, ma non si era lamentata, avendo nel frattempo capito perché per me erano indispensabili il prezzemolo, il rosmarino, la menta, il timo, la salvia, il basilico e l'alloro, importati direttamente dal giardino dei miei nonni in Italia.

Il trucco di conquistare le donne con il cibo me l'aveva insegnato Tim, il mio inseparabile compagno di avventure: mentre io imparavo a svuotare i corpi all'università, lui imparava a riempirli alla scuola per cuochi e io acquisivo le sue conoscenze per osmosi. Tim, dal canto suo, non era stato così entusiasta di quello che potevo insegnargli io. Avevamo imparato anche un sacco di altre cose che avevano a che fare con il corpo umano più o meno nello stesso periodo. Quelli erano segreti che non avevamo mai condiviso con nessun altro, nonostante i ripetuti tentativi dei nostri compagni di carpirci qualche informazione piccante. Erano il nostro patto di sangue.

C'era una sola cosa che non avevo mai raccontato nemmeno a Tim, ma era così irrilevante che non valeva davvero la pena di parlarne.

Mi affrettai lungo il marciapiede, attento a non inciampare nelle radici degli alberi che avevano rivendicato il loro diritto alla libertà e spaccato l'asfalto in più punti. Mi ci mancava solo di fratturarmi l'altro polso.

Attraverso la cortina di batuffoli di cotone che scendevano dal cielo intravidi la lampada a forma di lanterna appesa sopra l'ingresso della casa dei miei genitori. Una specie di vuoto famelico si aprì dentro di me. Cominciai a correre, temendo che la mia meta potesse svanire, neanche fosse stata un miraggio nel deserto.

Il grande cancello si chiuse alle mie spalle con un suono metallico sordo, attutito dalla neve. Il giardino anteriore era scomparso sotto una coltre bluastra e pareva che le finestre bombate del salotto arrivassero fino a terra.

Stavo per estrarre le chiavi dalla tasca della giacca, quando la luce dall'altra parte del vetro smerigliato del portone si accese. Una figura alta e magra fece per salire le scale che portavano al primo piano. Poi si fermò e venne verso la porta.

«*Darling, is it you?*» chiese attraverso la buca per le lettere, che mio padre aveva fatto montare in ricordo della casa in cui mia madre era cresciuta in Inghilterra.

Sollevai l'aletta di protezione dalla mia parte. «*No, it's me.*»

La porta si spalancò, come se avessi recitato una formula magica.

«Killian!» Mia madre mi accolse con un sorriso radioso, che mi scaldò il cuore. Anche se le prime rughe agli angoli degli occhi tradivano la sua età, nessuno si sarebbe mai soffermato su un dettaglio così trascurabile, perché il suo sorriso, sommato al suo portamento nobile, privava le persone delle loro facoltà mentali – soprattutto gli uomini.

«Cosa ci fai qui?» mi chiese, continuando a parlare nella lingua che le era più congeniale. «E con questo tempo, poi. Avanti, *darling*, vieni dentro. Ma guardati! Ti ammalerai se tieni addosso quei vestiti fradici tutta la sera. Aspetta che te ne vado a prendere di asciutti.» Sparì su per le scale senza darmi il tempo di aprire bocca. Poco dopo tornò con un paio di jeans e una maglietta verde chiaro con le maniche blu, che indossavo quando ero al liceo. Non avevo idea che fossero ancora in circolazione.

Abbassai lo sguardo sulle mie gambe: ero ancora magro, ma da allora avevo indubbiamente messo su un bel po' di tessuto muscolare in più grazie allo sport. «*Mummy*, sti pantaloni non mi andranno mai. Forse sarebbe meglio qualcosa di papà.»

Mia madre inclinò la testa di lato, arricciò le labbra e scomparve nuovamente di sopra.

Quando tornò disse: «Ti ho sognato ieri notte, sai? Stamattina a colazione ho detto a papà: "Killian non sta bene". Ed eccoti qui».

Aggrottai la fronte. «Scusa, ma non capisco i nessi logici.»

«No, beh, certo.» Mia madre sventolò una mano in aria. «Forza, vieni a scaldarti in cucina, ho acceso la stufa. Quando sono tornata dall'università qui dentro si gelava. Cosa ti sei fatto al polso?» aggiunse, notando che faticavo a sfilarmi i pantaloni con la mano fasciata.

Le raccontai del mio incidente.

«Fai attenzione, vero, Killian? Si comincia con un polso slogato, poi si passa alle gambe, alla testa e alla fine si arriva al cuore. Questo lo so perfino io, anche se non sono un medico.»

Mi prese i jeans bagnati dalla mano e si allontanò lungo il corridoio in direzione della cucina sul retro.

Rimasi nell'ingresso in boxer a sbattere le palpebre. Erano i primi segni di demenza senile? Forse dovevo parlarne con mio padre.

Mi infilai i vestiti asciutti e cercai le mie Birkenstock nel sottoscala. Erano finite sotto innumerevoli altre paia di scarpe, ciabatte, sandali, stivali da pioggia e da cavallo, scarponi da montagna e altre calzature per svariati tipi di sport. Le pantofole di Daphne, invece, erano riposte ordinatamente nell'angolo del ripiano più alto della scarpiera e nessuno aveva osato poggiarci sopra nemmeno un calzascarpe. Com'era che mia sorella maggiore riusciva a farsi rispettare in quella casa anche se viveva all'altro capo d'Europa da anni? Serrai con forza la porta del ripostiglio e seguii mia madre.

Quando passai davanti al papiro della dea egizia Hathor, appeso al muro sotto le scale, chinai il capo in segno di saluto: meglio tenersela buona quella divinità materna con cui avevo un rapporto di amore e odio di cui, per fortuna, mio zio Sebastiano, che era criminologo, non sapeva nulla. Da bambino, la dea Hathor era venuta a trovarmi spesso nei miei sogni, terrorizzandomi con le sue mani sproporzionate, dalle dita tutte lunghe uguali, sollevate a novanta gradi quasi volesse fermarmi. Ma non avevo alcuna intenzione di ascoltare le sue chiacchiere. Poteva donare la sua chiave della vita eterna a qualcun altro. A me, più che i segreti della vita, interessavano quelli della malattia e della morte.

Chiusi la porta della cucina, giusto per sicurezza, e puntai dritto al portabottiglie a forma di favo, fissato al muro all'altro capo della stanza. L'ambiente era caldo e nell'aria aleggiava un delizioso profumino di lasagne. Le pareti dipinte di un arancione tenue e la stufa di terracotta rendevano il tutto ancora più accogliente. Sospirai. Quell'atmosfera mi mancava così tanto a Zurigo.

Mia madre aggiunse un ulteriore piatto ai tre che erano già disposti sul tavolo di acero massiccio, ciascuno sulla sua tovaglietta rossa con ghirigori dorati.

«Hai l'aria sciupata» disse.

Mentre altri si sarebbero persi nel verde screziato delle sue iridi, io vedevo solo un'ombra di apprensione che nuotava appena sotto il pelo dell'acqua e la cosa mi irritava, perché mi faceva sentire come un bambino incapace di gestire la sua vita in modo autonomo.

«Non ho dormito bene ieri notte.»

«Pensieri?»

Alzai le spalle e rimossi con uno straccio la polvere che ricopriva la bottiglia di Amarone che avevo scelto tra le gemme color rubino e paglia nascoste nelle celle del favo. «Mi faceva male il polso e poi stavo pensando al mio futuro.»

«Personale o professionale?»

Personale? Mi guardai attorno alla ricerca di un calice vuoto che mi confermasse che mia madre era sotto l'effetto dell'alcol, ma non ne vidi. «Professionale. Graf cerca un vicecapo.»

Mia madre scosse la testa senza un attimo di esitazione. «Sei ancora troppo giovane: è una grossa responsabilità e non hai ancora abbastanza esperienza. Ci arriverai, ne sono sicura, ma adesso è troppo presto. E poi con Graf non vai nemmeno d'accordo: come faresti a fargli da vice?»

«Non sarebbe all'infinito. Giusto il tempo di farmi le ossa, poi cercherei qualcos'altro.»

«Le ossa te le fai da assistente, non da vice.»

Le passai un bicchiere e sollevai il mio in un muto brindisi, a cui però non rispose, affascinata dal liquido che stava fermo nella coppa, mentre lei rigirava lo stelo tra le punte delle dita.

«Killian, parliamoci chiaro: stai seriamente pensando di candidarti?»

Guardai fuori dalla finestra che correva orizzontalmente lungo la parete dietro al lavello, ma tra il buio e la neve non si vedeva nulla del giardino in cui avevo trascorso così tante ore a giocare con mio fratello David, Tim e i miei cugini quando ero piccolo e poi a bere con loro quando ero più grande e i miei non c'erano. A dire il vero, a volte c'erano, ma di solito ero così ubriaco da non accorgermene neanche, il che mi aveva causato non pochi problemi il giorno dopo. Oltre a cefalee indimenticabili.

Mandai giù un sorso, ma non percepii né il gusto del vino né il suo tasso alcolico. L'orologio sulla credenza scandiva i secondi e la stufa sibilava dall'altra parte del tavolo.

Infine dissi: «Mi sembra un peccato non provarci neanche. Magari non mi sceglie, ma almeno avrò fatto il possibile».

«Encomiabile.» Mia madre si portò il bicchiere alle labbra, poi lo poggiò sul tavolo e si diresse verso il frigo. «E come mai questa posizione è così importante per te?» mi chiese di spalle, mentre cercava qualcosa su uno dei ripiani illuminati.

«Beh, sarebbe un grosso avanzamento di carriera, mi sembra ovvio.»

«La carriera che tu hai sempre sognato di fare.» I suoi occhi erano di nuovo puntati su di me.

«Non è la carriera che ho sempre sognato di fare e lo sai benissimo, ma ci si avvicina molto.»

«Sì, certo, i raggi X sempre raggi X sono. Quindi, se qualcuno me lo dovesse chiedere, non devo più dire che mio figlio vuole diventare medico legale?»

«No. Tuo figlio adesso vuole specializzarsi in radiologia.»

«Buono a sapersi. E Mélanie è felice di questa tua scelta?»

«Sì.»

«Ottimo.» Mia madre cercò il pelapatate in uno dei cassetti. «Magari, però, potresti prenderla con un po' più calma, anziché bruciare le tappe come tuo solito. Non è un gioco, sai. Sei penalmente responsabile di qualsiasi errore tu commetta e, se dovessi diventare vice, saresti responsabile anche per gli errori di tutti gli altri nel tuo team.»

«Lo so e non lo considero affatto un gioco! Ma c'è comunque Graf a sorvegliare su tutto e finora non è mai successo niente.»

«E quando Graf va in vacanza? O si ammala? Chi è che ha poi l'intera responsabilità?»

Infilai un dito nel collo della t-shirt di mio padre, che mi stava un pelino stretta.

«Stasera fatti spiegare da papà che cosa vuol dire andare in giro per il mondo con una responsabilità del genere sulle spalle, perché mi sa che non ti è del tutto chiaro.»

«Ma che c'entra! Lui è responsabile per un intero ospedale.»

«Il carcere è sempre lo stesso.» Attaccò una carota con più forza del necessario.

Alzai gli occhi al soffitto. «Mamma, si tratta solo di diagnostica, non è che sarei a capo di un'equipe in sala operatoria. Devo semplicemente analizzare delle radiografie e dire cosa c'è che non va.» Le misi una mano sulla spalla e gliela strinsi. «La laurea in medicina ce l'ho, sai. Non ti preoccupare così. So quello che sto facendo.»

«Invece io mi preoccupo! Senti cosa ne pensa papà dopo, per favore.»

Non le promisi nulla. Non avevo alcuna voglia di passare la serata a confrontare la mia misera carriera con quella di mio padre, per quanto gli volessi bene e lo ammirassi profondamente. Volevo solo rilassarmi in santa pace. C'era già la storia di Nora che mi stava facendo girare le scatole a sufficienza negli ultimi giorni.

«Cosa sta succedendo con Nora?» chiesi un po' per farmi un'idea più precisa della situazione e un po' per cambiare argomento.

«Eleonora? Soliti alti e bassi.» Mia madre mi indicò il pane col mento.

Feci per prendere il coltello, ma mi bloccai a mezz'aria. Le chiesi di fare cambio, perché almeno le carote le potevo pelare con la sinistra, e mia madre mi cedette il suo posto.

«Ma, secondo te, va bene come la tratta Matthias? L'hai visto a Natale?»

«Lo vedo tutti i giorni e non va affatto bene, ma deve rendersene conto lei. Non ha senso che io le dica nulla. Le cose le deve sperimentare da sé per capirle.»

«Ma la sta solo usando!»

«Killian, lo so, ma ormai è grande e non puoi sempre proteggerla. Quando si sarà fatta umiliare a sufficienza, imparerà a puntare i piedi, a rivendicare le sue esigenze e a farsi rispettare. Ma dubito che sarà domani. Io ci ho messo anni a capire che Richi non era l'uomo giusto per me.»

«Vabbè, ma lo zio Richi è una persona più che perbene. Non ti credo se mi dici che ti ha mai trattata come Matthias tratta Nora. Nemmeno una volta.»

«No, non lo ha mai fatto, non è il suo modo di trattare le donne. Ma lo stesso non era l'uomo con cui avrei potuto essere felice e scommetto che i nonni lo avevano capito molto prima di me, però sono stati zitti, tanto non li avrei ascoltati comunque.»

«Beh, ma anche se fossi rimasta con lui, ti sarebbe andata di lusso.»

«Sarebbe stato un disastro, soprattutto se avessimo avuto dei figli. Quando ne avrai di tuoi, capirai.»

I miei alveoli si contrassero spasmodicamente. Non avevo proprio alcuna intenzione di capire un bel niente. Scolai il resto del bicchiere e me ne versai un altro.

«Ti è arrivato l'invito di Eric e Sophia?» proseguì mia madre con tono leggero.

A quella domanda, tutti i neuroni che abitavano il mio cervello, che già erano alquanto irrequieti, si misero a suonare i loro campanelli d'allarme. Anzi, più che campanelli erano campanacci, come quelli che portano le mucche in montagna. Cosa voleva dire quell'associazione di idee? Oppure, oltre alla demenza senile, stava anche diventando schizofrenica?

Le confermai che avevo ricevuto la partecipazione.

«Non sei contento che si sposino?»

Sarà stato il vino a stomaco vuoto, ma mi pareva di stare sulle sabbie mobili. Persi il controllo del pelapatate, che mi scalfì il pollice.

«*Gopf verdori nomau!*» imprecai a mezza voce in bernese. Per fortuna non ero in sala operatoria.

«Modera il linguaggio! Ti sei tagliato?»

«No, solo sbucciato.» Mi sciacquai il pollice sotto l'acqua gelida.

«E per Eric e Sophia sono contentissimo, ci mancherebbe altro. Era da un pezzo che era nell'aria, ma Eric ha sempre bisogno di tempo per attivarsi. Scommetto che Alex gli ha dato un bel cal– una bella pedata nel fondoschiena. Io, però, al posto loro, l'avrei fatto prima che nascesse il bambino.»

Mia madre si puntò i pugni sui fianchi. «Killian, ma da quando sei diventato così tradizionalista? Se ti sente la nonna Ginevra ti disintegra. A volte veramente mi chiedo che sangue ti scorra nelle vene.»

A volte me lo chiedevo pure io. «Se non lo sai tu.»

Nella stanza risuonò lo schiocco del canovaccio contro il mio sedere. Scoppiai a ridere: mia madre indignata mi piaceva un sacco, mi piaceva come le si accendevano gli occhi. Forse perché vedevo ardere in lei la fiamma che ci accomunava, ma che lei aveva imparato a domare e io non ancora del tutto. «Sarò l'eccezione che conferma la regola» dissi per placarla.

«Già meglio. In ogni caso non ce la farebbero mai in tempo a organizzare tutto prima della nascita. Sai quanta gente devono invitare? Già così è al limite del fattibile. E poi, che differenza fa? Non devono nemmeno scegliere il cognome.»

Sorrisi. «Altavilla al quadrato. Comunque, non intendevo che

devono sposarsi per riparare al misfatto, ma che con un bambino di pochi mesi, per Sophia sarà ancora più complicato gestire tutto.»
«Ciao.»
Quella era la voce di Nora, ma era raffreddata? Mi voltai.

CAPITOLO 5

La mia sorellina se ne stava sulla porta della cucina con una mano poggiata sulla maniglia. Aveva gli occhi gonfi e arrossati. Le labbra spiccavano vermiglie sul suo volto pallido. I capelli castani erano raccolti in una treccia come al solito. Indossava un maglione bordeaux dalla forma indefinita sopra leggings neri e scaldamuscoli dai colori dell'arcobaleno. La sua espressione non lasciava dubbi sul fatto che non fosse entusiasta di vedermi.

«Sei malata?» le chiesi.

Mia madre, che mi stava accanto dando la schiena alla porta, sgranò gli occhi e mosse appena la bocca in un *shhh!* silenzioso.

«No» rispose Nora.

«E allora cos'hai?»

Il pugno di mia madre si strinse intorno al manico del coltello. Nora non mi rispose e si versò un bicchiere di vino.

«Ti ho fatto una domanda» ripetei.

«La prossima?» Sporse il mento all'infuori, con quell'aria di sfida tipica delle donne Altavilla che mi faceva sempre imbestialire. A maggior ragione ora che la causa di quel malessere mi appariva chiara.

«C'entra Matthias, vero?»

Mia madre sbatté il coltello sul tagliere. Se non fossi stato attento, me lo sarei ritrovato conficcato nel fianco.

«Non sono affari tuoi» disse Nora.

L'acidità nel mio stomaco prese ad aumentare a una velocità vertiginosa e non c'entrava nulla il fatto che non avessi mangiato da otto ore, né che avessi una buona dose di vino che serpeggiava per i meandri del mio stomaco. «Prega solo che non lo incroci.»

«Killian, finiscila» disse mia madre col tono minaccioso che precedeva quello adirato.

«Ma guarda come la riduce!»

«Hanno avuto un piccolo diverbio e non ne vuole parlare. Punto.»

Nora raccolse il suo piatto e vi mise dentro le posate, il tovagliolo e il bicchiere.

Le chiesi cosa stesse facendo.

«Vado a mangiare di là. Così posso stare tranquilla.»

Ok, calma. Muro contro muro con le Altavilla non funzionava mai, almeno quello in ventisei anni di convivenza forzata con donne di quella razza lo avevo capito.

«Metti giù quel piatto e vieni qui» le dissi, mentre spalancavo le braccia e con la mano sana le facevo cenno di avvicinarsi.

Nora guardò la mia mano fasciata, poi, dopo qualche istante, posò di nuovo il piatto sul tavolo e si trascinò fino a me come se avesse le caviglie incatenate.

Me la strinsi al petto e le posai un bacio sui capelli. Sapeva di erbe di montagna.

«Tu non vai proprio da nessuna parte» le dissi.

«Però non voglio parlarne.»

Non me ne fregava niente di quello che voleva o non voleva: prima che ripartissi per Zurigo dovevamo parlarne, eccome, perché vederla in quelle condizioni mi frantumava il cuore. Ma avevo tutta la serata a disposizione e dopo un paio di bicchieri sarebbe sicuramente stato più facile. Per tutti e due. «No, va bene.»

«Ma a te cosa è successo?» mi chiese, afferrandomi con delicatezza il polso e osservandolo da tutti i lati, neanche fosse stato un prezioso reperto archeologico.

«Solo una storta.» Forse avrei dovuto scrivere la risposta sulla garza, così da non dover ripetere la storia in continuazione.

«Gueten Obig, mini Lieb– Killian!»

Sollevai la testa e incrociai lo sguardo di mio padre Leonardo. Il suo volto dai tratti nitidi, eleganti, che intravedevo nel mio viso ogni volta che osservavo una mia foto, ma non quando mi guardavo allo specchio, si illuminò in un sorriso.

«Che bello trovarti qui» continuò in bernese. Fissò la schiena di Eleonora, poi roteò gli occhi e scosse la testa.

«Ogni tanto ci vuole» gli risposi nella stessa lingua.

Ci sorridemmo. L'unica cosa che non avevo ereditato da lui, ma da mia madre, era quel sorriso o, per meglio dire, tutta la conformazione dell'arcata dentaria superiore, che era un pochino più piatta di quello che prescrivevano i manuali di ortodonzia, per cui i miei canini risultavano lievemente ectopici. Mio padre si era opposto all'idea di far correggere quella svista della natura quando ero bambino, perché amava così tanto quello stesso tratto in mia madre. Mélanie, invece, una volta mi aveva suggerito di provare uno di quegli allineatori trasparenti di moda tra gli adulti, ma erano ben altre le cose di me che mi disturbavano, per cui avevo gentilmente respinto la sua proposta. Non mi importava se i miei denti non erano perfetti: quello era il marchio degli Altavilla – o meglio, di mia nonna Ginevra, che faceva Bevilacqua di nascita – e ne andavo fiero.

Mio padre si avvicinò a mia madre, che stava ora distribuendo verdure e cubetti di feta su un piatto disegnando una specie di mandala, forse per calmarsi i nervi. La abbracciò da dietro, incrociando le braccia sul suo stomaco senza interrompere quello che lei stava facendo, e le poggiò un bacio sulla nuca, accanto alla treccia castana impreziosita da striature argentate. «Ciao, amore mio.»

Mia madre piegò la testa all'indietro. «*Hello, darling.*»

Mio padre la liberò dall'abbraccio, ma tenne una mano sul suo coccige, mentre con l'altra apriva il forno. «Grazie» disse quindi e questa volta il bacio arrivò dritto sulla bocca di sua moglie. Nessuno dei due aveva le labbra chiuse.

Distolsi lo sguardo. Mi assicurai che Nora si reggesse in piedi da sola e versai del vino per mio padre.

I miei erano come due ragazzini in calore anche dopo trent'anni che stavano insieme, proprio come il nonno Rodrigo e la nonna Ginevra, ma senza la corrente antagonistica che sfrigolava tra i genitori di mia madre. Mio padre non aveva nemici, solo alleati. Sarei diventato così anch'io? Difficile... Innanzitutto, non avevo il carattere pacifico di mio padre e poi Mélanie aveva ben poco in comune con mia madre e quel poco non era sicuramente il fuoco che guizzava nelle vene della Professoressa Rebecca d'Altavilla, rinomata egittologa, appassionata musicista e madre di quattro figli.

Ma Mélanie aveva tante altre cose che mi infondevano una confortevole sensazione di sicurezza e appagamento. Certo, non condividevamo sempre lo stesso punto di vista, ma era normale in una relazione. Pure i miei non si capivano a volte... raramente...

Il silenzio, che regnava nella vecchia casa da quando io, Daphne e David avevamo abbandonato il nido, fu perforato dalle tre note del campanello, le stesse del Big Ben a Londra. Tutti e quattro ci guardammo perplessi.

Mi offrii di andare ad aprire.

Attraverso il vetro smerigliato si distinguevano due figure: una più alta e l'altra più sottile.

Aprii il portone e una folata di gelo si insinuò nell'ingresso, spargagliando una manciata di coriandoli monocromi sul tappeto persiano.

«Guarda, guarda chi c'è qui» disse mio cugino Eric in bernese, scandendo ogni parola, mentre entrava come se fosse casa sua e stesse dando lui il benvenuto a me.

«Oh, i fidanzatini» risposi e aiutai Sophia a togliersi scarpe e giaccone ricoperti di neve. Poi la abbracciai. I suoi capelli biondo paglia mezzi bagnati mi solleticarono il collo e un delicatissimo profumo di rose mi riempì le narici. Profumo di Sophia. Era così bella e morbida, ma conoscevo mia cugina troppo bene per lasciarmi ingannare: la ragazza poteva cavarti gli occhi con le unghie in qualsiasi momento, come ogni Altavilla che si rispettasse. «Ma volete una mummia come regalo di nozze o cosa siete venuti a fare qui?»

Eric ridacchiò e appese il giaccone sull'attaccapanni, rivelando la sua figura magra e atletica, coronata da boccoli biondi. Poi mi spiegò che erano rimasti bloccati a metà strada nel tentativo di tornare a casa, perché i mezzi pubblici non funzionavano più a causa della bufera di neve che si stava abbattendo sulla città, così avevano deviato dai miei.

«Senti che profumino» esclamò Sophia in italiano con il suo accento romano che tradiva il luogo in cui era cresciuta, a differenza di me ed Eric. «Possiamo mangiare qui?» chiese poi, spalancando gli occhioni celesti che parevano due laghi di montagna in una tersa giornata estiva. Si portò inconsciamente una mano al ventre più che evidente sotto il maglione di cachemire lilla.

«Non sia mai che scacciamo Maria e Giuseppe. Avanti, venite. Stavamo giusto per mangiare.»

«E tu, come mai da queste parti?» mi chiese Eric.

«Mi disintossico» sussurrai. Poi mi schiarii la gola e aggiunsi a voce più alta: «Sono venuto a vedere come stanno i vecchi».

Il corridoio si riempì della risata cristallina di Sophia, mentre Eric mi lanciava uno sguardo indagatore, che respinsi con un sorriso angelico. L'occhio contornato di nero della dea Hathor mi seguì con aria d'accusa.

«Ciao, zia. È vero che ci offri la cena?» chiese Eric, avviluppando la sorella di suo padre in un abbraccio.

«Anche un letto, se volete. Lo sapete che qui la porta è sempre aperta – soprattutto per qualche figliol prodigo che si è perso per strada.»

Ruotai la testa con la prontezza di un felino che sente un ramo spezzarsi alle sue spalle, ma Eric la stava nascondendo alla mia vista.

Con chi ce l'aveva? Con loro o con me?

CAPITOLO 6

Guardai di nuovo la rivista che mio padre mi aveva infilato in mano prima di ritirarsi al piano di sopra per la notte. I fogli di carta patinata sembravano avere lo stesso potere del fuoco che ardeva davanti a me nel caminetto del salotto: mi bruciavano le dita, mi sibilavano nel cuore ed erano pericolosi. Molto pericolosi.

E se avessi dato quella rivista in pasto alle fiamme e fatto finta di non aver letto quelle poche righe delimitate da una severa cornice blu per evitare che scappassero dalla pagina? Inutile. Del tutto inutile. Non avrei mai potuto dimenticare quelle parole, anche se avessi dato fuoco all'intera casa. Ormai quella notizia si era incastrata nelle circonvoluzioni del mio cervello come una mosca tra una finestra e una controfinestra, e sovrastava perfino le note del concerto per viola di Stamitz che avevo messo di sottofondo.

Lasciai il caminetto e guardai fuori da una delle finestre che davano sul giardinetto anteriore. La tormenta stava ancora infuriando. Il vento gelido, che soffiava dalle Alpi a sud della città, si insinuava in ogni fessura, stanava le foglie morte che ancora si nascondevano nelle rientranze delle case e le trascinava in una danza indemoniata insieme ai fiocchi di neve. Di sicuro là fuori non c'era nessuno pronto a indicarmi la soluzione a quel dilemma.

Tutto sommato, però, quel tempaccio mi tornava anche comodo: era una buona scusa per rimanere a dormire dai miei, come avevano deciso di fare Eric e Sophia, e rientrare a Zurigo il mattino seguente.

Solo che ora probabilmente non avrei chiuso occhio per tutta la notte.

Tornai davanti al caminetto. Tipico di mio padre scuotere la vita di qualcuno dalle fondamenta senza dire nemmeno una parola. Aveva semplicemente puntato il dito sulla pagina e mi aveva dato una pacca sulla spalla per poi defilarsi, giusto quando pensavo di avercela fatta a evitare di affrontare il mio futuro professionale con lui.

Non riuscivo a capire se c'entrasse in qualche modo mia madre. Però non li avevo visti cospirare durante la serata, a parte la conversazione subliminale che avevano intrattenuto da un capo all'altro della tavola, ma ero abbastanza sicuro che i messaggi che si erano scambiati fossero di tutt'altro tenore.

«Mi stai facendo venire il mal di mare» disse Nora alle mie spalle.

Mi girai verso di lei. Era accoccolata sul divano di velluto verde consunto che, dopo decenni in una casa che aveva visto crescere quattro bambini e innumerevoli cugini e amici, era più consunto che verde e di velluto c'era ormai solo il ricordo. La sua treccia castana era arrotolata nella conca del braccio, simile a un serpente addomesticato. Tanto per cambiare, era immersa in un libro: Nora senza libri sarebbe stata come Eva senza mela – o senza foglia, a seconda della funzione che si voleva attribuire al libro.

Dopo che lei e Sophia avevano trascorso un tempo infinito a fare il letto in camera di David, era tornata in cucina tutta allegra. Chissà cosa le aveva detto mia cugina per tirarle su il morale così. In ogni caso ero contento di vederla tornata alla normalità, anche se non ero ancora riuscito a parlarle.

«Ti stai contorcendo come un'anguilla» disse, «e non fai altro che sospirare. Ma non ti disturba?» chiese poi a Eric, il quale, dopo aver portato a letto la sua bella addormentata, si era accomodato in una delle poltrone, le lunghe gambe sorrette da un poggiapiedi. Con un'alzata di spalle girò la pagina del thriller che aveva trovato da David e disse: «Mio padre direbbe: *"If he's got ants in his pants, he should take them off"*».

«Non ho formiche nelle mutande e non mi devo togliere proprio niente» protestai, sollevato per l'ennesima volta che fosse lui ad avere un padre criminologo e non io. «Ho un cavolo di problema!»

Eric alzò gli occhi dal libro.

«Che problema?» chiese Nora e con un sorriso mellifluo mi invitò a sedermi tra loro battendo la mano sul divano accanto a lei. Non seguii il suo invito, ma le passai la rivista sopra il tavolino che ci separava.

«È un bando» disse quando ebbe finito di leggere, «per un posto di assistente di un certo Professor Lachlan MacLeod all'Istituto di Medicina Legale qui a Berna...» I suoi occhi verdi brillarono come quelli di un folletto. «So chi è questo!» aggiunse in tono trionfante. «È quello che ha scritto quel mega manuale di virtopsia che stavi studiando lo scorso autunno!»

«Come diavolo fai a saperlo?»

«Non ti ricordi? Eri immerso in quel mattone proprio qui sul divano, quando sono venuta a chiederti qualcosa e mi hai detto di sparire o non saresti mai riuscito ad arrivare da nessuna parte. Con la tua solita gentilezza, ovviamente.»

Mia sorella aveva due problemi, oltre al suo infimo ragazzo: era una gran curiosa e aveva una memoria di ferro, come tutti nella nostra famiglia, del resto – gli elefanti Altavilla, sempre in branco, sempre a preoccuparsi gli uni per gli altri e mai nessuno che ti lasciasse un po' in pace nella tua pozza di fango, dove in realtà stavi benissimo.

«Qual è il problema esattamente? Non capisco» disse Eric.

«È il posto che ho sempre sognato. Mi permetterebbe di diventare medico legale. Però...»

«Però?»

«Però il Professore lì – e il suo nome si pronuncia *Lochlan MacLaud*, tanto per chiarire – è uno dei migliori medici legali che ci siano in circolazione, una delle punte di diamante della virtopsia a livello mondiale. Sai cos'è la virtopsia?» Ricominciai a percorrere lo spazio tra il caminetto e la finestra, mentre Eric mi seguiva con sguardo vacuo. «È un'autopsia virtuale, fatta solo coi computer. Pensa che dicono che MacLeod sia in grado di capire com'è morta una persona senza nemmeno toccare la salma. E chi sono io, invece?» chiesi, puntandomi la mano sinistra al petto. «L'assistente più incompetente del pianeta. Sono il nulla più assoluto in confronto a lui. Perché dovrebbe prendermi in considerazione? L'ultima autopsia l'ho fatta all'università, figurati! Davvero non capisco perché mio padre doveva farmi vedere 'sto bando. Per farmi sentire una merda o cosa?»

Nora ed Eric mi stavano entrambi fissando con la stessa espressione inquietante che avevo visto una miriade di volte in mia sorella Daphne, mia madre e mia nonna Ginevra.

«Io ci proverei comunque» disse Eric lentamente.

Eh, certo. Lui non si arrendeva mai, nemmeno di fronte

all'impossibilità più oggettiva. Se lo avesse fatto, non avrebbe mai ottenuto il premio che lo aspettava di sopra.

Nora si concentrò di nuovo sul bando.

Nella vecchia casa sulla collina sopra il fiume Aar si udiva solo il vento che sibilava nel comignolo e la legna che scoppiettava nel caminetto in contrappunto con la musica. Inspirai a fondo, cercando di tranquillizzare i miei neuroni con l'odore rassicurante di fuoco e cera d'api che impregnava il salotto. Con un tocco di cannella sarebbe stato di nuovo Natale. Purtroppo, però, dell'atmosfera rilassata delle feste era rimasta solo cenere.

«Ma hai visto la scadenza?» chiese Nora, strappandomi alle mie fantasticherie natalizie.

«Sì.»

«Hai tempo fino a mezzanotte, Ki, e tu adesso ti candidi per questo posto.» Era serissima.

«Ma non posso.»

«Oh sì che puoi.» Eric mise giù il libro.

«Devi almeno provarci» riattaccò Nora. «Hai sempre voluto diventare medico legale e questa è un'opportunità perfetta. Per cosa ti sei studiato tutta quella roba, se adesso non ci provi neanche? Perché hai fatto tutti quei convegni nei weekend, invece di rilassarti, suonare la viola, farti giri in moto o andare a divertirti con i tuoi amici?»

Cercai conforto nella forma immobile della libreria, che occupava tutta la parete alla mia destra, fino quasi al soffitto. Ospitava decine di libri, che si contendevano il primato con i dischi e i cd di musica classica sulle mensole spesse tre centimetri. Ce n'erano anche un paio di miei, a ben guardare. Forse avrei dovuto portarmeli a Zurigo. No, meglio di no, perché se avessi portato anche solo un altro spillo a casa, Mélanie avrebbe avuto una crisi isterica.

«Killiaan!»

Riportai lo sguardo su mia sorella. Aveva la mandibola serrata come un dobermann.

«Hai segato a pezzi la mia Barbie perché volevi vedere se aveva organi dentro!»

Eric scoppiò a ridere e si batté una mano sulla coscia. Quella malefatta, Nora non me l'avrebbe perdonata mai, neanche se le avessi comprato un intero negozio di schifosissime Barbie – senza organi. E per fortuna non aveva idea del gatto...

Nora continuò: «Sapevi già quello che volevi fare prima ancora di essere in grado di cucinarti un pasto da solo e adesso vuoi farti sfuggire questa possibilità? Non ho mai sentito nulla di più stupido!»

«Senti» dissi, «non ho la più remota possibilità di farcela, ok? Ho solo ventisei anni e non ho alcuna esperienza in medicina legale.»

Nora puntò sulla pagina il suo indice esile, impreziosito da un anello di giada. «Qui non dice niente a proposito di esperienza. Dice solo che il Professor MacLaud ha bisogno di un assistente laureato in medicina con un'ottima padronanza del tedesco e dell'inglese. Sei un medico, no? E sai dissezionare un cadavere, giusto?»

Sollevai gli occhi al lampadario di cristallo che pendeva dal soffitto stuccato e annuii lentamente. I prismi proiettavano arcobaleni cangianti sulle pareti color crema della stanza, un fenomeno che mi aveva affascinato sin da bambino.

Nora continuò imperterrita: «Appunto. E il tedesco e l'inglese direi che li sai, quindi ci siamo. Poi non hai già lavorato all'Istituto, scusa?»

Le spiegai che la mia mansione durante le vacanze estive tre anni prima era stata solo quella di smistare documenti e sistemare banche dati e non aveva avuto nulla a che fare con il lavoro vero e proprio che si svolgeva all'Istituto. Al massimo mi ero letto i referti che mi erano capitati tra le mani.

Nora alzò le spalle. «Beh, in ogni caso vuol dire che ti conoscono. Va tutto a tuo vantaggio.»

Non necessariamente.

Eric cercò di convincermi ad andare a prendere il mio tablet, insisteva che mi avrebbero aiutato, che non avevo nulla da perdere.

«Ci sono anche altre cose di cui devo tenere conto» dissi. «È una posizione fantastica, ma non è il momento giusto. Ci saranno altre opportunità.» Suonai poco convincente alle mie stesse orecchie.

«Altre cose tipo, aspetta, fammi pensare...» Eric si prese il mento tra le dita. «Mélanie?»

Maledetto! Aveva ereditato il fiuto di suo padre quando si trattava di investigare i crepacci più oscuri dell'animo umano, anche se fisicamente assomigliava più a mia zia Kerstin con i suoi capelli biondi. La sua mente brillante era invece un misto di tutti e due.

Mi astenni dal rispondergli: non ero sicuro di quanto volessi rivelare a lui e Nora di me e Mélanie. Preferibilmente niente.

«Mélanie non vuole che diventi medico legale?» chiese Nora con aria indignata.

Arricciai le labbra e mi passai una mano sui capelli, prima indietro e poi in avanti. «Sicuramente non sarebbe tanto felice se cominciassi a fare il pendolare tra Zurigo e Berna. Abbiamo altri piani.»

«Di già?» chiese Eric.

«Ma mi prendi per scemo? Non quel tipo di piani, quelli li lascio volentieri a voi. Volevo provare a diventare vice da me all'Ospedale ed eventualmente coi soldi in più volevamo trovarci un appartamento un po' più grande, tutto qui.»

«E vietano ai medici legali di cambiare casa? Non ho capito.»

Nora si lasciò sfuggire una risatina.

«Che deficiente che sei!» dissi a Eric. «Ovvio che no, è che per un posto di assistente incapace – non medico legale, assistente, incapace – è già tanto se ti danno uno stipendio. Quasi quasi devi pagare tu per ringraziarli che ti fanno ripulire il tavolo settorio. Poi avrei i turni di reperibilità di notte e nel fine settimana, per cui dovrei stare qui a Berna, e una valanga di esami: medicina, psichiatria, diritto... per anni...» La prospettiva mi ghiacciava il sangue nelle vene, ma mi inviava anche scariche di adrenalina dalla testa ai piedi. Imparare tutto quello che sapeva MacLeod... Essere in grado di svelare misteri che nessun altro riusciva a risolvere... Essere stimato e ammirato, ma anche temuto da tutti...

«Ma è quello che hai sempre voluto fare!» protestò Nora.

«Poi perché Mélanie non vuole che diventi medico legale, scusa? Cosa le cambia?» chiese Eric.

«Le fa un po' schifo l'idea che io possa lavorare sui cadaveri. Non capisce come si faccia a trovare appassionante un lavoro così. Non... non sa cosa voglia dire riuscire a scoprire come è morta una persona, magari incastrare un assassino...» Stavo straparlando.

Eric scosse la testa con veemenza e alzò la mano come la dea Hathor. «No, fermo! Se Mélanie ha un problema con la professione che hai sempre sognato di fare, sono cazzi suoi. Non puoi mica rinunciare al tuo sogno per le sue fisime. Non esiste proprio, 'sta idea te la levi dalla testa adesso, altrimenti ti trascino da mio padre con la neve e tutto, e vedi che la testa te la mette a posto lui in quattro e quattr'otto. Ok, dovrai fare il pendolare e preparare esami, benissimo, lo fanno in migliaia ogni giorno. Guadagnerai meno? Che te ne frega, hai la fortuna di essere ricco di famiglia. Sfruttala per una volta.»

«Altrimenti fate l'inverso» saltò su Nora, «venite a vivere qui a Berna, dove gli affitti sono meno cari, e fa su e giù Mélanie.»

La guardai come se stesse cercando di convincermi che nelle arterie scorresse sangue venoso. «Nora, lascia perdere, tanto non otterrò mai quel posto. Che senso ha?»

«Certo che non lo otterrai, se nemmeno ti candidi!» disse Eric, incrociando le braccia sul petto.

«Ki, pensa a Bindiswil» sibilò Nora.

E lei come cavolo faceva a sapere di Bindiswil? Avevo blaterato qualcosa in proposito in uno dei miei stati di semicoscienza indotta dall'alcol durante le vacanze di Natale? I miei neuroni stavano tutti tenendo le mani alzate, rifiutando di prendersi la colpa.

Un brivido mi si propagò lungo la spina dorsale. Guardai mia sorella senza vederla. Quello che vidi, invece, fu una giovane donna incatenata a una sedia a rotelle per il resto della vita, gli occhi persi nel baratro del suo trauma, le membra irrigidite per sempre, la sua esistenza irreversibilmente spezzata come la sua quarta vertebra. Mi si accapponò la pelle. All'improvviso mi parve che la stanza avesse raggiunto la temperatura dell'inferno. L'aria faticava a entrare e uscire dai miei polmoni.

Quando riuscii a sopprimere le immagini sciocanti che si rincorrevano nella mia mente e a riprendere vagamente il controllo, un singolo pensiero si cristallizzò dentro di me: anche se era solo per mettere a tacere la mia coscienza, dovevo candidarmi per quel posto. Era l'unica cosa che potessi fare per cercare di liberare la società da esseri che commettevano reati di quel genere, che distruggevano la vita di persone innocenti, rendendole incapaci di intendere e di volere, oltre che di muoversi. Fare tutto il possibile per fermare quei mostri era un mio dovere morale, che veniva prima di qualsiasi altra cosa, a prescindere dal fatto che MacLeod mi prendesse o meno. Non avevo scelta.

«Cos'è 'sta storia di Bindiswil?» sentii Eric chiedere a Nora, mentre uscivo dal salotto per andare a prendere il mio tablet.

Una storia che mi faceva dubitare dell'esistenza di Dio, ecco cos'era.

CAPITOLO 7

Mi trascinai su per gli scalini che portavano al primo piano della casa avvolta nelle tenebre. Un debole raggio di luce filtrava da sotto la porta dei miei genitori. In fondo al corridoio mi infilai nello spazio ristretto che nascondeva la scala di legno che conduceva all'attico, dove David e io avevamo le nostre stanze. I miei arti sembravano fatti di piombo, ma dovevo sbrigarmi: la mezzanotte era sempre più vicina.

La mia camera era come l'avevo lasciata il giorno in cui mi ero trasferito a Zurigo per studiare medicina: il letto era allineato lungo la parete di sinistra e la scrivania era posizionata al centro della stanza sotto il tetto spiovente rivestito di legno di betulla. Sulla parete più alta, tra la porta e l'armadio, era ancora appeso un poster di anatomia con i fantasiosi commenti di Tim scritti in penna indelebile, coperti dai miei post-it dal contenuto scientificamente provato. Sul letto, però, c'era un piumone con una fantasia a fiori fucsia e oro, che ero sicuro non faceva parte della mia dotazione.

Sulla scrivania, accanto alla foto di me e dei miei cugini da bambini ammucchiati sul prato in fiore davanti allo chalet dei miei nonni nel Canton Vallese, faceva bella mostra di sé una foto di Nora abbarbicata a un ragazzo dall'aria un po' trasandata. La girai verso la parete più bassa della stanza, recuperai il tablet dallo zaino, che avevo abbandonato sul pavimento quando ero salito con Eric e Sophia per assicurarmi che la camera di David fosse agibile, ignorai il richiamo del letto e tornai giù in salotto.

Mi sedetti sul divano accanto a Nora. Dopo aver trovato il mio curriculum, lo integrai con il mio attuale impiego presso l'Ospedale di Zurigo e gli ultimi corsi di formazione che avevo frequentato.

Eleonora si appoggiò al mio braccio. «Ma che foto è?» chiese, arricciando il naso.

«Quella che ho fatto per l'abbonamento generale delle ferrovie.»

«Ma guarda che capelli!»

«Non è mica colpa mia, se crescono così» mi difesi senza distogliere lo sguardo dallo schermo.

«No, ho capito, ma almeno per le foto ufficiali potresti metterti un po' di gel e pettinarli in modo decente.» Nora cercò di lisciami i capelli: un gesto a cui le donne parevano non riuscire a resistere e che io odiavo.

Scostai la testa. «Scordatelo. Mi lasci concentrare adesso?»

«Ma anche gli occhi. Qui sembrano marroni, invece i tuoi sono...» mi fissò da vicino, come se stesse valutando il colore delle mie iridi per la prima volta in ventun anni, «più verdini. Non sembri nemmeno tu. Questa foto è uno schifo. L'hai fatta in stazione, scommetto. Solo il sorriso ti salva.»

«Ma chi-se-ne-fre-ga! Questi sono dettagli a cui fanno caso

solo le donne e MacLeod non è una donna, quindi la foto manco la guarderà.»

«Magari è gay e osserva le foto dei candidati maschi con molta attenzione.»

Mi afferrai la testa tra le mani, mentre Eric ridacchiava. Avrei dato qualsiasi cosa per nascondermi sotto il piumone e dormire, anche se era fucsia, ma sentivo i secondi che passavano, scanditi dal battito del mio cuore.

Nora prese una clementina dal piatto sul tavolino e lanciò un pezzo di buccia dopo l'altro nel caminetto. L'aria si riempì del profumo degli olii essenziali liberati dal calore. Dopo un breve silenzio troppo bello per essere vero, disse ancora: «Dovresti mettere anche lo status. Oggi si usa metterlo, perché altrimenti sembra che tu voglia nascondere qualcosa».

Mi stropicciai gli occhi con le punte delle dita. Era peggio di una zanzara di notte. «Perché il mio curriculum risale a sessant'anni fa e allora non si usava metterlo, vero? Se non l'ho scritto avrò i miei motivi, non credi? Non sono affari della gente come gestisco la mia vita privata.»

Digitai: *Status: ante mortem* sotto *Nazionalità: svizzera, italiana, inglese* e chiusi il file.

«Ma non puoi mandare in giro il tuo curriculum così! Eric, digli che non può. Ha scritto status ante mortem!»

Mio cugino fu colto da un attacco incontenibile di risa.

«Certo che posso» dissi a Nora. «Mi sembra un'informazione del tutto rilevante per un medico legale.»

«Ma sei completamente impazzito? Cosa penseranno di te?»

«Nora, dai. Vuoi sapere esattamente cosa ci farà MacLeod con il mio curriculum, ammesso che arrivi mai fino a lui?»

«Non essere volgare.»

«Intendevo solo un bel falò insieme a tutti gli altri CV dei poveri illusi che in questo preciso istante stanno paralizzando il server dell'Istituto. Cos'avevi capito?» Sbattei le ciglia con un sorriso a mezzaluna degno del gatto di Alice nel Paese delle Meraviglie e passai alla lettera di presentazione.

Mancavano due minuti a mezzanotte quando cliccai sul pulsante d'invio e spensi il tablet. Il polso mi doleva e il freddo mi stava serpeggiando su per le braccia come il rigor mortis che si impossessa di un cadavere.

Dopo aver smembrato l'ultimo ciocco nel caminetto per evitare che riprendesse fuoco in mezzo alla notte, Eric mi strinse la spalla e se ne andò a dormire. Era tipico di lui pensare sempre alla sicurezza di tutti.

«Vai a letto anche tu?» mi chiese Nora.

«Direi di sì. Sono in piedi dalle sei meno venti e tra cinque ore mi devo alzare per andare a prendere il treno per tornare a Zurigo.» Mi sollevai dal divano e dovetti attendere un attimo prima che il mondo smettesse di ruotarmi attorno: non me ne ero nemmeno accorto, ma forse avevo bevuto un pelino troppo o forse era solo la stanchezza.

«Posso venire a dormire su da te?»

Poggiai lo sguardo sul suo volto: era così terribilmente giovane e indifesa.

«Ormai mi sono abituata a dormire lassù quando non ci sei» aggiunse. «È bello stare lì a letto a guardare il cielo attraverso il lucernaio. Dal mio letto non si vede il cielo.» Si avvolse la treccia sopra l'indice e sotto il medio, poi mi fissò di nuovo con l'aria supplicante che assumeva da bambina quando voleva giocare con me e i miei amici.

«Ti manco davvero così tanto?» le chiesi.

«Sì» sussurrò. «Tu e David siete sempre a Zurigo e Daphne, da quando è nata Runa, non si schioda più dalla Norvegia, mentre io sono sempre qui da sola in 'sta casa che è un mortorio da quando ve ne siete andati.»

Mi riempii d'aria i polmoni dilatandoli fino alla loro massima capienza. Non ricordarle che le avevi suggerito di andare a fare l'università altrove, *non* ricordarglielo. «Vuoi parlare un po'?» le chiesi invece.

«Magari aiuterebbe...» La sua voce aveva ora una nota triste, che con tutta probabilità non aveva nulla a che fare con la nostra assenza.

«Allora vieni a dormire da me, su.» Le porsi la mano per aiutarla ad alzarsi e, mano nella mano, ci avviammo verso le scale.

Sarebbe stata una lunga notte insonne: non solo dovevo cercare di impedire a mia sorella di farsi male con le sue stesse mani, dovevo anche cercare di dimenticare che mi ero appena candidato per il posto dei miei sogni senza alcuna possibilità di ottenerlo, a cui si aggiungeva il rischio di bruciarmi il nome e rendermi ridicolo davanti ad alcuni dei migliori medici legali della Svizzera. Perché diavolo mi ero lasciato convincere? Dovevo essere completamente impazzito!

CAPITOLO 8

«Doktor Altavilla, lei si rende conto di chi sia il Professor MacLeod?» mi chiese il Professor Huber, che se ne stava seduto davanti a me con le braccia conserte. Era un uomo atletico sulla sessantina, la cui età era rivelata soltanto dai radi capelli grigi. Dai nostri precedenti incontri sapevo che amava viaggiare e fare escursioni in montagna e queste erano più o meno le uniche due cose che ci accomunavano, oltre all'interesse per l'anatomia patologica.

Cercai di rimanere impassibile sotto quello sguardo freddo e indagatore, ma le mani mi stavano sudando. In realtà, l'impazienza del Professore era del tutto giustificata: era davvero assurdo che io fossi lì. Eppure mi avevano convocato loro, i grandi capi di quell'ingranaggio complesso e sofisticatissimo che era l'Istituto di Medicina Legale di Berna, e io mi ero doverosamente presentato alle cinque in punto di quel giovedì di inizio febbraio, anche se non aveva alcun senso. Avevo perfino dovuto inventarmi una riunione di famiglia per non rivelare a Mélanie il vero motivo del mio viaggio a Berna e la mia coscienza mi stava tormentando dal giorno prima.

«Assolutamente sì» risposi alla domanda del Professor Huber, sistemandomi sulla sedia, che cigolò nel silenzio carico di attesa.

I miei aguzzini tenevano gli occhi puntati su di me. Riuscivo quasi a sentire gli sguardi che mi scorticavano. Alla destra del Professor Huber sedeva il direttore dell'Istituto, il Professor Senn, e ai lati seguivano i capi delle varie sezioni, che formavano due ali minacciose, pronte a occultare la preda stritolata dagli artigli al centro. L'unico grande assente, che però faceva ugualmente sentire la sua presenza, era il Professor Lachlan MacLeod.

A formare una barriera tra me e quello schieramento di potere, nella sala riunioni dell'Istituto, c'era un lungo tavolo bianco, che formava un recinto intorno a me insieme ad altri due tavoli collocati ad angolo retto. Sembrava che mi avessero messo in isolamento perché temevano che fossi affetto da una patologia contagiosa. L'odore di disinfettante, che permeava l'intero Istituto, non faceva che accentuare quella mia impressione.

«Ho studiato il suo manuale e letto le sue pubblicazioni fin da quando ero all'università» aggiunsi, sentendo che nemmeno la mia risposta affermativa era stata soddisfacente. «Senza dubbio è uno dei migliori medici legali in Europa, se non nel mondo. Ammiro molto il suo lavoro e per me sarebbe un grandissimo onore diventare suo assistente.»

Intrecciai le dita davanti a me, poi tornai a scioglierle: quello era un segnale di chiusura ed erano tutti esperti di psichiatria, tra le altre cose. Non volevo dare loro l'impressione di essere sulle difensive, sebbene il mio corpo fosse teso al pari di una corda da trazione.

«E lei pensa che sarebbe in grado di assisterlo a dovere con i suoi – quanti sono?» Il Professor Huber gettò un'occhiata al mio curriculum nelle mani del Professor Senn. «Uno? *Un* anno di esperienza da assistente di radiologia?»

Non poteva avere nemmeno un pelino di pietà? Perché cavolo ero venuto? «Imparo velocemente.»

«Mi fa piacere sentirlo, ma oltre a imparare velocemente a fare quello che sarebbe il suo lavoro, dovrebbe anche diventare medico legale nel più breve tempo possibile ed è una caterva di materiale da studiare, con relativi esami.» Huber aprì le braccia e poggiò i polpastrelli sul tavolo, formando due piramidi con le mani, poi si piegò in avanti, quasi si volesse alzare.

Incrociai le caviglie sotto la sedia. Tutto sommato quel tavolo tra noi non era poi un'idea così malvagia.

«Voglio che lei sia ben cosciente di ciò a cui andrebbe incontro» riprese Huber, «perché non è che dopo due settimane se ne va con la scusa che è tutto troppo stressante, che sia chiaro. Abbiamo bisogno di qualcuno di cui poterci fidare ciecamente e soprattutto che resti a lungo termine.»

«Mi è perfettamente chiaro» dissi, sollevando il mento. «Diventare medico legale è quello che vorrei fare nella vita, con tutto ciò che questo comporta, e soprattutto lo vorrei fare a lungo termine.»

«Vorrebbe o vuole?»

«Voglio.»

«Perché?»

Scheisse! Non potevo certo stare lì a spiegargli del caso di Bindiswil, di come volessi diventare come i medici legali che avevano incastrato l'essere disumano che aveva rovinato la vita a quella donna…

«Vorrei… Cioè *voglio* dare il mio contributo alla giustizia e l'unico modo in cui posso farlo da medico, a mio parere, è diventare medico legale. E mi interessa tutto ciò che ha a che fare con il corpo umano. Mi interessa capire come funziona e perché ha smesso di funzionare.»

«E della virtopsia cosa mi dice?»

La mia amigdala cominciò a inviare segnali di pericolo all'ipotalamo, attivando la reazione fight-or-flight. Non potevo fuggire. Dovevo combattere. «Che è il futuro della medicina legale.»

«Ah sì? Lei ha dunque deciso di unirsi all'avanguardia» disse Huber con malcelato disprezzo.

Uh, adesso si cominciava a ballare davvero. Ma non avrei assecondato Huber solo per placarlo, tanto non avevo nulla da perdere. E poi volevo lavorare con MacLeod, che era l'esperto per eccellenza di virtopsia, non con quel retaggio della vecchia scuola.

«Ritengo che le tecniche computerizzate di indagine permettano di semplificare il lavoro autoptico e migliorare la qualità e l'affidabilità delle autopsie» dissi, «ma non potranno mai sostituire del tutto il lavoro diretto sul corpo. A me interessano tutti e due gli approcci. La virtopsia, però, offre maggiori possibilità di progresso ed è la direzione in cui si sta muovendo questo settore, quindi, per uno che è agli inizi come me, sarebbe controproducente ignorarla.»

Gli occhi azzurro smorto di Huber erano diventati due fessure e il suo volto era tirato come se avessi grattato le unghie lungo tutta la superficie d'acciaio del tavolo settorio, ma non desistetti. «So che lei preferisce lavorare direttamente sui cadaveri e la capisco, ma se io mi fermassi lì, mi segherei le gambe da solo. Il Professor MacLeod sta compiendo passi da gigante nella virtopsia e chiunque abbia la fortuna di lavorare con lui può sicuramente imparare un sacco di cose che non stanno scritte da nessuna parte. E io voglio imparare – tutto quello che c'è da imparare» dissi, spalancando le braccia nel tentativo di abbracciare tutto il sapere di cui dovevo ancora impossessarmi.

«Non so se lavorare con MacLeod sia veramente una fortuna. Lo scopriremo» disse Huber. «Sicuramente ha molte cose da insegnare, che, a quanto pare, tantissime persone sarebbero ben felici di imparare, non solo lei.»

Ohmmmmm...

«E dica, ha mai effettuato una virtopsia?»

Mi passai una mano sulla barba di tre giorni. «No. Attualmente mi occupo di pazienti vivi.»

«Autonomamente?»

Forse la soluzione migliore era congelarmi sul posto e fargli credere che fossi morto. No, poi mi avrebbe squartato e avrebbe disposto tutti i miei organi interni in fila sul tavolo a mo' di trofeo. Abbassai lo sguardo, quindi fissai di nuovo Huber. «No, sono solo un assistente.» Quella frase bruciava più delle mie ginocchia quando da bambino inciampavo sui sentieri di montagna trapuntati di sassi durante le escursioni con mio padre e i miei zii.

Il Professor Senn si schiarì la voce, ma non disse nulla. Tutti gli altri ci stavano guardando in silenzio, senza dubbio godendosi lo spettacolo.

«E presumo che lei non sia mai stato sulla scena di un delitto» disse Huber con un tono che non si capiva se fosse una domanda o un'affermazione. Era forse il colpo di grazia?

«No.»

«Quindi non sa come reagirebbe alla vista di un cadavere fatto a pezzi e magari in avanzato stato di decomposizione?»

«No.»

«L'idea la spaventa?»

«No, mi incuriosisce.»

Huber inspirò profondamente e voltò la testa verso il Professor Senn, senza staccare gli occhi da me finché l'iride non incontrò l'angolo dell'occhio.

Il Professor Senn si tolse gli occhiali a mezzaluna e se li poggiò sui capelli brizzolati, poi prese la parola: «Veniamo alle cose di cui il Professor MacLeod ha bisogno in concreto, oltre al lavoro in senso stretto. Per quanto riguarda la comunicazione, abbiamo il problema che il Professor MacLeod non sa una parola di tedesco, quindi, perlomeno inizialmente, lei dovrebbe aiutarlo in tutto: rapporti con l'amministrazione, con la polizia, con il pubblico ministero, con i giudici, ma anche nella vita quotidiana, se dovesse richiederlo. Non si tratta solo di tradurre i verbali d'autopsia. È un compito molto più vasto, che andrebbe ad aggiungersi, o meglio, precederebbe lo studio per gli esami e tutte le altre attività collaterali.»

«Lo farei molto volentieri.» Farei: modo condizionale irrealizzabile.

«Ma com'è che lei ha tre cittadinanze, scusi?» si intromise di nuovo Huber, impedendomi di aggiungere altro.

«Perché mia madre è italo-inglese, cioè in realtà è italiana, ma è nata e cresciuta in Inghilterra e a un certo punto è diventata cittadina inglese, invece mio padre è italo-svizzero, nato e cresciuto qui in Svizzera. Io ho ereditato tutte e tre le cittadinanze. È tutto perfettamente legale.»

«Per quello sa così tante lingue?» chiese la dottoressa Moser.

Mi girai verso di lei, grato di avere una scusa per non guardare Huber. Non l'avevo mai incontrata prima. Si era presentata come capo della sezione di Medicina delle Assicurazioni ed era l'unica in quella stanza che ogni tanto mi faceva un cenno incoraggiante col capo. I suoi capelli neri corti erano più indisciplinati dei miei, ma nel suo caso l'effetto era voluto.

«Sì. A casa mia è un po' una Torre di Babele, ma ci capiamo benissimo.» Non che in Svizzera fosse una rarità parlare tre o quattro lingue, visto che il paese già di per sé era quadrilingue, ma l'inglese era sicuramente un vantaggio su cui non tutti potevano contare fin dalla nascita.

«Ossia?»

«Beh, con mia madre parlo perlopiù inglese, con mio padre tedesco svizzero, come pure con mio fratello e le mie sorelle, e quando sono con i miei parenti la lingua corrente è l'italiano perché è la lingua che ci unisce più o meno tutti. Da fuori può sembrare un po' complicato, ma per noi è automatico.»

«E tra sua madre o suo padre chi vince? O ciascuno mantiene la sua lingua?» chiese ancora la Moser.

«Vince quasi sempre mia madre.»

«La Professoressa Rebecca d'Altavilla» scandì a mezza voce Huber, assaporando ogni sillaba, ma solo io gli badai.

Come faceva a sapere chi era mia madre e che il nostro cognome in realtà era preceduto da una D, anche se io non la usavo mai, nemmeno sul mio curriculum, perché sottolineare il proprio lignaggio mi sembrava da snob? Forse si erano conosciuti per via dell'analisi delle mummie?

«Interessante» disse la dottoressa Moser, piegando le labbra rosso vivo in un sorriso che, in un altro contesto, avrei definito civettuolo. «E lei è cresciuto e ha studiato qui in Svizzera?»

«Sì. Ho fatto un anno a Londra durante l'università, ma poi sono tornato qua per laurearmi, perché volevo fare la tesi con il Professor Carmichael a Zurigo.»

Senn si abbassò gli occhiali sul naso e passò di nuovo in rassegna il mio curriculum. «A giudicare dal suo voto di laurea deve aver fatto un ottimo lavoro.»

«È stata una ricerca davvero interessante, mi è piaciuto molto farla. E il Professor Carmichael è un bravissimo relatore, oltre che un eccellente radiologo.»

«'Naltro scozzese» bofonchiò di nuovo Huber, «ma Carmichael almeno il tedesco lo sa.»

Senn ignorò il commento del suo vice e continuò a rivolgersi a me: «A noi preme che il Professor MacLeod si trovi a suo agio qui. È stato difficilissimo convincerlo a lasciare il suo lavoro a Glasgow e vogliamo assolutamente che resti da noi. Visto che il suo assistente – o la sua assistente, per quanto mi riguarda – sarà, per così dire, la membrana di comunicazione con l'esterno per lui, è imperativo che lavori in simbiosi con lui, assecondandolo per quanto possibile. Noi medici legali non siamo mai le persone più facili del mondo: siamo troppo abituati a starcene con i morti per essere bravi nei rapporti coi vivi e, da quanto ho potuto percepire, il Professor MacLeod, almeno in questo senso, non fa eccezione. Quindi, per questo lavoro sono richieste anche pazienza e capacità di adattamento.»

Annuii. Le lastre di vetro che ci isolavano dall'esterno erano diventate indaco. Mi ricordavano gli occhi che non vedono dei morti: riflettevano ogni movimento, ma erano incapaci di processare le informazioni.

«Dalla sua precedente esperienza qui all'Istituto durante quel progetto tre anni fa» stava dicendo Senn, «mi sembra di ricordare che lei sia una persona molto aperta e disponibile. O mi sbaglio?»

«Di norma sono molto socievole, sì.»

«Cosa intende esattamente con *di norma*?» chiese Huber.

Repressi un sospiro e rimossi dai miei pantaloni un invisibile granello di polvere. «Intendo che, se la gente mi lascia in pace, sono tranquillo e pacifico.»

«E se la gente non la lascia in pace?»

Sbattei due volte le palpebre. «Può succedere che mi saltino i nervi. Non succede spesso e di solito non succede al lavoro, ma può succedere e non sono momenti piacevoli, gliel'assicuro.» Quella era una minaccia. Avevo appena minacciato il Professor Max Huber, autorevole esperto nel campo della medicina legale in generale e dell'entomologia in particolare? Quanto profonda era la fossa che mi stavo scavando da mezz'ora abbondante?

«Abbiamo tutti i nostri lati meno piacevoli» disse Senn. «A me basta che non si metta a litigare con il Professor MacLeod e non lo costringa alla fuga.»

Lo rassicurai, sempre più convinto che di quel passo non avrei mai nemmeno incontrato MacLeod, altro che litigarci.

Chiarimmo ancora alcune questioni relative al percorso di specializzazione che avrei eventualmente dovuto seguire e allo stipendio striminzito che l'Istituto prevedeva per gli assistenti con un anno di esperienza, poi Senn guardò i colleghi riuniti ai suoi lati: «Bene. Qualcuno ha altre domande?»

Huber, che teneva le mani giunte davanti alla bocca e continuava a fissarmi con uno sguardo che aveva la potenza di una radiazione, serrò gli occhi e scosse la testa. Evidentemente il suo verdetto lo aveva già emesso da un pezzo, ma questo non gli aveva impedito di tormentarmi. Con tutta probabilità mi aveva fatto venire proprio per quello, per darmi una lavata di capo e mettermi al mio posto. Altro che assistente di MacLeod! Voleva vedermi strisciare come i vermi a cui dedicava le sue giornate da oltre trent'anni.

«Lei ha domande, Doktor Altavilla?»

«No, è tutto chiaro, grazie.» Più che chiaro.

«Ottimo, allora direi che possiamo concludere qui. La strada la sa. Le faremo sapere quanto prima.»

Avevo la mano sulla maniglia della porta, quando sentii la voce di Huber alle mie spalle: «Ah, Doktor Altavilla, comunque ci fa piacere sapere che è ancora in vita».

Mi voltai. «Quando morirò, le farò spedire una copia del certificato di morte. Post mortem. Le auguro una buona serata.»

Poco ci mancò che sbattessi la porta, ma riuscii a controllarmi quel tanto che bastava per chiuderla con fermezza.

Del resto me l'ero cercata: ero voluto andare nella fossa dei leoni? Ora mi avevano sbranato a dovere. Magari la prossima volta me ne sarei ricordato, prima di fare un'altra cazzata del genere.

CAPITOLO 9

Misi piede fuori dall'Istituto di Medicina Legale, senza nemmeno sapere come fossi arrivato all'ingresso. Era buio pesto e dal cielo cadevano fiocchi di neve che sembravano margherite giganti. Fui investito da una folata di vento e mi affrettai a infilarmi la giacca, che tenevo ancora in mano. Mi arrotolai la sciarpa intorno al collo e mi calcai il cappello in testa, poi puntai verso il centro di Berna.

Arrivato all'altezza dell'incrocio del complesso ospedaliero dell'Inselspital, sentii vibrare il cellulare nella tasca interna della giacca. Dalla Murtenstrasse, intasata di traffico serale, svoltai nella più tranquilla Bühlstrasse.

Nora.

«*Halli hallo*» dissi con finta allegria, squadrando le spalle contro il vento e contro il magma incandescente che mi premeva contro il cardias.

«*Hoi*. Tutto a posto? Hai una voce strana. Volevo sapere com'è andata.»

Raggiunsi il ponte d'acciaio rosso, ora ornato di merletti bianchi, che si inarcava sopra i binari della ferrovia. Un treno rombò sotto i miei piedi, pronto a farsi fagocitare dalla stazione nascosta nel ventre della città.

«Ho una voce strana perché sono in-caz-za-to ne-ro.»

«Perché? Cos'è successo?»

«Perché è andata male, malissimo!» Con un calcio decapitai una rosa rinsecchita, che era sfuggita alle cesoie del giardiniere nei cespugli a un'estremità del ponte. «Te l'avevo detto io, che era del tutto inutile. Il vicedirettore, che è sadico di natura, non ha perso un attimo a evidenziare tutto quello che *non* avevo da offrire. Non mi sono mai sentito così umiliato e inutile in vita mia.» Silenzio. «Ci sei ancora?»

«Sì.»

«E allora dì qualcosa!»

Con un'altra pedata colpii un lampione. La lampada sopra di me oscillò così che la neve parve cadere a zig-zag. Il mio organismo fu inondato dalla stessa sensazione di malessere fisico che avevo provato anni prima, quando avevo fumato il mio primo e unico spinello con Eric, Tim e suo fratello Alex nel parco della rocca in cui vivevano i miei nonni quando si stufavano dell'umidità inglese e tornavano in Italia. Solo che stavolta non c'erano né i miei amici né la nonna Ginevra a salvarmi. Non potevo nemmeno andare a cercare conforto da Tim, senza dovergli prima spiegare quanto imbecille ero stato.

«Cosa devo dire?» disse Nora. «Mi dispiace, mi dispiace davvero un sacco. È che tu MacLeod lo ammiri così tanto e pensavo che sarebbe stato così bello per te, se avessi potuto lavorare con lu–»

«Hai finito di rigirare il coltello nella piaga?»

Io quel nome non lo volevo più sentire. Anzi, per prima cosa, appena tornato a Zurigo, avrei fatto sparire quel dannato manuale blu dalla mensola in camera di Mélanie, così che non catturasse il mio sguardo mentre mi scopavo la mia ragazza. Volevo solo dimenticare quel nome altisonante stampato in lettere azzurro metallico sulla schiena del volume – in orizzontale, non in verticale, perché il tomo era così spesso che ci stava tutto perfino in orizzontale, con spazi davanti e dietro: *Lachlan D. MacLeod, M.D.*, un essere che viveva in un'altra galassia, alla quale io non avrei mai avuto accesso.

«Scusa» sussurrò Nora.

«La prossima volta non insistere, hai capito? Se dico che non ho chance, vuol dire che non ho chance! Io questo mondo lo conosco: all'Istituto lavorano solo i migliori e uno come me lì può solo andare a fare copia e incolla per creare banche dati e smistare documenti durante le ferie, nient'altro.» I fiocchi di neve mi planavano in bocca ogni volta che la aprivo, ma era l'ultima delle mie preoccupazioni. «Sicuramente Huber si era stufato di stare a osservare le sue larve e aveva voglia di farsi quattro risate, per cui ha chiamato il più deficiente di tutti i candidati a fare da giullare. Non è stato per niente divertente stare lì a farmi prendere in giro, te l'assicuro. Per fortuna c'era il direttore, perché altrimenti non so cosa sarebbe successo. Per cui, la prossima volta, se dico no, vuol dire no! Non vuol dire che mi tiri fuori cose come Bindiswil. Ok?»

«Sì. Ma io volevo solo aiutarti…»

La sua risposta fu soffocata dal rumore di una macchina che mi passava accanto. Uno spruzzo di neve mista a fango atterrò in parte sul marciapiede e in parte sui miei pantaloni. L'aria carica di smog mi stava ustionando i polmoni. Mi fermai a riprendere fiato.

Nora aveva ragione: lei non aveva fatto nulla di male, era soprattutto colpa mia, perché mi ero lasciato persuadere, pur sapendo che non avevo alcuna possibilità di farcela. Avevo lasciato che la passione prevalesse sull'intelletto e nella mia vita quella non era mai stata la scelta giusta. Un fiocco di neve mi volò in un occhio. Cercai di recuperare la vista con un dito ghiacciato. Mi sembrava di essere quel bambino della fiaba, a cui si era conficcata una scheggia di specchio nell'occhio ed era diventato perfido come la Regina delle Nevi. A Nora non potevo parlare così, lo sapevo bene. Nora non era Daphne, la quale, se facevi lo stronzo, ti diceva di tornare quando ti eri calmato e poi ti sbatteva la porta in faccia, giusto per sottolineare il concetto. Nora cercava sempre la colpa dentro di sé. Potevo scommetterci che ora sarebbe stata sveglia tutta la notte a piangere perché il fratello che lei adorava l'aveva travolta di rimproveri. E io non tolleravo le donne che piangevano. Soprattutto se era per colpa mia.

«Scusami, sono uno stronzo, tu non c'entri niente. È che una parte di me ci teneva davvero tanto, anche se l'altra sapeva che sarebbe finita così.»

«Lo so, Ki. Ti capisco.»

«Forse è meglio se dimentichiamo tutta 'sta storia.» Quelle pillole che cancellavano la memoria a breve termine le avevano più immesse sul mercato? Un sorriso amaro mi piegò le labbra: ne avrei dovuto ingerire una scatola intera per dimenticare le ultime due ore.

«Sì.»

«Non sono arrabbiato con te, davvero. Sono arrabbiato con me stesso.»

«Non devi. Un colloquio può andare male a tutti.»

Sì, ma c'erano colloqui che potevano cambiarti la vita, in cui non potevi permetterti di sbagliare una singola risposta. «Magari ci sentiamo domani. *Ha di gärn*, Nora.»

L'acido che mi ribolliva dentro mi stava corrodendo il diaframma. Annientai un cumulo di neve, spedendolo in tutte le direzioni. Se solo avessi potuto urlare la mia frustrazione e delusione ai quattro venti! Ma non volevo rischiare che qualche impeccabile cittadino della capitale chiamasse la polizia. Ero in Svizzera, non in Italia, e quella sarebbe davvero stata la pietra tombale sulla mia carriera, che avevo appena provveduto a decapitare con le mie stesse mani.

Sullo schermo del cellulare notai un messaggio che mi avvertiva che la Flury aveva provato a chiamarmi dall'Ospedale a Zurigo. Chissà che cavolo voleva. Era l'ultima persona che avevo voglia di sentire in quel momento. Anzi, forse sarebbe stato meglio spegnere del tutto il cellulare, perché c'era il rischio che mi chiamasse anche Mélanie: non sarei riuscito a mentirle finché ero in quello stato d'animo e in ogni caso le avevo già mentito abbastanza. Non ero solo indegno di diventare medico legale, ero pure indegno di essere il compagno di una donna moralmente ineccepibile, gentile e bella come lei. Avevo le dita così intorpidite dal freddo che quasi non riuscii a schiacciare il tasto per spegnere il cellulare.

Cacciai i pugni nelle tasche della giacca, tornai all'Inselspital e girai a sinistra verso la stazione e il centro storico.

Avevo tre alternative: andare al ristorante di Tim a ubriacarmi e poi non telefonare a Mélanie per raccontarle tutto, tornare a Zurigo da lei cancellando dalla mia mente nell'ora di viaggio quello che era appena successo, oppure andare dai miei con il rischio che mia madre mi facesse il terzo grado e poi una lavata di capo come sapeva fare lei.

Scelsi di andare all'Incrocio, il ristorante di Tim. Almeno mi sarei riempito lo stomaco con qualcosa di caldo e gustoso: una magra consolazione alla fine di quella merdosissima giornata. C'era solo da sperare che Tim avesse molti clienti e poco tempo per farmi domande.

CAPITOLO 10

Il giorno dopo, per la prima volta da quando lavoravo all'Ospedale di Zurigo, dovetti costringermi a entrare nel reparto di radiologia. Le porte scorrevoli di accesso, che di solito non vedevo l'ora di varcare, quella mattina mi parevano le lame di una ghigliottina che volevano prendersi la mia vita. L'ouverture minacciosa del concerto n. 1 per pianoforte e orchestra di Brahms, che mi fluiva nelle orecchie, si addiceva perfettamente al mio stato d'animo.

Presi l'ascensore diretto agli spogliatoi e, a malincuore, mi sfilai gli auricolari. Le tempie mi pulsavano nonostante l'aspirina che avevo ingerito strada facendo. Nemmeno la musica aveva apportato alcun beneficio, ma almeno mi aveva distratto.

Perché non riuscivo mai a smettere di bere al momento giusto? Era sempre l'ultimo bicchiere che mi fregava, ma non avrebbe avuto senso lasciare due dita di vodka nella bottiglia che Tim teneva nascosta per i casi di assoluta emergenza. Ed era effettivamente stata un'emergenza.

Per tutta la sera, i miei neuroni più perfidi si erano divertiti a ripropormi il colloquio del pomeriggio da diverse angolazioni, rammentandomi tutti i motivi per cui Huber non mi era mai stato simpatico. Tim era stato mosso a compassione al punto che mi aveva fatto dormire a casa sua per proteggermi almeno da Mélanie. La vodka era stata solo l'ultima bottiglia che mi era passata tra le mani nelle lunghe ore notturne che avevo trascorso a parlare con lui e adesso ne stavo pagando le conseguenze.

Durante la notte, però, con i fumi dell'alcol era evidentemente evaporato anche lo slancio con cui avevo sempre affrontato il mio lavoro. Fino al giorno prima ero stato felice di fare qualsiasi cosa Graf mi chiedesse, pronto a dimostrare il mio impegno e la mia voglia di imparare e migliorare. Ma ora, anche se Graf mi avesse messo a capo del team, la cosa mi avrebbe lasciato del tutto indifferente. La promozione a vice non aveva più nemmeno un briciolo di attrattiva. Eppure, se non volevo rimanere impantanato per sempre nel ruolo di assistente, quella era l'unica strada che mi rimaneva da provare. Avevo addirittura già stampato la candidatura da Tim all'alba, dopo aver adeguato il destinatario e poco altro, ma la mia motivazione in quel momento era pari a zero.

Infilai il camice e, mentre lo abbottonavo, mi osservai allo specchio fissato all'interno della porta dell'armadietto. Il mio volto riflesso era diviso quasi perfettamente a metà dalla frattura che si era creata nella superficie riflettente qualche settimana prima quando, esasperato, avevo sbattuto la porta dopo l'ennesimo tiro mancino di uno dei miei colleghi che voleva mettermi in cattiva luce con Graf. Non avevo per nulla un bell'aspetto: gli occhi erano infossati e sottolineati da ombre violacee, che stridevano contro il pallore dell'epidermide e rendevano le mie iridi verde-marroni quasi fosforescenti per contrasto. Perché non mi ero messo in malattia? Dove avrei trovato la forza di affrontare un'intera giornata di lavoro? Chissà com'era lavorare con MacLeod, invece... Come doveva essere saper usare tutte quelle strumentazioni sofisticatissime, riuscire a stabilire la causa del decesso di una persona senza nemmeno dissezionare il cadavere, recarsi sulla scena del delitto, lavorare insieme alla scientifica, avere a che fare con i pubblici ministeri e i giudici, fare luce su misteri che nessun altro riusciva a risolvere e contribuire a fare giustizia... Altro che ospedale, corridoi asettici, apparecchiature che non funzionavano, infermiere con lo spettro ormonale sballato perché facevano troppi turni di notte, primari che si credevano Dio in terra, minuti contati per ogni esame, zero tempo per i pazienti e per le loro famiglie, sempre quel sottofondo di impotenza, dolore e frustrazione repressa che ti schiacciava da tutti i lati.

Adesso finiscila, mi dissi, mentre chiudevo a chiave l'armadietto. Se ieri mattina questo lavoro ti andava benissimo, vedi di fartelo andare bene anche oggi. Non è cambiato proprio nulla.

Mi avviai lungo il dedalo di scale grigie e corridoi con il linoleum verde sbiadito a terra, che attraversava tutto l'edificio come un sistema linfatico. Arrivato al terzo piano, mi diressi verso il distributore di bevande vicino agli ascensori: senza fare il pieno di caffeina non sarei mai riuscito a correre dietro a Graf per le prossime otto ore e mezza. Premetti due volte il pulsante dell'espresso.

Rimescolai la schiuma dorata nel bicchiere di plastica, creando una spirale più scura al centro. Mi sentivo proprio del colore marrone di quell'intruglio. Dovevo chiamare Nora. Se ripensavo a come l'avevo trattata, volevo morire. Dovevo chiederle scusa e dovevo farlo in ginocchio.

Tirai un sospiro cercando di incanalare i miei pensieri sulla giornata davanti a me e di trovare un singolo motivo per presentare la mia candidatura a Graf. Non mi ci volle molto: si chiamava Mélanie.

Raggiunsi la sala riunioni, pronto per il briefing quotidiano. Bussai, ma non ottenni alcuna risposta. Aprii la porta.

La sala era vuota.

Guardai lungo il corridoio e vidi il mio collega Jean Seroux venire verso di me con la sua solita aria gioviale e soddisfatta.

«*Salut, Altavilla, comment ça va?*»

«*Hoi*, Seroux. Notte da dimenticare, ma altrimenti ok. Dove sono spariti tutti?»

«Come dove sono spariti?» mi chiese con il suo tedesco dall'accento francese, tipico dei vallesani francofoni. «Graf stamattina è in ortopedia. Non ti è arrivata la comunicazione?» aggiunse, puntando il braccio in direzione dell'edificio che si trovava più avanti lungo la via. «Io oggi mi becco la 301.»

Aggrottai la fronte. «Quando sarebbe arrivata questa comunicazione, scusa?»

«Ieri. Saranno state le cinque. La Flury ha scritto un'e-mail a tutti.»

E a me aveva telefonato perché sapeva che non avrei letto l'e-mail in tempo.

Seroux si batté il palmo sulla fronte. «*Merde, excuse-moi!* Non ho proprio pensato di girarti la mail sull'indirizzo privato. Ero di fretta e l'ho letta all'ultimo momento prima di spegnere il computer e fuggire.»

Scossi la testa. «Non ti preoccupare. Adesso li raggiungo.»

Gettai un'occhiata all'orologio. Non avevo il tempo di andare a rimettermi le scarpe e indossare una giacca. Potevo solo correre. «Comunque grazie: se non fosse stato per te, stamattina sarebbe finita davvero male.»

«Ma figurati. Anzi, scusami.»

Cancellai le sue parole con un gesto della mano, già in fondo al corridoio. «Ti devo una birra.»
«Poi ce l'andiamo a bere. Buona giornata.»
«Eeh... Anche a te.»

CAPITOLO 11

Dieci giorni più tardi scostai le pesanti tende di velluto rosso all'ingresso dell'Incrocio, il ristorante di Tim. Il locale sotterraneo era scavato nella roccia del promontorio su cui si ergeva il centro storico di Berna. Poco oltre, il ponte della Nydegg collegava la città vecchia alla sponda dell'Aar dove ero nato e cresciuto.

Feci passare Mélanie davanti a me con un mezzo inchino accompagnato da un gesto galante del braccio. Gli occhi le brillavano e il suo sorriso rivelava chiaramente che si stava divertendo a quel gioco, che era cominciato quando eravamo partiti da Zurigo un'ora e mezza prima.

Nella vasta sala le fiaccole fissate ai muri con supporti di ferro battuto erano già accese e davano l'impressione di essere in un castello medievale alla vigilia di un banchetto. Nell'ambiente si diffondevano le note della seconda sinfonia di Sibelius. Chiusi per un istante gli occhi, sentendo la musica che pervadeva ognuna delle duecentosette ossa del mio scheletro. Che meraviglia!

«Oh, eccovi qua. Ce l'avete fatta ad arrivare presto, bravi» disse Tim in doppiopetto color vinaccia con i bottoni e i bordini di seta nera: una divisa vera e propria non avrebbe potuto mettere più in risalto la sua figura dalle spalle larghe e la vita stretta, con un apparato muscolare perfettamente allenato. Non avevo ancora capito se le donne venissero all'Incrocio per mangiare quello che cucinava oppure nella speranza di mangiare direttamente lui.

Finì di sistemare una candela in un portacandele e, una volta soddisfatto del suo lavoro, avanzò verso di noi tra i tavoli. Quella sera le tovaglie erano rosso bordeaux e su di esse spiccavano tovaglioli bianchi piegati a ventaglio, incorniciati da posate e bicchieri che riflettevano la luce delle candele, creando un caleidoscopio variopinto sulle pareti di pietra.

Tim avviluppò Mélanie in un abbraccio. «Buon compleanno, mia cara! Sei meravigliosa. L'azzurro ti sta sempre benissimo» le sussurrò all'orecchio, mentre mi faceva l'occhiolino.

Levai gli occhi al soffitto e con l'indice e il medio gli feci il segno della forbice per fargli capire che doveva darci un taglio. Almeno aveva la faccia tosta di flirtare con lei apertamente, ma non è che potesse permettersi proprio tutto solo perché sapeva più cose di me – e di lei – di chiunque altro.

«E a te sta benissimo questa tenuta» rispose Mélanie, raddrizzandogli il cappello da cuoco, che gli si era spostato mentre la salutava. Doveva essersi tagliato i capelli di recente, perché aveva la nuca completamente rasata ed esposta agli spifferi. Per reazione ingobbii le spalle, cercando di proteggere la mia. Avere la nuca scoperta mi faceva sempre sentire in pericolo, come se qualcuno o qualcosa potesse azzannarmi da dietro. Sarà stato un retaggio evoluzionistico.

«Non è che vuoi venire a fare un po' di vacanza qui a Berna?» chiese quindi Tim a Mélanie. «Potresti aiutarmi. Gli ospiti si moltiplicherebbero. Soprattutto quelli maschili, mi sa.»

«Ma la finisci?» gli chiesi.

Mélanie si mise a ridere e scrollò i suoi morbidi boccoli scuri, tra cui rilucevano gli orecchini di acquamarina che le avevo regalato quella mattina. Poi disse: «Non sarebbe proprio il lavoro giusto per me: non sono abbastanza socievole».

«Quello ce l'ha con le tue gambe, non con la tua socievolezza» borbottai.

«Se lo dici tu» continuò Tim rivolto a Mélanie, ignorandomi completamente. «È un gran peccato, però. Allora, cosa posso offrirvi da bere?» Si diresse verso il bancone del bar, che occupava la parete a fianco dell'ingresso. La schiena dritta e forte, le spalle possenti e gli zigomi alti lo contraddistinguevano in modo inconfutabile come figlio dello zio Kolja.

Il mio cellulare squillò, proprio mentre stavo per togliermi la giacca.

+41 31 631... Corrugai la fronte. Quel numero aveva un che di familiare, sebbene non fosse tra i miei contatti. Berna. 631... 631... Io i numeri con 631 li conoscevo.

Il cuore prese a martellarmi nel petto.

«Scusate, arrivo.» Mi catapultai fuori dal locale, rischiando per la foga di rimanere impigliato nelle tende all'ingresso.

«*Gueten Obig, Doktor Altavilla*. Sono Frau Jost dell'Istituto di Medicina Legale di Berna. Si ricorda di me?»

«C-certo, certo che mi ricordo di lei, Frau Jost. Buonasera.» Bionda, sulla cinquantina, leggermente in sovrappeso, un'inguaribile ottimista piena di energia. C'era sempre stata una cordiale affinità tra noi.

«Mi scusi se la chiamo a quest'ora, ma con il fuso orario

dobbiamo sempre aspettare fino a tardi che il Professor MacLeod abbia finito di lavorare per potergli parlare.»

«Non si preoccupi assolutamente. Mi dica.» Da quando in qua chiamavano i candidati per dire loro "no grazie"? Mi allontanai dall'ingresso dell'Incrocio e mi rifugiai sotto i portici che si snodavano lungo i lati della via principale del centro storico. La temperatura era ben sotto lo zero là fuori, eppure i palmi delle mani mi sudavano.

«Beh, veniamo subito al dunque. Non voglio tenerla sulle spine. Ho appena sentito il Professor MacLeod e mi ha comunicato che la vorrebbe come suo assistente.»

Per un istante non sentii più battere il mio cuore, che fino a un attimo prima era l'unica cosa che percepivo con chiarezza. La strada antica, pavimentata di sanpietrini irregolari, la fontana al suo centro, da cui si ergeva chissà quale statua, i portici con le vetrine illuminate dei negozi, la gente intorno a me e tutta Berna erano stati risucchiati in un buco nero che si era appena aperto all'altro capo della città, lasciandomi a galleggiare tramortito in un vuoto ovattato. «Scusi?»

«Il posto di assistente per cui si era candidato, sa? È suo, sempre che lo voglia ancora. E spererei proprio di sì.»

Doveva esserci stato un errore. Forse avevano scambiato i CV o le lettere...

«Doktor Altavilla, mi sente?»

«Sì, sì, mi scusi. È che... mi ha preso un po' alla sprovvista, ecco. Ma è veramente sicura di quello che dice? Cioè, non voglio mettere in dubbio le sue facoltà mentali, non mi fraintenda, ma il posto... a me?»

«Ma certo, Doktor Altavilla. Lei è esattamente quello che il Professor MacLeod cercava.»

«Non è possibile. Non ho le competenze per quella posizione. Non riuscirei mai a stargli dietro.»

«Non sia ridicolo! Lei è un medico con un potenziale enorme, se ne sono accorti tutti già quando era qui da noi tre anni fa e non era nemmeno laureato. Pensi che quando è andato via, diverse persone hanno chiesto di trovarle qualcos'altro da fare pur di farla rimanere e il Professor Senn ci stava già pensando, solo che poi abbiamo saputo che era sparito all'estero. Abbiamo tutti sentito la sua mancanza, sa? Portava sempre una ventata di allegria qui dentro e Dio sa se ce n'è bisogno: se non sono morti fuori, sono morti dentro in questo posto. Saremmo davvero felici di averla di nuovo tra noi.»

Mi portai una mano alla fronte. Stava per esplodermi il cervello. I pensieri mi partivano in una direzione e poi nell'altra per esaurirsi nel nulla, come se i miei neuroni più scapestrati avessero deciso che fosse di nuovo Capodanno e stessero dando fuoco a tutte le loro scorte di fuochi d'artificio. Ma, anziché di odore di polvere da sparo, l'aria era satura di un odore dolciastro che proveniva da uno stand che vendeva *Waffeln* ai turisti poco più avanti e mi impediva di pensare lucidamente, per cui non riuscivo a selezionare una risposta tra tutte quelle che mi orbitavano nel cranio.

«Guardi, non dovrei dirglielo» riprese Frau Jost, «ma il Professor Huber ha addirittura messo una stellina sul suo curriculum quando abbiamo mandato i migliori al Professor MacLeod. Huber, si rende conto? Una stellina! Io lavoro qui da venticinque anni, Huber lo conosco come se fosse mio fratello e non gli ho mai visto fare una cosa del genere.»

Scoppiai in una risata stridula che echeggiò sotto la volta di pietra olivastra facendo girare una coppia che mi aveva appena superato: o Huber era malato di Alzheimer o era diventato schizofrenico.

E poi mi venne in mente Mélanie. Non volevo nemmeno

pensare al putiferio che sarebbe scoppiato con lei. Era il suo compleanno, volevamo farci viziare da Tim e poi dormire dai miei e tornare a Zurigo l'indomani all'alba per andare a lavorare. L'idea di doverle raccontare cosa avevo combinato alle sue spalle, anziché prendermi cura di lei in altro modo, mi fece attorcigliare lo stomaco in un groviglio di cemento. Afferrai uno dei pilastri freddi e immobili che sorreggevano il portico, come se potesse darmi il sostegno che mi era venuto a mancare sotto i piedi. «Non posso accettare.»

«Senta, Doktor Altavilla, io adesso non sono il capo delle Risorse Umane, sono sua madre, va bene? E le dico che lei il primo di luglio si deve presentare qui in veste di assistente del Professor MacLeod. È un'occasione unica, che potrebbe non ricapitarle mai più nella vita. Ce la farà benissimo.»

«Ma...»

Frau Jost ridacchiò. «Questa notizia l'ha davvero sconvolta, eh? Adesso si tranquillizzi, se ne faccia una ragione e domani mattina, per prima cosa, mi chiami a questo numero per dirmi che accetta il posto. Intesi? Che non vedo l'ora di inviare l'ultima mail di rifiuto al secondo classificato, dopo le quarantaquattro che ho già spedito. La saluto.»

Altri quarantacinque candidati?! In Svizzera non c'erano così tanti medici che volevano specializzarsi in medicina legale, ne ero certo. Sicuramente moltissimi erano tedeschi – eccellenti medici tedeschi, che lavoravano senza commettere errori.

E MacLeod aveva scelto me. Perché?

Rimasi a fissare il cellulare senza vederlo, mentre nella tasca della giacca sollevavo e abbassavo meccanicamente con il pollice sinistro la lama del coltellino svizzero che tenevo agganciato al portachiavi.

L'improperio di un uomo alle mie spalle, che evidentemente non condivideva la mia collocazione spaziale, mi fece tornare alla realtà. Dovevo raggiungere di nuovo Mélanie, se non volevo finire sulla griglia al posto delle bistecche di Tim. Inspirai profondamente. L'unica soluzione era ricacciare quella storia nel fondo del mio cervello, là in quella regione buia che nessun neurologo aveva ancora mappato, dove c'erano tutte le cose a cui non volevo pensare, e fingere che non fosse successo nulla.

«Chi era?» mi chiese Mélanie quando tornai nella sala. Era seduta su uno sgabello al bancone del bar e il vestito le si era sollevato lungo la gamba, esponendola in tutta la sua perfezione. Per fortuna non c'era nessun altro e Tim era dall'altra parte del banco. Anche se non potevo giurare che dalla sua prospettiva il grande specchio affisso alla parete opposta della sala non rispecchiasse l'area del bar.

«Oh niente, qualcuno che mi voleva offrire un posto.» Mi passai una mano tra i capelli. Era lo sbalzo di temperatura o in quella sala mancava l'ossigeno? Saranno state le fiaccole. «Headhunter, solito.»

«Che posto sarebbe, scusa?»

Feci un gesto vago con la mano. Cosa diceva sempre Alex, il fratello di Tim? Se devi mentire, mantieniti il più vicino possibile alla verità – e spera di non avere davanti lo zio Sebastiano. Lo zio Seba, per mia fortuna, non c'era, ma Mélanie non era poi tanto meglio quando ci si metteva. «Qualcosa a che fare con la virtopsia, ma chissà che gente è. Non ho voglia di rovinarmi la carriera ancora prima di cominciare, grazie. E poi ormai mi sono candidato per il posto all'Ospedale e non voglio mettere troppa carne al fuoco contemporaneamente.» A quello avrei dovuto pensare prima di consegnare la mia candidatura a Graf, in effetti. «Allora, posso avere qualcosa da bere anch'io?»

Da come mi stava studiando con gli occhi socchiusi, Mélanie

non era rimasta soddisfatta della mia risposta. Chissà perché le mie donne, oltre a essere molto belle, erano sempre anche molto scaltre. Un pelino troppo per i miei gusti. Le diedi un bacio e approfittai della vicinanza per abbassarle il vestito.

Poi spostai lo sguardo su Tim, implorandolo in cuor mio di aiutarmi, mentre lui mi allungava un bicchiere di vino bianco, fissandomi con le labbra premute strette: mi conosceva troppo bene.

«Mél mi stava raccontando di questo scandalo tra banchieri a Paradeplatz» disse.

Grande!

«Sì, allucinante» gli risposi, prima di perdermi per un istante nella sensazione del liquido fresco che mi scivolava lungo la trachea. «E anche una bella figuraccia a livello internazionale, visto che tutto il mondo ci sta a guardare. Però per Mél potrebbe avere anche un risvolto positivo, te lo ha detto?»

«Non ci eravamo ancora arrivati» disse lui. «Devo cominciare a raccontare in giro che conosco qualcuno ai piani alti del mondo finanziario svizzero?» chiese quindi a Mélanie.

«No, no, per carità» rispose lei, sventolando una mano in aria quasi volesse cancellare quelle parole. «Prima bisogna vedere che teste rotolano. Ci sono talmente tante incognite che non voglio nemmeno pensarci.»

«Ma una donna brillante come te sicuramente ha ottime chance.» Tim sfoderò uno di quei sorrisi che facevano immancabilmente sciogliere le donne a cui li regalava.

Mélanie scoppiò a ridere.

Io il mio migliore amico lo adoravo. Ma tra pochi istanti sarebbe scomparso nel suo regno e con tutta probabilità non lo avrei più rivisto per il resto della serata. Da lì in poi me la sarei dovuta cavare da solo.

CAPITOLO 12

«Allora ho pensato che potremmo andare prima da Monika e poi con lei alla mostra.» Mélanie tracciò sulla tovaglia il percorso che aveva in mente con un'unghia laccata di rosso scuro. Il tavolo a cui ci eravamo nel frattempo accomodati era in fondo alla sala, giusto sotto lo specchio in cui le fiaccole si moltiplicavano all'infinito.

Di che mostra stava parlando? Annuii ugualmente.

Un cameriere posò davanti a noi due piatti di antipasti, senza dubbio preparati con immenso affetto da Tim.

«Li hai ordinati tu?» chiese Mélanie.

Io in quel ristorante non avevo mai ordinato nulla. «No, se li è ordinati Tim da solo. Fidati e mangia.»

Assaporai un gamberetto avvolto in una zucchina ai ferri. Se ripensavo agli esperimenti gastronomici che ero stato costretto a trangugiare quando Tim era ancora alla scuola per cuochi, dovevo ammettere che aveva fatto dei progressi incredibili e la lista d'attesa di tre settimane per un tavolo ne era una chiara testimonianza.

Noi amici stretti, però, avevamo sempre una via preferenziale e potevamo contare su un posto in un angolino anche se ci presentavamo senza preavviso. E poi c'era l'Inglese. Per lei Tim avrebbe trovato posto anche a costo di rispedire a casa qualche altro cliente con il resto della cena in un contenitore di polistirolo. Chissà se era ricomparsa. Tim non l'aveva più menzionata. Dovevo però ammettere che ultimamente lo avevo solo travolto con i miei problemi e non mi ero minimamente preoccupato dei suoi. Ero davvero un pessimo amico...

«Poi volevamo andare a provare quel ristorante giù al lago, sai, quello che hanno aperto un paio di settimane fa sulla Goldküste. Jonas ha detto che è molto buono.»

«Mhm.» La Goldküste. Quanto odiavo quella striscia di terra e tutto ciò che rappresentava. E pensare che avrei potuto benissimo crescere lì anch'io. Quante volte avevamo discusso di quel nome? Mélanie era convinta che *Gold* stesse per il fatto che era la costa del lago di Zurigo più esposta al sole e che quindi il termine richiamasse il colore dorato della luce. Ma io ero sicuro che *Gold* stesse per oro nel senso di denaro: a sommare insieme i soldi della gente che abitava su quella sponda del lago si poteva infatti sfamare metà del continente africano – solo che nessuno lo faceva.

Il locale si stava riempiendo di persone, voci, colori, profumi da donna e da uomo, risa, tintinnio di posate e bicchieri, odore di cibo. Intorno a noi erano già in esposizione esemplari di svariate patologie e carenze vitaminiche, tanto che mi veniva voglia di tirare fuori un blocchetto di ricette e distribuire rimedi a dritta e a manca.

Ma ciò che mi incuriosiva di più era l'arcobaleno di sfumature dell'amore che tante altre volte avevo osservato in quel posto:

giovani incerti, i cui gesti e sorrisi avevano l'unico scopo di conquistare l'altro nell'illusione di avere la felicità a portata di mano; coppie di mezza età, che cercavano di riempire col cibo il vuoto che regnava tra loro; altri che avevano abbandonato da un pezzo l'idea che una relazione potesse essere più di una facciata, e altri ancora che, dopo essersi lasciati alle spalle i frantumi di una relazione, si buttavano in una nuova perché, in fondo, la vita bisognava godersela. E poi c'erano i casi rari che, nonostante tutte le difficoltà della vita di coppia, o proprio per quello, erano riusciti a portare il loro rapporto a un livello superiore, creando un'unione in cui ciascuno apportava il proprio contributo senza soffocare l'altro. I loro sguardi caldi, sereni, a volte maliziosi non lasciavano dubbio su quello che si stavano dicendo senza bisogno di proferire parola. Era il tipo di rapporto che avevano i miei genitori, i miei zii, i miei nonni. Ma a me di quella ricetta sfuggivano ancora molti ingredienti e purtroppo non potevo fare una TAC alla relazione dei miei per svelarne tutti i segreti. Li custodivano molto gelosamente e, a essere sincero, non sapevo nemmeno fino a che punto volessi davvero conoscerli.

«Riesci ad arrivare per le sette?» mi chiese Mélanie.

«Dove?»

«A Paradeplatz! Ma mi stai ascoltando? Te l'ho appena detto.»

«Scusa, stavo osservando quel vecchio là che non fa altro che guardarti le gambe.» Mélanie si aggiustò il vestito con aria quasi spaventata. «Boh, dipende da quello che succede in ospedale. Cercherò di farcela.» Che giorno? Perché?

Alle spalle di Mélanie, tra le tende di velluto dell'ingresso comparve una donna dai capelli rosso fuoco. Era accompagnata da due uomini e l'intimità con cui entrambi la toccavano, mentre uno le toglieva il cappotto e l'altro la accompagnava al tavolo, rivelava che erano tutti e due più di un semplice conoscente o parente.

Hmm... Chissà che razza di accomodamento c'era tra loro. In ogni caso sembravano tutti e tre molto felici e rilassati. E, soprattutto, sembravano fregarsene altamente degli sguardi puntati su di loro. Davvero ammirevoli. Sesso in tre. Un altro uomo nel tuo letto. Che magari toccava anche te. Aggrottai la fronte.

«Che c'è? Non ti piace?» chiese Mélanie.

«Oh, sì, sì.» Scossi la testa per liberarla da certe immagini che i miei neuroni erano sempre un po' troppo zelanti nel creare. «Vuoi assaggiare?» Avvicinai la forchetta alle labbra di Mélanie e lei mi guardò dritto negli occhi, mentre apriva la bocca. Era così bella, con i capelli ondulati che le incorniciavano il viso e quegli occhi colmi di amore, resi ancora più caldi dalla luce soffusa della candela che ardeva tra noi. Il vecchio ci aveva visto giusto: quella donna era una perla rara. E i sensi di colpa stavano cominciando a squartarmi dall'interno come una dissecazione aortica.

«Ma con Sarah è tutto a posto?» chiesi per riportare i miei pensieri su un terreno meno sdrucciolevole. «È tanto che non la vedo.»

«Sì.»

Perché quell'aria di rimprovero all'improvviso? Avevo solo chiesto notizie della sua migliore amica perché mi sembrava strano che fosse sparita dalla circolazione. Mi ero perso qualche litigio?

Mélanie speronò un gamberetto con più forza del necessario e la forchetta slittò sul piatto con uno stridio che mi fece accapponare la pelle. «È incinta.»

Inghiottii il boccone che mi ero appena infilato in bocca senza nemmeno masticarlo. La trachea mi prese fuoco per l'eccessiva sollecitazione. «Ah.» Perché io non ne sapevo niente? E come cavolo era che riuscivo sempre a fare la domanda sbagliata? Presi un sorso di vino, mentre il silenzio tra noi si compattava in una barriera insormontabile. Avevo scoperchiato il vaso di Pandora della nostra relazione e non avevo idea di come rimettere il coperchio. Bravo,

proprio bravo! Ci mancava pure questo, giusto per festeggiare.
«Non lo sapevo. Samuel non mi ha detto niente.»
«Samuel non ha detto niente a nessuno perché Sarah non voleva che si sapesse in giro prima di essere sicura che fosse tutto ok.»
«Ma a che settimana è?»
«Sedicesima.»
«E sta male o cosa?» La domanda mi uscì in tono più brusco di quanto volessi.
«Così così, a volte non viene a lavorare, ma tutto nella norma» rispose Mélanie senza deflettere lo sguardo. Le sue labbra erano ora serrate in una linea più dritta della lama di un coltello.
«Ah, ok. E Samuel è contento?»
«Sì. Era da un pezzo che ci provavano.» Si tirò la pashmina di seta color crema sul petto quasi avesse freddo, anche se nella sala faceva fin troppo caldo. Le sue pupille erano diventate due punte di spillo, mentre i dischi delle sue iridi sciorinavano un lungo elenco di capi d'accusa.

Se avesse continuato a guardarmi così, mi sarei alzato e sarei andato a tagliare cipolle in cucina da Tim.

«Lo so. Beh, allora dobbiamo invitarli per congratularci.» Già mi immaginavo l'allegra serata e soprattutto il debriefing successivo, ma erano i nostri amici comuni più stretti, quelli grazie ai quali eravamo insieme, e non vedevo come sottrarmi a quell'obbligo sociale.

«Sì. Del posto da te si sa niente?»
Braaava Mél. I miei polmoni cominciarono a espandersi di nuovo. Non era una domanda del tutto scollegata dall'altro argomento e non ero particolarmente entusiasta di pensare al lavoro lì per lì, ma almeno non era il nostro tema tabù. Non avrei saputo dire come, ma, da quando mi ero trasferito da lei, la questione figli era diventata il centro nevralgico del nostro rapporto: su di lei esercitava una forza centripeta, su di me centrifuga.

«Graf ha raccolto tutte le candidature. Le sta valutando» dissi, mentre disegnavo con la forchetta una spirale aperta verso l'infinito nell'olio sul mio piatto per poi distruggerla con un gesto a zig-zag. «Da te, invece, come stanno esattamente le cose?»
«Non potrei parlarne.»
«Avanti. A chi vuoi che lo dica?»
«Beh, non è che la tua famiglia, inclusi i tuoi zii, abbiano proprio pochi soldi da noi.»
Sbattei le palpebre. «E tu come fai a saperlo?»
«Io ho accesso a tutti i conti dei clienti che hanno più di un tot da noi, Killian, altrimenti come farei a valutare i rischi che corrono con i loro investimenti e che corriamo noi come banca insieme a loro? Anche tuo nonno ha un conto niente male qua in Svizzera.»
«Quello gli serve per finanziare il Lichtstrahl. Quell'ospedale è così all'avanguardia solo grazie alle sue donazioni. Ma non mi ero mai reso conto che tu sapessi quanti soldi hanno i miei. Non lo so nemmeno io di preciso.»
«Beh, io sì, perlomeno quelli che hanno da noi, magari ne hanno anche altrove. Ma in ogni caso non ti posso dire quant'è. Qualcosa del segreto bancario è rimasto ancora in piedi, nonostante gli sforzi degli Stati Uniti e dell'Europa.» Stava sorridendo col sorriso perfido della vendetta. Non l'avevo mai vista così.
Svuotai il mio bicchiere d'un fiato e me lo riempii di nuovo.

CAPITOLO 13

Mi distesi sul letto nella mia stanza sotto il tetto spiovente e respirai a fondo, finché le assi di legno che rivestivano il soffitto non smisero di ballarmi davanti agli occhi.

"La troverai la Via, se prima avrai il coraggio di perderti."

Che stronzata. L'avevo davvero scritta io quella frase sul legno, un colore dell'arcobaleno per ogni parola?

Sulla perlina successiva Tim aveva scritto: *"Gli incontri più importanti sono già combinati dalle anime, prima ancora che i corpi si vedano."*

Speravo di avergli scritto una cavolata altrettanto grande in camera sua, ma era passato tanto di quel tempo da quella nostra fase mezza depressa durante le superiori che non mi ricordavo se mi fossi rivalso a dovere.

"Temere l'amore è temere la vita, e chi ha paura della vita è già morto per tre quarti." Quella era la calligrafia di Nora. E la scritta

non era mezza sbiadita come le altre: l'inchiostro turchese era vivido e fresco. Se mi capitava tra le mani!

Ma quanto ci metteva sempre Mél in bagno? Dovevo impostare la sveglia. Allungai il braccio e tastai sul comodino. C'era solo la lampada di sale, che sprigionava la sua calda luce dorata nella stanza.

Emisi un sospiro e, con un immenso sforzo di volontà, mi alzai di nuovo e scesi dall'attico fino all'ingresso con movimenti incerti, nonostante conoscessi quella casa a menadito.

Trovai la mia giacca e il mio cellulare. Ad aspettarmi c'era una chiamata persa dal numero +44 141 325 272. Mi arruffai i capelli con le dita. Chi mi aveva chiamato dall'Inghilterra? Inghilterra... Scozia? Il prefisso internazionale era lo stesso? Verificai in internet. Glasgow.

L'adrenalina schizzò in ogni interstizio del mio corpo. Cominciarono a ronzarmi le orecchie. Feci tre passi in direzione delle scale, poi tornai indietro. Che ore erano? Le undici passate. Non potevo certo richiamare il Professor MacLeod a quell'ora, a prescindere dal fuso orario. Cosa dovevo fare? Mél mi aspettava di sopra e, dopo la scottata della cena, in teoria sarebbe stato mio compito ricordarle che il sesso poteva essere bello anche quando era fine a sé stesso. Solo che ora avevo bisogno di riflettere, di valutare tutti i pro e i contro, di decidere cosa fare della mia vita, non di scopare. In che razza di casino mi ero ficcato? Nora era a casa?

Il salotto era vuoto e buio: solo un paio di ciocchi nel caminetto emettevano gli ultimi rantoli, immersi in un'aura rossastra come quella che doveva regnare nell'Ade. Amore e Psiche se ne stavano là, bianchi e immobili nella loro scomodissima posizione a X, appesi al muro dietro il sarcofago nero dello Steinway, persi nel loro amore eterno e indifferenti ai miei problemi.

La dea Hathor era sempre lì che benediceva o malediceva chi passava nel corridoio. La cucina aveva assunto una fredda tonalità blu nella penombra. L'orologio sulla credenza ticchettava, segnando un tempo regolare che nulla aveva a che fare con il tempo a fisarmonica che governava la mia vita.

Risalii la prima rampa di scale sostenendomi con il corrimano. Gli scalini sembravano cambiare continuamente forma nell'oscurità. La porta della stanza di Nora era chiusa: o non c'era o stava già dormendo o era con Matthias e, anche se mi venivano le convulsioni al solo pensiero, non volevo disturbarli lo stesso. Anche la porta dei miei genitori era serrata, ma lì non avrei mai bussato in ogni caso.

"Hai tempo fino a domani, non devi decidere adesso. Mélanie ti sta aspettando, è il suo compleanno" mi sussurrarono i miei neuroni.

Adesso capivo perché mio cugino Johannes, il fratello di Eric, non voleva mai far entrare donne nella sua camera: profanavano il tuo santuario, trasformandolo in un luogo di pericolo, contaminavano l'atmosfera, riuscivano perfino a cambiare l'odore di un ambiente coi loro profumi, ti prosciugavano le forze vitali. Non avevo mai avuto così poca voglia di fare sesso in vita mia.

Alzai gli occhi dal pavimento perché le giunture tra le assi di legno parevano serpenti che strisciavano uno sull'altro in movimenti ondeggianti che mi facevano venire da vomitare.

Senza alcun preavviso nel buio del corridoio si materializzò davanti a me un volto pallido dal ghigno sardonico e aggressivo sopra un torso nudo, bianco come l'alabastro, e due gambe muscolose, fasciate di nero.

Il mio cuore ebbe uno spasmo. No! No, no, no, no, no!

Feci un passo indietro, annaspando. Il Cigno si avvicinò. I suoi occhi luccicavano minacciosi, separati da una striscia nera che dalla fronte gli scendeva fino alla punta del naso. Provai a scappare, ma i miei piedi si erano fusi con il pavimento.

La creatura si mise a ridere, emettendo un suono simile al soffio di un gatto dinnanzi al nemico. I suoi denti riflettevano la luce azzurrognola che penetrava dalla finestrella in fondo al corridoio. Allungò una mano bianca, su cui spiccavano in rilievo le vene blu. Fece per afferrarmi.

Cercai di urlare, ma il respiro mi si bloccò in gola. Sbandai in mezzo al corridoio. Urtai con la spalla contro il muro della stanza di Daphne e mi aggrappai allo stipite della porta per evitare di stramazzare al suolo.

Quando il mondo smise di girarmi attorno, il corridoio era deserto.

Poggiai una mano tremante sul muro, poi l'altra e abbassai la testa tra le braccia. Dovevo riportare ossigeno al mio cervello. Inspira... Espira... Lentamente. Regolarmente. Cosa diavolo mi stava succedendo? Inspira... Espira... Calma. Era solo la mia immaginazione. Non stava succedendo nulla. Dovevo solo smetterla di bere così. Era tutto a posto. La mia vita era nella norma. Avevo una relazione regolare, stabile e sicura. Non c'era nulla di cui preoccuparsi.

Mi passai entrambe le mani tra i capelli, conficcandomi le unghie nella nuca. Il sangue mi pulsava nelle orecchie. Dovevo riprendere il controllo, tornare da Mélanie. Lei era la mia salvezza. Dovevo andare da Mélanie. Mélanie.

Con gambe che mi reggevano appena, mi trascinai su per le scale di legno scricchiolante che portavano alla mia stanza, ripetendomi a ogni scalino: tu sei Killian Alexander d'Altavilla. Sei insieme a Mélanie Kunz. Sei felice. Ed è tutto perfettamente normale.

CAPITOLO 14

La mattina seguente arrancai dalla stazione di Zurigo fino all'Ospedale in cima al monte alle spalle della città, cullando in mano un doppio espresso. La nebbia gelida generata dal lago soffocava i palazzi storici, che si arrampicavano sulle pendici quasi alla ricerca di ossigeno. Non sapevo se fosse più il mio anelito a fare altrettanto o la voglia di dissolvermi nella nebbia, lasciando che scomponesse il mio corpo in miliardi di microscopiche particelle.

Nel momento in cui misi piede nel corridoio su cui si affacciavano gli uffici del reparto di radiologia, il Professor Graf comparve all'altra estremità.

Mi salutò e mi disse: «Dopo il briefing passi un attimo da me, voglio discutere con lei del suo futuro». I suoi occhi brillarono e mi strinse il bicipite, una cosa che non aveva mai fatto prima.

Scheisse... Scheisse! Scheisse! Scheisseee!

Non trattenni una singola parola di quello che venne detto durante la riunione. Fluttuavo in un mondo in cui avevo tutto quello che potevo volere: ero assistente del Professor Lachlan MacLeod, ero vice del Professor Peter Graf e avevo una donna meravigliosa che mi amava e voleva un figlio da me, possibilmente domani. Se avessi voluto, avrei addirittura potuto avere un'amante del calibro di Cleopatra. Eppure nessuna di queste prospettive era conciliabile con le altre. Dovevo scegliere. E scegliere significava deludere qualcuno e fare i conti con tutta una serie di conseguenze che non avevo alcuna voglia di affrontare.

Appena si concluse il briefing, anziché seguire Graf nel suo studio, mi fiondai nei bagni del quarto piano.

Dopo essermi assicurato che i cubicoli fossero vuoti, appoggiai la schiena contro il muro accanto al lavandino scheggiato.

«Daph, ciao» dissi, parlando a bassa voce nel cellulare.

«Oh, ma ciao! Come va?» mi chiese lei dal mondo innevato in cui viveva per gran parte dell'anno.

«Non tanto bene. Tu?»

«Solito. Runa non dorme, ma per il resto tutto a posto. Cos'è che non va? Hai problemi con Mélanie?»

«Sì e no.» Le spiegai la situazione il più velocemente possibile, mentre con l'indice percorrevo avanti e indietro una crepa nella superficie di ceramica del lavandino.

«Solo tu, Ki, solo tu.» Potevo scommetterci che stava scuotendo la testa incoronata da una delle complicatissime pettinature che aveva trascorso anni a imparare a fare, occupando il bagno per ore. «Chiama la nonna Ginevra. È lei che ha la laurea in contorsionismo morale, mica io.»

«No, Daph, non ho tempo. Dimmi tu cosa faresti al posto mio.»

«Ki, non lo so. Qualsiasi cosa tu faccia, farai imbestialire qualcuno. Chiedi alla nonna, ascoltami. È l'unica che ti può davvero aiutare. E fammi sapere cosa decidi di fare. Runa! Non toccare quella pentola! Scusa, devo scappare.»

Aveva riattaccato. Stronza.

«Nonna. Ho bisogno del tuo aiuto» dissi tutto d'un fiato appena mi rispose.

«Ciao, tesoro. Sì, sto bene, grazie. Anche il nonno. Adesso è tutto preso dall'idea di ristrutturare il borgo di Scanti, sai quello dietro l'altra collina, proseguendo lungo la str–»

«Nonna! È urgente!»

«Ah, scusami.»

«No, scusami tu, ma non ho tempo per i convenevoli. Mi devi tirare fuori da una situazione senza via d'uscita. E veloce. Ti prego.»

«Sentiamo.»

Le riassunsi l'intera faccenda.

«Non vedo dove sia il problema» disse quindi con la voce resa roca dall'età, dalle lezioni all'università e dalle innumerevoli conferenze che nel corso degli anni aveva tenuto come politologa e storica contemporanea.

«Come non vedi dove sia il problema?» Si era rimbecillita tutto di un tratto? Era sempre stata la donna più perspicace che conoscessi. «Se vado con MacLeod, deludo Graf e Mélanie. Se vado con Graf, deludo MacLeod e tutti quelli dell'Istituto a Berna e magari mi precludo qualche possibilità per il futuro, anzi, di sicuro. Se faccio un figlio con Mélanie, non vado avanti né con Graf né con MacLeod e li deludo entrambi. Mi sembra abbastanza chiaro.»

«Killian, calmati. Sei così agitato che non stai considerando l'unica variante che davvero importa.»

«Cosa? Che mando tutto a quel paese e me ne vado all'altro capo del mondo a ricominciare la mia vita dove non mi conosce nessuno?»

«No, anche se in effetti sarebbe un'alternativa da considerare.

In realtà c'è un'altra cosa che è fondamentale, ma come al solito tu non ci stai pensando, perché voi medici siete tutti uguali.»

«Nonna, ti-prego-falla-corta perché c'è Graf che mi sta aspettando.»

«Devi pensare anche a te stesso ogni tanto, Killian. Lo so che vuoi che tutti siano felici e soddisfatti intorno a te, ma quello che più conta è cosa vuoi tu, dentro di te, perché è la tua vita, capisci? Se io quella volta avessi pensato a cosa volevano gli altri, i miei compagni, la mia famiglia, avrei finito per essere la persona più infelice del mondo, perché quello che volevo io era restare con Rodrigo, anche se rappresentava tutto quello che odiavo. È stata la scelta più difficile che io abbia mai dovuto compiere, perché sapevo che, se fosse venuto fuori, sarei stata bollata come traditrice di una causa in cui credevo ciecamente e avrei perso tutti i miei amici e forse anche la mia famiglia. Eppure non me ne sono mai pentita.»

«Hmm...»

«Tu cos'è che vuoi più di tutto, Killian?»

«Diventare medico legale.»

«Ecco, vedi? Hai risolto il problema. È la tua vita, Killian. La devi vivere come vuoi tu, non come vogliono gli altri. E ricordati che se sei felice tu, lo saranno anche quelli che ti stanno intorno, se davvero ci tengono a te, altrimenti è meglio lasciarli andare per la loro strada. Prendi il posto con MacLeod, su, anche solo per il fatto che è scozzese: quelli hanno il sangue che gli ribolle nelle vene.»

«Mhm...» Non ero sicuro che fosse davvero una buona cosa.

«Chiamami quando hai il contratto in tasca. Ciao, tesoro.»

E cosa dovevo fare con Graf e Mélanie?

Entrai nello studio di Graf con l'impressione di essere scollegato dal mondo che mi circondava. Con la coda dell'occhio colsi una presenza scura in un angolo. D'istinto m'irrigidii. Voltai la testa e per poco non scoppiai a ridere: Graf aveva appeso il suo cappotto nero sull'attaccapanni che si trovava davanti al poster di uno scheletro e dalla mia prospettiva vedevo solo il cranio che sbucava dal colletto – un testimone silenzioso e ghignante di quell'incontro che si preannunciava tutt'altro che facile.

CAPITOLO 15

Uscii dallo studio di Graf con la netta sensazione di essere finito sotto un rullo compressore. Lo sguardo preoccupato di Seroux, che se ne stava appoggiato alla cornice della porta della stanza che condividevo con gli altri assistenti, mi confermò che i muri di uno stabile così datato non erano fonoassorbenti. Ma non avevo tempo di fermarmi a tranquillizzarlo. Era già tardissimo.

Scesi le scale frenando l'impulso di saltare gli scalini per non fratturarmi un piede o una gamba, ma quando le porte scorrevoli all'ingresso si aprirono per lasciarmi passare, cominciai a correre. Raggiunsi il cantiere in fondo alla via e, mentre riprendevo fiato, accesi il cellulare. Subito mi arrivò l'avviso di una chiamata persa da un numero che conoscevo già a memoria. Fissai per un istante lo schermo del cellulare, lasciando che un raggio di sole mi scaldasse la nuca. Poi premetti il tasto di chiamata.

Il telefono squillava, ma non rispondeva nessuno. Stavo per terminare la comunicazione quando finalmente qualcuno disse: «Hello? Is that Doctor Altavilla?»

Il mio cervello fu invaso da una voce profonda e pacata, con un accento molto diverso da quello a cui ero abituato: *doctor* pareva avere tre R, ma almeno non aveva detto Altafilla o Oltavillei o qualcosa del genere. «Sì, salve. Parlo con il Professor MacLeod?»

«Fino a prova contraria, direi di sì.»

Sorrisi e mi voltai così che il sole mi inondasse il petto. «Ho visto che mi ha cercato varie volte, ma ieri sera era troppo tardi per richiamarla e prima stavo lavorando, mi scusi.» Le dita della mia mano libera presero a giocare con il nastro rosso e bianco che delimitava l'area intorno al padiglione in restauro.

«Ho immaginato, non si preoccupi. In ogni caso sono molto sollevato che mi abbia richiamato, perché ci sono delle cose che vorrei chiarire con lei. Si è candidato per il posto di mio assistente, giusto?»

Mamma mia, com'era difficile capirlo: le vocali erano tutte sbagliate e quella erre!

«Sì, ma in realtà non volevo.» Che cavolo stavo dicendo? Questo, MacLeod non doveva assolutamente saperlo! Mi strattonai i capelli sulla cima della testa.

«E allora perché si è candidato?»

«Perché, ecco... Vede... Diciamo che mi ha costretto mia sorella.» Infilai un dito nel collo del camice cercando di allargarlo.

«Sua sorella l'ha costretta a candidarsi?» L'incredulità di MacLeod era palpabile anche a tutti quei chilometri di distanza.

«Sì, insisteva tanto. Speravo che così la smettesse di tormentarmi... perché in realtà io... Non pensavo che lei avrebbe scelto me, ecco.» Quando avrei imparato a mentire? Tutti i miei insegnanti a scuola avevano sempre lodato la mia fantasia: dov'era finita tutta quell'inventiva?

«Mi faccia capire bene: lei si è lasciato convincere a candidarsi per un posto che non voleva e poi è addirittura andato al colloquio? O l'ha costretta sua sorella a fare anche quello?» Attraverso il sarcasmo traspirava ora una punta di impazienza come una goccia di acido in una soluzione basica.

«No, ci sono andato di mia spontanea volontà. Però... Ecco, non è che non volessi il posto, solo che... insomma, è un po' complicato.» Mi passai di nuovo la mano tra i capelli. «Forse volevo solo dimostrare a mia sorella che avevo ragione io.» Chiudi-quella-bocca.

«Beh, adesso le tocca dire a sua sorella che aveva ragione lei. Non la invidio.»

«Hmm...» Perché non poteva aprirsi una voragine sotto i miei piedi? Quella telefonata non stava affatto andando come volevo e rischiavo che MacLeod mi sbattesse il telefono in faccia e mi lasciasse disoccupato. Non mi ero mai presentato così male a una persona in vita mia. Se mi prendeva per un imbecille aveva perfettamente ragione.

«Senta, *Doctorr Altavilla*, cerchiamo di capirci perché, se già prima mi sfuggivano delle cose, adesso me ne sfuggono ancora di più. Allora, lei è un radiologo.»

«Specializzando, sì.»

«E vorrebbe diventare medico legale.»

«Sì.»

«La *virrtopsy* le interessa?»

«Sì.»

«L'inglese sento che lo sa. Il tedesco lo sa?»

«È la mia lingua principale.»

«Ha già lavorato all'Istituto di Medicina Legale e le è piaciuto?»

«Sì, molto.»

«Allora perché non vuole il posto?»

«No, ecco, volevo dirle che in realtà io il posto lo voglio.»

Ci fu una battuta di silenzio.

«Ah, adesso lo vuole» disse poi MacLeod lentamente. «E non poteva dirlo subito?»

«Il problema è che non ho molta esperienza, come avrà visto dal curriculum, e non so se sono capace di fare quello che serve a lei.»

Di nuovo silenzio. Ora mi avrebbe detto che voleva riconsiderare la sua scelta. Deglutii a vuoto. Le mie ghiandole salivari non volevano collaborare. Cercai di riannodare il nastro di contenimento del cantiere che avevo involontariamente sciolto, ma con la sola sinistra non ci riuscivo.

«Questo, se permette, lo decido io e, se una cosa non la sa, la può imparare. Anch'io imparo cose nuove tutti i giorni. Sbaglio e imparo.» MacLeod sbagliava? Cosa sbagliava? A caricare la sterilizzatrice perché lo facevano sempre altri per lui? «E non ho bisogno di un alter ego, giusto perché le sia chiaro, altrimenti il bando di concorso sarebbe stato formulato diversamente e, sempre se permette, dubito che avrei trovato candidati idonei. So che suona arrogante, ma se uno vuole fare carriera nel nostro settore, deve anche sapere esattamente quanto vale, altrimenti finisce calpestato dagli altri e io ho un paio di progetti che vorrei portare a termine prima di farmi fare a pezzi. In ogni caso, per il momento ho semplicemente bisogno di un assistente bilingue e mi pare che lei risponda pienamente a questo criterio. Inoltre, Carmichael mi ha parlato ottimamente di lei e delle sue capacità, quindi sono sicuro che lei ha tutto quello che le serve per fare questo lavoro.»

«Lei ha parlato con il Professor Carmichael?»

«Era tra le sue referenze e si dà il caso che io lo conosca. Ah, mi lasci indovinare: sua sorella le ha scritto il CV a sua insaputa, quindi lei *non sa* che Carmichael è indicato tra le sue referenze.»

Sorrisi mio malgrado. «No, l'ho scritto io.»

«Bene, altrimenti le avrei chiesto il numero di telefono di sua sorella.»

«Perché?»

«Per complimentarmi con lei per lo status ante mortem. Era proprio tanto che non ridevo così. Tutti si sforzano sempre di trasmettere un'immagine ineccepibile nei loro curricula e nessuno fornisce mai dettagli che rivelino qualcosa della loro personalità, che invece io trovo particolarmente interessanti, perché con il mio assistente ci devo lavorare a stretto contatto per un sacco di ore al giorno e a volte anche di notte e nel weekend.»

Era stata quella stupidissima espressione, messa lì per fare dispetto a Nora, che aveva fatto cadere la scelta su di me?!

MacLeod proseguì: «Quindi lei adesso ha deciso che vuole lavorare con me?»

Considerando questo nostro primo scambio, non ne ero più così sicuro. Però non mi aveva detto che sarebbe passato al prossimo candidato in lista. Mi aveva detto che potevo imparare e che aveva fiducia nelle mie capacità. Per qualche strano effetto di luci e ombre, la pianta a cui era originariamente legato il nastro assunse la fisionomia di mia nonna Ginevra. Mi voltai dall'altra parte. «Sì.»

«Sì cosa?»

«Sì, voglio lavorare con lei, la virtopsia mi interessa moltissimo e voglio imparare tutto quello che posso da lei.»

«*Guid*, adesso cominciamo a ragionare. Allora chiami Mrs Jost e le dica che accetta il posto. E veda di firmare quel contratto quanto prima, che la facciamo diventare un eccellente medico legale.»

Sbattei più volte le palpebre. Sentivo un inspiegabile calore agli occhi, che non poteva essere dovuto al sole.

«È un ordine del suo capo.» La voce di MacLeod aveva assunto un tono ancora più perentorio.

«Sì, certo. Grazie, Professore.»
«Grazie a lei per la chiamata e mi saluti sua sorella.»
«Sarà fatto.»

Perché mi sembrava di avere il cuore nello stomaco e lo stomaco nel cervello e il cervello sotto i piedi e qualcosa di non meglio definito che mi occludeva la trachea? MacLeod era sempre così? Quella telefonata era stata come un ciclo di centrifuga, dopo il lavaggio a cento gradi di Graf. Era peggio che essere ubriaco. Forse era perché non avevo chiuso occhio tutta la notte. Mi sedetti su un sacco di bitume, pestando il nastro di contenimento con i piedi.

Avevo appena compiuto un passo decisivo per raggiungere il mio sogno, avevo sbaragliato altri quarantacinque candidati, a ventisei anni ero dove non mi sarei mai sognato di essere nemmeno nelle mie fantasticherie più rosee, eppure non provavo il senso di esultanza che mi sarei aspettato. Al contrario: ero terrorizzato.

Magari mi sarei sentito meglio se avessi condiviso la cosa con qualcuno. Cercai il numero di Tim: probabilmente stava ancora dormendo, ma avevo bisogno di raccontargli tutto quello che era successo da quando mi aveva chiamato Frau Jost la sera prima – senza l'allucinazione del Cigno, ovviamente. Quella era solo colpa dell'alcol e non c'era niente di cui preoccuparsi.

CAPITOLO 16

Alle sei e mezza di sera misi piede nell'Incrocio alla ricerca di Tim. Nell'ambiente, già invaso da un profumino allettante, si rincorrevano le note del concerto n. 2 per pianoforte e orchestra di Rachmaninov. Tim era decisamente in fase di struggimento amoroso e potevo scommetterci che c'entrava in qualche modo l'Inglese.

Mentre mi sfilavo la giacca, tirai un lungo sospiro, adeguando la mia respirazione al ritmo della musica. Per un attimo fui tentato di tirare fuori dalla tasca la busta che conteneva il mio futuro, ma poi reputai più saggio lasciarla dov'era. Mi accertai che fosse ancora lì e salutai Tim, che stava sbucando dal corridoio che portava alla cucina. I locali della città vecchia erano quasi tutti costruiti su più livelli, con scale strette e passaggi male illuminati, che mi facevano sentire come un cospiratore che si intrufolava nei meandri di luoghi segreti per portare a termine chissà che missione, anche se stavo solo andando a bermi una birra.

«Prendi 'ste candele e sostituisci quelle consumate» mi disse Tim senza ricambiare il mio saluto, mentre mi ficcava in mano un fascio di candele bianche. «Controlla anche i fiori: butta tutto quello che non è freschissimo. La cameriera del turno di apertura è malata» si degnò finalmente di spiegarmi. «Le altre arrivano il prima possibile. Devo controllare cosa stanno facendo in cucina, altrimenti va a finire che mi rovinano tutto. Adesso dovrebbe arrivare anche Alex. Gli ho accennato al problema» terminò, alzando il mento nella mia direzione quasi stesse definendo me con quel termine.

Ubbidii senza fiatare, sapendo quanto nervoso diventava quando le cose non filavano come dovevano e lui era responsabile del risultato finale. Non si era ancora cambiato e indossava un paio di jeans e una t-shirt bianca macchiata di sugo. Potevo scommetterci che stava dando i numeri già solo per quello.

Lasciai che la musica avvolgesse la mia anima, mentre i tre neuroni che non amavano la musica classica seguivano quello che stavano facendo le mie mani.

Una decina di minuti dopo fui colpito alla nuca da una sferzata di aria fredda. Mi girai e vidi la figura alta, asciutta e scattante di Alex.

Se ne stava nella cornice della porta d'ingresso, tenendo le tende scostate con entrambe le mani. Mi stava fissando, gli occhi ridotti a due fessure. Con il suo berretto col frontino e il suo cappotto di lana blu indaco in doppio petto, gli zigomi alti e quell'aria sfrontata che lo avrebbe distinto tra mille, sembrava appena uscito dal film *Il dottor Zivago*. La musica era perfetta.

«Killian, sei una testa di cazzo.»

Il suo linguaggio un po' meno.

«Sì, grazie, lo so. Me lo hai già detto un'infinità di volte. Mi dici anche cosa devo fare con Mélanie, adesso?»

«Prima di tutto bisogna festeggiare. Tiiim! Dov'è la vodka?»

Tim riapparve dal cunicolo della cucina, asciugandosi le mani con un canovaccio.

«Non vi sognate di ubriacarvi ora. Stanno per arrivare gli ospiti e non voglio dover chiudere 'sto posto, chiaro? Dopo va benissimo, ma adesso non se ne parla.»

Alex si tolse il cappotto e lo appese accanto alla mia giacca. «Sei sicuro di non essere tu il fratello maggiore? Diventi sempre più insopportabile.»

«Pensa per te. E non toccare le bottiglie. Devo vedere che non si brucino i vol-au-vent.» Tim sparì di nuovo in cucina, non senza aver prima gettato un'occhiata ai tavoli per assicurarsi che stessi eseguendo il mio compito a dovere.

Alex si avvicinò al bancone del bar e passò in rassegna le bottiglie esposte sui ripiani di vetro illuminati da nastri di led rossi. Evidentemente insoddisfatto, fece il giro del banco e aprì uno stipetto in basso, nascosto alla mia vista. Vi rovistò dentro e tirò fuori una bottiglia di Staraja Moskva con l'etichetta nera, decorata con le guglie dorate di una chiesa ortodossa. Riempì due bicchieri quasi fino all'orlo, poi si appollaiò su uno degli sgabelli, voltò la schiena al bancone e vi poggiò sopra i gomiti.

«Hai finito di giocare a mamma casetta?» mi chiese, mentre cercavo di ricomporre un mazzo di fiori in un vaso, così da nascondere i buchi che avevo creato buttandone via un paio.

«Un attimo.»

«Vieni qua a brindare, avanti. E poi mi spieghi bene 'sta storia prima che arrivino gli ospiti.»

Terminai il mio lavoro, poi mi sedetti accanto a lui e buttai giù un sorso che mi dissolse prima la trachea e poi l'esofago. Un miscuglio di trielina e varichina avrebbe di sicuro fatto meno danni al mio organismo.

«Volevi fare il furbo, eh? E ti sei incartato da solo.» Alex scoppiò a ridere. Io, dal canto mio, non ci trovavo niente di divertente. «Come al solito» continuò, sollevando il bicchiere in un muto brindisi. «Ma ti sei già licenziato dall'Ospedale?»

«Sì.»

«Bene. E il tuo capo come l'ha presa?»

«Male. Molto male. Perché mi ero candidato anche per il posto di suo vice e me lo voleva dare.»

«'Azzo!» Alex aspirò l'aria tra i denti. «Però complimenti: tutti ti vogliono, Ki. L'hai detto a mio padre?»

Scossi la testa. Erano settimane che non sentivo lo zio Kolja perché sapevo che mi avrebbe chiesto se mi stessi esercitando a dovere con la viola e non mi ricordavo nemmeno quando avessi aperto la custodia l'ultima volta. «Non l'ho detto neanche al mio ancora. Lo sapete solo tu e Tim.»

«Una bella occasione per fare un po' di baldoria come si deve.» Mi fece l'occhiolino. Tutta la nostra sproporzionata famiglia era sempre alla ricerca di pretesti per fare festa. C'era chi tra noi si era fatto più di una volta un'intera giornata di viaggio per trascorrere una serata in allegria con gli altri o non perdersi i festeggiamenti di qualche evento importante. Alex era sempre tra gli organizzatori, viveva di quelle occasioni.

«E con MacLeod – si chiama così, no, il tuo nuovo capo?» Annuii. «Con lui è tutto chiaro? Il posto è sicuro?»

«Ho appena firmato il contratto all'Istituto. Per quello sono qui a Berna.»

«Grandioso!» Mi diede una pacca sulla spalla. «Così sarai di nuovo dei nostri.»

«Non lo so mica, se devo anche fare su e giù da Zurigo, studiare per gli esami e vedere che MacLeod abbia tutto quello che gli serve. Non sarà una passeggiata, soprattutto perché dalla telefonata di stamattina non mi è sembrato un tipo tanto alla mano.»

«Avanti, chi è che ti fa più paura? Mél o 'sto MacLeod?»

Mi concentrai sul bicchiere, rigirandolo tra le dita una sfaccettatura alla volta – spigolo, superficie piatta, spigolo, superficie piatta, come un prisma. «Non lo so, davvero non lo so.»

«Allora cominciamo da MacLeod, che mi sembra il più facile.» Alex ridacchiò.

Cosa cavolo aveva da ridere adesso?

«Sono bravo, no? Proprio come lo zio Seba. Potrei prendermi una seconda laurea in psicologia.»

«Ma quanto sei scemo?»

«Su, concentriamoci prima che la vodka faccia effetto, che poi dobbiamo passare a Mélanie. MacLeod. Scozzese, presumo, dal nome.»

«Sì. Highlands. C'è scritto nel suo curriculum sul sito del posto dove lavora ora. E si pronuncia MacLaud, non MacLiod.»

«Età?»

«Trentasei.»

«Trentasei?!» Alex quasi scivolò giù dallo sgabello.

«Eh...»

«Ed è già un professore di fama internazionale nell'eccelsa arte della medicina?» Il volto di Alex era un punto di domanda e per un attimo mi godetti quella rarità.

«Cominci a capire, sì? E la medicina è una scienza, non un'arte.»

«Cazzarola...! Se senti mio padre, comunque, la medicina è un'arte. Ar-te. Però è fantastico: potete diventare davvero amici. Pensavo fosse uno di quei matusalemmi tipo quelli con cui lavora mio padre, che pare che caghino oro – il vecchio incluso.»

Questa volta fui io a scoppiare a ridere. «Povero zio. Dai, perché sei sempre così con lui?» Di tutti i miei zii, lo zio Kolja era il mio preferito: non avevamo legami di sangue, ma a unirci c'era la passione per la medicina – sebbene lui fosse ginecologo e io con la ginecologia non ci volessi avere nulla a che fare –, e l'amore per la musica. La viola l'avevo imparata da lui, che era anche un eccellente violinista. Alex, invece, suonava la tromba e amava il jazz, senza dubbio in segno di aperta opposizione contro suo padre. Le sue esecuzioni dal balcone erano ormai famose in tutto Breitenrain, il quartiere bohémienne di Berna in cui viveva e dove mio zio evitava di farsi vedere per una specie di accordo implicito che avevano tra loro.

Alex fece un gesto circolare con la mano e buttò giù un altro sorso di vodka. Poi scese dallo sgabello, rifece il giro del bancone fischiando la cadenza del concerto con i suoi crescendo mozzafiato e andò a recuperare arachidi e salatini. Mentre tornava al suo posto aggiunse: «Poi lo voglio conoscere, eh».

«Ti ho appena detto che non mi sembra affatto uno con cui si possa scherzare. Avresti dovuto sentire come mi ha inchiodato stamattina, saresti morto d'invidia.» Tuffai le dita nella ciotola di vetro e mi riempii la bocca di arachidi. Il sale sfrigolò sulla mia lingua irritata dall'alcol.

«Comunque, se ti ha scelto, secondo me ha capito molte cose della vita.»

«Era un complimento o un'offesa?»

«Un complimento, ovviamente.»

Gli tirai una ginocchiata, ma scansò abilmente l'attacco. «Ecco perché non riesco a odiarti come meriteresti.»

«Fai il serio» riprese. «Allora, MacLeod è un genio scozzese di trentasei anni. Abbiamo una foto?»

«Non ne esistono.»

«Come sarebbe a dire non ne esistono?» Tim era tornato nella sala vestito di tutto punto e ci stava fissando con le mani sui fianchi. «Finitela con quella bottiglia. Vi butto fuori a pedate nel sedere se provate a dire o fare la minima cosa fuori luogo.»

Alex lo mandò a quel paese con la mano.

«Prova a cercarlo in internet» dissi a Tim. «Vedrai che non lo trovi. C'è il suo curriculum, c'è il suo manuale di virtopsia, ci sono i suoi studi, il milione di paper che ha pubblicato, ma foto non ne troverai e nemmeno video. E non c'è su nessun social, perlomeno non sotto il suo vero nome. Ho controllato.»

«Stai scherzando?» chiese Alex.

«Guardate, vi dico.»

Tim prese il tablet su cui gestiva le prenotazioni dal leggio di legno intarsiato vicino all'ingresso e immise il nome di MacLeod nel motore di ricerca, mentre Alex osservava da sopra la sua spalla.

«Come si chiama di nome?»

«Lochlan scritto L-A-C-H-L-A-N. Ha anche un secondo nome impronunciabile, tipo Dubshit, ma si scrive tutto strano, sarà scozzese, che ne so. Lo trovi anche senza.»

Dopo un po' Alex esclamò: «Oh, non ci sono foto. Ze-ro. Hai ragione».

«Te l'ho detto. Chissà, magari ha qualche malformazione o è semplicemente bruttissimo e non vuole che il mondo lo sappia.»

«Pazzesco» disse ancora Alex, scuotendo la testa dai capelli lisci corti, molto più scuri di quelli di suo fratello. «È un professore di fama internazionale, ma è riuscito a rendersi invisibile su internet nel XXI secolo... Ki, hai ragione a fartela sotto, scusa, caro.» Riprese posto accanto a me e mi mise un braccio tutto tendini, nervi e muscoli intorno alle spalle, stringendomi a lui.

Tim poggiò di nuovo il tablet sul leggio. «Incredibile.»

«Bene, allora direi che l'argomento MacLeod è chiuso» dichiarò Alex. «È un pazzo di cui bisogna effettivamente avere paura. In bocca al lupo! Ora passiamo a Mélanie, che, nel peggiore dei casi, possiamo almeno definire una custodia per quello che sappiamo noi.»

Tim ridacchiò, mentre controllava i tavoli per l'ultima volta prima dell'arrivo dei clienti.

«Finitela» dissi. Ero abituato al discutibile umorismo dei miei amici, ma non mi piaceva che prendessero come bersaglio Mélanie.

«Sì, scusa. Allora, riassumendo: Mélanie, zurighese, quanti anni?» Sollevai prima tre dita e poi due. «Trentadue? Ah, non sapevo che fosse più vecchia di te. Trentadue anni, gran pezzo di figa, a quanto pare vuole un figlio da Ki.» Tim era davvero sceso nei dettagli allora, altro che accenno al problema! «Però, Ki!» Alex mi guardò come se mi fossi appena materializzato al suo fianco. «Una donna che vuole un figlio da te. Anche questa è una cosa da festeggiare.» Si scolò la vodka e lo seguii perché in effetti non c'era altro da fare, poi riempì di nuovo i bicchieri.

«Basta.» Tim ci sequestrò la bottiglia e se la portò in cucina.

«Ma io non lo voglio un figlio, capisci?» dissi ad Alex, afferrandolo per il braccio come se potesse cambiare le cose con le sue doti magiche. Ma, anche se i contorni delle pietre grezze dei muri cominciavano ad apparirmi un po' sfocati, ero ancora consapevole del fatto che i poteri magici di Alex funzionavano solo con le donne che si portava a letto.

«Eccome, se lo capisco. E capisco anche che, appena tu le dirai che stai per cambiare lavoro e andare a lavorare per un pazzo che ti fagociterà, lei darà i numeri perché c'ha quell'orologino lì, che la Swatch fornisce gratis alle donne, che sta facendo tic tac sempre più forte.»

«Esatto. E io non voglio perderla, ma non voglio nemmeno rinunciare al lavoro che ho sempre sognato di fare.»

«Beh, non è che la signorina abbia proprio quarant'anni. Sette o otto anni li ha ancora a disposizione di sicuro. Dipende tutto da quanti figli volete.»

Feci un cerchio con l'indice e il pollice.

«Hmm... Magari non dirglielo proprio così, che poi ci resta male, poverina. Dille che devi fare un attimo carriera e che ci pensate tra un paio d'anni. Intanto potete esercitarvi e magari tu cambi idea nel frattempo. O lei.»

Non gli risposi neanche.

«No, eh?»

«No.»

«Vuoi che glielo dica io? Tanto mi odia già.»

Era vero: per qualche motivo Mélanie non lo tollerava e Alex non era così scemo da non accorgersene. Al contrario, era molto più perspicace di quanto uno potesse pensare, anche se spesso si impegnava per dare l'impressione opposta.

«No. Devo farlo io. La scelta l'ho fatta io e ora ne devo sopportare le conseguenze. Solo che vorrei non farle male, non se lo merita. Ci deve pur essere un modo per non ferirla.»

Alex arricciò le labbra mentre rifletteva. «No, non c'è. Hai fatto una grande cavolata a non dirle niente e ora ti tocca raccogliere i cocci, se ci riesci. Il che vuol dire prepararti a sentire una sfilza di insulti e sperare che poi si calmi e non ti sbatta fuori. Altrimenti devi cominciare a guardarti attorno. In ogni caso la mia porta è sempre aperta».

«Ma io la amo! Non voglio perderla.»

«Hmm...» fece lui con espressione poco convinta. «Ne sei veramente sicuro?»

«Sì, certo.»

«Hmm...»

«Hmm cosa?»

«Non ti vedo così perdutamente innamorato. Hai presente

com'è Tim quando si innamora? Pare posseduto. Tu non sei per niente così.»

«Ma siamo diversi. Ognuno ha il suo modo di amare. Nemmeno tu sei così.»

«Ma io non ho ancora trovato la donna giusta – e forse nemmeno tu.»

«Ma vai a quel paese.»

«No, Ki, ascoltami! Immaginati te stesso tra dieci anni accanto a Mélanie. Ti si appiattiscono i capelli, eh, credimi.»

«Alex, vaf-fan-cu-lo.»

«*Ssst*, che Timmy ci sbatte fuori. Stanno arrivando gli ospiti. Ah no, è solo Stefan. Buonasera, Stefan.»

Alex alzò il bicchiere all'indirizzo del caposala, che era appena comparso all'ingresso. Lo sguardo che ricevette in risposta era inequivocabile: Alex non era il cliente preferito di Stefan e non lo sarebbe mai diventato. Ma Alex era abituato al fatto che le persone o lo amavano o lo odiavano o lo temevano perché non aveva peli sulla lingua, e provava un piacere sadico a incentivare quelle reazioni, positive o negative che fossero.

CAPITOLO 17

Misi in pausa il concerto per viola di Brahms e ascoltai di nuovo il messaggio che Mélanie mi aveva lasciato mentre stavo ancora lavorando. Aveva proprio detto di incontrarla nell'atrio della stazione di Zurigo, anche se le sue istruzioni erano un po' confuse. Solo che ora di lei non c'era traccia. Per quanto mi sforzassi, non riuscivo a ricordarmi di alcun appuntamento fissato per quella sera, ma forse si trattava del programma che mi stava illustrando a cena da Tim, quando mi ero distratto guardando la rossa con i suoi due accompagnatori. Meglio ubbidire ed evitare di fare domande.

Un piccione si era infilato sotto la volta di acciaio e vetro scurito dallo smog e svolazzava in giro in cerca dell'uscita. Era così assurdo: ciascuna delle centinaia di persone che si trovavano in quella stazione avrebbe potuto risolvere il problema esistenziale di quel povero volatile, ma quello non era in grado né di chiedere aiuto né di accettarlo. Almeno lì dentro poteva trovare cibo per sopravvivere, ma a prezzo della sua libertà.

Gli altoparlanti annunciarono il treno in partenza per Amburgo. Quasi, quasi...

Due braccia mi strinsero da dietro.

«*Hoi, da bisch du*» dissi, riconoscendo le mani e i due anelli di brillanti di Mélanie, discreti ma comunque visibili. Una mano era avvolta intorno al collo di una bottiglia dall'aria costosa. «Stavo cominciando a temere di aver capito male.» Mi tolsi gli auricolari e mi voltai per abbracciarla. Aveva un sorriso sfavillante. Era bello vederla così felice.

«*Nei, nei,* è che non riuscivo a venire via dall'ufficio. Tutti volevano farmi i complimenti.»

«Perché? Cos'hai fatto? Raddoppiato il capitale della banca?»

«No. Ma il mio l'ho incrementato di un bel po'.» Fece ondeggiare la bottiglia davanti al mio naso.

La sua euforia, di sicuro giustificata, era completamente estranea alla sua personalità e la cosa mi lasciava perplesso.

«Mi hanno nominata capo ad interim» mi sussurrò, saltellando sulle punte delle sue Louboutin nere. «Hanno sospeso Hofer finché non saranno finite le indagini, perché temono che possa inquinare le prove. Così ecco davanti a te la capa della divisione Risk Assessment.» Fece una piroetta davanti a me e il cappotto si aprì rivelando un vestito fucsia che non avevo mai visto prima. Sembrava un tulipano che sboccia in un video a velocità accelerata.

Si aggrappò al mio avambraccio per sorreggersi.

Era brilla? Per quello era così estroversa? Che strano, di solito non beveva mai più di un bicchiere e quello lo reggeva.

«Non mi sembri entusiasta» disse, mentre mi scrutava in volto come se dovesse sforzarsi per mettermi a fuoco.

«Ma certo che lo sono! Anzi, complimenti, davvero. Ora

andiamo a festeggiare. Però, visto che ci siamo, prima ho anch'io qualcosa da dirti riguardo al lavoro.» Mi sentivo molto vicino a quel piccione che continuava a ruotare sotto la volta, ma se la mente di Mélanie era offuscata dall'alcol, forse sarebbe stata più malleabile e mi conveniva approfittarne e togliermi il pensiero.

«Sei diventato vice?»

Mi arruffai i capelli. «No.» Qualsiasi traccia di sorriso scomparve dal suo volto. «Mi sono licenziato.»

Mélanie sbatté le palpebre ricoperte da un tenue ombretto rosa. Fece un passo indietro e barcollò leggermente. La afferrai per un braccio, ma si divincolò. «Ma sei completamente impazzito? Perché? Ah, lo so io perché» continuò senza lasciarmi il tempo di spiegarle, «non hai avuto il posto e ti sei arrabbiato. Non ci posso credere. Stai buttando la tua carriera alle ortiche per il tuo maledettissimo orgoglio!» La sua voce era diventata stridula.

La gente cominciava a interessarsi al nostro scambio.

«Mélanie, stop. Non è assolutamente come credi. Mi sono licenziato perché ho un altro posto. Da luglio. Per cui avrò un intero mese libero a giugno e magari possiamo prenderci un po' di vacanze insieme.»

«E dove sarebbe 'sto nuovo posto?» mi chiese puntandosi i pugni sui fianchi con la bottiglia che ondeggiava pericolosamente nel vuoto.

Gettai un'occhiata intorno. Tre ragazze si erano fermate poco oltre e ci osservavano incuriosite.

«Ecco... Sai il Professor MacLeod? L'esperto di virtopsia di cui ti ho parlato più volte?»

Mélanie sbuffò. «Quale? Quello che ha scritto quel manuale blu che era sulla mensola sopra il letto e che è sparito?»

«Sì, esatto. È in cantina. Comunque, MacLeod verrà a lavorare all'Istituto di Medicina Legale di Berna e ha bisogno di un assistente e... ho ottenuto il posto.»

«A Berna?» chiese Mélanie a voce così alta che varie altre persone si fermarono a guardarci. Ero pronto a prenderle la bottiglia se avesse anche solo accennato un movimento nella mia direzione, ma non si mosse.

«Sì, a Berna, ma posso fare il pendolare» dissi per prevenire sue possibili rimostranze. «È solo un'ora di treno, posso usarla per studiare.»

«Sono due ore andata e ritorno di solo treno» disse lei, scandendo bene le parole, «poi c'è il pezzo da casa alla stazione e fino a 'sto cavolo di Istituto e viceversa.» Evidentemente non era poi così ubriaca. Avrei dovuto aspettare di svuotare la bottiglia, maledizione! «Quando pensi che ci vedremo?»

«Ci sarà tutto il tempo e, se a volte non dovesse esserci per qualche emergenza, possiamo sempre recuperare durante il weekend.»

«E tutto il resto?»

«Possiamo trasferirci lo stesso. Magari troviamo qualcosa non troppo lontano dalla stazione.»

«Non intendo quello!» urlò.

Scheisse... Incassai la testa tra le spalle.

Un signore, che poteva essere un banchiere o un avvocato a giudicare dalla sua tenuta raffinata e dalla ventiquattrore nera, si unì al crocchio di spettatori.

Tenni la voce bassa un po' per tranquillizzare Mélanie e un po' per non farmi sentire da quegli sconosciuti: «Mi sistemo all'Istituto e poi pensiamo anche al resto. Saranno un paio d'anni un po' pesanti per me, finché non mi metto alle spalle il grosso degli esami, ma poi le cose si tranquillizzeranno. E in ogni caso adesso devi pensare anche tu alla carriera. Non è proprio il momento giusto per... il resto.»

Gli occhi di Mélanie rilucevano e stavolta non per l'eccitazione. «Dai, Mél.» La afferrai per un braccio, ma lei si allontanò con uno strattone. «Non è che perché Sarah è incinta, adesso devi esserlo pure tu. C'è tempo e io ho solo ventisei anni. Chi è che si mette a fare figli a ventisei anni oggigiorno?»

«Sophia, per esempio.»

«Ma nel loro caso è diverso. Più aspettano e più rischioso è, hanno per metà gli stessi geni. Noi per fortuna non corriamo rischi del genere. Se non divento medico legale adesso, non lo farò mai più. Capisci quello che voglio dire?» La implorai in un sussurro. Volevo andare via da lì. Volevo urlare a tutta quella gente che si facesse i cazzi suoi.

«Io capisco solo che mi hai nascosto tutto. Gli altri lo sanno, vero? E non provare a mentirmi di nuovo.» Mélanie alzò la bottiglia con fare minaccioso. Le sue nocche erano bianche come l'intercity alle sue spalle.

Arretrai di un passo. «Lo sanno solo Nora ed Eric, perché erano presenti quando mi sono candidato, e Tim e Alex. Gli altri no.»

«E sanno anche di noi, vero? Sei andato a raccontare loro anche gli affari nostri, scommetto.» Sembrava una leonessa pronta a balzare sulla preda per farla a pezzi.

«Ho solo espresso i miei dubbi sull'accettare il posto o meno per via di... tutto questo» dissi allargando le braccia.

Mélanie mi si avvicinò e sibilò: «Con Alex? Tu hai parlato di noi con Alex?»

«Avevo bisogno di un punto di vista neutrale.»

«Alex secondo te sarebbe neutrale?» Era fuori di sé, ma se voleva stare con me, Alex era parte del pacchetto: eravamo cresciuti insieme e per me era una specie di cugino più grande esattamente come Eric, anche se non eravamo imparentati.

Mélanie mi stava fissando con la mandibola serrata, in attesa di risposta. Cominciava a farmi paura. Volevo allontanarmi di là, ma temevo che, se l'avessi trascinata via a forza, si sarebbe messa a urlare ancora più forte.

Infilai le mani nelle tasche della giacca per impedirmi di scuoterla per farla tornare in sé e trovai il mio coltellino svizzero, che era sempre rassicurante. «Beh, allora diciamo che ha un punto di vista esterno.»

«Killian! Io adesso ti vieto categoricamente di parlare di me con i tuoi parenti e amici, ok? Tim incluso. Perché non lo sopporto che sappiano sempre tutto. Siete peggio degli dei sull'Olimpo: incestuosi e pure complottisti!»

Le tre ragazze sghignazzarono, altri viaggiatori un po' più discreti finsero di interessarsi al tabellone delle partenze o al loro cellulare. L'uomo elegante ci fissava senza nemmeno cercare di nasconderlo, la valigetta tra i piedi, le braccia conserte e la testa leggermente inclinata di lato. Per fortuna Mélanie non ci aveva paragonati di nuovo alle scimmie che si spulciano a vicenda.

«Va bene, va bene.» Alzai le mani in segno di resa. «Ma ora calmati e dimmi se sei d'accordo con questo compromesso.»

«Non è un compromesso!» gridò lei. Tutti si voltarono verso di noi, abbandonando qualsiasi parvenza di disinteresse. Quando sarebbe arrivata la polizia ferroviaria? «È il tuo piano e non ti sei nemmeno degnato di consultarmi, perché tanto io nella tua vita ci sono solo per farti passare un'allegra serata ogni tanto. Delle mie esigenze non gliene è mai fregato niente a nessuno. Prima c'era sempre mia sorella con New York e il suo super marito. Adesso ci sei tu e poi arriverà sicuramente qualcun altro. Tanto Mélanie si fa sempre da parte per tutti.» Scoppiò a piangere.

Ok, questa era una crisi isterica in piena regola, ma quella visione distorta della realtà andava corretta prima che perdessi il controllo pure io.

«Non è vero, Mél. Io ti ho sempre assecondata. Sono rimasto a Zurigo per te, se ti ricordi. Ho preso il posto all'Ospedale con Graf, anche se non era quello che sognavo, per rimanere vicino a te. Mi sono candidato per il posto di vice perché sapevo che ti avrebbe fatto piacere se avessi fatto carriera all'Ospedale. Ma adesso ho fatto una scelta per me, perché è un'occasione unica per realizzare il mio sogno. Che poi, rifletti un attimo, anche tu oggi hai preso un nuovo posto senza consultarti prima con me. E va benissimo, eh» continuai prima che potesse interrompermi, «perché è quello che ti interessa fare nella vita. Ma se tu sei libera di seguire la tua strada, allora sono libero di farlo anch'io.»

«Era una serata così bella e hai rovinato tutto» disse lei tra le lacrime.

Una donna anziana, che aveva un'aura fatta di banconote viola da mille franchi, si portò una mano tremante alla bocca scuotendo sbigottita la testa. Non volevo nemmeno immaginarmi come sarebbe stata riferita quella scenata nei salotti della Zurigo bene.

«Mél, scusami, non volevo rovinarti la serata, ma dovevo dirtelo. Adesso mettiamo una pietra sopra a tutta 'sta faccenda e ce ne andiamo a casa. O volevi andare da qualche altra parte? Vieni qui» le dissi poi in tono più pacato, tirandola tra le mie braccia. Cercò di resistermi, ma ero troppo forte per lei.

Il signore distinto mi fece l'occhiolino con il pollice alzato. Forse era un consulente matrimoniale o uno psicologo, chissà...

«Mél, io ti voglio un sacco di bene, sai. Non voglio perderti» le sussurrai all'orecchio così che nessuno potesse sentire: avevano già sentito più che abbastanza. «Sei troppo importante per me. Vedrai che ce la faremo benissimo.»

«Dimostramelo.»

CAPITOLO 18

Le tortore tubavano tra le fronde degli alberi in giardino e per un attimo ebbi l'impressione di essere nello chalet di famiglia in Vallese. Quando aprii gli occhi mi accorsi che invece ero nel mio letto a Berna. Ed era il primo di luglio, il mio primo giorno di lavoro all'Istituto di Medicina Legale! Per quello ero venuto dai miei la sera prima, onde evitare di arrivare in ritardo al lavoro nel caso in cui ci fossero stati problemi lungo la linea ferroviaria. Mi alzai di scatto.

Ci misi la metà del tempo che impiegavo di solito a prepararmi. Visto che avevo recuperato un quarto d'ora, mi portai la colazione in giardino, godendomi i primi raggi di sole di quella radiosa giornata estiva. Conoscevo ogni nicchia e ogni profumo di quell'oasi di pace: le pietre di granito che luccicavano nella luce cangiante, il prato muschioso, su cui potevi adagiarti e perderti tra le nuvole, le piante aromatiche che si susseguivano lungo il muro di mattoni mangiati dal tempo, il vecchio melo, i cui frutti si trasformavano in eccellenti munizioni con cui io e David tenevamo lontane le nostre sorelle e cugine, le conche di pietra fissate al muro di fondo, con l'acqua che zampillava dall'una all'altra tra le rose rampicanti, creando un gorgoglio che dava l'illusione di essere in montagna nei pressi di un ruscello... Ora tutto gridava "Estate! Estate!".

Mi riempii i polmoni del profumo della lavanda che mi cresceva accanto, mentre un bombo faceva colazione con me, ronzando di fiore in fiore.

Mia madre uscì sul patio, avvolta in una vestaglia di seta dello stesso verde dei suoi occhi, e si mise a innaffiare le piante, canticchiando un'aria dei Carmina Burana.

«*Mummy.*»

«*Yes?*»

«Ma tu conosci un certo Professor Max Huber?»

Mia madre prese le cesoie e si mise a eliminare foglie morte.

«Conoscerlo è una parola grossa. Diciamo che ho avuto il piacere di incontrarlo più volte.»

Mio padre poggiò il piatto della colazione sul tavolo di fronte a me. «Chi?»

Gli rispose mia madre: «Huber. Per le analisi delle mummie».

«Ah.»

«Lo conosci anche tu?» gli chiesi.

«Uno che sa fare il suo mestiere» rispose lui, scacciando il bombo.

«Non solo» disse mia madre. «È anche un uomo molto intelligente.»

«Davvero?» chiese mio padre con un tono palesemente sarcastico che non era da lui.

Mia madre ridacchiò e le linee sulla fronte di mio padre diventarono più profonde.

«Un uomo intelligente sa anche dove sono i limiti» disse.

Per tutta risposta mia madre scoppiò a ridere di gusto. «Non l'hai ancora mandata giù, eh?»

Cosa diavolo era successo con Huber? Stavo morendo di curiosità, ma non osavo intromettermi con ulteriori domande. Già l'ultima era stata sufficientemente esplosiva.

«No. Ci sono cose che non mando giù.»

Mia madre smise di tagliare rametti, si raddrizzò e guardò mio padre dritto in faccia. Il sole, che colpiva le sue iridi chiare, le faceva apparire quasi trasparenti. «Leo, stava solo cercando di essere carino.»

«No, stava cercando di portarsi a letto mia moglie, la quale è così concentrata sul suo lavoro che non coglie nemmeno i segnali più ovvi.»

Mia madre riprese a dedicarsi ai suoi fiori, ma stava tenendo le labbra premute insieme per non scoppiare a ridere di nuovo.

Figurarsi se non se ne era accorta! Non era di certo un'ingenua. Ed era una vita che aveva uomini che le ronzavano intorno. Ecco cosa si rischiava quando si sposava una donna come mia madre – una donna ammaliante, che aveva bisogno di esperti che analizzassero per lei dei cadaveri mummificati da millenni...

Nessuno disse un'altra parola, eppure ero sicuro che quella conversazione sarebbe continuata, probabilmente in camera da letto quella sera. E avevo tutta l'intenzione di portarla avanti anch'io, non appena fossi riuscito a beccare uno dei due da solo, perché un neurone malfidente mi stava chiedendo con insistenza in che misura la questione avesse influito sul fatto che tra meno di un'ora sarei diventato a tutti gli effetti l'assistente del Professor Lachlan MacLeod, e la domanda non mi piaceva proprio per niente.

Prima di raggiungere l'Istituto di Medicina Legale, feci una piccola deviazione nella Bühlstrasse e raggiunsi l'apice del ponte rosso sopra la ferrovia, fischiettando il tema della Rhapsody in blue di Gershwin, che stavo ascoltando.

Con una giornata così limpida non potevo non godermi per un istante il panorama delle Alpi sullo sfondo della città. Oltre le cupole di rame verde del Palazzo Federale e le guglie appuntite della cattedrale gotica, si intravedevano in lontananza le vette dell'Eiger, del Mönch e della Jungfrau. Le tre montagne che avevano fatto da scenario alla mia vita se ne stavano là immobili, stagliate contro il cielo azzurro intenso, a sfilacciare le nuvole con le loro cime aguzze coperte di ghiacci perenni.

Quella vista e il fiume Aar, che con le sue anse intestinali racchiudeva la città vecchia, erano i motivi per cui amavo Berna più di ogni altra città svizzera. Molti la ritenevano una città lenta, noiosa, quasi lugubre per via dei suoi edifici antichi, costruiti in pietra arenaria olivastra, e per certi aspetti era vero che Berna era come una bella addormentata: pur essendo il centro politico della Confederazione, non vi si trovavano né la vita notturna che offriva Zurigo, né l'arte di Basilea, né la tecnologia di Lucerna, né le istituzioni internazionali di Ginevra, ma per me quel suo carattere pacato era un ristoro per l'anima, dopo la frenesia della vita zurighese. Berna era un luogo in cui recuperare le forze e godere dell'affetto e del calore della mia famiglia. E da lì in avanti sarebbe stata anche il mio luogo di lavoro.

Chiusi gli occhi e lasciai che quello spettacolo penetrasse nella mia anima: cristalli nel cuore di un'ametista, di cui solo un conoscitore avrebbe indovinato l'esistenza.

Poi tornai sui miei passi per non arrivare in ritardo. Le fronde degli alberi gettavano ombre mosse sul marciapiede, mentre i fiori nelle aiuole diffondevano nell'aria un profumo dolce e rassicurante. Gli uccelli cantavano tra i rami e gli insetti erano in piena attività nelle fioriere.

Magari, se avessi finito di lavorare presto, sarei corso a tuffarmi nell'Aar prima di prendere il treno per tornare a Zurigo. Erano secoli che non facevo il bagno nel mio fiume. Il cuore mi si strinse per la nostalgia al ricordo dello shock termico al contatto con l'acqua e della sensazione di libertà che provavo quando mi lasciavo trascinare dalla corrente. Mi sarebbe bastato il tratto dal ponticello dello zoo fino al quartiere del Marzili, sotto la mole imponente del Palazzo Federale. Tre quarti d'ora. Solo tre quarti d'ora per correre giù al fiume, tuffarmi e tornare alla realtà.

Mi arrestai davanti all'Istituto di Medicina Legale. Il sole conferiva una tonalità dorata all'ocra della facciata e, quando alzai lo sguardo, i riflessi della luce sulle lastre di vetro delle finestre quasi mi accecarono.

Da un lato era un gran peccato dovermi andare a rinchiudere là dentro con quel tempo, ma dall'altro ogni atomo del mio corpo voleva superare quella soglia: ad aspettarmi all'interno di quell'edificio c'era non solo un tesoro tecnologico dalle potenzialità quasi illimitate, ma anche una delle menti più acuminate dell'universo della medicina legale.

«*Guete Morge, Doktor Altavilla.* Che bello averla di nuovo tra noi!» Frau Jost, che evidentemente mi stava aspettando, mi accolse sorridendo con tutta la sua calorosa energia.

«*Guete Morge, Frau Jost.* È bello essere di nuovo qua, gliel'assicuro.» Sorrisi a mia volta e le strinsi la mano, prendendola con entrambe le mie. La constatazione che il capo delle Risorse Umane avesse scelto di darmi personalmente il benvenuto mi scaldò il cuore. Erano queste le piccole cose dell'Istituto che apprezzavo così tanto. Particolari a cui nessuno normalmente badava, ma che ti facevano sentire apprezzato come essere umano, prima di tutto il resto.

«Venga che le mostro il suo ufficio e la mettiamo in condizione di lavorare. Il Professor MacLeod è già all'opera su un nuovo caso e la aspetta direttamente nella sala U2 nel seminterrato. Non perde tempo, quello lì.»

La donna si diresse verso gli ascensori in fondo all'atrio. Le sue scarpe ticchettavano sul pavimento di marmo come un metronomo che scandiva il tempo che mi separava da quell'incontro su cui tante volte avevo fantasticato negli ultimi mesi. Non riuscivo veramente a credere che il Professor Lachlan MacLeod, un'entità astratta che fino ad allora aveva popolato solo le mie ore di studio, fosse lì in carne e ossa da qualche parte sotto di me.

Frau Jost premette il pulsante con la freccia rivolta verso l'alto. Se fosse dipeso da me, avrei scelto direttamente il pulsante con la freccia verso il basso, nonostante la tensione che sentivo nel ventre: mi sembrava di avere una farfalla impigliata in un groviglio di ansia al posto dello stomaco.

«Com'è, in generale?» chiesi a Frau Jost, mentre camminavamo lungo il corridoio del secondo piano, con il pavimento lucente e le porte bianche disposte a intervalli regolari di quattro metri. Frau Jost indicò l'ufficio alla testa del corridoio, senza rispondere alla mia domanda.

«Quello è l'ufficio del Professore. Il suo invece è qui» disse, mentre abbassava la maniglia di una porta alla nostra destra.

Dovetti soffocare l'impulso di afferrarle il braccio per impedirle di aprire la porta. Volevo vedere bene quella targhetta, quella targhetta su cui c'era scritto:

Dr. med. K. A. Altavilla
Forensic Imaging & Virtopsy

Ero io, quello!
E questo era il mio ufficio. Tutto per me. Il mio nuovo regno

non era eccessivamente grande, ma luminoso, con una vetrata che dava sulla ferrovia e il quartiere universitario della Länggasse. Per un attimo fui tentato di aprirla per dissipare l'odore di detersivo antisettico che aleggiava nell'ambiente, ma chissà se quelle lastre di vetro si aprivano: l'edificio era così nuovo che probabilmente c'era solo un sistema di riciclo dell'aria. Avrei indagato più tardi.

La scrivania bianca era collocata sul lato sinistro della stanza e davanti vi erano due sedie, come se dovessi ricevere chissà quali visite ufficiali là dentro. Dietro la scrivania c'era invece una lavagna magnetica bianca con delle calamite colorate, una delle quali teneva fermo un foglio che illustrava la procedura da seguire in caso di incendio, allagamento, fuoriuscita di sostanze tossiche gassose e liquide, radiazioni e agenti patogeni. C'erano anche diversi armadietti di metallo grigio, dove avrei potuto nascondere tutto quello che non doveva essere visibile sulla scrivania.

Poggiai una mano sulla superficie fredda dello scaffale vicino a me, giusto per assicurarmi che fosse tutto vero e non frutto della mia fantasia malata. Su una delle mensole qualcuno aveva collocato due manuali in inglese: uno di anatomia patologica e uno con il dorso largo blu, con il nome dell'autore stampato in orizzontale e il titolo in verticale in caratteri azzurro metallico in rilievo, che conoscevo molto bene. Quante ore avevo trascorso a strofinare i polpastrelli avanti e indietro su quelle lettere nella vana speranza che il sapere racchiuso tra le copertine mi penetrasse per magia nel cervello e vi rimanesse ancorato per sempre! Avrei voluto sbirciarci dentro per vedere se era una copia nuova o se era quella del mio capo, magari con le sue annotazioni personali, ma mi trattenni.

Nell'angolo vicino alla vetrata, in un vaso marrone scuro cresceva un ficus dalle foglioline di un verde carico e brillante, che però non avrebbe mai fatto fiori. Forse avrei potuto trovargli una sorella che desse un po' di colore alla monotonia bianca e grigia della stanza. Non sarebbero guastate nemmeno un paio di piantine di melissa. C'era giusto una mensola che chiedeva di essere riempita. Avevo perfino un enorme touch screen fissato su una parete per analizzare meglio le immagini. Wow! Con qualche piccolo accorgimento, la mia nuova casa sarebbe stata perfetta.

Mi resi conto che Frau Jost stava parlando e mi concentrai sulle sue parole.

«... imponente. Sa il fatto suo, quello. Di sicuro non tollera che la gente combini pasticci nei suoi paraggi, quindi stia attento a quello che fa. Oh, non mi guardi così. Ce la farà benissimo! Solo eviti di mettergli i bastoni tra le ruote. Comunque sa anche essere molto affabile e galante, quando vuole. Un po' come Huber.»

CAPITOLO 19

Una volta che Frau Jost mi ebbe consegnato il badge e le chiavi dell'ufficio ed ebbe raccolto tutte le firme di cui aveva bisogno, scesi nel seminterrato, che dall'esterno si vedeva solo dal lato della ferrovia, dove c'erano numerose finestre per rispettare le disposizioni di legge sulla ventilazione delle sale settorie.

Durante il progetto a cui avevo partecipato tre anni prima, ero sceso solo poche volte nei meandri di quell'intestino pulsante nascosto agli occhi del mondo ma essenziale per la vita dell'Istituto. Ogni volta ero tornato ai piani superiori lottando contro gli ultrasuoni e il ronzio dei macchinari che mi invitavano a rimanere lì, come se là sotto vi fosse una forza di gravità maggiore che altrove. Finalmente non dovevo più oppormi a quell'energia misteriosa: potevo immergermi completamente in essa giorno dopo giorno, lasciando che guidasse ogni mio movimento.

Nello spogliatoio recuperai una tuta protettiva blu dall'apposito armadio e mi cambiai, completando l'opera con una cuffia, una mascherina e un paio di guanti prelevati dal dispenser.

Bussai alla porta scorrevole della sala autoptica U2, notando che era leggermente aperta. Mentre aspettavo una risposta, sbirciai attraverso la fessura: le finestre erano state oscurate e la sala era immersa nel buio per consentire di sfruttare al meglio i macchinari diagnostici. L'unica luce proveniva dalla lampada sopra l'area di lavoro e si rifletteva sulla superficie ocra pallido del tavolo e sull'acciaio degli stipetti e delle celle frigorifere che foderavano le pareti della stanza.

Il Professor MacLeod sembrava non aver sentito: era chino sul cadavere che stava esaminando, coperto da capo a piedi da una tuta come la mia, un grembiule di plastica trasparente, una cuffia con una fantasia blu e turchese – che doveva appartenergli perché ero sicuro che l'Istituto non mettesse a disposizione del personale cuffie così stravaganti –, un paio di occhiali protettivi di plastica e una mascherina. Ai lati della mascherina si vedeva l'attaccatura di una barba corta, che si perdeva tra i capelli in gran parte nascosti dalla cuffia.

Dovevo bussare di nuovo?

Fui salvato dal mio dilemma da una voce profonda che mi invitava a entrare, così tirai la leva che apriva la porta, facendola scivolare senza rumore sul suo binario. Il Professore non alzò nemmeno la testa e continuò imperterrito a lavorare sul corpo steso davanti a lui.

Gettai un'occhiata alla salma. Non avevo mai visto un corpo semicarbonizzato. La pelle sembrava plastica fusa. Era dura o era morbida? E quegli spezzoni di ossa ingrigiti dalle fiamme si sarebbero frantumati tra le mie dita? Era la vittima di un incendio? O di un omicidio dissimulato male? Chissà cosa era successo a quella povera donna.

Mi avvicinai al tavolo settorio, posizionandomi di fronte a MacLeod e lo salutai, ma lui non rispose. Stava ora incidendo con estrema cautela, usando la mano sinistra, un tratto dell'intestino della vittima che era ancora integro, prestando attenzione a non danneggiare i tessuti circostanti. Le sue mani, coperte dai guanti, erano forti e sicure, le dita lunghe e agili.

Continuavo a vedere ben poco di lui, ma passai in rassegna quello che avevo a disposizione, mentre aspettavo che finisse l'operazione. La barba e i capelli erano color rosso Tiziano. Aveva la carnagione molto chiara, tipica delle popolazioni del nord. Le spalle erano larghe, possenti. La schiena curvata in avanti faceva emergere la sua muscolatura anche sotto la tuta protettiva. A giudicare dall'altezza delle sue anche, doveva essere un po' più alto di me e nessuno mi avrebbe mai definito di bassa e nemmeno di media statura. Cominciavo a capire che cosa avesse voluto dire Frau Jost con la parola imponente. A un primo esame superficiale, non sembrava avere alcun tipo di menomazione o anomalia, anche se non lo avevo ancora visto in faccia.

Solo dopo aver rimosso con cautela il tratto di intestino che aveva sezionato e averlo poggiato in una vaschetta, stando attento a non versare ovunque il suo contenuto, il Professor MacLeod si raddrizzò. Si liberò le mani dai guanti e li buttò in un cestino, poi si tolse gli occhiali e li poggiò sul tavolino degli strumenti accanto a lui. Il tutto senza dire una parola. Infine mi squadrò, deviando per una frazione di secondo lo sguardo in direzione del grande orologio appeso al muro sopra la porta.

Erano le otto e mezza, ne ero abbastanza sicuro, ma non riuscivo a voltare la testa per controllare: gli occhi più incredibili che avessi mai visto mi stavano tenendo inchiodato al mio posto. Le iridi non erano semplicemente azzurro intenso, erano attraversate da sottili striature di un azzurro più scuro, che convergevano verso la pupilla come i raggi di un sole. Quella poteva decisamente essere considerata un'anomalia, ma non in senso negativo. Erano occhi che potevano fare morti – o più probabilmente morte. I miei neuroni rimasero a fissarlo a bocca aperta.

«*Guid morrnin. Hou'rr ye*» disse finalmente il Professore, arrotolando la R con un accento ancora più marcato di quello che mi ricordavo dalla nostra telefonata.

Guid mornin. G-u-i-d, non *good*. «*Well, thanks. And you?*»

MacLeod tirò leggermente indietro la testa, gli si increspò la fronte, poi le sue iridi brillarono per un istante sotto la luce cruda della lampada e agli angoli degli occhi gli si formarono tante piccole rughette. Le lunghe ciglia erano dello stesso colore dei capelli e aveva qualche lentiggine sull'attaccatura del naso e sugli zigomi. Non riuscivo a vedere altro con la mascherina.

«In Scozia diciamo *"Hou'rr ye"* come gli inglesi dicono *"How do you do"*. Non è una domanda e, come con *"How do you do"*, si risponde semplicemente *"Hou'rr ye"*. Un'usanza alquanto oscura, devo ammetterlo, ma così è.»

Perché cavolo non ero andato a fare un paio di ricerche in internet? Sicuramente c'erano siti e siti sulle particolarità linguistico-culturali scozzesi. Mi ero così concentrato sull'aspetto tecnico del mio lavoro, imparando a memoria valanghe di termini mentre ero in vacanza dai miei nonni in Italia, che non mi era nemmeno passato per la mente di racimolare qualche informazione di carattere linguistico generale. Bel modo di cominciare, davvero!

«Mi scusi.»

«*Och, nae prroblem*. Se non è mai stato in Scozia non può saperlo. Comunque, se proprio le interessa, *Ah'm ok, thenk ye*. Sono un po' sotto shock per il gap culturale, ma penso che sia sempre così, quando uno si trasferisce all'estero.» Mi passò in rassegna dalla testa ai piedi e di nuovo fino alla testa senza nemmeno cercare di nasconderlo. Il luccichio nelle sue iridi era sparito insieme alle rughette agli angoli dei suoi occhi.

Mi porse la mano e dovetti togliermi il guanto che mi ero appena infilato per poter rispondere al suo saluto. Sentii una presa ferma, ma non aggressiva, piuttosto sicura, e risposi con altrettanta determinazione. Ricordandomi cosa mi aveva detto lo zio Seba una volta, non mi sfuggì che MacLeod mi aveva dato la mano tenendola quasi parallela al pavimento, anziché perpendicolare: era un dominatore, nel fisico e nel carattere.

Ora che mi ero avvicinato a lui, sentivo anche il profumo che emanava, nonostante il fetore del cadavere che prevaleva su tutto. Nella mia mente si formò subito un'immagine dei boschi del Vallese in piena estate, quando il sole scaldava gli aghi di pino e liberava i loro oli essenziali. A quel profumo fresco e pieno di vitalità si mescolava però anche una nota di uomo, che il mio cervello per qualche motivo interpretò come minacciosa: i miei muscoli si irrigidirono e il sangue affluì agli organi interni, costringendo il cuore a pompare più velocemente. Feci un passo indietro e, con il profumo, svanì anche l'immagine.

«Posso aiutarla in qualche modo?» gli chiesi. «So che la Svizzera non è un Paese facile per gli stranieri. Mia madre vive qui da trent'anni, eppure continua ad avere un rapporto di amore e odio con tutto quello che è svizzero.»

Il Professore si mise un paio di guanti puliti. «Non è che la cosa mi consoli molto. Sua madre è di dove?»

«Surrey.»

«*Sassenach*.»

Aveva detto *Sassenach*?! Allora lo usavano veramente quel termine, non era solo una cosa di *Outlander*, con cui le mie sorelle e cugine mi avevano tormentato per anni!

«In realtà è italiana, ma è nata e cresciuta in Inghilterra e non saprei veramente dire quale sia il Paese a cui si sente più legata. Sicuramente non la Svizzera.»

«La capisco...»

«C'è qualcosa che la disturba in modo particolare qui?»

«Il fatto che portano via la spazzatura solo due volte alla settimana e che non ci sono cassonetti, quindi uno si deve tenere la roba che marcisce in casa con oltre trenta gradi Celsius, perché fuori altrimenti arrivano le volpi. È un'eresia sanitaria. Pensavo che la Svizzera fosse un paese pulito.»

«L'apparenza inganna» dissi con un sorriso. «La Svizzera è pulita da fuori, ma dentro è meglio non indagare.»

«Lei è svizzero, vero?»

«Sono anche svizzero, sì.»

«E lo sa che lavoro faccio io?»

Dove diavolo voleva andare a parare? «Sì, beh, ovvio, è... è un anatomopatologo, un medico legale.»

«Io indago dove nessun altro indaga, là dove non batte mai il sole e il mio obiettivo è quello di scoprire la verità, per quanto obbrobriosa possa essere. Dopodiché la rendo pubblica.» Lo disse lentamente, guardandomi dritto negli occhi.

Abbassai lo sguardo, poi lo rialzai e dissi semplicemente di sì. Che diavolo voleva dirmi? Era un avvertimento? Una minaccia? Contro gli Svizzeri? Contro di me? Non lo capivo. Per un istante fui tentato di fuggire, ma volevo assolutamente sapere cosa fosse successo a quella donna mutilata, che stava distesa tra noi.

Ci fu un lungo silenzio. Avrei voluto puntare il mio sguardo sulle provette allineate sugli scaffali o sul microscopio o sulla selezione di strumenti che brillavano sul tavolino accanto a MacLeod, ma i suoi occhi non me lo permettevano. Mi sentivo nudo davanti a lui. Speravo solo di non farlo mai arrabbiare, perché quegli occhi potevano sicuramente trafiggere una persona da parte a parte come i bisturi di cui si serviva per lavorare.

«Dunque, presumo che lei sappia perché è qui?» disse alla fine, assumendo il classico atteggiamento di un primario che interroga un neolaureato.

Sentii i capelli che mi si rizzavano sulla nuca. Mentre mi tiravo sulla bocca la mascherina intrisa di mentolo per mitigare il puzzo di carne bruciata, risposi: «Per fare il mio lavoro».

«Che consiste esattamente in che cosa?» mi chiese con voce quasi suadente.

«Assisterla, tradurre i verbali e le perizie, aiutarla dove posso, soprattutto se ha problemi con le procedure o la lingua, la burocrazia o la vita qui» specificai.

Ma perché continuava a fissarmi così? Mi stava facendo schizzare la pressione a livelli preoccupanti. Erano i miei capelli? No, quelli non poteva vederli sotto la cuffia. Allora era la mia barba di tre giorni, che nulla aveva a che fare con la barba ben curata che si intravedeva sotto la sua mascherina? Avrei effettivamente potuto radermi quella mattina, anziché starmene in giardino a fare colazione al sole e creare scompiglio tra i miei genitori. O era qualcos'altro? Stavo sudando, anche se nelle sale autoptiche la temperatura era tenuta sempre bassa.

«*Guid*, vedo che almeno la sua job description l'ha letta. Prima di cominciare, vorrei ringraziarla per tutto l'aiuto che mi darà, perché non ho intenzione di dirle grazie ogni volta che fa un passo: non ne avrò il tempo e in fondo è il suo lavoro. Adesso si legga quello che ho scritto finora nel verbale e mi dia una mano. Secondo me è stata prima uccisa e poi bruciata, ma non ho ancora capito come. Non ci sono lesioni superficiali e non è morta di asfissia, in ogni caso. Ora voglio vedere se ci sono tracce di sostanze velenose nel chimo, visto che ne abbiamo ancora a disposizione.»

Quanti messaggi contrastanti erano racchiusi in quelle poche frasi? Ironia, alterigia, riconoscenza, risolutezza e imperatività si mescolavano in un tutt'uno misterioso. Non riuscivo proprio a inquadrarlo: era un concentrato di arroganza, perché era un genio nel suo lavoro e lo sapeva? O era un essere umano normale o addirittura umile, visto che mi aveva ringraziato prima ancora che cominciassi a lavorare per lui?

Presi in mano il portablocco, su cui erano agganciati diversi fogli coperti da una calligrafia tipicamente inglese, ehm, scozzese, leggermente inclinata all'indietro. Probabilmente questo era dovuto al fatto che era mancino, riflettei gettando un'occhiata a quello che stava facendo e constatando che continuava a usare prevalentemente la sinistra. Mi avvicinai alla luce per leggere. Per fortuna la calligrafia era chiara e riuscivo a interpretarla senza difficoltà. Sarebbe stato non poco imbarazzante se avessi dovuto chiedergli di leggermi ogni parola. Già la sua pronuncia mi stava dando sufficiente filo da torcere.

Mentre leggevo, un neurone mi sussurrò: "È mancino, Killian, ti toccherà distinguere i suoi strumenti dai tuoi e farà tutto alla rovescia rispetto a te..."

Fissai di nuovo le mani di MacLeod. Maledizione! Avrei dovuto fare il doppio di attenzione quando riordinavo la strumentazione e capovolgere ogni tecnica che imparavo da lui, perché evidentemente non era uno di quei chirurghi che imparano a lavorare con la destra in sala operatoria, anche se sono mancini. Era uno di quelli che facevano impazzire l'intera equipe.

Dopo alcune righe mi sfuggì un *hmm* che in realtà volevo tenere per me, ma che in qualche modo si era concretizzato nella mia laringe.

MacLeod alzò la testa di scatto e puntò i suoi occhi di ghiaccio striato su di me. «Qualcosa non va?» chiese.

«No, no, però ho visto che ha già fatto la virtopsia: mi sarebbe piaciuto assistere» gli spiegai. Erano giorni che fremevo per vederlo al lavoro nel suo campo di specializzazione. Adesso avrei dovuto aspettare fino alla prossima occasione o guardarmi le immagini al computer e cercare di ricostruire l'esame virtuale del cadavere sulla base di quello che MacLeod aveva scritto nel verbale. Presagivo già che non ne avrei avuto il tempo.

«La prossima volta arrivi prima, così non se la perde.»

Sbattei le palpebre. «Le Risorse Umane mi avevano detto di essere da lei alle otto e mezza ed è quello che ho fatto.»

Che provasse solo ad accusarmi di qualcosa. Non volevo tirare conclusioni affrettate, ero entrato in quella stanza da pochi minuti, ma speravo vivamente di non aver fatto la scelta sbagliata accettando quel posto.

«E io le dico di arrivare prima, se intende svolgere il suo lavoro di assistente – che è quello di cui ho bisogno, altrimenti avrei chiesto un semplice traduttore.»

Ok, era uno stronzo presuntuoso. C'era da aspettarselo. Geniale nel suo lavoro, ma completamente incompetente dal punto di vista sociale. Probabilmente era per quello che lavorava con i morti e non aveva un account sui social. Un vero peccato.

«Sarà fatto» dissi a denti stretti e mi rimisi a leggere il verbale. Mi pareva che il mio respiro all'interno della mascherina fosse l'unica cosa che si sentisse nella stanza.

Avrei dovuto escogitare una strategia per tenergli testa e trarre lo stesso il massimo vantaggio da quell'esperienza. Ma per capire come affrontarlo, dovevo prima individuare il suo modus operandi. Quindi capo chino e organi di percezione all'erta.

Quando misi giù il portablocco, MacLeod mi chiese: «Tutto chiaro? Ha bisogno che le spieghi qualcosa?»

«No, grazie. È tutto chiaro. Cosa posso fare per lei?»

«Ho bisogno di un'analisi della concentrazione della molecola di ammonio nell'umor vitreo, perché con il cadavere in queste condizioni non riesco a stabilire con certezza l'ora del decesso.»

«Delle analisi biochimiche si occupa il dottor Kocher. Estraggo un bulbo oculare e glielo porto?»

MacLeod scansionò il soffitto della stanza con i suoi laser blu, come se stesse riflettendo.

«Le suggerirei di prelevare un campione con una siringa. Questo cadavere mi sembra già alquanto malridotto. Vediamo di lasciare integro quel poco che ancora lo è finché possiamo, che ne dice?»

Sentii le guance che mi prendevano fuoco. Annuii e mi misi alla ricerca di una siringa. Aprii e chiusi i cassetti cercando di fare meno rumore possibile, anche se avrei tanto voluto sbatterli facendo risuonare il contenuto al loro interno come se tutti gli strumenti a percussione di un'orchestra si fossero messi a suonare a casaccio.

Come potevo evitare che tra me e MacLeod scoppiassero i fuochi d'artificio? Avevo già voglia di ammazzarlo. Avevo anche a disposizione tutti i mezzi per farlo...

CAPITOLO 20

Saltai sul treno mentre le porte si chiudevano. Avevo dovuto fare una corsa per riuscire a prendere il treno delle cinque e mezza, ma ce l'avevo fatta. Mélanie, Sarah e Samuel mi aspettavano alle sette meno un quarto a Paradeplatz per andare a cena e non li avrei delusi.

Cercai di riprendere fiato, mentre il treno attraversava il ponte della Lorraine. L'Aar si snodava decine di metri sotto di me – un serpente dalla pelle verde smeraldo trapuntata dalle chiazze colorate dei bagnanti, a cui non mi ero nemmeno potuto avvicinare. Eppure mi avrebbe fatto così bene sciacquarmi di dosso tutto lo stress che avevo accumulato da quando mi ero svegliato quella mattina! Era come se qualcuno mi stesse comprimendo i polmoni con mani enormi. Che giornata... C'era solo da sperare che l'indomani andasse meglio, altrimenti presto avrei cominciato a rimpiangere l'Ospedale di Zurigo e pure Graf.

Mi misi alla ricerca di un posto libero, cosa che a quell'ora, sulla linea Berna-Zurigo, era più un'utopia che altro. Dopo aver attraversato quattro vagoni, finalmente individuai un sedile libero accanto a una ragazza che dormiva. Infilai con difficoltà le gambe sotto lo schienale del sedile davanti a me, poi estrassi il computer dallo zaino e mi misi a tradurre il verbale dell'autopsia della mattina.

Gli esami tossicologici avevano confermato il sospetto di MacLeod giusto prima che ce ne andassimo: la donna era effettivamente stata avvelenata e poi bruciata, ma il tentativo di camuffare il reato non era andato a buon fine. Avevamo perfino rinvenuto delle tracce parziali di DNA estraneo sulla sua pelle. Ora spettava al pubblico ministero e alla polizia scoprire a chi potessero appartenere e che rapporti ci fossero tra quella persona sconosciuta e la vittima. Noi il nostro compito per il momento lo avevamo concluso. L'indomani avremmo completato il verbale insieme al dottor Kocher e lo avremmo inoltrato al pubblico ministero. Se fossi riuscito a terminare la traduzione di quella prima versione, avrei avuto una base su cui lavorare. Non sapevo quanto tempo mi sarebbe stato concesso per la versione definitiva e prima il pubblico ministero poteva intervenire e meglio era.

A un certo punto, mentre leggevo quello che aveva scritto MacLeod, arrivai a tre sigle che, per quanto mi sforzassi, non riuscivo proprio a interpretare. Pur avendo assistito all'autopsia, non avevo idea di cosa intendesse il mio capo. La frase precedente e quella successiva sembravano non avere alcun collegamento logico con quei tre punti di domanda. Cercai in internet, ma non trovai nulla di plausibile.

Quando me ne ero andato dall'ufficio, MacLeod mi aveva dato il suo numero di cellulare per ogni evenienza, ma non volevo rivelargli che stavo lavorando in treno, dove chiunque avrebbe potuto vedere quello che stavo facendo, in totale violazione delle direttive interne che avevo sottoscritto quella mattina e di svariate altre disposizioni di legge. Né avevo voglia di essere travolto da un ulteriore rimprovero o di essere schernito perché non ero arrivato da solo alla soluzione.

Mi affrettai ad abbozzare il resto della traduzione prima che arrivassimo a Zurigo. Magari mi sarebbe venuto in mente qualcosa durante la serata. Nel peggiore dei casi avrei chiarito la cosa con MacLeod l'indomani, anche se mi scocciava dovergli chiedere aiuto. Avrei sempre potuto rivolgermi a Huber. Respinsi subito l'idea, sebbene dovessi ammettere che il Professore era stato sorprendentemente cortese quando, in pausa, ci eravamo incrociati nella cucina a disposizione del personale. Aveva perfino accolto con entusiasmo la mia offerta di metà del caffè che stava sobbollendo nella caffettiera che mi seguiva ovunque da quando ero all'università.

Scesi a Zurigo e mi avviai lungo i corridoi sotterranei della parte nuova della stazione. Ogni angolo era illuminato a giorno dai neon incastonati nel soffitto. La loro luce si rifletteva sul pavimento e sulle pareti di marmo bianco lucido, stordendo i viaggiatori. Ai miei lati, le vetrine dei negozi si susseguivano proponendo merce sgargiante, ma anonima e uguale a quella che si poteva trovare nelle stazioni e negli aeroporti di mezzo mondo. Raggiunsi il vecchio atrio che, pur essendo molto meno luminoso, mi piaceva di più perché trasudava storia ed era inconfondibile tra le stazioni svizzere. Uscii e imboccai la Bahnhofstrasse.

Avevo appena messo piede nella lunga strada diretta al lago, quando il mio cellulare squillò.

«*Hoi*. Ti disturbo?» chiese Nora.

Da quando l'avevo travolta quella sera dopo il colloquio mesi prima, era sempre così esitante quando mi chiamava, anche se per il resto non c'era più alcuna traccia di animosità tra noi, perlomeno non più del normale. Però quella voce titubante mi grattava sempre sulla coscienza e mi impediva di essere incisivo con lei come avrei voluto, dato che persisteva nel suo esercizio di autolesionismo.

«No, dimmi.»

«Com'è andata oggi? Sei ancora a Berna?»

«No, sono appena arrivato a Zurigo. Sono morto, Nora. E ho ancora una cena con Sarah e Samuel davanti a me.»

«Ma come mai proprio stasera? Lo sapevi che saresti stato stanchissimo.»

«Sì, ma era l'unica data in cui potevamo tutti. Domani non riesco a venire alla festa e allora ci siamo messi d'accordo per oggi. Spero solo che non faremo tardi, perché domani mattina mi devo alzare prima dell'alba.»

«Perché?»

Le raccontai del rimprovero di MacLeod.

«Noo... Ma che razza di personaggio è?»

«Non quello che mi aspettavo. Sai, essendo giovane, pensavo che ci saremmo capiti facilmente, invece no. Mi sono dovuto mordere la lingua non so quante volte oggi per non rispondergli per le rime. Mi sono sentito come un gatto accarezzato contropelo tutto il giorno.»

«Magari sta solo cercando di farti capire chi è il capo, sai, demarcare il territorio come fate voi maschi. Se te ne stai buono, forse si calma.»

«Sarà...»

«Ma di aspetto com'è?»

«Pare un vichingo. È un pochino più alto di me, possente, con due spalle che potrebbero reggere il mondo, i capelli rosso scuro e la barba corta. E gli occhi... Nora, dovresti vedere i suoi occhi! Non ne ho mai visti del genere. Sono azzurri, ma non azzurro spento, proprio azzurro intenso con delle striature più chiare e più scure. Nemmeno nei manuali ho mai visto iridi così. Sono incredibili!»

Nora rise. «Avrà delle lenti a contatto finte.»

«No, no, l'ho visto abbastanza da vicino per assicurarti che sono proprio i suoi occhi. Devo sempre ricordarmi di non fissarlo troppo, altrimenti chissà cosa potrebbe pensare! E io che temevo che fosse storpio perché non c'erano sue foto in giro. Peccato per il carattere...»

«Ma almeno è bravo come dicevi?»

«Non è bravo, è semplicemente geniale. Non sto a sconvolgerti con dettagli che ti farebbero solo schifo e che non potresti comunque capire, ma è l'eccellenza fatta persona. Oggi mi ha spiegato un sacco di cose che non ho mai sentito prima. Devo solo fare in modo che non mi sfugga qualche risposta irriverente e poi potrò davvero imparare tantissimo da lui. Vorrei che non smettesse mai di parlare, a parte quando mi dà ordini. Mamma mia, se mi fa girare quando mi comanda di qua e di là. Si è pure lamentato perché in ufficio non c'era tè nero. Così nella pausa pranzo mi ha mandato all'alimentare sciccoso del Globus a prendergliene. Sfuso, mi raccomando. Quello normale del supermercato ha detto che gli sembrava urina.»

Nora scoppiò di nuovo a ridere. «Ti ci vedo!»

«Stronza.»

«Dai, non ti arrabbiare adesso, su. Vedrai che quando vi sarete abituati l'uno all'altro andrà tutto molto meglio. Il primo giorno di lavoro è sempre un po' così così, lo dicono tutti. Tu concentrati sul tuo obiettivo e non prendere sempre tutto sul personale. Considera che lui non capisce niente di quello che gli succede intorno per via della lingua e non deve essere facile lavorare in un posto nuovo senza capire una parola di quello che dicono gli altri. Magari era solo nervoso. Pensa che pressione ha addosso in questo momento.»

«Vorrei ricordarti che i morti non parlano, perlomeno non con la voce, e tutti gli altri gli parlano in inglese. Quello che non si capisce è lui, con quell'accento. Comunque spero che tu abbia ragione, altrimenti prima o poi mi verrà la cirrosi epatica.»

«Che tipo.»

«Tremendo. Vabbè, mi ci dovrò abituare. Almeno quando lavora è eccezionale: stronzo e pure incompetente sarebbe stato davvero troppo. Ma dimmi un po', con Matthias come va?»

«Bene.»

«Bene cosa vuol dire?»

«Che è tutto a posto. Davvero. Non ti devi sempre preoccupare per niente.»

«Non mi preoccupo per niente, mi preoccupo per un motivo e lo sai benissimo.»

«Ma va tutto bene, ti dico. Ci siamo visti la scorsa settimana e siamo stati molto bene insieme.»

«Vuol dire che avete scopato e basta?» Silenzio. «E adesso dov'è? Vi siete sentiti da quando vi siete visti?»

«No... Probabilmente ha da fare. Ho provato a chiamarlo varie volte...»

«E non ti ha richiamata?»

«No. Ma lo sai che è così. Poi torna.»

«E tu poi gliela dai, vero?» Silenzio. «Eleonora!»

«Non sono affari tuoi.»

«Ma ce l'hai un minimo di rispetto per te stessa? È questo che mi fa imbestialire. Perché ti fai trattare così?»

«Ma non mi tratta male, anzi, è sempre estremamente gentile.»

«Eh, certo! Non è mica scemo, il ragazzo.»

«Ma non è così.»

«Ah no? E com'è allora? Sentiamo.»

«Ha sempre tante cose da sbrigare, è pieno di impegni.»

«Queste sono le cazzate che ti racconta lui, immagino. Nora, ma vuoi aprire gli occhi? Quello ti sta solo usando. Da mesi ormai.»
«È il mio ragazzo, va bene? E la mia vita sono grande abbastanza per gestirmela da sola.»
«Ma non puoi farti trattare così! È innanzitutto una questione di rispetto. Non sei un oggetto, hai capito?»
«Mhm.»
«Sei un essere prezioso e sei mia sorella e io non voglio che qualcuno ti faccia male, ok?»
«Sì, Killian.»

Se avessi avuto più tempo, quella risposta data solo per rabbonirmi non gliel'avrei fatta passare, ma ormai ero arrivato a Paradeplatz, con alcuni degli edifici della finanza internazionale più famosi al mondo su ciascun lato. Né Mélanie né i miei amici capivano come potessi voler passare la mia vita a dissezionare cadaveri, ma io non capivo come si facesse a trascorrere le giornate murati vivi in quei palazzi, dove dietro ogni angolo c'era qualcuno pronto a tranciarti la giugulare.

I binari del tram luccicavano al sole della sera come se fossero illuminati dall'interno. Li attraversai e raggiunsi il baldacchino ovale di cemento scialbo della fermata dei tram in mezzo alla piazza: il simbolo della potenza finanziaria della Svizzera, che urtava il mio senso estetico per la sua mancanza di leggerezza. Ma forse era un richiamo voluto alla solidità della piazza finanziaria nazionale.

Terminai la chiamata con Nora e abbracciai Mélanie.

Era vestita in un impeccabile tailleur con pantaloni grigio chiaro e una camicia bianca che sembrava appena stirata, nonostante l'avesse indossata tutto il giorno. Osservandola, mi venne in mente mio nonno Rodrigo, che era famoso per le sue tirate contro le donne che negavano la loro femminilità e assumevano l'aspetto e gli atteggiamenti dei loro colleghi maschi per farsi accettare e fare carriera al loro fianco, in quanto era convinto che nascondere e uniformare la propria identità fosse una specie di reato. Era uno dei pochi argomenti su cui lui e mia nonna Ginevra condividevano lo stesso punto di vista. Chissà cosa avrebbero pensato di Mélanie, se l'avessero vista adesso: completo dalle linee rigide, capelli severamente legati in un'alta coda di cavallo, foulard che copriva collo e scollatura, nonostante facesse caldissimo – rientrava alla perfezione in quella categoria di donne che si arrampicavano con le unghie e coi denti su per le pareti di vetro dei grattacieli dell'alta finanza per dimostrare con la loro carta di credito senza limite che non erano da meno. Proprio il tipo di donna che mio nonno aveva sempre tenuto a debita distanza, preferendo di gran lunga ritirarsi tra le braccia di quella mezza hippy di mia nonna, che lo aveva conquistato oltre mezzo secolo prima con le sue gonne lunghe fino a terra, le sue trecce e il suo sguardo carico di sdegno e compassione.

Ma a me Mélanie, vestita così come una penna d'argento, dava sicurezza. Era un punto fermo nella mia vita, senza sbavature e senza svolazzi: avevo bisogno di quella guida, così come i tram che ci sferragliavano accanto avevano bisogno dei loro binari, altrimenti non avrei saputo in che direzione procedere.

«Ciao, tesoro» disse. «Pensavo che mi avresti chiamata dal treno.» Il suo tono era in bilico tra il rimprovero e la preoccupazione. Se l'avessi rassicurata, togliendole la preoccupazione, sarebbe certamente piombata nel rimprovero.

«Scusa, dovevo finire una cosa e poi lo sai che odio fare telefonate in treno.» Mi stava tenendo il broncio. «Mi dispiace, ma non è stata una giornata facile. Sono sfinito. Poi ti racconto tutto.»

«E MacLeod com'è?»

Inclinai la testa prima da un lato e poi dall'altro. «Alto.»

«Alto?»

Annuii.

«Intendo di carattere!»

«Ah. Diciamo che ho incontrato persone più simpatiche, però è bravissimo ed è stato tutto estremamente interessante. La giornata è volata, anche se ora sono davvero a pezzi.» Le accarezzai una guancia con la nocca dell'indice. «Ti prego non facciamo troppo tardi, anche perché domani di sicuro si faranno le ore piccole.»

Mélanie arretrò di un paio di passi sulle sue Louboutin dal tacco a spillo, che le avevo detto un miliardo di volte che erano deleterie per il suo bacino e i suoi poveri piedi, e mi squadrò con aria critica.

«Ma tu vieni vestito così?»

Abbassai lo sguardo per assicurarmi di non essermi sporcato la camicia. Guardai di nuovo Mélanie in cerca di lumi.

«Non va bene?» le chiesi. «Mi sono addirittura messo una camicia pulita dopo il lavoro. Jeans e camicia è accettabile, no? Stiamo solo andando in riva al lago, mica al Bellevue! Scommetto che anche Samuel sarà in jeans. Guarda! Eccoli là. Cosa ti avevo detto? È in jeans pure lui.»

Mélanie sospirò e non disse altro, mentre si voltava verso i nostri amici. Il suo collo rigido somigliava molto a quello di un cavallo da dressage.

Ero sicuro che quella sua fissazione con l'apparenza non fosse solo una cosa femminile, ma fosse dovuta anche al fatto che desiderava che il mondo riconoscesse la posizione sociale che si era conquistata con tanta fatica. Io con la mia ci ero nato, non avevo bisogno di dimostrare niente a nessuno, anzi, a volte cercavo addirittura di nascondere le mie origini e, se mi prendevano per un pezzente e non mi chiamavano nemmeno dottore, non mi faceva né caldo né freddo: non avrebbero mai potuto cambiare quello che ero. Che mi buttassero fuori dal locale, se non andavo bene vestito così. Quella reazione avrebbe rivelato più su di loro che su di me.

Abbracciai Sarah, stando attento a non urtarle la pancia. Stava proprio bene incinta: la rotondità della gravidanza smussava un po' i suoi spigoli e le dava un'aria più dolce, accentuata dai capelli neri sciolti e dal vestito prémaman rosa chiaro. Finché erano le donne degli altri a essere incinte ero assolutamente favorevole alla cosa.

«Mamma mia, Killian!» esclamò lei. «Sembri stato un mese alle Maldive, altro che in Italia. Guarda come sei abbronzato!»

«Io ve l'ho detto di venire a trovarmi dai miei nonni. Se vuoi il mare, in un paio d'ore sei lì. Se vuoi la città, c'è Roma. Se vuoi andare a farti un giro a cavallo, devi solo scegliere con quale. Se non hai voglia di fare un tubo, te ne stai a bordo piscina a goderti il sole. Si mangia e si beve da dio. Più di così? Per me stare là è meglio delle Maldive. È pure gratis.» Ero tornato da appena cinque giorni, ma sarei ripartito subito per quel paradiso terrestre nascosto in mezzo agli Appennini. Già solo il viaggio in moto era sempre una gioia.

Salutai Samuel mettendogli un braccio intorno alle spalle muscolose da giocatore di hockey sul ghiaccio come me, solo che lui aveva una massa che era il doppio della mia. In pista eravamo una coppia perfetta: lui sfruttava la sua mole e io la mia agilità e nessuno riusciva a fermarci.

«Allora come state tutti e tre?» chiesi.

«Noi bene» rispose lui, «e voi?»

«Anche noi due stiamo benissimo, grazie» disse Mélanie con un sorriso brillante.

«Eccellente! Allora andiamo?» Samuel prese le due donne sottobraccio e si incamminò con loro in direzione del lago. «Sto morendo di fame.»

Rimasi inchiodato al mio posto all'ombra del baldacchino.

Ovviamente, se ti chiamavi Samuel Welti, quella frase era assolutamente neutra, ma se ti chiamavi Killian Altavilla, quel *due* erano due tonnellate di peso che ti erano appena atterrate sulla coscienza, senza che avessi nemmeno avuto la possibilità di scansarti. E Mélanie, il cui sedere perfetto ondeggiava provocante davanti a me, sapeva benissimo cosa stava facendo.

Mi ero illuso di aver stipulato una tregua con lei in tema figli, ma ogni tanto, quando meno me l'aspettavo, arrivavano quelle batoste che facevano saltare un battito al mio cuore, come quando vedevo il lampeggiante della polizia nello specchietto retrovisore della moto, mentre stavo tranquillamente curvando lungo la strada che scendeva da un passo di montagna. A quanto pareva, per lei la questione non era affatto risolta, anche se ultimamente non aveva più menzionato la cosa in modo diretto.

Se da un lato mi sentivo in colpa, dall'altro quell'astio mi inquietava. Il rancore strisciante non era un sentimento a cui ero abituato. Io propendevo per le esplosioni emotive e la creazione di nuovi equilibri più sani.

CAPITOLO 21

Mi svegliai di soprassalto in un lago di terrore. Stavo annaspando alla ricerca di ossigeno ed ero nel pieno di un attacco di tachicardia. Il sudore mi colava lungo la spina dorsale come un serpente che esplora il terreno. Tutti i muscoli del mio corpo erano contratti. Ruotai la testa prima a destra e poi a sinistra, temendo un altro assalto proveniente dall'oscurità. Ma, fatta eccezione per il mio respiro affannato e per quello pacifico di Mélanie, che dormiva accanto a me, regnava la quiete. La luce fioca del lampione, che rischiarava la notte all'esterno, penetrava attraverso i forellini della persiana, tracciando linee segmentate sul lenzuolo come quelle che fanno i chirurghi prima di incidere l'epidermide.

Rimasi a fissare il vuoto con gli occhi sgranati, cercando di far capire ai miei neuroni, e quindi al mio corpo in subbuglio, che era stato solo un incubo. Ma il mio sistema nervoso rimaneva in allarme.

Pian piano, prima che le immagini del sogno si ritirassero nei meandri del mio subconscio, cercai di ricostruire quello che avevo sognato e che mi aveva così sconvolto. Era sparito un cadavere dalle celle frigorifere e per qualche motivo era colpa mia. Dovevo porre rimedio alla situazione prima che se ne accorgesse qualcuno. Correvo lungo i corridoi, che non erano quelli dell'Istituto di Medicina Legale, bensì quelli della rocca in cui vivevano i miei nonni. Cercavo in ogni stanza, ma la salma non era da nessuna parte. Granelli di polvere invisibile mi penetravano nella laringe, bloccando il passaggio dell'aria. Avrei dovuto affrontare l'ira di MacLeod. Avrei perso il posto. Nora mi seguiva di stanza in stanza e cercava di rassicurarmi, ma non volevo ascoltarla. Dovevo recuperare il cadavere.

Ed ecco che dal nulla era comparso MacLeod. Sapevo che era lui, anche se davanti a me c'era un essere dalla pelle bianchissima con una striscia nera che gli scendeva lungo il naso, tra gli occhi iniettati di sangue. Sentivo ancora le sue dita lunghe come quelle della dea Hathor che mi circondavano la gola, stringendomi la trachea come un cappio. Mi aveva sbattuto contro un muro ruvido, scorticandomi la schiena. Le enormi ali bianche che gli spuntavano dalle scapole mi impedivano di fuggire da entrambi i lati. Nell'aria volteggiavano piume che mi impedivano di vedere. Mi avrebbe ucciso. Mi avrebbe strappato gli organi a uno a uno dalle viscere. Avrebbe reso visibili le parti di me che avevo relegato nell'oblio. Mi avrebbe distrutto.

Ma io non volevo morire. Volevo vivere! Volevo diventare come lui...

«Io so la verità, Killian» mi aveva sibilato, gli occhi abitati da fiamme purpuree a dieci centimetri dai miei.

La sua risata agghiacciante continuava a riecheggiarmi nel cranio. Le mani mi stavano tremando.

Mi alzai dal letto per andare a prendere un bicchiere d'acqua in cucina. Quegli occhi, Dio mio, quegli occhi! E quella striscia! Perché? Perché il Cigno era tornato a tormentarmi dopo tutti quegli anni? Era acqua passata, non aveva più niente a che fare con la mia vita!

Una volta che le mie funzioni vitali si furono di nuovo stabilizzate e che solo la mia mente continuava a rimuginare sul sogno, sentii che al panico andava sostituendosi l'irritazione. No, era più che irritazione. Avrei voluto prendere il vaso di vetro che stava sulla mensola sopra il televisore e scaraventarlo contro il muro per il puro piacere di sentire i pezzi piovere a terra con il tintinnio di campane a vento in mezzo alla bufera. Non aveva il diritto di torturarmi. Non ne aveva il diritto! Ora gliel'avrei fatta vedere io.

Tornai in camera, afferrai il cellulare, mi sedetti sul letto e scrissi un messaggio a MacLeod, chiedendogli per cosa stessero le tre abbreviazioni che non ero riuscito a decifrare e che mi avevano disturbato per tutta la sera, mentre cercavo di portare avanti una conversazione passabile con i miei commensali. Solo quando chiusi l'app di messaggistica mi accorsi dell'ora che segnava l'orologio sullo schermo del cellulare: erano le tre e venticinque di notte.

«*Scheisse!*» sussurrai, mentre mi afferravo i capelli, che mi stavano ritti sulla testa neanche fossi stato un gatto attaccato da un cane. «Speriamo che abbia il cellulare spento o almeno silenzioso.»

Stetti a fissare lo schermo pregando che rimanesse morto, mentre ripiegavo il braccio sinistro sul petto e nascondevo la mano sotto l'ascella come un uccello nasconde la testa sotto l'ala.

Stavo per posare il cellulare sul comodino, quando lo schermo si illuminò e un messaggio annunciò il suo arrivo con un allegro *ping*. Non avevo nemmeno disattivato la suoneria!

Mi voltai verso Mélanie, che dormiva dietro di me e trattenni il fiato finché non fui sicuro che non si sarebbe svegliata, poi riportai lo sguardo sul cellulare, che sembrava essere diventato di metallo incandescente tra le mie dita.

Dopo avermi svelato il mistero delle tre sigle, MacLeod aveva aggiunto:

*Spero che lei non stia ancora
lavorando a quest'ora.*

      No, stavo solo facendo incubi.

E doveva svegliarmi per questo?

      Scusi, non mi ero accorto dell'ora.

Sono le 3:30 di notte.

      Lo so. Mi scusi.

*Non mi piace essere svegliato in
mezzo alla notte senza motivo.*

      Nemmeno a me.

*??? Mi sa che domani dobbiamo
farci due chiacchiere. Prenda del
magnesio e si rimetta a dormire.*

      Sissignore!

Altavilla stia attento.

Visto che non avevo il coraggio di rispondere "Stia attento lei" come avrei voluto, decisi di non rispondere proprio.

I miei neuroni erano come bambini che hanno ingerito troppo zucchero e non mi davano tregua. Avevo bisogno di aria fresca.

Uscii sul balcone e mi sedetti tra le mie piante. Stavano sprigionando gli odori più meravigliosi, ma non riuscivo a godermeli. Le finestre del palazzo di fronte erano buie, eppure avevo l'impressione che qualcuno mi stesse osservando. Stavo diventando paranoico? Probabilmente erano solo i miei sensi ipervigili per l'adrenalina che il mio organismo non aveva ancora riassorbito. Sentivo l'alcol che avevo bevuto a cena che vagava per il mio organismo. Di sicuro avrebbe aiutato se mi fossi astenuto dal bere per un po'. Dopo il mio compleanno magari.

Scossi la testa nel tentativo di schiarirmi le idee. Come avevo fatto a scrivere un messaggio in mezzo alla notte a un uomo che nemmeno conoscevo e che per di più era il mio capo? Ci si poteva ficcare in una situazione peggiore a meno di ventiquattr'ore dall'aver iniziato un nuovo lavoro? Chissà se sarei arrivato anche solo alla fine dei tre mesi di prova di quel passo. Forse MacLeod mi avrebbe buttato fuori già l'indomani. Nella migliore delle ipotesi mi avrebbe fatto una lavata di capo e mi avrebbe rispedito a lavorare con un ammonimento che sarebbe finito nella mia valutazione di fine periodo di prova, la quale, a sua volta, sarebbe finita sulle scrivanie di Senn e Huber. Mi afferrai la testa con le mani. Come potevo rimediare?

CAPITOLO 22

La mattina seguente alle sette e un quarto bussai alla porta socchiusa dell'ufficio del mio capo e la sua voce profonda mi invitò a entrare.
Quando alzò lo sguardo dalla scrivania, le sopracciglia gli scattarono verso l'alto, rivelando i suoi occhi azzurri in tutta la loro potenza. Nonostante il giorno prima mi avesse fatto girare non poco le scatole, l'uomo che mi stava osservando mi incuriosiva profondamente. Ero sempre stato convinto che tutti gli uomini avessero un briciolo di umanità in loro. Forse quella fiammella si era spenta già quando erano bambini, ma alla loro nascita era accesa. Il trucco con molte persone era trovare lo stoppino e poi provare a riaccenderla, proteggendola dal vento contrario, finché era abbastanza forte da non spegnersi, proprio come mi aveva insegnato a fare mio padre con i fuochi in montagna. A volte bisognava provare e riprovare, perché la legna era umida o c'era

troppo vento o i fiammiferi erano di scarsa qualità o il posto non era abbastanza riparato, ma prima o poi ce la si faceva. Non ero certo uno che si arrendeva alla prima difficoltà.

«*Guid morrnin, Doctorr Altavilla!* Ma che piacere vederla a quest'ora.»

Era ironico? Era sincero? Non mi importava. Nelle ore insonni della notte precedente avevo deciso di cambiare completamente tattica con lui e non mi sarei lasciato sviare dal mio intento.

«*Good morning, Professor.* Volevo scusarmi per stanotte. Non mi ero accorto di quanto tardi fosse. Mi ero appena risvegliato da un incubo ed ero un po' confuso.»

«E cosa ha sognato di così terribile?» mi chiese quindi con quel suo inglese scozzese che mi costringeva a indovinare metà di quello che diceva sulla base di quel poco che capivo. Accanto alla sua mano sinistra c'era una tazza a strisce colorate, da cui si alzavano riccioli di vapore che diffondevano nella stanza il profumo speziato del Darjeeling.

Spostai il mio peso da un piede all'altro e mi guardai intorno. Anche MacLeod stava cominciando a prendere possesso dei suoi spazi, che erano molto più ampi di quelli che avevano assegnato a me, a partire dalla vetrata che era il doppio della mia. Su una mensola c'erano un bollitore, una vecchia teiera blu con il beccuccio scheggiato e un'altra tazza uguale a quella sulla scrivania. Lo scaffale destinato ai libri era già pieno e sulla lavagna magnetica una cartolina con la bandiera scozzese blu con la X bianca distesa era tenuta ferma con una calamita a forma di castello, presumibilmente scozzese anche quello. Se mai mi fossi trovato da solo in quella stanza, già sapevo che mi sarei preso la libertà di leggere quella cartolina nella speranza che mi fornisse qualche informazione in più sul mio capo.

«Una cosa del tutto improbabile» dissi in risposta alla domanda di MacLeod, mentre mi passavo una mano sulle guance insolitamente lisce. Senza la barba mi sentivo come un volatile spennato. Dopo la fase di assestamento sarei tornato alle mie sane vecchie abitudini, ma per ora andava bene così.

Il mezzo sorriso che ballava sulle labbra di MacLeod sparì. «Doctorr Altavilla, le ho chiesto che cosa ha sognato.» Aveva di nuovo assunto quel tono che mi ricordavo ancora dalla nostra prima telefonata.

Inspirai e poi dissi tutto d'un fiato: «Ho sognato che mi stava strozzando a mani nude, perché era sparito un cadavere ed era colpa mia».

MacLeod scoppiò a ridere. Era una risata calda, sincera, contagiosa.

Il mio diaframma si rilassò, lasciando più spazio ai miei polmoni. Non male: ero addirittura riuscito a farlo ridere. Alle sette e un quarto di mattina potevo già segnare un punto a mio favore, partendo da una posizione di estremo svantaggio. Sorrisi a mia volta. «Assurdo, vero?»

«No, non così assurdo.» Si mise a giocherellare con una graffetta con le sue dita agili e forti, che sembravano tastare gli oggetti alla ricerca della loro essenza. «È interessante sapere cosa pensa di me il suo subconscio, visto che non riesco bene a capire cosa pensi di me il suo cervello.»

«Il mio cervello pensa che lei sia un anatomopatologo eccezionale, Professor MacLeod. Ha tutta la mia ammirazione.»

MacLeod dondolò lentamente la testa da destra a sinistra e ritorno, come se stesse palleggiando la mia risposta tra i labirinti.

«Lei è intelligente e furbo» disse alla fine, «ma se vuole continuare a lavorare con me, deve imparare a essere anche sincero e diretto. Amo la gente che non è sincera ancora meno di quella che mi sveglia in mezzo alla notte per futili motivi.»

«Ma io penso veramente che lei sia eccezionale! Non sto cercando di guadagnarmi i suoi favori, lo penso da anni. Per quanto riguarda il suo lavoro perlomeno...» aggiunsi un attimo dopo, colpito dal pieno significato delle sue parole. Poi, da qualche parte nelle mie interiora, trovai il coraggio di terminare il mio ragionamento: «Se, però, vuole che io sia sincero anche sul piano personale, dovrà prepararsi a incassare un paio di critiche. Se non è disposto a farlo o se poi intende vendicarsi a livello professionale, forse è meglio che i miei pensieri me li tenga per me».

Et voilà, più sincero e diretto di così? E gli avevo pure passato il bisturi: ora doveva essere lui a decidere come procedere.

MacLeod mi fissò a lungo con la testa leggermente inclinata verso sinistra. Non mi mossi di un centimetro, né abbassai lo sguardo, a rischio di rimanere incenerito. All'improvviso si alzò e mi tese la mano sopra la scrivania.

«Sono pronto ad accettare le sue critiche, Altavilla. Basta che rimangano tra me e lei. E non si preoccupi: non le userei mai contro di lei sul piano professionale.»

«Lo stesso vale per me.»

Ci stringemmo la mano con vigore, guardandoci dritto negli occhi. Le mie mascelle si rilassarono. Quello sì che era un passo avanti! Praticamente mi aveva appena autorizzato a dirgli in faccia che era incapace di rapportarsi con gli altri. Anche se, a ben pensarci, mi aveva appena dato prova del contrario... Maremma scostumata!, per dirla con le parole di mio nonno Rodrigo.

«Ah, e buon compleanno!» aggiunse.

Per un attimo persi il controllo delle mie corde vocali. Si era ricordato del mio compleanno con tutte le altre cose a cui doveva pensare in quel momento?

«Grazie» mormorai quando i miei neuroni si ripresero dalla

doppia batosta e mandarono il corrispondente messaggio agli organi di dovere.

«Andiamo a vedere cosa c'è da fare oggi, avanti» disse MacLeod come se niente fosse, mentre impilava le carte sparse sulla sua scrivania e le metteva ordinatamente in un angolo.

MacLeod entrò nella sala riunioni dove si teneva il briefing mattutino e salutò Senn e Huber con spiccata cordialità, parlando con un impeccabile accento britannico. Bastardo che non era altro!

CAPITOLO 23

Mentre il mio capo aiutava il tecnico a trasferire la salma dalla cella frigorifera al tavolo settorio, lessi il verbale della polizia e quello di Huber, che aveva condotto i primi accertamenti nella notte, dato che era di turno per le emergenze. Anche a distanza, il fetore di carne putrida rivelava che l'uomo era morto già da un po'. Mi sistemai meglio la mascherina, in cui quella mattina avevo spalmato del balsamo di tigre perché speravo che i miei nervi traessero giovamento dal suo effetto rilassante.

«Allora, il signore qui» dissi una volta terminato di leggere, «è stato trovato morto nella sua abitazione senza un motivo apparente. In base al grado di decomposizione, il Professor Huber è giunto alla conclusione che deve essere morto circa quattro giorni fa, ma va confermato, perché con questo caldo ovviamente i processi di decomposizione sono stati più rapidi. Come ha detto prima in riunione – beh, lei non lo ha capito per via del tedesco, ma Huber lo ha spiegato – quello che lo ha lasciato perplesso è stata la posizione in cui è stato rinvenuto il cadavere. Difficile che uno atterri così, a prescindere che la caduta sia stata la conseguenza di un infarto o un ictus o che sia stata la caduta a causare la morte.» Mostrai a MacLeod le foto del luogo del ritrovamento. «Per quello il Professore ha allertato il pubblico ministero, che ha disposto l'autopsia.»

Prima o poi sarebbe toccato anche a me il turno per le emergenze, visto che era a rotazione. Dovevo accertarmi che le Risorse Umane fossero così lungimiranti da affiancarmi a MacLeod o a qualcun altro con un bel po' di esperienza. Preferibilmente non Huber, però, perché l'idea di passare le notti in sua compagnia mi allettava ancora meno della prospettiva di trascorrerle con MacLeod.

Dopo aver esaminato le foto con attenzione, MacLeod passò in rassegna il cadavere, girandolo sul fianco per osservare la schiena in avanzato stato di putrefazione. L'epidermide rimasta ancora intatta era viola, blu, turchese e verde: la gamma di colori che sentivo più affini a me. Dove l'epidermide si era decomposta si vedevano gli organi interni: avevano perso il loro colore naturale per uniformarsi in un marrone rossiccio che presto avrebbe ceduto il posto al nero. MacLeod si concentrò sulle mani. Mi disse di prelevare tutto quello che potevo da sotto le unghie e mandare i campioni a Kocher. Segnò sul modulo per il verbale le sue rilevazioni. Analizzò di nuovo le foto, poi disse: «Ok, questo così non ci racconta molto. Passiamolo nel Virtobot».

Il mio stomaco ebbe un sussulto di gioia: finalmente!

Non avevo mai visto in funzione quella summa della tecnologia diagnostica che in Svizzera possedeva solo Berna. Dopo aver sistemato la salma sul tavolo che scivolava dentro l'anello che bombardava il corpo di positroni, mi posizionai davanti allo schermo nella stanza protetta dalle radiazioni, adiacente a quella dove era collocato il Virtobot, e osservai MacLeod impostare i parametri per l'analisi. Man mano che il computer scansionava il cadavere con suoni martellanti dal ritmo irregolare e sibili acuti che trapassavano le pareti, davanti ai miei occhi si formava linea dopo linea un'immagine di tutti gli organi interni del cadavere.

MacLeod mi indicava ora questo ora quell'elemento ed entrambi prendevamo appunti, ma mentre i miei sembravano un romanzo, i suoi erano composti solo da sigle sparpagliate sul foglio in corrispondenza dell'organo a cui si riferivano.

Una volta completati tutti gli esami e salvati i dati nel sistema centrale dell'Istituto, MacLeod ricominciò ad analizzare le immagini, spiegandomi come evitare di confondere segni all'apparenza molto simili e di fare altri errori frequenti e altrettanto fatali – per noi, non certo per il cadavere, come si premunì di sottolineare.

Per motivi fondati, mi ero sempre rifiutato di farmi ipnotizzare dallo zio Seba, ma ero sicuro che durante un'ipnosi ci si sentisse proprio come mi sentivo io con ogni frase che pronunciava MacLeod: ammaliato e privato della mia volontà – un Ulisse esposto al canto delle sirene. Per fortuna dovevo mantenere un elevato livello di concentrazione per riuscire a capirlo, visto che con me non si degnava di parlare in un inglese comprensibile, altrimenti avrei perso qualsiasi contatto con la realtà.

Ero così immerso nelle spiegazioni di MacLeod che, quando la porta scorrevole alle nostre spalle si aprì, il mio cuore si contrasse dallo spavento e, senza nemmeno riflettere, mi voltai di scatto, pronto ad affrontare il pericolo che ci minacciava.

«*Alles klar, Doktor Altavilla?*» chiese il Professor Huber per assicurarsi che fosse tutto a posto, vista la mia reazione.

«*Ja... ja.*»

Un altro mistero ambulante. Negli ultimi mesi Huber e la sua stellina avevano occupato i miei neuroni per molte ore. Alla fine, siccome non riuscivo a conciliare l'Huber che conoscevo io con quella specie di raccomandazione fornita a MacLeod, ero giunto alla conclusione che Frau Jost doveva essersi inventata tutta la storia per convincermi ad accettare il posto. Eppure, quello che avevo scoperto la mattina precedente riguardo alle sue mire su mia madre aveva risvegliato in me tutta una serie di nuove domande, che andavano a sommarsi all'immagine di lui che scuoteva il capo al mio indirizzo al termine del colloquio di candidatura, creando una gran confusione nella mia testa.

Perché era venuto a disturbarci adesso? Stavamo lavorando così bene, io e il mio capo, senza attriti, con qualche battuta qui e lì e quella marea di informazioni che occupavano già quattro fogli fronte e retro. Se le spiegazioni avessero continuato a giungere a quel ritmo, a fine giornata avrei avuto un manuale di cento pagine da imparare nell'ora di viaggio tra Berna e Zurigo.

«Allora, come siamo messi qui, MacLeod?» chiese Huber in inglese.

MacLeod indicò uno degli schermi: «*Well*, indubbiamente la causa della morte è un infarto miocardico, ma lei ha ragione: uno non cade in quella posizione da solo. Allora le cose sono due: o è stato spinto mentre moriva o qualcuno lo ha spostato dopo che è morto, il che pone il quesito di dove esattamente sia morto e perché sia stato spostato e poi lasciato lì così. Bisognerà discuterne con il pubblico ministero. Ora stavo spiegando al mio assistente che questo qui» puntò la penna elettronica sullo schermo, dove si vedeva un ammasso di linee più scure all'altezza del cuore che una volta erano state arterie, «non è la stessa cosa di questo qui» e puntò la penna sull'altro schermo, dove si distingueva un ammasso praticamente identico sul retro del cuore che però, a quanto pareva, era invece dovuto a fattori legati ai processi di decomposizione.

«Certo che no» disse Huber. «Ma se non gliele fa vedere dal

vivo le cose, come deve comprenderle? Qui è tutto grigio, rosso e blu. Non si capisce niente. Venga con me, Altavilla.»

Guardai MacLeod. Dovevo seguire Huber, che era già uscito dalla stanza, o rimanere con il mio capo?

«*Gae*» disse MacLeod con un sorriso divertito, indicandomi la direzione in cui era sparito il vicedirettore dell'Istituto.

Ancora titubante, tornai nella sala autoptica, ora illuminata a giorno. Adesso si vedevano anche le mattonelle bianche che rivestivano i muri e il pavimento, quelle che Daphne definiva mattonelle da macelleria, intervallate dalle grate di scolo sul pavimento e dai bocchettoni degli aspiratori sulle pareti.

Huber mi cacciò in mano un bisturi.

«Avanti, apra.»

Fissai lo strumento che tenevo tra le dita. All'università cominciavamo sempre dal cervello, ma per aprire il calvarium avrei avuto bisogno della sega oscillante, non di un bisturi.

Il corpo giaceva lì davanti a me: il livor mortis era chiaramente visibile anche sul busto anteriore sotto forma di macchie violacee su sfondo verdino, come se qualcuno avesse preso una boccetta d'inchiostro per raccontare la storia di quell'uomo scrivendola sulla sua epidermide, ma gli fosse scivolata di mano, schizzando inchiostro ovunque.

«Taglio a Y, Altavilla. Dobbiamo asportare il piastrone sternale, altrimenti al cuore come ci vuole arrivare?»

Ok, voleva direttamente il cuore.

Dopo aver aperto l'epidermide come le pagine di un libro, tranciai le costole lungo il margine cartilagineo con il costotomo e rimossi parte della cassa toracica, mentre un liquido verdognolo e denso cominciava a gocciolare dal cadavere e scorrere lungo il bordo rialzato del tavolo fino a raggiungere lo scolo.

Huber prese in mano il cuore e lo sfilò da quello che rimaneva del polmone sinistro. Pareva una mongolfiera tenuta legata a terra da corde di vario spessore, alcune sdrucite, altre irrigidite. Sullo schermo di MacLeod quei filamenti erano stati di un rosso vivo, una specie di corallo con tante ramificazioni sempre più sottili, che si irradiavano in tutto il corpo portandovi nuova vita sotto forma di liquido di contrasto. Ora quello che vedevo era marrone scuro. Non il marrone fertile della terra, bensì il marrone infecondo della morte.

«Questo è un cuore, vede?»

«Sì, ne ho già visti un paio» dissi – a partire da quello del mio gatto, piccolo come il polpastrello del mio indice di ragazzino.

«Ma non uno in queste condizioni qui, scommetto» disse Huber. Appoggiò l'organo sul ripiano mobile rialzato, che si inarcava sopra la salma come un ponticello che collegava i bordi del tavolo, e lo tagliò a metà col bitagliente, come se fosse un uovo sodo.

No, effettivamente uno in quelle condizioni non lo avevo mai visto.

MacLeod, che era comparso al mio fianco, ma non aveva preso parte a quel massacro, preferendo tenere le mani serrate dietro la schiena, disse semplicemente: «*Wow! Look at that!*»

«Ha capito, MacLeod? Lei gliele deve fare vedere le cose, altrimenti questo non imparerà niente. Quando le ha viste, poi potete giocare coi vostri computer e le vostre immagini quanto volete, ma prima deve vedere e toccare ogni organo, altrimenti non diventerà mai un vero medico legale. Lei scommetto che di cadaveri ne ha aperti per arrivare dov'è ora, o mi sbaglio?»

«Uuuh!» MacLeod fece un gesto circolare con la mano, poi afferrò l'aspiraliquidi.

«Ecco, allora non impedisca al Doktor Altavilla di fare la stessa esperienza.»

«*Aye, aye, sir.*»

«Ora noi questo lo analizziamo tutto, pezzo per pezzo e facciamo fare un bel ripasso al Doktor Altavilla. Perlomeno spero che sarà un ripasso.»

«*Aye, aye, sir.*» Erano ricomparse le rughette agli angoli dei suoi occhi dietro gli occhiali protettivi.

Perché non si era offeso? Io stavo fremendo, da un lato perché al posto di MacLeod un attacco del genere al mio modo di lavorare mi avrebbe fatto andare su tutte le furie, e dall'altro perché in qualche modo sentivo che era mio compito difendere il mio capo, ma non avevo il coraggio di estrarre la spada per proteggerlo. C'era poi il fatto del tutto personale che Huber continuava a trattarmi come un incompetente e, in confronto a loro due, mi toccava pure dargli ragione, anche se mi urtava non poco.

MacLeod passò a Huber la sega oscillante con aria tutta servizievole. Avrei dovuto farlo io, quello era il compito di un assistente, ma ero troppo esterrefatto per muovermi. Per fortuna MacLeod sembrava avere la situazione sotto controllo.

«*Bitte*» disse Huber a MacLeod, indicando il cadavere con il palmo della mano rivolto verso l'alto per lasciargli l'onore di procedere.

«*No, thenk ye*, faccia lei» rispose MacLeod, «io prediligo altri metodi, ma sono sempre affascinato da approcci diversi dal mio. C'è sempre da imparare da come lavorano gli altri.»

Huber scosse la testa e si mise all'opera.

Avrei voluto inginocchiarmi davanti a MacLeod. Com'era vero che la vendetta era un piatto che andava servito freddo! La mia ammirazione per quell'uomo stava aumentando con ogni minuto che passava. Altro che socialmente incompetente!

CAPITOLO 24

Dopo aver sbrigato varie formalità, spiegato a MacLeod un paio di procedure interne e aggiornato il pubblico ministero sul caso che avevamo analizzato la mattina, dedicai l'ultima parte del pomeriggio alla traduzione del verbale dell'autopsia.

Ci avevamo messo cinque ore, ma io e Huber avevamo dissezionato tutto quello che si poteva dissezionare e ormai sapevamo tutto di quell'uomo, anche se solo sul piano fisico. Alla fine le nostre tute protettive sembravano i grembiuli di macellai, ma ero soddisfatto di me stesso: avevo risposto a ogni singola domanda di Huber ed ero sicuro che, sotto la mascherina, MacLeod avesse sorriso compiaciuto più di una volta.

Però, per quanto interessante fosse stato lavorare con Huber e assistere ai continui botta e risposta tra lui e MacLeod, la cosa che mi aveva colpito di più della mattinata era stato quello che

MacLeod aveva fatto una volta che Huber si era sfilato i guanti e se ne era andato, ordinandomi di chiamare il tecnico per pulire la sala. Per tutta la mattina MacLeod aveva porto a Huber e perfino a me strumenti, vaschette, provette, vetrini e quant'altro ci servisse, ma non aveva toccato il cadavere. Quando Huber era uscito, mi aveva afferrato per il braccio e mi aveva detto di aspettare a chiamare il tecnico. Aveva preso gli organi sezionati, alcuni tirandoli addirittura fuori dal sacco in cui li avevamo gettati dopo le analisi perché fossero smaltiti conformemente alla legge, e li aveva ricollocati al loro posto dentro la salma. Poi, dove era ancora possibile, aveva suturato l'epidermide con la meticolosità che di solito si riservava ai pazienti vivi, non ai cadaveri, che venivano ricuciti alla bell'e meglio, giusto per tenerli insieme. Solo quando la salma era stata ricomposta e richiusa nella cella frigorifera, mi aveva dato il permesso di chiamare Siller, affinché pulisse lo sfacelo che avevamo combinato.

Ero uscito dalla sala autoptica con un nodo in gola. Non avevo mai visto nessuno fare una cosa del genere né all'università in Svizzera né a Londra. Era l'etica professionale vissuta e attuata in ogni istante. Era un segno di estremo rispetto per l'oggetto del suo lavoro. Era la prova che la fiamma che ardeva dentro di lui non si era estinta. E io volevo più che mai riuscire a scoperchiare la lanterna che la celava al mondo. Volevo capire chi fosse davvero MacLeod.

Allungai le gambe sotto la scrivania e mi concentrai sul verbale. Di una cosa ero certo: non avrei mai più preso in giro Sophia, che era traduttrice, quando diceva che a volte per tradurre una pagina ci metteva più di un'ora. Tradurre era effettivamente una cosa molto difficile e richiedeva un sacco di tempo. Non era come quando parlavo: in quel caso entravo nella modalità della lingua richiesta e pensavo anche in quella lingua. Con i verbali di MacLeod, invece, il pensiero dietro il testo era in inglese e non solo le frasi, ma l'intero discorso era impostato come lo avrebbe fatto un Inglese – o uno Scozzese. Trasporlo in tedesco era un esercizio di mediazione culturale, più che linguistica, dato che i verbali svizzeri erano articolati in modo diverso e dovevo quindi riformulare l'intero testo.

Dovevo portare dei fiori a Sophia per farmi perdonare per tutte le volte che le avevo detto che il problema era lei che era lenta. E magari anche una scatola di cioccolatini.

Arrivai al penultimo paragrafo e dovetti ammettere che avevo anche dei problemi linguistici o specialistici: non ci capivo nulla. Erano tutte parole abbreviate o sigle senza capo né coda.

Ero chino sugli appunti del mio capo a scervellarmi perché volevo risolvere quel problema quanto più possibile con le mie forze, quando sentii bussare alla porta del mio ufficio.

MacLeod comparve appena oltre la soglia, bloccando la mia visuale con le sue larghe spalle.

«Volevo augurarle una buona serata e buoni festeggiamenti. Non stia qui troppo a lungo, mi raccomando, in fin dei conti oggi è il suo compleanno.»

Vidi gli spiritelli che danzavano nei suoi occhi. Strinsi le mascelle e ridussi i miei a due fessure. Potevo scommetterci che lo aveva fatto apposta.

«Cosa c'è?» mi chiese con aria innocente.

«Lo sa benissimo cosa c'è! E sa anche che non andrà a casa finché non mi avrà spiegato cosa ha scritto qui.» Puntai il dito sul foglio con gesto deciso.

Una risata silenziosa scosse il petto di MacLeod. Chiuse la porta, tirò dalla mia parte una delle due sedie che erano davanti alla scrivania e si sedette vicino a me, infilando le sue gambe fasciate da un paio di pantaloni blu scuro accanto alle mie. Indossava delle scarpe di pelle scamosciata che sicuramente erano comodissime, ma che dovevano essere costate un patrimonio. Senza dubbio poteva permettersele con lo stipendio che doveva percepire.

«Allora, cos'è che non le è chiaro, Doctorr Altavilla?» La voce velata di ironia del mio capo mi riportò nella stanza. «Sono tutte cose che dovrebbe sapere.»

«Probabilmente le so, ma io ho fatto gli studi in tedesco, non in inglese e sicuramente non in forma abbreviata. Tutto questo pezzo per me è incomprensibile.» Indicai la parte incriminata del verbale.

MacLeod mi regalò uno dei suoi sorrisi condiscendenti e me la lesse senza abbreviazioni, come se stesse raccontando una storia a un bambino. Riscrissi il testo in tedesco, cercando di concentrarmi sulla mia respirazione.

«Lo ha fatto apposta, vero?» chiesi quando ritenni di essere in grado di parlare civilmente, come diceva mia madre.

«Ovvio!» ridacchiò MacLeod.

Dovetti frenarmi dal tirargli un calcio sotto la scrivania.

«Volevo vedere se mi svegliava di nuovo alle tre di notte. Ma questa volta le è andata bene.» Si appoggiò allo schienale della sedia con la testa inclinata di lato.

«Non è mia abitudine fare due volte lo stesso errore» gli comunicai, mentre un'altra parte del mio cervello criticava quei capelli rossi pettinati alla perfezione: era troppo compassato, troppo serio, troppo perbene per la sua età. Non gli avrei mai dato trentasei anni. Ma a modo suo aveva fascino – il fascino degli uomini tenebrosi che se ne stanno sulle loro e non vogliono lasciar avvicinare nessuno. Chissà a quante donne aveva fatto perdere la testa con quell'aria sicura di sé e quello sguardo che ti analizzava come uno scanner. Per non parlare del suo fisico. Avrebbe steso chiunque con un pugno. Avevo però il sospetto che stendesse soprattutto il gentil sesso e non a pugni. Chissà che tipo di donna piaceva al Professor MacLeod: la donna perfettamente curata come lui, magari altolocata, o uno spirito libero che compensava il suo perfezionismo e portava una ventata di passione nella sua vita dedicata alla morte? Richiamai all'ordine i miei neuroni dalla fantasia un po' troppo vivace. La vita sentimentale e sessuale del Professor MacLeod non era davvero affar mio.

«Vedremo» disse MacLeod. «Ma queste belle pietre chi gliele ha date? La sua mamma per proteggerla dalle cattive influenze?» Un mezzo sorriso gli ballava sotto i baffi. Prese in mano il lapislazzuli dal semicerchio di pietre che avevo disposto sulla mia scrivania e lo rigirò tra le dita. «O la proteggono dalle radiazioni dello schermo?»

«Chi lo sa» risposi, alzando il mento. Non avevo alcuna intenzione di raccontargli che quelle pietre me le aveva regalate mia zia Alessia, compagna di mio zio Richi e pediatra al Lichtstrahl, che mi aveva aiutato in più occasioni a superare il disagio che ogni tanto si accumulava dentro me fino a rompere gli argini. La adoravo soprattutto perché non faceva mai domande: mi accettava e mi accoglieva sempre a braccia aperte, per quanto imperfetto potessi essere. E alla fine le cose finivo per raccontargliele di mia spontanea volontà, certo che avrebbe capito come mi sentivo.

«Le danno anche tanta forza, immagino» continuò MacLeod, mentre poggiava il lapislazzuli al suo posto e passava al geode ametista che, con il suo strato esterno ruvido e ostile e le sue misteriose sfaccettature viola all'interno, era sempre stata una delle mie pietre preferite.

Incrociai le braccia sul petto. «Più che altro tanta pazienza.»

«Ahaa... Pensavo che lei fosse un medico e quindi uno scienziato che crede solo a quello che può essere scientificamente provato.» Afferrò l'olivina, che mi ricordava sempre gli occhi di mia madre.

«Mi piacciono i colori, le diverse forme dei cristalli.»

MacLeod annuì lentamente. «E sua madre che cosa fa nella vita, a parte regalarle pietre preziose?»

«Ogni tanto, se ha fortuna, le tira fuori dalla sabbia del deserto.» Fui quasi sul punto di aggiungere "sempreché non abbia dovuto rinunciare a una spedizione perché suo figlio era malato, così che le pietre ha finito per trovarle qualcun altro al posto suo", ma mi trattenni. La fronte di MacLeod si increspò e decisi di essere magnanimo, anche se non se lo meritava. «È archeologa e professoressa di egittologia all'Università di Berna. Passa molto tempo a scavare buche nel deserto coi suoi studenti e ogni tanto porta a casa qualche tesoro. Ha trovato anche un paio di mummie. A volte viene qua per far analizzare qualche reperto.»

«Interessante. Non ho mai avuto il piacere di lavorare su una mummia. Speriamo ce ne porti qualcuna. E suo padre, invece, cosa fa?»

«Mio padre è medico ricercatore. Farmaci antitumorali. È anche uno dei direttori del Lichtstrahl insieme ad altri tre miei zii. Il Lichtstrahl è un ospedale sperimentale dall'altra parte di Berna, sono specializzati soprattutto in pediatria, ma non solo. Lichtstrahl significa "raggio di luce". È un gioco di parole con *Strahl* nel senso di "radiazione".»

MacLeod annuì e la sua espressione divenne seria. «E lei perché non lavora lì?»

«Per tre motivi. Il primo è che voglio farmi la mia strada, senza essere né spinto né aiutato né facilitato né nient'altro. Il secondo è che, quando cresci insieme a dei mega luminari, vuoi averci a che fare il meno possibile. Il terzo è che non hanno un reparto di medicina legale e non intendono crearlo.»

«Ma ricercatore come suo padre no? È un lavoro affascinante, io mi divertivo un sacco all'università a fare esperimenti chimici. A dire il vero, mi ci diverto ancora.»

Scossi la testa. «Troppo monotono e frustrante. Tutto il giorno al microscopio, anni di attesa per poter immettere una pillola sul mercato, continui ostacoli burocratici – avrei già dato i numeri dopo sei mesi. E se sbagli, non ammazzi una persona, ma migliaia. Preferisco essere un medico a responsabilità limitata, anzi limitatissima, come dice mio padre.»

MacLeod emise un leggero fischio. «Questa me la devo ricordare la prossima volta che mi chiamano in tribunale a decidere il destino della gente.»

«Mio padre le direbbe che quello non ha niente a che fare con la medicina. È che lui è anche responsabile di tutti i laboratori di analisi del Lichtstrahl, per quello dice che quelli come noi o come me, perlomeno, non hanno responsabilità. Ma non lo pensa veramente. Lo dice per farmi arrabbiare.»

«Ha un buon rapporto con lui?»

«Sì, anche se abbiamo due caratteri completamente diversi. Lo ammiro davvero tanto, soprattutto per la sua forza d'animo e la sua positività.»

Fu come se sul volto di MacLeod fosse passata una nuvola che avesse oscurato il sole, ma si dissolse subito. Tornando a quello che evidentemente gli interessava sapere, continuò: «E non c'era nessun altro ramo della medicina che la ispirasse più della medicina legale? Che ne so, pediatria forse?»

«Per carità! Non ho abbastanza pazienza. Caso mai neurologia. Ma in realtà ho sempre voluto diventare anatomopatologo, fin da ragazzo. Poi, quando mi è capitato tra le mani il suo manuale, ho deciso che la virtopsia era la mia strada. A proposito, grazie per la versione commentata» dissi, indicando il manuale sullo scaffale, che ogni tanto sfogliavo con la reverenza che altri avrebbero riservato alle Sacre Scritture alla ricerca delle annotazioni apportate dal mio capo in persona.

«Ho pensato, infatti, che quello senza commenti ce l'avesse già. E come le è capitato tra le mani?»

«Per puro caso. Una mattina stavo andando all'università e ho visto uno scatolone pieno di libri sul muretto di un giardino. Qui in Svizzera, quando qualcuno non vuole più qualcosa, lo mette semplicemente per strada e chiunque si può servire. Il libro sopra tutti gli altri era di anatomia e allora mi sono fermato a curiosare. Il secondo era il suo manuale. L'ho preso e l'ho praticamente imparato a memoria.»

«Davvero entusiasmante sapere che il mio manuale era finito nella spazzatura, ma soprattutto che lei ha acquisito le sue conoscenze per strada...»

«Non le ho acquisite per strada, ma in una delle università più prestigiose del mondo.»

«Lo so, non si inalberi adesso. E dopo tutto questo non voleva accettare il posto qui? Io veramente non la capisco.» MacLeod scosse la testa. Un ciuffo di capelli gli cadde sulla fronte, ma lo rimise subito a posto.

Mi presi un attimo prima di rispondere. «Temevo di deluderla.»

«Beh, finora non lo ha fatto. Continui così.» MacLeod si poggiò le mani sulle ginocchia e si alzò, torreggiando sopra di me. «Ora mi deve scusare, ma devo proprio scappare. Si diverta stasera. E non si preoccupi se domani arriva un po' più tardi.»

Quell'uomo non faceva altro che sorprendermi. «Grazie. Arrivederci, Professore. Buona serata.»

Rimise a posto la sedia e si avviò verso la porta. «Due ore di corso di tedesco: non so proprio se sarà una buona serata. *Hae a guid eenin!*» Uscì dalla stanza senza voltarsi.

Hae a guid eenin? Probabilmente voleva dire *"Have a good evening"*.

Certo che se tutti gli scozzesi erano così, quel Paese doveva essere un manicomio... Forse era il vento del nord che li faceva deviare dalla normalità, soffiando continuamente nei loro cervelli, oltre a plasmare i loro corpi come le rocce sulle spiagge. Me lo vedevo proprio, MacLeod sferzato dalla pioggia tagliente su una scogliera dinnanzi alla vastità grigia e fredda dell'Atlantico: una figura oscura in un quadro dell'Ottocento.

«*Hae a guid eenin. Hae a guid eenin*» ripetei sottovoce, assaporando quelle vocali così strane nel silenzio del mio ufficio.

Spensi il computer e andai a prendere Mélanie in stazione, per poi scendere giù al fiume e incontrarmi con gli altri per festeggiare il mio compleanno al calar del sole.

CAPITOLO 25

Mi accodai insieme a Mélanie alla processione di giovani e meno giovani in costume, che risalivano la sponda sinistra dell'Aar con l'obiettivo di tuffarsi dal ponticello dello zoo e farsi trascinare indietro dalla corrente fino alla piscina pubblica del Marzili. Sulla collina che avevamo appena lasciato alle nostre spalle si ergeva l'imponente massa olivastra del Palazzo Federale, le cui cupole verdi e oro brillavano al sole della sera, quasi la città avesse indossato una corona in mio onore. Quel giorno l'acqua dell'Aar aveva un colore che mi ricordava lo sciroppo concentrato alla menta. Riuscivo a vedere ogni pietra del fondale e i mulinelli sotto la superficie. Per fortuna mi ero ricordato di prendere il costume: non vedevo l'ora di tuffarmi anch'io tra quelle onde fresche e liberatrici. L'aria era carica di odore di crema da sole e carne alla brace. Intorno a noi si intrecciavano conversazioni in bernese, francese e accenni di lingue che non parlavo.

Mentre scendevamo al fiume, avevo raccontato a Mélanie una versione edulcorata di quello che era successo quella mattina con MacLeod e Huber.

«È stato un gesto che mi ha proprio toccato» dissi, riferendomi al fatto che MacLeod aveva ricomposto il cadavere con così tanta cura. «Vuol dire che, oltre a essere un medico legale eccezionale, è anche speciale come persona, non sei d'accordo?»

«Mhm... Certo, non è da tutti, ma la sola idea mi fa rivoltare lo stomaco, scusami.»

«Sì, capisco, scusami tu.» Perché mi ostinavo a raccontarle del mio lavoro, quando già quello che facevo a Zurigo non la entusiasmava, figurarsi ora? Magari avrei potuto raccontarlo ad Alex più tardi. A lui potevo descrivere perfino cosa facevano i vermi in ogni dettaglio, senza che vomitasse.

Il ponticello dello zoo, che dovevamo attraversare per arrivare sulla sponda di Elfenau, dove ci dovevamo incontrare con gli altri, era invaso di gente, ma il mio sguardo fu subito attratto da una cascata di capelli rosso fuoco all'altra estremità. Non poteva essere...! Il fatto che la proprietaria di quella criniera inconfondibile stesse parlando con Sophia mi diede, però, la conferma.

Afferrai Mélanie per il braccio e la trascinai all'altro capo del ponte.

«Athena!» urlai con il cuore che mi esplodeva dalla gioia.

«Bonasera, Dotto'!» mi salutò lei con il suo accento romano, girandosi con un sorriso solare sul volto costellato di lentiggini.

Avviluppai entrambe le mie cugine in un abbraccio collettivo, ma non feci in tempo a salutare Athena come si doveva, che mi sentii afferrare da quattro mani fredde e bagnate. Qualcuno mi strappò lo zaino dalle spalle, qualcun altro le scarpe e la prossima cosa che percepii fu l'impatto dell'acqua gelida sulla mia pelle.

Bastardi! Avrebbero potuto togliermi anche i pantaloni, visto che c'erano.

Quando riaffiorai in superficie, intorno a me stavano sghignazzando Alex, David, Athena, Sophia, Eric, Johannes, loro sorella Magdalena e svariati altri miei amici.

«Siete dei bastardi!» gridai loro. Non vedevo Mélanie. O era affogata o l'avevano risparmiata. «Mélanie l'avete lasciata là?»

«Sì, non ti preoccupare, ha il tuo zaino e le tue scarpe» mi rassicurò Eric.

«Ma lo sapeva?»

«Ovvio che no» urlò Alex a un braccio di distanza da me. «Si sarebbe fatta venire un infarto al solo pensiero del suo principino tutto bagnato.» Sghignazzò e mi spinse di nuovo la testa sottacqua. In cuor mio tirai un gran sospiro di sollievo. Dovevo correre a recuperarla e poi fregare i vestiti asciutti a qualcuno di loro, preferibilmente ad Alex.

Rifeci il tragitto dal Marzili al ponticello dello zoo ridendo e scherzando con gli altri, ma Mélanie non era più dove l'avevo lasciata. Con tutta probabilità aveva già raggiunto la spiaggetta di Elfenau.

Attraversai il ponte e continuai a camminare sull'altra riva con le mie cugine sottobraccio, il che mi procurò non pochi sguardi di aperta invidia lungo il percorso, soprattutto per via di Sophia, che ormai aveva riacquistato la sua pregevole forma dopo il parto.

Per fortuna, quando arrivammo a Elfenau, mio padre aveva già acceso il fuoco sul greto del fiume al riparo degli alberi perché, sebbene facesse caldo, coi vestiti fradici cominciavo a sentirmi un po' intirizzito.

Avevo appena raggiunto l'alone di calore sprigionato dalle fiamme, dopo essere sopravvissuto all'interrogatorio di Mélanie sul mio stato di salute e agli abbracci di almeno una ventina di persone tra cugini, zii e amici, che qualcuno mi coprì gli occhi con le mani.

Tastai le dita che mi impedivano di vedere. Era una donna. Alma? No, questa sembrava sposata, o perlomeno portava un anello sull'anulare sinistro, e non aveva le dita da pianista. Il vocio che ci circondava si era un po' affievolito. Probabilmente ci stavano guardando tutti. Feci scivolare le mani sulle sue braccia: era magra e alta, a giudicare dalla lunghezza del suo radio. Non riuscivo a distinguere il suo profumo: la brezza serale tirava nell'altra direzione e sentivo solo l'odore penetrante del fiume.

«Prova il culo!» disse Alex, seguito da diversi sghignazzi.

«Alex!» sospirò mia zia Amy da qualche parte davanti a me. Non aveva ancora abbandonato la speranza di mettere in riga suo figlio. Mio zio Kolja, invece, si era arreso da un pezzo e non si pronunciava più.

Non avevo proprio idea di chi fosse quella donna. Avevo già visto tutte quelle che avevo invitato, tranne appunto Alma, ma questa non era lei. Speravo solo che non fosse una mia ex. In teoria, però, quelle avrei dovuto riconoscerle.

«Chi sei?» sussurrai.

«Non vale!» disse Eric.

«*Mis Mami*» disse una vocina piccola piccola all'altezza delle mie ginocchia e tutti scoppiarono a ridere.

«Nooo!» urlai. «Daphne!» Mi voltai e abbracciai mia sorella, senza riuscire a credere che fosse lì. Ci eravamo sempre azzuffati come due stambecchi, ma mi mancava immensamente da quando se ne era andata in Norvegia a scrivere la tesi e non era più tornata, perché un tipo alto e biondo di nome Lukas le aveva impedito di tornare – non che lei avesse provato a opporsi, a differenza di quanto uno si sarebbe potuto aspettare.

«Mi stai bagnando tutta!» protestò lei, svincolandosi dal mio abbraccio.

La lasciai andare e mi chinai a raccogliere mia nipote per portarla alla nostra altezza. Poi vidi Lukas e abbracciai anche lui.

«Ma quando siete arrivati?» chiesi.

«Ieri.»

Se lo avessi saputo, altro che cena con Sarah e Samuel! Mi sarei precipitato dai miei appena fuori dall'ufficio. Misi di nuovo un braccio intorno alle spalle di Daphne e la strinsi al mio fianco.

«Ma la finisci di bagnarmi? Avanti, vieni a cambiarti, che puzzi di pesce.»

«Questa non è puzza di pesce, è odore di fiume, profumo di libertà.»

«Cammina. Ti ho portato dei vestiti asciutti.»

«Sei un tesoro» le dissi, appoggiando la mia testa contro la sua, che arrivava quasi alla mia altezza ed era circondata da un diadema di trecce: la stessa pettinatura che portava spesso mia nonna Ginevra e che non lasciava alcun dubbio sulla posizione ricoperta da mia sorella nella nostra famiglia. Consegnai Runa a Lukas con la promessa di tornare subito a riprenderla, diedi un bacio a Nora, che a quanto pareva era venuta da sola, e mi infilai dietro un cespuglio. Daphne tirò fuori da una borsa un asciugamano e dei vestiti asciutti e me li passò.

Ne approfittai per osservarla bene: era un po' pallida e aveva il viso tirato, nonostante l'aria felice. Alle sue spalle le fronde di un salice, che ondeggiavano nella brezza serale, sembravano volerla accarezzare.

«Come stai, Daph?» le chiesi, mentre mi asciugavo.

«Stanca. Ma sono contenta di essere qui con voi.»

«Per Runa?»

«Sì. Se non si mette a dormire come si deve, giuro che comincio a darle valeriana a ettolitri.»

«Forse sarebbe meglio vitamina D e calcio. Portala dai nonni, falle prendere tanto sole, ne avete troppo poco lassù. Ma adesso comunque lasciala a mamma e papà e voi andate a dormire da qualche altra parte: avete almeno cinque o sei case a disposizione qui. O andate in un albergo alle terme, ma dormite! E trombate» aggiunsi, perché io ero l'unico che potesse permettersi di dare consigli del genere a mia sorella e, per come la conoscevo io, mi pareva averne bisogno.

«Killian!» Il tono inorridito di Mélanie mi fece affluire tutto il sangue al cuore, neanche fossi stato sorpreso a commettere chissà che reato.

Mi voltai lentamente verso di lei.

«Ma ti sembra il modo di esprimerti?»

«Era un consiglio puramente medico.»

«Come no.»

«Senti, questa è mia sorella e le parlo come voglio. E sa difendersi da sola, te l'assicuro.»

Mélanie mi lanciò un'occhiataccia, mentre mi porgeva il cellulare. «Hanno appena chiamato i tuoi zii da Roma. Se li puoi richiamare quando hai finito di... dispensare i tuoi consigli medici.»

«Ma è sempre così?» mi chiese Daphne appena Mélanie si fu allontanata.

Alzai le spalle. «Stasera è un po' nervosa. La mettete in soggezione, soprattutto tu.» Sapevo che era inutile cercare di nascondere qualsiasi cosa a Daphne quando mi guardava così, con quei suoi occhi verdi da felino che ha fiutato una preda. Mi balenò in mente MacLeod. Erano stranamente simili, lui e mia sorella, con i loro sguardi inflessibili e quell'aria da inquisitori...

«Se ci considerasse degli esseri umani, anziché dei titolari di portafogli azionari, non avrebbe alcun motivo di sentirsi in soggezione.»

«Viene da una famiglia completamente diversa dalla nostra, Daph, è ovvio che si senta a disagio.»

«Sarà ovvio per lei. A Lukas non gliene frega un tubo.»

«Non tutti hanno la fortuna di avere un Lukas accanto.»

Daphne pareva sul punto di dire qualcosa, quando il suo sguardo si focalizzò sulla collina alle mie spalle. «Sta arrivando Alma» annunciò con un sorriso raggiante che era rivolto alla sua migliore amica, non a me.

Mi girai anch'io e mi ritrovai a contemplare un'immagine uscita da un romanzo storico: Alma, in un vestito bianco stile Reggenza, che metteva ancora più in risalto il suo pancione, stava scendendo la collina al braccio di Stewart – un uomo che potevo scommetterci era elegante anche quando non era vestito. Lei di carnagione chiara con i capelli castano scuri ondulati, lui dalla pelle color ossidiana con i capelli neri riccissimi, emanavano entrambi luce. Che coppia! Avessi avuto io un quarto della loro forza...

Quando ci raggiunsero, Alma mi abbracciò stretto. Sentii la sua rotondità contro i miei addominali piatti. *Scheisse!* Non avevo ancora detto a Mélanie che era incinta. Ed era ormai quasi al settimo mese.

CAPITOLO 26

«Oh, ma guarda chi si è degnato di arrivare. *Guid morrnin, Doctorr Altavilla.*» Mi fermai di colpo, la mano ancora poggiata sulla porta scorrevole della sala autoptica. MacLeod era arrabbiato? Ma se me lo aveva detto lui di arrivare pure più tardi! Ah no, sotto la mascherina stava sorridendo, si vedeva dagli occhi che luccicavano.

«*Good morning.* Mi scusi per il ritardo.»

Quando mi ero svegliato nel mio vecchio letto con una cefalea in piena regola e avevo sentito la pioggia picchiettare sul vetro del lucernaio come popcorn in una pentola, avevo deciso di approfittare dell'offerta del mio capo: mi ero girato verso il muro e mi ero riaddormentato.

Avevo riaperto gli occhi solo molto più tardi, con mia nipote che mi tirava i capelli e mi conficcava un indice nell'orbita. Mélanie era partita per Zurigo già da un pezzo. Ed era meglio così. Dopo che aveva visto Alma, il suo sguardo accusatore mi aveva tormentato tutta la sera, peggio di quello della dea Hathor.

Avevo preso le manine di Runa nelle mie per timore che il cranio mi si spaccasse in due, ma lei si era messa a strepitare che dovevo alzarmi, il che era stato ancora peggio del dito nell'occhio.

Giusto mentre stavo raccogliendo tutte le mie forze per tirarmi su dal letto e andare a cercare qualcosa di altamente chimico nelle riserve di mio padre, era comparsa Daphne con un'aspirina. In fondo, io a mia sorella volevo un sacco di bene.

Mi avvicinai allo schermo del computer per vedere cosa stesse facendo MacLeod, che era evidentemente già nella fase di analisi e valutazione, dato che il cadavere disteso sul tavolo settorio era coperto da un lenzuolo bianco, pronto per essere rimesso nella cella frigorifera. A differenza della salma, MacLeod emanava energia e un leggero profumo di eucalipto, che mi faceva venire voglia di annusargli il collo, perché quell'odore fresco e rilassante mi alleviava il mal di testa ogni volta che inspiravo. A malincuore mi tirai la mascherina sul naso: la menta non era la stessa cosa dell'eucalipto.

MacLeod stava analizzando l'immagine tridimensionale di una ferita da arma da taglio. «*Dinna fash yirsel.*»

Hee? *Was?* «*I beg your pardon?*»

MacLeod ridacchiò. «*Dinna fash yirsel. Don't worry.* Festeggiato bene?»

Dinna fash yirsel? Ma che lingua stava parlando? «Sì, è stato davvero molto bello. Mi hanno fatto una mega sorpresa. È venuta una mia cugina da Roma e perfino mia sorella, quella che vive in Norvegia, e mio fratello da Zurigo e i miei e un sacco di altra gente.»

«Ma quanti siete?»

«Fratelli?» MacLeod annuì. «Quattro. Ho una sorella maggiore e un fratello e una sorella più piccoli. La più grande, Daphne, vive in Norvegia e ha sposato un norvegese. È archeologa come mia madre, solo che lei è specializzata negli antichi popoli nordici. Mio fratello David, invece, sta per laurearsi in economia e giornalismo a Zurigo, ma è sempre in giro per il mondo. Vuole diventare uno di quei giornalisti che portano alla luce le malefatte delle multinazionali, anche se mia mamma non vorrebbe, dice che è troppo pericoloso. Però scommetto che, una volta laureato, farà semplicemente quello che vuole. Mia sorella Eleonora, invece, studia filologia germanica qui a Berna e passa la maggior parte del suo tempo rintanata in qualche biblioteca a leggere libri che nessun altro aprirebbe mai. Era da Natale che non ci vedevamo tutti insieme, quindi ne abbiamo approfittato. Ma ho bevuto troppo, devo ammetterlo.» Probabilmente si vedeva.

Noi giovani eravamo rimasti fino alle due di notte a bere e scherzare in riva al fiume, seduti intorno al fuoco per combattere l'umidità che saliva dall'acqua. Ero arrivato a casa dai miei oltre il boschetto in cima alla collina solo perché c'erano state Daphne e Mélanie a guidarmi.

MacLeod annuì con aria comprensiva. «E la famosa sorella qual è, quella grande o quella piccola?»

«Quella piccola. La grande mi avrebbe detto di levarmi i grilli dalla testa.»

«Prima o poi me le deve far conoscere, tutte e due, e anche suo fratello.»

«Volentieri.» Finché era la mia famiglia stretta, potevo rischiare di farli incontrare. Altre persone, come Alex, forse era meglio di no.

«E lei, Doctorr Altavilla, ha una compagna? Una moglie? Figli?» Mi fissò direttamente negli occhi, mentre me lo chiedeva.

«Ho una cara ragazza e per il momento va bene così» risposi, incrociando le braccia sul petto. «E lei? Ha lasciato qualcuno in Scozia ad aspettarla? Figli?» Se chiedeva lui, mi sentivo in diritto di chiedere pure io. Così avrei soddisfatto la mia curiosità e lo avrei anche distratto dal fare ulteriori domande.

«No, non ho figli. Però ho lasciato lì qualcuno, anche se non mi sta aspettando.» I suoi occhi si erano incupiti. Uuuhi, di nuovo quell'espressione triste che avevo intravisto il giorno prima, quando stavo parlando di mio padre.

«Doloroso» dissi.

«Abbastanza, *aye, thenk ye*. Ma non è stata una conseguenza del fatto che ho accettato il posto qui, se è quello che sta pensando. È stato piuttosto l'inverso: avevo bisogno di cambiare aria, per quello alla fine ho deciso di venire in Svizzera.»

Cercai di camuffare la mia sorpresa recuperando una sedia: ero convinto che MacLeod fosse venuto in Svizzera per poter lavorare in un contesto avanguardistico. E per lo stipendio. Ma a quanto pareva i motivi erano ben altri. Che errore giudicare la gente senza conoscerla! Speravo solo che, grazie alla mascherina che mi copriva metà del viso, MacLeod non riuscisse a leggermi fino nell'anima, con quei suoi occhi a cui non sfuggiva niente.

«Capisco...» dissi perché non trovavo nulla di meglio da dire che non rendesse evidente il mio errore di valutazione.

MacLeod riportò la sua attenzione sullo schermo.

«*Richt*» disse quindi.

Richt voleva dire *right*, questo lo avevo imparato il giorno prima.

«Dunque, qui abbiamo una vittima di sesso maschile, trentanove anni, bianco, asmatico, principio di cirrosi epatica, diversi ematomi e lacerazioni superficiali, deceduto per dissanguamento. Un fendente di arma da taglio gli ha tranciato la giugulare. Sto cercando di capire esattamente da che altezza e da che angolazione gli è stata inferta la ferita, per poter stabilire se è morto sul colpo o successivamente. Così possiamo dire al pubblico ministero se a causare la morte è stata la lesione o la successiva omissione di soccorso, come temo. Tutto chiaro?»

«Sì. In poche parole, è un alcolizzato che si è fatto accoltellare in una rissa.»

La parentesi personale si era chiaramente conclusa: MacLeod sembrava non voler parlare della sua relazione esattamente come io non volevo parlare della mia. Ma, anziché soddisfare la mia curiosità, quell'accenno l'aveva stuzzicata ulteriormente. Cosa era successo tra MacLeod e la sua donna – *ex* donna? Dovevo conquistare la sua fiducia al punto tale che me lo raccontasse.

CAPITOLO 27

Prima di togliere il disturbo per la giornata, portai a MacLeod alcuni documenti che doveva firmare. Quando entrai nel suo ufficio, era chino su un foglio di carta, una mano poggiata sopra la testa e l'indice della sinistra che scorreva lungo la pagina di un librone. Aveva un'aria così derelitta che mi fece quasi pena.

«Posso aiutarla?» chiesi, mentre poggiavo sulla scrivania i documenti.

«Mi può spiegare questa frase?» Mi porse il foglio, su cui aveva scritto con la sua stilografica blu, che pareva l'unica penna che usasse: *"Versorge deinen Müll dort, wo dein Ex hingehört"*. Sotto ogni parola c'era una freccia con la traduzione inglese.

«*Ah dinna kin*» disse scuotendo la testa.

«*I beg your pardon?*»

«*I don't understand*» ripeté, scandendo ogni parola, mentre chiudeva il dizionario con un tonfo.

«Beh, è una frase un po' difficile per qualcuno che sta imparando il tedesco da così poco tempo come lei. Non si disperi: una lingua non la si impara in ventiquattr'ore. Vuole sapere cosa vuol dire o vuole che le faccia l'analisi grammaticale?»

«Mi dica cosa vuol dire. L'analisi grammaticale cerco di farmela da solo.»

«Riponi la tua spazzatura là dove sta bene il tuo ex. Immagino volessero dire nel cestino dell'immondizia. Ma dove ha sentito questa frase?»

«Era scritta per terra vicino alla farmacia all'angolo.» MacLeod fece cenno con la testa in direzione dell'incrocio dell'Inselspital. «Non ne venivo a capo. *Put your waste where your ex belongs.* Ora ho capito!»

«Le verità della vita» dissi con un mezzo sorriso.

«Lei crede che bisognerebbe buttare via le proprie ex?»

Alzai le spalle. «Non mi sentirei di farlo con nessuna delle mie, a dire il vero. Ognuna di loro mi ha dato qualcosa. Non so se loro possano dire la stessa cosa di me, però...»

«Lei è uno che lascia o che viene lasciato?»

Mi passai una mano tra i capelli. «Dipende da chi arriva prima al limite di sopportazione. Di solito non sono io.»

«Ne devo dedurre che lei *sopporta* le sue donne? Non le ama?»

«Le amo e le sopporto. Finché non le sopporto più e a quel punto vuol dire che non le amo più già da un pezzo, ma in genere risolvono il problema prima loro. Lei invece è uno che molla, vero?»

«Io? Io faccio parte della categoria dei sopportati. E dei mollati. Esattamente come lei. Ma ci sono casi in cui posso passare dall'altra parte. E il motivo è sempre lo stesso» aggiunse dopo una brevissima pausa. La mia espressione doveva tradire tutta la mia curiosità, perché continuò: «Se una persona tradisce la mia fiducia, con me ha chiuso – o io ho chiuso con lei. E questo vale a prescindere dal tipo di rapporto».

Feci finta di non cogliere il velato ammonimento che contenevano quelle parole. «Non avrei mai detto che lei fosse uno che viene lasciato.»

MacLeod sghignazzò. «A quanto pare hanno una valanga di motivi, che non sto qui a enumerarle, perché altrimenti domani saremmo ancora qua.»

Come faceva una donna a sbattere la porta in faccia a uno così? Chissà cosa diavolo avevano da contestargli. Forse era un maschilista che voleva essere servito e riverito o forse parlava solo del suo lavoro e le annoiava a morte... Che tormento non poter avere risposta!

Riprese in mano il foglio. Parve riflettere, ma non sapevo se sul contenuto del nostro scambio o sulla costruzione grammaticale della frase, poi disse: «Io 'sta lingua temo che non la imparerò mai, eppure devo. È nei miei obiettivi, sa. Non è mica l'unico sotto esame qui».

Grazie per avermelo ricordato. «Vedrà che un passo alla volta ce la farà. Non sia così pessimista. Se capisce lo scozzese e riesce a pronunciare il suo secondo nome, può anche riuscire a imparare il tedesco.»

MacLeod sollevò un sopracciglio. «Lo scozzese, Doctorr Altavilla, non esiste.»

Scheisse! Dovevo fare delle ricerche in internet. Subito!

«C'è lo scots, che è una lingua con svariati dialetti, e c'è il gaelico, che è un'altra lingua ancora. Poi c'è l'inglese coi suoi dialetti, ma quello non ha niente a che fare con la Scozia vera. Io parlo sia lo scots che il gaelico e le assicuro che nessuno dei due è così complesso come 'sta roba che parlate voi.»

La Scozia vera? Lo sguardo mi cadde sulla cartolina con la bandiera scozzese. Aveva pure definito mia madre una *Sassenach* perché era inglese. Era forse un nazionalista che voleva l'indipendenza dal Regno Unito? Non sapevo se fosse una cosa buona o cattiva, ma era comunque interessante. Del resto, mia nonna me lo aveva detto che gli scozzesi avevano sangue ribelle...

«Che poi, non so nemmeno perché lo sto veramente imparando, il tedesco, parlate tutti sempre in dialetto.»

«Beh, sì. In Svizzera i dialetti non sono usati solo in ambito familiare come altrove. Sono la lingua corrente. Anche alla radio e alla televisione molte trasmissioni sono in dialetto, magari se ne è accorto. Il tedesco standard si parla al massimo se il contesto è plurilingue, tipo se sono presenti francofoni dalla Svizzera romanda o italofoni dal Ticino, oppure con gli stranieri o nelle situazioni molto formali, ma non è la nostra lingua madre, lo impariamo a scuola e non ci piace molto parlarlo. È più che altro la lingua che usiamo per scrivere, per quello le serve impararlo. Ovviamente, se vuole imparare il bernese, provvediamo subito. Basta che non si metta a imparare il lucernese da Huber.»

«Infatti avevo notato che la sua cadenza era diversa.»

«Brutto dialetto» dissi sorridendo.

«Mi sa che comunque prima cerco di imparare il tedesco standard.»

«Può imparare entrambi contemporaneamente, così le sarà più facile vivere qui.»

Arricciò le labbra con aria poco convinta. «E cos'è che la disturba del mio secondo nome, invece?»

Ma perché non riflettevo mai, mai, mai prima di parlare? Mi ravviai i capelli. «Niente, ma... Ecco, dubito che si pronunci come si legge» dissi, concentrandomi sulla teiera sulla mensola.

«Perché lei come lo legge?»

«Hmm...»

«Avanti. Si ricorda il nostro patto, no?»

«Dubshit» dissi con voce appena udibile. Mi sentivo come quando mio zio Kolja costringeva me e Tim a confessare qualche marachella: avrei voluto sprofondare fino al seminterrato.

«Dubshit» ripeté MacLeod, assaporando i suoni. «Ed è così che mi chiama nella sua testa? Dubshit?»

«No, la chiamo MacLeod.»

«Mi chiamo Lachlan Dùwhii, Doctorr Altavilla, Dùw-hii, *non* Dubshit.»

Sgranai gli occhi. «Come Dùwhii? Ma se si scrive Dubshit!»

«Si scrive D-U-B-H-S-H-Ì-T-H e non ha niente a che fare con *to dub* né con *shit*. E in ogni caso finisce con th e non con t. È gaelico.»

«Ok, ma come si arriva a Dùwhii da... come si scrive?»

«Facciamo così: la prossima settimana, una sera andiamo a berci una birra e lei mi insegna un po' di bernese e io le insegno un paio di regole di pronuncia del gaelico. Ok?»

«Va bene.» Un'eccezione alla regola che mi ero appena imposto quella mattina di non bere fino a che non avessi superato l'esame di diritto potevo anche farla per MacLeod. Era il mio capo. Decideva lui.

«*Noo skedaddle aff.*»

«*I beg your pardon?*»

«Sparisca, che perde il treno!»

«Ok.» Mi ritirai con un cenno della testa.

Avevo le guance infuocate, ma ero stranamente euforico: un bambino che ha ricevuto un invito a una festa di compleanno dal capoclasse. C'era perfino la caccia al tesoro.

CAPITOLO 28

Il mercoledì successivo lasciai l'Istituto di Medicina Legale al fianco di MacLeod, che conduceva la sua bicicletta blu metallizzato a mano. Ci dirigemmo verso un pub irlandese nel quartiere di Bollwerk, tra la stazione e il centro storico.

Il locale era arredato esattamente come un pub tradizionale, con legno scuro a rivestire le pareti, quadri con pubblicità dalle scritte sgargianti ma illeggibili, divanetti imbottiti, flipper, tiro a segno e quel classico odore di patatine e cipolle fritte, carne, birra e stoffa da divano, che mi avrebbe rivelato dove mi trovavo anche se fossi entrato bendato.

«*Tráthnóna maith duit, Professor MacLeod.*» L'omone con gli zigomi coperti di lentiggini e i capelli arancioni, che occupava tutto lo spazio dietro al bancone, accolse MacLeod con un ampio sorriso, come se fosse appena entrato un suo vecchio amico.

«*Feasgar math, Seán*» rispose MacLeod.

Quando gli avevo proposto quel locale, MacLeod mi aveva detto che lo conosceva, ma a quanto pareva ci era anche già stato più di una volta. Forse aveva cercato rifugio lì, preso dallo sconforto nell'ostile terra elvetica.

«Cosa posso offrirvi stasera?» chiese Seán in inglese.

«Per me il solito per cominciare, grazie.» Per cominciare? «Doctorr Altavilla?»

Ci accomodammo a un tavolo di legno, sfregiato da cicatrici nere e profonde, con una pinta di birra scura e densa a testa.

MacLeod sollevò il suo bicchiere. «*Slàinte Mhath!*»

«*Slàinte Mhath!*»

Quando appoggiai di nuovo il bicchiere sul sottobicchiere di cartoncino colorato, mi accorsi che il boccale di MacLeod era mezzo vuoto. Accidenti! Ok, ero seduto davanti a uno Scozzese in un pub irlandese in centro a Berna, ero a stomaco vuoto, era mercoledì sera, mi ero ripromesso di non bere e dovevo tornare a Zurigo possibilmente entro le undici: non potevo e non dovevo seguire l'esempio del mio capo.

«Allora, si sta abituando alla vita qui in Svizzera?» gli chiesi.

MacLeod dondolò la testa come faceva quando valutava qualcosa. «Non è che ho tanto a che fare con gli Svizzeri, li osservo da lontano. E mi pongo molte domande.»

«Tipo?»

«Tipo: di cosa hanno paura?»

«Paura?»

«Sì. È come se temessero che da un momento all'altro potesse succedere qualcosa di tremendo. Sono come quei personaggi di certi film, che si muovono nell'ombra e cercano di dare nell'occhio il meno possibile per non attirare l'ira di qualcuno. Testa bassa, spalle incurvate, zero contatto visivo. Soprattutto le persone più anziane. Ha idea del perché? È uno dei Paesi più sicuri al mondo.»

Aveva ragione. Speravo solo che non fosse riuscito a leggere anche me nello stesso modo... Mi tornarono in mente gli echi di una conversazione che avevo sentito una volta tra mia mamma e mia nonna Ginevra, ma che all'epoca non avevo capito appieno. «Mia nonna è una storica e ritiene che gli Svizzeri abbiano inconsciamente paura del loro Stato.»

MacLeod corrugò la fronte e si accarezzò lentamente la barba tagliata alla perfezione. «Ma è uno Stato basato su un'ampissima partecipazione democratica!»

«Sì, adesso. Ma ci sono due cose che deve tenere presente, che sono illuminanti da questo punto di vista: la prima è che a livello federale le donne qui hanno potuto votare per la prima volta nel 1971, che è già tardi, ma a livello cantonale, nel Cantone di Appenzello Intrno, le donne non hanno potuto votare fino al 1990, perché erano considerate indegne di partecipare alla vita politica e incapaci di decidere per sé. Non mi guardi così, se vuole la conferma basta che chieda a Google. La seconda è che fino 1981 lo Stato ha condotto una politica di pulizia sociale di cui si sa ben poco. Tutti coloro che non si conformavano alle regole, perché erano ai margini della società o perché erano semplicemente diversi, venivano prelevati, o prelevavano loro i figli, e rinchiusi in istituti di correzione. In molti casi forzatamente sterilizzati o usati come cavie per esperimenti farmacologici. E lì marcivano.»

«Sta scherzando?»

«No. Qualche anno fa lo Stato ha cercato di rimediare, commissionando una rielaborazione storica e versando degli indennizzi irrisori alle vittime, ma quelle persone non avranno mai una vita normale, nemmeno quelle che in qualche modo ce l'hanno fatta a riaffermarsi socialmente. A casa mia, da qualche parte, ci sono dei volumi spessi così, pubblicati dalla commissione che ha condotto la rielaborazione storica. Se vuole glieli posso portare. Ce n'è uno che contiene solo fotoritratti, che rivela più di tutti gli altri. È una questione che sta molto a cuore a mio padre.»

«Sono allibito.» MacLeod si portò il boccale alle labbra e lo vuotò d'un fiato.

«A proposito» dissi indicando il bicchiere, «stia attento a non farsi beccare in bici con un tasso alcolico elevato. Le tolgono la patente, sa?»

«La patente?»

«Sì. Pure se lei decide di fare un po' di festa con gli amici a casa sua e per caso si ubriaca e i vicini chiamano la polizia perché siete un po' troppo rumorosi. Se il test risulta positivo, le tolgono la patente. Anche se lei non aveva alcuna intenzione di guidare per i prossimi sei anni. Sa, per proteggere lei stesso e gli altri... Prevenire è meglio che curare, no?»

MacLeod scosse la testa e per un attimo non disse niente, poi sorrise. «Cioè lei mi sta dicendo che in questo Paese io non sono libero di ubriacarmi a casa mia?»

«Ma no... Se lo fa in silenzio, può fare quello che vuole. Basta che non disturbi i vicini. Comunque stia attento, perché poi recuperare la patente può costarle tranquillamente più di 15000 franchi, perché deve farsi fare una perizia da uno specialista che attesti che non è un alcolizzato e poi pagare tutta la trafila burocratica.»

Avrei voluto fotografare la faccia di MacLeod in quel momento.

«Probabilmente è di cose così che gli Svizzeri hanno paura» continuai, «inconsapevolmente di sicuro, ma sanno che ci sono queste forme di potere incontrastato e incontrollato che possono annientarli se non si comportano secondo le regole. Se esci dai parametri che sono stati prestabiliti per te, arriva la mazzata dello Stato – e della società.»

«Hanno paura di sé stessi.»

«Portato all'estremo, sì.»

«Che percentuale di sangue svizzero ha lei nelle vene?»

Scoppiai a ridere. «Solo un quarto. Tutto il resto è italiano. Mia madre è di pura razza italiana, mio padre è mezzo e mezzo.»

«Però lei è cresciuto qui.»

«Sì, ma le assicuro che la mia famiglia non ha nulla di svizzero. A quello ci ha pensato mia madre.»

MacLeod si morse il labbro inferiore e scosse lentamente la testa. «Sarà, ma lei teme l'autorità come tutti i bravi Svizzeri.»

«Non è che la temo, cerco di non averci nulla a che fare. Gli Svizzeri userebbero la parola *rispetto*: rispetto l'autorità – e la evito.»

«No, lei non rispetta proprio nulla, lei teme. Lei non rispetta Huber, lei lo teme. E lo sfida. Continuamente.»

Sorrisi e abbassai lo sguardo. A quell'uomo non sfuggiva davvero niente.

«Se posso darle un consiglio spassionato, non tirerei troppo la corda.» La serietà con cui lo disse cancellò il sorriso dalle mie labbra. Si sporse sopra il tavolo in modo da ridurre lo spazio tra noi, poi disse con voce così bassa che sembrò il rombo di un tuono: «Huber deve solo schioccare le dita e la sua testa rotola. L'ha messa dov'è e con la stessa facilità può eliminarla».

Si riappoggiò allo schienale del divanetto, ma non staccò il suo sguardo dal mio volto.

Mandai giù un sorso di birra per cercare di sciogliere il nodo che mi si era formato nella laringe: avere la conferma che era stato Huber a scegliermi rinfocolava i miei dubbi sul ruolo giocato indirettamente da mia madre nella mia assunzione, ma in quel momento mi interessava poco. La constatazione che *non* era stato MacLeod a scegliermi, invece, bruciava come cianuro. Sbattei più volte le palpebre, mentre cercavo di arginare l'impatto di quella rivelazione.

CAPITOLO 29

Mi avviai verso la stazione per prendere il treno delle dieci. Né l'ulteriore apporto di birra e whisky né la conversazione leggera sul tedesco, i dialetti svizzeri, il gaelico e lo scots, che si era sviluppata dopo l'ammonimento di MacLeod, erano riusciti a mitigare l'amarezza che si era depositata nel fondo del mio stomaco. In più MacLeod era abilmente riuscito a scansare qualsiasi domanda che andasse un po' più sul personale e la cosa mi aveva frustrato non poco.

Perso nei miei pensieri, quasi inciampai su un paio di gambe che sbucavano da un portone. Nonostante il mio palese stato di ebbrezza, ebbi la prontezza di scavalcarle con un balzo.

Sentii un rantolo e mi chinai. Era buio pesto nella rientranza dell'ingresso, perché la via era poco illuminata. Poggiai una mano su quella che doveva essere la spalla della persona distesa a terra e sentii che era bagnata. L'odore che si mescolava al penetrante profumo da uomo era inconfondibilmente quello metallico del sangue. L'uomo era cosciente, ma non rispondeva alle mie domande, anche se provai a fargliele in quattro lingue. Avevo difficoltà a calibrare i miei movimenti, mentre cercavo di capire in che condizioni fosse. Maledizione!

Pescai il cellulare dallo zaino e cercai il primo numero che mi venne in mente.

«Si è perso per arrivare in stazione?»
«È ancora nei paraggi?»
«Sì, sto prendendo la bicicletta.»
«Ho bisogno del suo aiuto. Per favore, venga verso la stazione. C'è una persona ferita a terra, ma non... temo di fare più danni che altro...»

Tre minuti dopo MacLeod era al mio fianco. Accese la pila che teneva attaccata al portachiavi. La vittima era un ragazzo di una ventina d'anni, il suo volto era tumefatto e aveva diverse ferite aperte, tra cui un sopracciglio sottilissimo ridotto in poltiglia. MacLeod gli controllò le pupille e il battito cardiaco. Il giovane indossava jeans aderenti, una maglietta che sembrava la rete di un pescatore e scarpe da ginnastica che dovevano essere costate diverse centinaia di franchi. Sotto la maglietta, la pelle in molti punti era rosso-violacea per le ecchimosi che si stavano formando. Chissà da quanto tempo giaceva lì. Non sembrava in pericolo di vita, ma non avevamo idea se avesse emorragie interne. Continuava a non parlare.

MacLeod gli tastò le costole per vedere se erano fratturate. Il ragazzo rantolò per il dolore, al che MacLeod gli poggiò una mano sul bicipite e glielo strinse leggermente, quasi a fargli forza.

«Chiami un'ambulanza» disse a me. «Meglio non muoverlo, se ha lesioni interne.»

Feci come mi aveva detto.

«Ora chiami la polizia.»
Feci anche quello.
Mi ritrovai a rispondere alle domande di una poliziotta, che non era per niente entusiasta del mio tasso alcolemico. La signora e il suo collega presero tutti i nostri dati, incluso il nostro luogo di lavoro, controllarono più volte i tesserini dell'Istituto, chiaramente non convinti della loro autenticità, e poi si accanirono sul permesso di soggiorno di MacLeod: volevano sapere esattamente perché MacLeod si trovasse in Svizzera, quando fosse arrivato, quando intendesse andarsene e una marea di altre cose.

Ci interrogarono entrambi sull'accaduto, insinuando che eravamo stati noi a ridurre il ragazzo in quelle condizioni e che il tutto era da ricondurre a una lite tra omosessuali. Mi domandai cosa, nell'aspetto mio o di MacLeod, li avesse potuti far giungere a quella conclusione, ma non dissi nulla. MacLeod invece chiese loro che cosa intendessero esattamente, facendo loro rilevare che un'accusa del genere era non solo infondata, ma anche omofoba e avrebbe potuto procurare loro non pochi problemi, soprattutto perché c'erano i paramedici come testimoni. Alla fine si degnarono di lasciarci andare.

Mi afferrai la testa tra le mani: esisteva un altro Paese in cui volevi aiutare qualcuno e quasi ti ritrovavi con una denuncia penale sulle spalle? Per fortuna non avevano visto che MacLeod era in bici.

«Mi dispiace» gli dissi non appena svoltammo l'angolo. Un'immensa stanchezza si stava impadronendo dei miei arti. Le luci blu intermittenti dell'ambulanza mi avevano fatto sentire ancora più ubriaco di prima. Volevo solo chiudere gli occhi e dormire. Dovevo stare attento a non addormentarmi in treno o sarei finito a Romanshorn, sul lago di Costanza.

«Per cosa? Ha fatto esattamente quello che doveva fare. Non possono accusarla di nulla, si è addirittura astenuto dall'intervenire sulla vittima, perché sapeva di non esserne in grado. Dovevano farle i complimenti.»

«Sì, ma la polizia...» Indicai MacLeod con la mano aperta, perché non avevo nemmeno la forza di formulare correttamente la frase.

«La polizia fa solo il suo lavoro, non mi spaventa di certo.»

In effetti aveva fatto loro capire senza possibilità di malintesi che la loro divisa non gli faceva né caldo né freddo, mentre seguiva con estrema attenzione il lavoro dei paramedici e li aiutava a spostare il ragazzo sulla barella. Quando la poliziotta gli aveva detto di parlare con lei e lasciar fare i paramedici, l'aveva guardata con la testa inclinata di lato, poi le aveva detto che lui aveva un giuramento da rispettare, se non le dispiaceva. Non aveva avuto un attimo di esitazione o di incertezza nei movimenti. Perché non potevo avere anch'io quel tipo di coraggio e di sicurezza? Non c'era da meravigliarsi che fosse arrivato dov'era alla sua età, se affrontava il mondo così.

«Ma lei non è ubriaco?» gli chiesi.

MacLeod ridacchiò. «Ci vuole ben altro per farmi ubriacare. Certo, l'alcol lo sento anch'io, ma da qui a essere ubriaco ce ne vuole. Lei cos'ha intenzione di fare adesso? Tornare a Zurigo? Non è che mi fidi molto a lasciarla andare via così, sinceramente.»

Mélanie! «Mi scusi un secondo, devo chiamare la mia ragazza.»

Spiegai a Mélanie quello che era successo come meglio potevo, ma tra la stanchezza e l'alcol facevo davvero fatica a seguire un filo logico. La poliziotta aveva risucchiato le mie ultime energie. Odiosa!

«Sei ubriaco?»

«Ho bevuto un pochino troppo, sì.»

«Ma non ti vergogni?»

«Senti, Mél, ho appena finito di parlare con una poliziotta che era convinta che fossi un malvivente solo perché ho bevuto un paio di bicchieri di birra con MacLeod, ora non cominciare anche tu.»

Anche nel mio stato, ero consapevole che "un paio" non era proprio il termine esatto. L'espressione *hauf 'n' a hauf* non me la sarei più dimenticata: MacLeod mi aveva detto di ordinare una *hauf 'n' a hauf*, ma soltanto una volta che era stato soddisfatto della mia pronuncia, e poi mi aveva costretto a bere quello che era arrivato, ossia una misura di whisky e mezza pinta di birra, sopra la pinta che avevo già bevuto. E poi era arrivato un secondo whisky, che aveva sigillato il mio destino di perdizione. Per fortuna avevamo ordinato anche qualcosa da mangiare. Ma tutto questo Mélanie non doveva per forza saperlo.

«Ma non ti fa bene bere sempre così!»

«Non bevo sempre così. Ogni tanto mi capita. Non c'è niente di male, va bene?»

«Ti stai rovinando. Ormai sei dipendente dall'alcol. E MacLeod avrà sicuramente un'ottima impressione del suo assistente adesso.»

«Non essere esagerata. E poi MacLeod ha bevuto più di me.»

L'uomo in questione se ne stava davanti a me nella semioscurità con un'aria molto perplessa. All'improvviso nella penombra della via mi sembrò che avesse una striscia nera che gli scindeva il volto a metà. Le mie interiora si contrassero e i miei neuroni vomitarono per lo spavento, ma riuscii a controllare il mio stomaco prima che facesse altrettanto.

«Ma che bella coppia che dovete essere!» Il tono acido di Mélanie disperse la visione.

«Senti, Mél, dacci un taglio. Vado a dormire da Tim. Ci vediamo domani sera.»

Terminai la chiamata senza nemmeno salutarla. Avevo il cuore che mi batteva così forte nel petto che temevo che MacLeod lo sentisse.

«A domani» gli dissi.

Fece un mezzo gesto come se volesse sollevare il braccio, ma si fermò. «Mi dispiace» disse invece.

Alzai le spalle e mi apprestai ad attraversare tutta la città vecchia per arrivare a casa di Tim, che abitava nel quartiere di Obstberg, dall'altra parte dell'Aar.

Avevo un marasma dentro e non sapevo da che parte cominciare per portare un po' d'ordine nei miei pensieri e nelle mie emozioni.

CAPITOLO 30

Abbandonai lo zaino a terra nell'ingresso di Mélanie e riempii la vasca di acqua così calda che quasi mi scottai quando mi ci immersi. Era luglio e a Zurigo faceva un caldo afoso, eppure, dopo l'aria condizionata del treno, che era più gelida delle celle frigorifere dell'Istituto, mi sentivo intirizzito fin nelle ossa e avevo le punte delle dita ghiacciate. Era come se tutto il sangue si fosse ritirato negli organi interni per proteggerli, lasciando le estremità a congelare perché non strettamente necessarie per sopravvivere.

Passai in rassegna la collezione di bagnoschiuma sul muretto a un'estremità della vasca e scelsi quello all'arnica montana che usavo dopo le partite di hockey sul ghiaccio, perché mi pareva di avere dieci ore di allenamento intenso alle spalle. Accesi tre lumini poggiati sul bordo della vasca, selezionai un album di Liszt dal mio cellulare e chiusi gli occhi. In qualche modo dovevo placare l'inquietudine che mi pervadeva dalla sera prima o avrei finito per scaricarla addosso a chi non c'entrava nulla.

La lite con Mélanie, la conversazione che avevo avuto con Tim nella notte, le scarse ore di sonno e la difficile giornata al servizio di MacLeod non avevano certo influito in modo positivo sul mio stato d'animo.

Col passare delle ore, ero giunto alla conclusione che MacLeod soffrisse di un qualche disturbo della personalità, perché tra l'uomo con cui avevo trascorso la serata al pub e l'uomo che mi ero trovato davanti in ufficio quella mattina non vi era alcun rapporto. Era stato peggio del primo giorno di lavoro: non aveva sorriso una singola volta in tutta la giornata, la fronte era rimasta aggrottata, gli occhi cupi, la mascella così tesa che vedevo i nervi sotto la pelle e la barba. Pareva che la mia sola presenza lo infastidisse.

Non capivo cosa fosse successo per giustificare un cambio di atteggiamento così repentino nei miei confronti, dopo che avevamo riso e scherzato per gran parte della sera e addirittura scoperto di avere qualcos'altro che ci accomunava, oltre alla passione per la medicina legale e il fatto che le donne ci mollavano: le moto. MacLeod aveva viaggiato tantissimo in moto. Come me e Tim, si era fatto anche lui tutta l'America del Sud – insieme a una donna che aveva definito genericamente una sua amica, ma che, secondo me, era stata molto di più, anche se non ero riuscito a cavargli altri dettagli.

Poi, però, al lavoro mi aveva a malapena parlato. L'unica cosa che aveva insistito che facessi era stata chiamare l'Inselspital per sapere come stesse il ragazzo che avevamo soccorso. Ero riuscito a farmi confermare che non era in fin di vita solo perché mi ero presentato come medico dell'Istituto. Dopodiché MacLeod si era chiuso in sé stesso, ignorandomi per quanto possibile.

Ora avrei dato chissà cosa per essere di nuovo in mezzo alle

Ande, la mente e il cuore liberi. Ma allo stesso tempo sentivo un disperato bisogno di essere abbracciato da qualcuno che mi volesse bene.

Una chiave girò nella serratura.

«Killian?»

«Sono nella vasca.» Abbassai la musica.

Mélanie comparve sulla porta del bagno. Si sfilò gli orecchini e li poggiò accanto al lavandino, dando una rapida occhiata al suo aspetto nello specchio. Come sempre era impeccabile, anche dopo un'intera giornata di lavoro nella calura estiva.

«Stai male? Sei pallido» mi chiese guardandomi dallo specchio.

«No. Sono solo stanco. Avevo bisogno di rilassarmi. Vieni a farmi compagnia?»

«Mi sono già fatta la doccia dopo la palestra.»

Già, di giovedì in pausa pranzo andava in palestra.

Chiusi di nuovo gli occhi.

Nel mio cranio echeggiarono per l'ennesima volta le parole che Tim aveva pronunciato la notte precedente: "Mélanie non è la donna giusta per te". Avevo sempre sospettato che la pensasse come Alex, ma finora non me lo aveva mai detto esplicitamente. Siccome sapevo che, se mi diceva una cosa del genere, ne era profondamente convinto, durante la giornata avevo analizzato la mia relazione a più riprese nel tentativo di corroborare o confutare quell'affermazione. Ero giunto alla conclusione che c'erano sì delle cose che non erano ideali, ma non mi sembrava che la situazione fosse così grave da giustificare una separazione. Certo, Mél poteva rompere quando ci si metteva, però in fin dei conti lo faceva perché ci teneva a me. E comunque una mezza lite per una pinta di birra non era certo un buon motivo per mollarsi. In conclusione, Tim la faceva troppo drammatica, perché lui viveva in un mondo medievaleggiante: quando si innamorava di una donna, la idealizzava e sognava con lei una relazione perfetta. Ma la realtà non funzionava così. Le relazioni di coppia erano rapporti difficili, in cui bisognava costantemente mediare, spiegare, capire...

Sentii il rumore di una cerniera, poi il fruscio di stoffa che cadeva a terra. Aprii un occhio, poi l'altro e mi ritrovai davanti Mélanie in tutto il suo splendore. Si sedette tra le mie gambe e appoggiò la schiena contro il mio petto.

Come volevasi dimostrare, Tim aveva torto.

Le diedi un lieve bacio sul collo, annusando l'odore della sua pelle mescolato al profumo. «Mi dispiace davvero un sacco per ieri sera» dissi, «volevo solo bermi una birra e tornare a casa, ma le cose non sono andate come avevo programmato. La polizia non ci lasciava più andare, erano convinti che avessimo pestato noi quel ragazzo.»

Mélanie voltò la testa di lato in modo da vedermi. «Non è quello che mi ha fatto incavolare, Killian, lo sai benissimo. Quello che mi preoccupa è che stai davvero bevendo troppo. La scorsa settimana al tuo compleanno abbiamo dovuto portarti a casa, ieri non riuscivi quasi a infilare due frasi coerenti di seguito.»

«Ero perfettamente in grado di ragionare, ero solo esausto. Sono perfino arrivato da Tim senza problemi. Comunque, adesso non berrò più per un po', ok? Così non ti devi più preoccupare per me.»

«Voglio proprio vedere.»

«Promesso – fatta eccezione per il matrimonio di Eric e Sophia, ovviamente.»

Mélanie sospirò.

«Dico sul serio! Ho l'esame di diritto a settembre e voglio farlo bene, perché, se riesco a prendere un buon voto, di sicuro mi confermano all'Istituto al termine del periodo di prova. Quindi d'ora in poi mi dedicherò solo allo studio: niente feste, niente alcol.»

«A settembre? Ma non hai detto che il corso è di tre mesi?»

«Sì, luglio, agosto e settembre, poi a fine settembre c'è subito la possibilità di fare l'esame. Se studio man mano, posso farcela. E devo imparare 'sta roba al più presto comunque, perché anche oggi abbiamo avuto problemi. Non sapevo come procedere e sono dovuto andare a chiedere a Huber, che è sempre simpaticissimo. MacLeod non era per niente contento.»

«Beh, potrebbe anche darsi una calmata. Non è che puoi sapere tutto. Mica sei un medico legale, deve darti il tempo di imparare.»

«Non è che ce l'avesse con me, era solo scocciato perché stavamo perdendo tempo per una cavolata.» Perché stavo sminuendo l'accaduto? Era furioso e, anche se non lo aveva detto, era chiaro che partiva dal presupposto che io quelle cose avrei dovuto saperle.

«Ma dove siete andati ieri sera?»

«Al pub irlandese vicino alla stazione. Ti ricordi? Ci siamo stati una volta con Eric e Sophia.»

«Ah sì, carino.»

«A quanto pare MacLeod è già cliente fisso lì. Il titolare gli parla in irlandese, lui risponde in gaelico e si capiscono perfettamente.»

«Non ha perso tempo a farsi amici, il Professore!»

«Probabilmente è l'unico amico che ha qui. Penso che si senta un po' spaesato quando esce dall'Istituto.»

«E quindi va al pub ogni sera a consolarsi. Bravo! E dove abita?»

«Su a Spiegel, sul Gurten. Kocher mi ha detto che ha sentito che gli pagano pure l'affitto.»

«Ah però! E quei soldi non potevano darli a te? Lui di sicuro guadagna abbastanza per pagarsi un appartamento.»

«Quando sarò bravo come lui, pagheranno l'affitto anche a me. Ma adesso non ho voglia di parlare di lavoro.»

La mia mano scivolò lungo la sua gamba, ma lei strinse le ginocchia in modo da impedirmi di arrivare dove volevo io. Poi aggiunse: «Prima che mi dimentichi: martedì sera tornerò tardi. Esco con Sarah».

«Va bene. Dove andate di bello?»

«Ancora non lo sappiamo di preciso. Una cosa tra donne, comunque.»

Alzai la mano in segno di resa. «Divertitevi.»

Le accarezzai la coscia magra, ma ben allenata e le mie dita tornarono sulla loro strada. Volevo fare l'amore, assicurarmi che fosse tutto a posto tra noi e dimenticare come mi ero sentito tutto il giorno.

Lei mi afferrò il polso. «Dai, Ki. Ho fame.»

«Poi cucino io.» Svincolai il polso dalla sua presa e le sfiorai un seno.

«Killiaan! Ma non possiamo dopo?»

«No» dissi a denti stretti. Mi sollevai grondando acqua e uscii dalla vasca.

«Ma cos'è che hai?»

«Niente, ho semplicemente bisogno di fare sesso con te, va bene?» In realtà avrei avuto bisogno non solo di sesso, ma di sesso sfrenato. Solo che il nome Mélanie non faceva rima con sfrenato. Le porsi la mano per tirarla fuori dall'acqua, mentre spegnevo i lumini.

«Possiamo almeno andare in camera?»

La avvolsi in un asciugamano e la portai in camera da letto di peso. La adagiai sul letto, stando attento che non sbattesse la testa contro la mensola sopra la testiera, dove il manuale di MacLeod aveva ripreso la sua posizione sovrana. Rimasi in piedi a guardarla, cosa che lei odiava, ma speravo che la perfezione e l'armoniosità di quel corpo mi restituissero un po' di fiducia nella vita.

Invece la sua immobilità quasi spaventata non fece che approfondire la voragine del rigetto che MacLeod aveva così accuratamente iniziato a scavare quella mattina – o forse addirittura la sera prima, quando mi aveva fatto intendere che non mi aveva scelto lui.

Neanche le avessi mai fatto male in qualche modo! Serrai gli occhi e mi chinai su di lei.

All'epoca non avevo capito cosa intendesse mio cugino Johannes, quando una sera d'inverno allo chalet in Vallese, aveva dichiarato di sentirsi solo quando faceva sesso. Ora lo capivo molto bene.

CAPITOLO 31

Alcuni giorni più tardi mi sentii chiamare per nome, mentre stavo attraversando l'atrio dell'Istituto con il cellulare in mano alla ricerca di un concerto che mi ispirasse per il viaggio di ritorno a Zurigo.

Il dottor Elias Kocher mi si parò davanti trafelato. Sembrava avere più difficoltà del solito a gestire i suoi arti troppo lunghi.

«MacLeod è già andato via?» mi chiese tra un respiro e l'altro, mettendomi sotto il naso una cartelletta grigia, di quelle che usavamo per inviare la documentazione ai tribunali.

Mi tolsi di nuovo gli auricolari. «È andato via a mezzogiorno, aveva delle pratiche burocratiche da sbrigare e non è più tornato.»

«*Ach, nei!*» Si tolse gli occhiali e se li rimise. «Ho bisogno della sua firma.»

«Non puoi aspettare domani mattina?»

«È per Bovet.»

Non serviva aggiungere altro: col pubblico ministero nessuno voleva rischiare.

Sospirai. «Dai qua, ci penso io. Ti chiamo appena raggiungo MacLeod. Però poi non torno fin qui. Magari ci incontriamo alla fermata di Hirschengraben. Fifty fifty della rottura.»

MacLeod era a casa, per cui presi l'autobus in direzione di Spiegel. Era una vita che non salivo sul Gurten, anche se lo vedevo ogni giorno fare da coulisse alla città. Mi ero dimenticato quanto bello fosse il panorama da lassù, dove lo sguardo spaziava dalla catena appiattita del Giura a nord fino alle Alpi aguzze a sud, abbracciando tutta la capitale. Certo che MacLeod aveva proprio avuto fortuna a trovare un appartamento lì – o forse glielo avevano trovato.

Non c'era anima viva in giro. L'unico suono che si sentiva era il frinire di qualche grillo. Le fronde degli alberi erano così immobili che pareva che l'intera zona fosse sotto un incantesimo.

Alla mia destra sfilavano giardini pieni di fiori e alla mia sinistra gli ingressi delle case. A Spiegel le abitazioni erano costruite in file perpendicolari rispetto al pendio della montagna, in modo che nessuna occludesse la vista alle altre, e si entrava sempre da dietro o di lato. Raggiunsi l'indirizzo che mi aveva dato MacLeod al telefono. Era l'ultima casa alla fine di una stradina che si perdeva nel bosco.

Parcheggiata vicino al cancelletto c'era una moto ricoperta da un telone antipioggia. Lanciai un'occhiata in entrambe le direzioni: la strada era deserta. Le mie dita si mossero verso il telone. La carrozzeria blu metallizzato brillò sotto i raggi del sole.

«*Wanna gae forr a rride, Doctorr Altavilla?*»

Mollai la presa all'istante. «No...» Le parole mi morirono in gola, ma non perché MacLeod mi avesse colto in flagrante a spiare la sua moto, bensì perché il MacLeod che avevo davanti non aveva nulla a che fare con il Professore casual chic che conoscevo dal lavoro: indossava una t-shirt grigio chiaro che faceva trasparire i suoi pettorali e un paio di pantaloncini cargo verde oliva lunghi fin sotto il ginocchio, quasi fosse in procinto di andare a fare un'escursione in montagna. Oltre ad aver perso i suoi soliti abiti, da mezzogiorno aveva pure perso qualche anno.

«È sicuro? Corre che è un piacere.»

Sospirai. «Magari un'altra volta. Ora devo sistemare 'sti documenti.»

MacLeod fece una faccia rassegnata e mi invitò a seguirlo.

Mi ritrovai in un ampio giardino, circondato da un'infinità di fiori dai colori più disparati, dal viola all'azzurro, passando per il fucsia, il rosso, l'arancione, il giallo, il bianco e il blu: era una vera e propria opera d'arte naturale. Chi aveva scelto tutte quelle piante e, soprattutto, chi se ne prendeva cura?

Al centro del prato c'era un tavolo di legno con due panche incorporate, protetto da un grande ombrellone bianco. Sul tavolo erano sparpagliati svariati fogli e su tutti troneggiava un laptop, che MacLeod chiuse appena mi avvicinai. Riuscii solo a scorgere la maschera grigia di un qualche programma informatico.

«Si accomodi» mi disse MacLeod, raccogliendo i fogli. «Vuole una birra?»

Per un attimo fui tentato di accettare, visto il caldo che faceva, ma poi mi ricordai la promessa fatta a Mélanie e perché ero lì.

«No, grazie. Ho solo bisogno della sua firma.» Tirai fuori dallo zaino la cartellina grigia. «Deve firmare qui e qui.» Gli indicai il punto esatto sui fogli, offrendogli una penna, che però lui rifiutò, preferendo, come sempre, la sua stilografica. «Poi riporto tutto a Kocher e ci pensa lui.»

«Deve tornare fino all'Istituto adesso?»

«No, Kocher mi aspetta a Hirschengraben. Poi si arrangia.»

«Ma bisogna spedire l'originale stasera o basterebbe una scansione?»

Alzai le spalle. «Forse un anticipo per mail basterebbe. Huber l'altro giorno ha mandato una PEC e poi l'originale il giorno dopo con altri documenti.»

«I miei padroni di casa hanno uno scanner» disse MacLeod. «Avanti, spediamo 'sta roba, diciamo a Kocher che è tutto risolto e poi, *dearr Doctorr Altavilla*, si beve una bella birra qui con me.»

Caro? Ah, doveva essere di nuovo in visita il MacLeod gentile...

«Grazie per l'offerta, ma dovrei tornare a Zurigo.» Gettai un'occhiata al mio orologio. Avevo appena perso anche il treno delle sei e mezza.

«Dovrebbe o deve?» mi chiese MacLeod con una voce che pareva seta.

«Devo.»

Non insistette. Invece si avvicinò alla porta a vetri dell'appartamento a piano terra e bussò sul vetro. Lo seguii a qualche passo di distanza, inspirando il profumo dei fiori intorno a me.

Comparve un uomo biondo, alto e magro, che si muoveva con l'elasticità di un leopardo. Aveva gli occhi di un nocciola caldo e i capelli lunghi, che teneva annodati sulla cima della testa con una matita. Il suo viso era quello di un ragazzo, però il suo atteggiamento pacato e sicuro rivelava che aveva già una certa esperienza della vita. Forse aveva la mia età, forse era più giovane.

«*How can I help you?*» disse con accento americano, mentre mi fissava con espressione aperta e cordiale. Mi porse la mano. «*Hi, I'm Mark.*»

Mi presentai a mia volta.

«Possiamo usare un attimo il vostro scanner?» chiese MacLeod.

Mark si fece da parte e ci fece cenno di entrare.

Misi piede in un salotto arredato senza sfarzo, ma con tutto l'occorrente per trascorrere una serata di completo relax: divano, televisore, una collezione infinita di dvd, uno stereo e svariati libri d'arte. Anche qui c'erano numerose piante e le pareti erano decorate con ingrandimenti delle Alpi e dell'Aar applicati su sfondi astratti, opera di qualcuno che aveva perso molto tempo a studiare le esatte tonalità di verde, marrone, grigio, bianco e azzurro delle foto.

Il mio cellulare prese a squillare. Mi scusai e tornai in giardino.

«Sei in stazione? Pensavamo di andare a mangiare giapponese. Vengono tutti i soliti. Posso pass–»

«Mél, sono ancora a Berna.»

Silenzio.

«Abbiamo avuto un problema con dei documenti. Sono dovuto venire a casa di MacLeod per fargli firmare un verbale che dobbiamo spedire stasera.»

«Perché non l'ha firmato in ufficio, scusa?»

«Oggi pomeriggio non c'era.»

«E non poteva fare lui un salto all'Istituto? Lo sa, no, che vivi a Zurigo e devi prendere il treno?»

«L'errore è stato mio.» Non sapevo perché i miei neuroni avessero prodotto quella risposta, ma ormai era nell'etere tra noi.

«Ma non potresti stare un po' più attento?»

Riempii d'aria ogni singolo alveolo dei miei polmoni. Mark comparve al mio fianco e mi mise in mano una birra. Lo ringraziai con un cenno del capo.

«Senti, Mél–»

«Ok, scusa. Hai tante cose a cui pensare, lo so» disse lei con voce rassegnata.

«Vai a divertirti con gli altri. Se arrivo a un'ora decente, vi raggiungo, altrimenti ci vediamo a casa.»

«Ok.»

Tornai nel salotto. Era rimasto solo Mark con la sua birra. Probabilmente MacLeod era andato a spedire la mail.

«Ti rende la vita impossibile, eh?» mi chiese Mark con un'espressione comprensiva.

«Cosa sei? Uno psicologo?»

«No, anche se mi sarebbe piaciuto. Di formazione sono assistente sociale, ma adesso aiuto gli Americani che emigrano in Svizzera a capire come girano le cose qui.»

Ecco da chi MacLeod aveva reperito così tante informazioni sulla vita in Svizzera! Infatti non mi chiedeva mai dove trovare un ufficio o come fare una cosa: era già completamente autonomo. «Deve essere un lavoro interessante.»

«Lo è, ma a volte è anche difficile. Di primo acchito può sembrare una cosa poco impegnativa, eppure non è così: la gente non parla volentieri dei propri problemi – né di quelli che trova qui, né di quelli che si porta dietro, e bisogna imparare a capire anche quello che non dice. E la tua ragazza, o tua moglie, cosa fa?»

«Ragazza. Lavora per una banca a Zurigo. Risk Assessment.»

Mark annuì. «Beh, visto che si è già arrabbiata, direi che puoi anche rimanere a mangiare qui. Stavo giusto per preparare qualcosa per cena per me e MacL. Quello, se non lo si imbocca, si dimentica pure di mangiare quando sta lavorando.»

In effetti l'avevo notato anch'io all'Istituto. Più volte lo avevo sorpreso a trangugiare qualcosa in cucina, giusto perché si era appena accorto che la pausa pranzo era finita e non aveva ancora mangiato, impegnato com'era a fare altro.

«Sì, mi sa che è quello che farò. Grazie.» Notai l'anello che brillava sul suo anulare sinistro. «Tu sei sposato?»

«Mhm.»

«Tua moglie non torna per cena?»

Mark sorrise. «Non c'è. È spesso via per lavoro. Torna sabato.»

«Che lavoro fa?»

«È ingegnere nucleare. Si occupa di progetti per lo smaltimento di scorie radioattive in giro per il mondo. Se posso vado con lei, altrimenti l'aspetto qui.»

«Però! Sicuramente non è facile per una donna lavorare in un ambiente del genere. Deve essere una che sa farsi rispettare.»

Mark rise. «Oh, si fa rispettare, sì. Senza ombra di dubbio.»

«Il giardino è opera sua?»

«No, no. Mia. Sono io quello con l'inclinazione artistica. Lei mi sopporta.»

«È bellissimo, complimenti.»

Un guizzo gli illuminò gli occhi mentre mi ringraziava.

Il mio capo tornò nella stanza e Mark gli disse: «Killian rimane a cena qui con me. Tu?»

MacLeod corrugò la fronte, mi fissò per un istante, poi disse: «Pure io. Lei, Doctorr Altavilla, è un essere alquanto misterioso».

«Ma smettila di chiamarlo Doctor Altavilla anche fuori dall'ufficio!» disse Mark. «Ha detto che si chiama Killian. Chiamalo Killian. E tu» disse rivolto a me, «chiamalo Lachlan o MacL come lo chiamiamo noi. Qua non ci sono né professori né dottori. Poi al lavoro fate quello che volete, ma qui a casa nostra i titoli ve li potete scordare.»

Annuii e porsi la mano a MacLeod. «Killian Alexander» dissi.

MacLeod guardò la mia mano tesa con diffidenza, poi me. «Lo so come ti chiami.»

Mark scoppiò a ridere: «*Oh my,* MacL, ne hai da imparare! Qui in Svizzera, quando si passa a chiamarsi per nome, ci si ripresenta, esattamente come sta facendo lui».

MacLeod si accarezzò la barba, poi decise di conformarsi alle usanze svizzere e mi strinse la mano. «Lochlan Dùwhii, caso mai te lo fossi dimenticato.»

Dimenticare? C'erano cose che non mi sarei mai dimenticato nemmeno se mi fossi ammalato di Alzheimer e il suo nome, soprattutto il suo secondo nome, era una di quelle.

Un'ora più tardi eravamo seduti in giardino con tre bistecche alla griglia davanti, accompagnate da verdure e un'insalata di riso preparata da me. Mark aveva acceso delle candele alla citronella per tenere lontano le zanzare e, sopra le nostre teste, il cielo cominciava a perdere la nitidezza del giorno. La luna crescente stava spuntando dritta davanti a me su uno sfondo rosa perlato, che andava cedendo il passo al grigio prima di trasformarsi nell'indaco della notte. Si era levata una leggera brezza, che aveva allentato la morsa di calore che imprigionava la città da giorni.

Avevamo appena finito di spiegare a un MacLeod completamente basito come funzionano i condomini svizzeri, in cui vi è una sola lavatrice per tutti e bisogna prenotarsi per poter fare il bucato, quando il mio cellulare, che era rimasto all'estremità del tavolo, emise due *ping* uno dopo l'altro.

Temendo che fosse Mélanie, sbloccai lo schermo sotto lo sguardo vigile dei miei commensali.

A rivendicare la mia attenzione c'era però la foto di un'altra donna, anzi due. MacLeod scorse la foto prima che potessi girare il cellulare via da lui, perché eravamo seduti uno accanto all'altro.

«Fammi vedere!» disse e fece per prendermi il cellulare, ma fui più veloce di lui e allontanai il cellulare con il braccio sinistro.

«Avanti, fammi vedere quella foto. Chi è? La tua ragazza?»

«No. È mia sorella.»

«Dai qua! Voglio vedere che faccia ha, tua sorella. Quale poi?»

«Quella grande.»

«Mi vuoi mostrare quella foto? Voglio sapere se ti assomiglia.»

MacLeod allungò il braccio sinistro dietro la mia schiena e si appoggiò col petto alla mia spalla destra per arrivare a prendere il cellulare, che cercavo di tenere più lontano possibile da lui. Quel contatto così inaspettato mi lasciò senza fiato. Quanto forte era quell'uomo? Non era solo forte, era proprio una roccia. E aveva di nuovo quel profumo di montagna – che razza di sapone usava? O era un dopobarba? Rimasi così frastornato che gli cedetti il cellulare quasi senza accorgermene.

MacLeod mi lasciò andare e la sua testa e quella di Mark conversero sopra la fonte di luce tra le sue dita. La foto mostrava i volti raggianti di Daphne e Runa. Daphne stava sorridendo con lo stesso sorriso mio, solo al femminile. Quella foto portava a lettere cubitali la firma di Lukas, che aveva la passione per la fotografia e soprattutto per le fotografie che ritraevano mia sorella e mia nipote.

«Mio Dio, che bellezza!» disse MacLeod, avvicinando e allontanando il cellulare come per vedere se con la distanza cambiasse qualcosa. «Anche la piccola è così?»

Mark lo fissò, aggrottando le sopracciglia dorate.

«È simile sì, ma più piccola di statura – Daphne è quasi alta come me – e la bellezza di Eleonora è meno immediata. Però io trovo che sia molto bella lo stesso. E ha già un ragazzo.» Meglio specificare, caso mai MacLeod si stesse facendo strane idee, anche perché Nora aveva circa quattordici anni meno di lui, quindi avrebbe quasi potuto essere sua figlia. A ben pensarci, però, forse avrei addirittura preferito che Nora stesse con MacLeod, piuttosto che con quell'altro...

«Fammela vedere subito!» MacLeod mi restituì il cellulare perché trovassi una foto di Nora e per abitudine gli ubbidii. Gli mostrai una foto scattata a una festa di famiglia, in cui Nora stava chiacchierando con alcuni dei nostri cugini.

«È veramente una bellezza pure lei, hai ragione, ma è molto diversa come tipo, si vede. È più chiusa, vero?»

«Sì...» Come cavolo aveva fatto a capirlo? In quella foto non c'era niente che potesse denotare che Nora era più riservata di Daphne. Quell'uomo cominciava a inquietarmi non poco.

«E questi chi sono?» chiese Mark.

«Cugini. Quello moro si chiama Alexej e quello biondo riccio è Eric, mentre quella castana è Alma. Alex e Alma non sono veramente nostri cugini, perché i loro genitori non sono imparentati con i nostri, e nemmeno tra loro, ma ci consideriamo tutti cugini lo stesso. Siamo cresciuti insieme e fanno parte della famiglia da sempre. La madre di Alex è la migliore amica di mia madre e il padre di Alma è stato insieme a mia madre per anni.»

«E sono in così buoni rapporti da farvi crescere insieme?» chiese ancora Mark.

«Sì, all'epoca si sono lasciati di comune accordo e sono sempre rimasti amici. A quanto pare è possibile. Si vogliono ancora moltissimo bene, ma come se fossero fratello e sorella. Per me mio zio Riccardo è come un secondo padre e mia zia Amy, la mamma di Alex, è come una seconda madre.»

«Ma siete tutti così belli in famiglia?» chiese Mark.

Sorrisi confuso: non ero abituato a definirmi bello. «Più o meno. Soprattutto le donne.»

«Beh, sto Eric qui pare un fotomodello e anche Alex è molto affascinante, ha un sorriso che la dice lunga» disse ancora Mark.

«Sì, Alex è un tipo un po' particolare. Suo fratello è il mio migliore amico, si chiama Tim. Ha un ristorante nel centro storico. Se volete possiamo andarci una volta. È un ottimo cuoco. Tra l'altro parla perfettamente l'inglese, perché mia zia Amy è inglese.»

«Molto volentieri!» disse MacLeod. «Hai una foto di tutti?»

«Intendi della mia famiglia stretta o di tutto il parentado?»

«Tutti tutti.»

Scossi la testa. «Non credo di averne una. Quando siamo tutti, tra genitori e figli, siamo trentacinque ed è un po' difficile farci stare tutti in una foto.»

«Trentacinque?»

Annuii. «Mia mamma ha quattro fratelli tutti con partner, quindi fa già dieci, poi ci sono i genitori di Tim e Alma e siamo a quattordici e tutti insieme hanno ventuno figli.»

«È una media di tre figli a coppia» fece il conto MacLeod. «È rarissimo oggigiorno.»

«Credo che molti dei miei zii, come pure i miei genitori, non abbiano ben capito come funzionano i metodi anticoncezionali o forse manco sanno che esistono.» MacLeod e Mark scoppiarono a ridere, ma non l'avevo intesa come una battuta. «Quando Eric e Sophia, che è la sua fidanzata, si sposano, faremo sicuramente delle foto con tutti e poi ve le mostro, ok?»

«Affare fatto. Quand'è il matrimonio?» chiese MacLeod.

«A inizio settembre. Vi faccio vedere Sophia perché merita. Guardate, eccola. E questa è Athena, un'altra mia cugina.»

«Wow!» esclamò MacLeod. «I vostri geni dovrebbero essere studiati e catalogati in ogni dettaglio. Vabbè, Sophia non è imparentata con voi, ma lo stesso.»

«Errore! Anche Sophia è mia cugina, cugina vera.»

«Ma non dalla parte di Eric.»

«Errore! Dalla stessa identica parte: il padre di Eric, il padre di Sophia e il padre di Athena sono fratelli di mia madre. E in ogni caso, visto che mia madre e mio padre sono rispettivamente sorella e fratello del padre e della madre di Eric, non ho cugini che non siano dalla parte di Eric.»

«*OMG!*» esclamò Mark, portandosi le mani alla testa. «Aspetta, questa la devo capire. Dunque, tua madre hai detto che ha quattro fratelli e uno è il padre di Eric e uno di Sophia? Quindi sono cugini...»

«Sì. Però Eric è cresciuto qui a Berna come me, Sophia invece a Roma, in Italia, insieme ad Athena. Gli Altavilla in realtà sono italiani, ma mia madre e i suoi fratelli sono cresciuti in Inghilterra. Poi mia madre e il papà di Eric sono venuti qui.»

«Per quello parli tutto dandy. Adesso capisco» disse Mark.

«E la famiglia ha accettato la cosa?» chiese MacLeod.

Lo guardai di traverso: perché non avrebbero dovuto accettare il mio accento? Parlavano così anche loro. O era di nuovo qualcosa a che fare con il suo presunto credo nazionalista, di cui, però, non avevo ancora avuto conferma esplicita?

«Intendo che Eric e Sophia stanno insieme.»

«Ah, sì. Il padre di Sophia ha fatto un po' fatica all'inizio, ma adesso è tutto a posto. Quando ha saputo che volevano sposarsi era il più felice di tutti. Siamo una famiglia molto aperta.»

«Puoi ben dirlo!» rise MacLeod. «È una vera fortuna crescere così. Mostraci tuo fratello e i tuoi adesso.»

Passai in rassegna le foto, finché non ne trovai una di David.

«Questo è David.»

«Promette proprio bene» disse Mark. «Si vede che siete fratelli. Ma lui deve ancora crescere. Tu hai quel pelino di maturità in più che gioca a tuo favore.»

Mi passai una mano sulla nuca. «E questi sono i miei genitori» mi affrettai a continuare.

«Che caratterino!» disse MacLeod, puntando l'indice verso mia madre. «Buca lo schermo con lo sguardo! Ora ho capito da chi hai ereditato il tuo fuoco. Dovrei chiedere a tutti i miei candidati di mettere una foto di famiglia nel curriculum, ma temo che andrebbe contro qualche regola sulla privacy o l'imparzialità. David somiglia molto a tuo padre, ma tu sei proprio come tua madre. Stesso sorriso.»

Hmm... «È il sorriso di mia nonna.»

«Foto! Foto!» disse Mark, battendo un pugno sul tavolo così che le posate tintinnarono sui piatti.

«Ne ho una bellissima di quando era giovane. Adesso ve la trovo.»

Dopo un po' di ricerche nei meandri del mio cellulare, trovai quello che volevo. Un Natale i miei zii si erano messi a scansionare centinaia di vecchie foto di famiglia perché non andassero perse e tutti ne potessero avere una copia. Quella era una delle mie preferite. Era una foto in bianco e nero di mia nonna Ginevra e mio nonno Rodrigo poco dopo che si erano trasferiti a Londra, quando ancora non avevano figli. Erano seduti a una tavola imbandita a festa e mio nonno stava fissando mia nonna in totale adorazione, mentre lei guardava dritto nell'obiettivo con atteggiamento di sfida, quasi a rivendicare la proprietà dell'uomo che le stava accanto.

Per un lungo istante la sola cosa che si sentì fu il frinire delle cicale. Quello era l'effetto della nonna Ginevra. Una lucciola volò tra i fili d'erba accanto al tavolo.

Infine MacLeod disse sottovoce: «Sto capendo tante di quelle cose di te stasera, Killian, che mi sembra di non averti mai conosciuto prima».

Purtroppo non potevo dire la stessa cosa di lui, perché a me di quell'uomo pareva di capire sempre meno. Stasera era di nuovo socievole e allegro, ma già temevo come sarebbe stato l'indomani in ufficio.

«E le vostre famiglie?» chiesi, deciso ad approfittare della situazione per scoprire qualcosa di più sull'uomo che mi sedeva a fianco.

Mark fu il primo a rispondere: «Io non ho più contatti con la mia famiglia da quando... mi sono trasferito all'estero. Comunque ho solo i miei e una sorella maggiore. E tu MacL?» Sembrava voler abbandonare l'argomento il prima possibile.

MacLeod stava cercando di tenere il coltello in equilibrio

sull'indice sinistro. «Io ho un fratello minore e dei genitori che sono di mentalità estremamente chiusa. Vivono in una realtà così limitata che ogni volta che vado da loro mi sento soffocare, mi incavolo per qualche motivo e mi pento di essere tornato, quindi evito di andarci. È un paesino sulla costa settentrionale. Beh, per i parametri delle H'lands è un vero e proprio centro, ma in realtà sono quattro case. Lì si conoscono tutti e hanno sempre qualche faida in corso. Inoltre, i miei sono anche molto religiosi – bigotti sarebbe il termine corretto, e la cosa non aiuta.»

Né io né Mark lo interrompemmo, io per timore che smettesse di raccontare e Mark probabilmente pure, visto che pareva bere ogni sua parola come carta assorbente.

«Con mio fratello ci sentiamo ogni tanto, ma non siamo mai stati particolarmente vicini. È nato quando io avevo già dieci anni e non abbiamo mai legato, anche perché a partire dalle superiori non ho più vissuto con loro.»

«Perché?» chiese Mark.

«Nelle vicinanze non c'erano scuole superiori e sono dovuto andare in un college a Inverness. Una volta arrivato all'università, ho ridotto i contatti ancora di più e mi sono fatto la mia vita. Non hanno mai capito perché la medicina legale mi appassioni così tanto.»

Non l'avevo mai sentito parlare così a lungo tutto in una volta, però quello che mi colpì di più fu l'espressione del suo viso: l'azzurro brillante dei suoi occhi era velato da un'ombra di tristezza, le labbra si erano assottigliate e la mascella era rigida. Il suo accento scozzese era ancora più forte del solito. Pareva che facesse una fatica immensa a pronunciare ogni frase.

«Vabbè, nemmeno io capisco come facciate a fare sto lavoro» disse Mark, poi aggiunse rivolto a me: «L'altro giorno ho visto delle foto che stava analizzando e non sono più riuscito a dormire. Tu dormi dopo aver fatto un'autopsia?»

«Se non dormo è per altri motivi. I morti per me sono solo materiale di lavoro, non sono persone che ho conosciuto in vita e con le quali avevo un legame affettivo. Mi interessano solo dal punto di vista scientifico.»

La conversazione si spostò sulla nostra professione e non ci fu più modo di riportarla su temi più intimi. Ciononostante, ero molto soddisfatto del bottino che avevo recuperato. Sebbene ancora non riuscissi a vedere nulla con chiarezza, grazie a Mark ora potevo addirittura chiamare MacLeod per nome. Mi sentivo come un cavaliere che è riuscito ad attraversare il primo ponte levatoio della fortezza di un sovrano oscuro ed estremamente potente. Il problema era: quanti altri ponti avrei dovuto attraversare prima di arrivare a cogliere l'essenza di quell'uomo?

Mentre MacLeod mi accompagnava giù per una ripida stradina incastrata tra le case fino alla fermata dell'autobus, mi venne un'idea che forse mi avrebbe aiutato a conquistare un'altra briciola della sua fiducia e magari anche a scoprire qualcosa su quella donna nel suo passato che mi incuriosiva da morire perché doveva essere davvero speciale per aver vinto il cuore di un uomo così.

«Senti, sabato io e Alex volevamo andare a fare una gita in montagna, una bella camminata sull'Altopiano bernese, con Eric. Vuoi venire? Aspetta: prima che mi rispondi devo avvertirti che questo è un esperimento. Le cose stanno così.» Dovetti fare una piccola pausa, perché, quando parlavo di quello che era successo, c'era sempre qualcosa che ingarbugliava i miei processi fisiologici e mi ritrovavo o troppa saliva in bocca o troppo poca. «Eric a marzo è finito sotto una valanga mentre faceva scialpinismo con un amico e ha rischiato di morire. È stato tre giorni in coma e sono stati i tre giorni peggiori della mia vita, figurarsi per i suoi genitori, Sophia, i miei e tutti gli altri. Ma per miracolo ce l'ha fatta a risvegliarsi e a sopravvivere.» MacLeod si lisciò la barba, senza distogliere lo sguardo dal mio. «Adesso si è ripreso, fisicamente perlomeno, anche se è ancora un po' debole rispetto a com'era. Il problema vero è la psiche. Sophia dice che dall'incidente non ha più voluto andare in montagna, mentre prima voleva stare solo lì. Pensa che ha addirittura il brevetto di maestro di sci e di professione è geologo. Alex, che è il suo migliore amico, ha provato in tutti i modi a spronarlo, ma proprio non ne vuole sapere. In più c'è il problema che Eric e Sophia vogliono sposarsi nel Canton Vallese, nella cattedrale di Sion, che è su un monte bello alto con montagne tutt'intorno, e Sophia teme che alla fine lui non ce la farà. Il che sarebbe un disastro, perché hanno invitato non so quanta gente da tutta Europa e i preparativi sono già in corso da un pezzo. Quindi abbiamo pensato di trascinarlo in montagna, volente o nolente, per un po' di terapia d'urto. Ora vedi tu se vuoi sorbirti questo esperimento o no. Può anche essere che dobbiamo tornare a casa senza aver fatto neanche cento metri, non lo so.»

«Ci vengo.» La risposta arrivò senza tentennamenti.

«Sicuro?»

«Sono dei vostri.»

Yesss! O meglio: *aye!*

«Viene anche Tim?»

«No, Tim non può mai nel weekend per via del ristorante. Ha solo il lunedì libero.»

«Peccato.»

«Sì, purtroppo lo vedo molto poco, ma ci sentiamo spesso e dopo così tanti anni ci basta sentire la voce per sapere se è tutto a posto o se c'è qualcosa che non va.»

«Anch'io conosco qualcuno così. Basta dire ciao ed è tutto chiaro.»

Quella persona doveva essere un indovino per riuscire a interpretare le lune di MacLeod da una parola. Chissà se ci sarei mai riuscito anch'io...

CAPITOLO 32

Scesi dal treno che mi aveva portato da Zurigo a Berna e raggiunsi il binario da cui partivano i treni per l'Altopiano bernese.

MacLeod era già lì. Lo osservai per un attimo prima che mi scorgesse. Era fermo immobile, intento a decifrare una pubblicità, ma anche così era un concentrato di forza e vitalità: cappello da esploratore tenuto sulla schiena con un cordino intorno al collo, camicia blu e azzurra a scacchi con le maniche corte, pantaloncini verde militare fino al ginocchio, scarponi da montagna con calzettoni arrotolati intorno alle caviglie e zaino in spalla – l'ennesima versione di un uomo che non riuscivo proprio a inquadrare, nonostante tutti i miei sforzi.

Mi avvicinai e lo salutai porgendogli la mano. Me la strinse con vigore. Sembrava contento di vedermi.

«Dormito bene?» mi chiese.

«Così così.»

«Un altro dei tuoi incubi?»

«No, no. Non riuscivo a prendere sonno. A volte mi succede.»

«Mai provato a rilassarti con un bel massaggio? Può fare miracoli, soprattutto se è fatto dalla persona giusta.» Mi fece l'occhiolino.

«Hmm... Ci proverò.» Mélanie non mi aveva mai fatto un massaggio, ero sempre io a farli a lei. La cosa che più si avvicinava a un massaggio che ricevevo ogni tanto erano i trattamenti shiatsu di mia zia Alessia. Usava lo shiatsu con i suoi pazienti al Lichtstrahl, ma con loro non applicava la forza che applicava con me perché erano bambini ed erano malati. Odiavo quelle sedute, anche se effettivamente mi sbloccavano e dopo mi sentivo sempre molto meglio. Forse non sarebbe stata una cattiva idea andare a trovarla.

Guardai lo schermo sopra le nostre teste per individuare quali carrozze del treno si fermassero a Thun e quali proseguissero per la nostra destinazione.

«Ieri pomeriggio ho sentito Alex» dissi, «e temeva di dover trascinare qui Eric a forza. Lui e Sophia sono stati ore a cercare di convincerlo, ma proprio non voleva venire. Spero solo che riesca a portarlo, altrimenti sarà un grosso problema.»

«Altrimenti andiamo a prenderlo a casa» disse MacLeod.

«Tu non ti arrendi mai, vero?»

«Molto raramente.»

«Sono sicuro che averti con noi oggi sarà un grande aiuto.» Almeno per Eric, se non per me.

Proprio in quel momento Eric sbucò dal sottopasso con Alex che gli camminava dietro a due passi di distanza come un gendarme con la baionetta puntata. Nonostante l'ambiente sotterraneo mal illuminato e la gente che si infilava nello spazio che ci separava, mi bastò uno sguardo per avere la conferma che Eric non era arrivato lì di sua spontanea volontà.

Per fortuna adesso c'era MacLeod a dare loro qualcos'altro a cui pensare e a fare da cuscinetto, altrimenti avrebbero senza dubbio coinvolto anche me. Lo presentai ai due, che mi sembrarono altrettanto sollevati per la sua presenza, nonostante fosse uno sconosciuto.

«Finalmente, MacLeod, abbiamo il piacere di conoscerti» disse Alex. «Ne abbiamo sentite tante su di te...»

«Cioè?» chiese MacLeod, lanciandomi uno sguardo di sbieco.

Fulminai Alex: se mi tradiva rivelando a MacLeod quello che avevo raccontato loro al mio compleanno, lo avrei piantato in asso seduta stante. Poteva arrangiarsi con Eric e anche con MacLeod. Alex parve captare il segnale.

«Oh niente, sai, quelle cose che i subalterni raccontano dei propri capi» disse con tono evasivo, mentre giocherellava con un gancio del suo zaino.

«Di solito i subalterni raccontano che i loro capi sono le persone più deprecabili che ci siano, per quanto ne so io» disse MacLeod.

«No, Killian non direbbe mai una cosa del genere del grande MacLeod. Invece ci ha raccontato di quanto super intelligente sei, di quanto lui ammiri il tuo lavoro e di come vorrebbe tanto, ma proprio tanto, diventare come te, perché sei semplicemente un genio!»

MacLeod mi fissò con un'espressione tra il divertito e l'incredulo.

«Oh, ma è veramente imbecille» dissi a Eric, sollevando il braccio all'indirizzo di Alex. Gli avrei volentieri tirato un pugno nello stomaco. Cosa avrebbe fatto adesso MacLeod con me, invece? E cosa mi era saltato in mente di far incontrare Alex e MacLeod? Mi ero impegnato così tanto per conquistare la stima del mio capo in quelle tre settimane e mezza e ora tutti i miei sforzi si stavano sgretolando come un cumulo di foglie in preda al vento autunnale.

«Lo sai com'è» mi rispose Eric asciutto. Poi si rivolse a MacLeod, che non diceva nulla, ma non mi liberava dal suo sguardo di ghiaccio. «Ti ha avvertito Killian, sì, che oggi avresti avuto a che fare con questo... Alex?» Pronunciò il nome con un tono che non lasciava dubbi su quello che pensava del suo migliore amico in quel momento.

«Mi aveva detto che ci sarebbe stato, ma non che mi avrebbe rivelato cose così interessanti sul mio assistente.»

«Si sta inventando tutto» dissi.

«Non è assolutamente vero» ribatté Alex. «Le tue testuali parole sono state: è bravissimo, sa una marea di cose, sarebbe stato un ottimo chirurgo, il lavoro con lui è... Com'è che era?» chiese a Eric.

«Che ne so io? Mica stava parlando con me.»

«Ah sì! Così dinamico, così eccitante, ha detto addirittura. Non l'ho mai sentito parlare così nemmeno di una donna.»

«Sta arrivando il treno» dissi per tenere occupata la lingua e non mandare al diavolo Alex. Avevo i nervi a fior di pelle.

MacLeod stava ora sorridendo in un modo quasi monello, che non gli avevo mai visto prima, ma che lo ringiovaniva di un bel po' di anni. Mi invitò a salire sul treno prima di lui con un ampio gesto del braccio e un mezzo inchino.

Approfittai del movimento nel corridoio della carrozza per tirare una bella gomitata nelle costole ad Alex, che si allontanò subito.

Quando ci fummo seduti, MacLeod disse: «Raccontatemi un po' di questo ragazzo, avanti: com'è quando è con voi?»

Lo guardai sbigottito. Cosa gliene fregava di com'ero quando ero con la mia famiglia? Si era già alleato con Alex?

«C'è solo un modo di definire Killian: un ribelle mancato dai gusti perversi» disse Alex, scandendo bene le parole, mentre si massaggiava il fianco. Eric non poté trattenere una risatina.

Io continuai a guardare imperterrito fuori dal finestrino, come se non lo avessi sentito.

«Perché?» chiese MacLeod.

Alex sghignazzò. «Perché? Perché c'ha paura di tutto e gli piacciono i morti – quello sicuramente ce l'avete in comune.»

«Beh, sì, quella è deformazione professionale, però non direi che ha paura di tutto. *Rispetta* determinate persone, ma paura è una parola grossa.»

Uno stronzo più uno stronzo cosa faceva? Due stronzi o uno stronzo al quadrato?

«Ma se si stava cagando sotto come una ragazzina quando ha cominciato a lavorare con te!»

«Veramente?» chiese MacLeod a me, ma non gli risposi. Mi rifiutavo di prendere parte a quella conversazione.

«Credimi! Quando lo hai costretto ad accettare il posto, non riusciva nemmeno a stare fermo dall'agitazione. È un miracolo che abbia ancora capelli in testa tanto continuava a tirarseli.»

Scoppiarono tutti a ridere; perfino io dovetti cedere, mio malgrado.

«E da ragazzino com'era?»

Alex guardò Eric.

«Non ci provare!» dissi tra i denti, perché già mi immaginavo cosa stesse per arrivare.

«Ti racconto un aneddoto, giusto per farti capire com'era il nostro Killian» disse Alex ignorandomi. «Non che ora sia molto cambiato, ma all'epoca era proprio un caso perso. Titolo: la prima canna di Killian.» Eric si coprì gli occhi con una mano. Cercai di tirare un calcio ad Alex, ma fu più veloce di me a scansarsi. «Natale. Rocca dei nostri nonni in centro Italia.»

«Rocca?»

«Sì, i nostri nonni vivono in una rocca medievale ristrutturata in mezzo agli Appennini, un posto fantastico, fatticci portare da Killian. Comunque, stavo dicendo: inverno, freddo che penetrava nelle ossa, vento, montagnole di neve qua e là. Tutti a festeggiare, nessuno che ci badava. Io ero riuscito a portare con me un po' di erba dalla Svizzera, che se mi beccavano alla dogana, mio padre mi ammazzava là. Abbiamo deciso di andare a fumarcela, Eric, mio fratello Tim, Ki e io. Io e lui» disse, indicando Eric, «avevamo già diciotto anni. Tim e Ki ne avevano circa quindici e facevano tutto quello che dicevamo loro di fare, pur di essere accolti nella gang. Lo fanno ancora adesso, tra l'altro. Magari si mette a scodinzolare anche con te, stai attento che non ti pisci sui pantaloni.»

MacLeod soffocò una risata, mentre Alex continuava: «Ki era l'unico che non avesse mai fumato prima. Faccio 'sta canna e ce la passiamo, ma Ki se la stava facendo sotto e non voleva. Poi ha visto che Tim fumava senza problemi e, dopo un bel po' di tira e molla con sé stesso, ha fatto il grande passo. E non smetteva più. Pareva che non gli facesse effetto. Poi all'improvviso gli è arrivata la stangata.»

MacLeod scoppiò a ridere di gusto. Eric stava avendo le sue solite convulsioni quando cercava di non ridere, ma non ce la faceva.

«Non riusciva più a stare in piedi» continuò Alex. «Gli si chiudevano gli occhi e voleva continuamente appoggiarsi a qualcuno. Allora abbiamo deciso di portarlo dentro, o meglio, di trascinarlo dentro. All'epoca condividevamo tutti uno stanzone al primo piano, quindi dovevamo salire senza farci vedere dai nostri genitori. E quando siamo tutti riuniti, ci sono una marea di genitori in ogni angolo, per cui era un'impresa quasi impossibile. Comunque, alla fine abbiamo raggiunto la stanza e ci siamo chiusi dentro. Ki è crollato sul suo sacco a pelo e noi stavamo cercando di elaborare un piano per la serata, quando qualcuno ha bussato alla porta. Era nostra nonna. Devi immaginartela alta, magra, con i capelli lunghissimi intrecciati e avvolti intorno alla testa come una corona, un lungo vestito di velluto viola, che la faceva sembrare una regina d'altri tempi. Ce l'ho ancora davanti come se fosse ieri. Pensavo che fosse arrivata la mia ora: se non mi ammazzava lei, ci avrebbe pensato mio padre. Ci ha fatto una di quelle lavate di capo che non ti dico. Ci ha sequestrato la roba – che poi, che fine avrà fatto?»

«Secondo me se l'è fumata lei con lo zio» disse Eric, indicando me per far capire che intendeva mio padre. MacLeod passò lo sguardo da Eric a me con le sopracciglia sollevate. Chissà che diavolo stava pensando di me e della mia famiglia. Invitarlo era stata davvero una pessima idea.

«Probabile» disse Alex. «Ad ogni modo, Ki se ne era andato nel mondo di Morfeo e si è perso tutta la scena, per fortuna sua. Nostra nonna, anche se si era arrabbiata, non voleva che succedesse un putiferio giusto a Natale e così ha cercato di salvare il salvabile. Il problema era che di lì a poco sarebbe stata ora di cena e dovevamo assolutamente resuscitare Killian in qualche modo. Lo abbiamo svegliato quel tanto che bastava per fargli ingurgitare due tazze di caffè, di quello forte italiano, super concentrato. Niente, non reagiva. A tavola continuavamo a tirargli calci per tenerlo sveglio ed evitare che i nostri genitori si accorgessero di qualcosa. Per fortuna erano seduti a un altro tavolo, troppo impegnati con i loro discorsi per badare a noi. Poi però, verso le dieci, il caffè ha fatto effetto. Non ha chiuso occhio per le successive ventiquattr'ore e per tutta la notte non ha fatto altro che svegliarci a turno, perché aveva attacchi di tachicardia e temeva di morire.»

Stavano ormai ridendo non solo i miei compagni di viaggio, ma anche i due anziani dall'altra parte del corridoio. Io, però, non ci trovavo niente da ridere: ero stato malissimo e il mio corpo non lo avrebbe mai dimenticato. Mi bastava sentire l'odore di erba per riprovare lo stesso malessere. Questa Alex me l'avrebbe pagata cara.

«Voleva sempre provare cose nuove» continuò Alex, una volta che si furono ricomposti. «Ma allo stesso tempo aveva una paura folle di andare contro la legge. Ed era sempre irrequieto. Un'anima in pena. Però era anche tanto caro, il nostro Ki, sempre a cercare di dare il meglio di sé, sempre a preoccuparsi per gli altri. È così ancora adesso, eh.»

«Ma guai a farlo arrabbiare» disse Eric. «Se si arrabbiava, c'era solo da correre. Non sto scherzando, diventava davvero una furia, spaccava tutto. Adesso si è calmato molto, soprattutto da quando fa regolarmente sport.»

«È da quando tromba regolarmente che si è calmato, non da quando fa sport» lo corresse Alex a mezza voce, mentre guardava fuori dal finestrino.

«Avete finito?» chiesi loro.

«Alex, basta, che ora s'incazza» disse Eric.

«Va bene, basta. Scusa, eh, MacLeod, ma con Killian è veramente più forte di me: non riesco a lasciarlo stare. È sempre stato così, me le tira proprio fuori 'ste battute. Però vedi com'è? Non si difende. Sta lì e poi a un certo punto esplode. Si tiene tutto dentro come una pentola a pressione chiusa male e, quando meno te lo aspetti, salta il coperchio.»

«Quello l'avevo intuito anch'io» disse MacLeod.

«E tu invece come sei fatto, MacLeod?» chiese quindi Alex.

«Oh, io sono molto tranquillo e amorevole, basta che la gente si faccia gli affari suoi.» MacLeod e amorevole erano due termini che io non avrei mai usato insieme nella stessa frase. «Se invece uno ficca il naso dove non dovrebbe, se ne pente.» Già più in linea.

«Allora per oggi ti lascio in pace, eh?» disse Alex.

«Se fossi in te, farei proprio così» disse MacLeod con un sorriso quasi dolce. I suoi occhi, però, avevano assunto una tonalità metallica.

Dovevo ammetterlo, Alex aveva ragione: volevo diventare

proprio come il mio capo – e imparare a tappare la bocca alle persone con una semplice frase!

CAPITOLO 33

Quando raggiungemmo la meta il cielo era azzurro intenso e le rocce delle vette che torreggiavano su di noi brillavano al sole, costellate di depositi di ghiaccio perenne che ancora resistevano al surriscaldamento terrestre. Inspirai a fondo, riempiendomi i polmoni dell'odore di fieno che proveniva da un campo appena oltre il parcheggio alle porte della stazione.

MacLeod ruotò su sé stesso, ammirando il paesaggio: doveva essere davvero maestoso per qualcuno che lo vedeva per la prima volta.

Incrociò il mio sguardo e gli indicai Eric con un cenno della testa: si era appoggiato a un muretto, le braccia incrociate sul petto, e teneva lo sguardo fisso a terra, mentre Alex si stava allacciando uno scarpone, cercando di decidere come procedere.

«Forza, Eric!» disse poi, prendendolo per il braccio e cercando di tirarlo con sé in direzione dei cartelli gialli che indicavano i sentieri. Eric liberò il braccio con violenza, senza alzare lo sguardo.

«Su, Eric» provai io. «Guarda che non succede niente, andiamo solo a camminare un po'. Sei con noi. Vedrai che una volta che cominci, poi ce la fai. È solo il primo passo che è difficile, ma siamo qui con te.»

Eric non rispose, trovando molto più interessante l'asfalto ai suoi piedi. Aveva un'espressione dura sul volto immobile come quello di una statua greca.

«Che dici? Proviamo?» tentò di nuovo Alex.

«Non vengo. Te l'ho già detto.»

«Eric, ne abbiamo discusso per ore: devi superare questo blocco» disse Alex con un sospiro.

Provai a cambiare tattica. «Le montagne, Eric, l'odore della resina, della terra, le rocce, il panorama, la sensaz—»

«Finiscila!» urlò lui e mi ammutolii. Era così poco da lui gridare. Era sempre stato il più equilibrato e pacato di tutti noi, oltre a essere il più vecchio insieme a Daphne.

«Scusate» disse MacLeod. «Potreste lasciarci soli un attimo? Andate avanti, caso mai vi raggiungiamo.»

Né io né Alex facemmo un passo.

«*Skedaddle aff!*» ci ordinò con il tono intransigente che usava in ufficio.

Presi Alex per un braccio e lo trascinai verso il sentiero che volevamo prendere, ma non lo imboccammo, bensì restammo dove potevamo tenere sott'occhio la situazione.

MacLeod si appoggiò al muretto accanto a Eric, come se noi non ci fossimo.

«*What's the problem, Eric?*» La sua voce profonda si sentiva chiaramente nel silenzio che regnava sul piazzale ora che il treno era ripartito. Era tornato a parlare un inglese perfettamente comprensibile, come in treno. Mentre aspettava che Eric gli rispondesse, continuò ad ammirare le vette intorno a noi, accarezzandosi la barba che riluceva di un rosso vivo al sole.

Eric non rispose per un lungo momento, poi disse così piano che quasi non lo udimmo: «Le cime».

MacLeod si sistemò il cappello sulla testa, assicurandosi che la nuca fosse ben coperta, ma non disse nulla.

«È l'ultima cosa che ho visto prima che venisse giù tutto.»

Quelle parole si serrarono intorno al mio cuore come una morsa.

«E cosa hai pensato quando hai visto arrivare la valanga?» gli chiese MacLeod.

Non volevo sentire quella conversazione, ma non riuscivo a muovermi. Alex si avvicinò a me di un passo, non sapevo se per sostenere me o per cercare sostegno lui.

«Ho pensato a Sophia, al fatto che non volevo abbandonarla così, alla mia bambina che stava per nascere e che con tutta probabilità non avrei mai visto, alla mia famiglia... Ho pensato che non volevo morire...» La voce gli si ruppe, poi, quando riuscì a controllarsi, riprese: «E all'improvviso non ho visto più niente, ho sentito un peso enorme che mi schiacciava a terra, un dolore lancinante e poi è diventato tutto nero».

«Però ti hanno trovato e ti sei risvegliato e adesso sei qui, vivo e vegeto, e Sophia e la tua bambina sono a casa che ti aspettano.»

«Sì.»

«E Sophia vuole che tu torni ad amare le tue montagne.»

«Ma non ce la faccio! Non riesco proprio a guardare quelle vette, ho il terrore che venga di nuovo giù tutto.»

«Immagino, ma lo sai che è tutto solo nella tua testa, vero? Le cime sono lassù e non si spostano.»

Ci fu silenzio.

«Killian mi ha detto che volete sposarvi in Vallese, in mezzo alle montagne.»

«Sì, ma mi sa che è meglio se cominciamo a pensare di cambiare posto, anche se ormai è tardi.»

«Penso che per Sophia sarebbe una grandissima delusione e non solo per lei.»

Silenzio.

«La tua bambina come si chiama?»

«Liène. Cioè Ginevra, ma per non confonderla con mia nonna la chiamiamo Liène, che è il nome di un torrente.»

«Non a caso, presumo.»

«No. È... È un posto un po' speciale per me e Sophia.»

MacLeod annuì. «E Liène crescerà e vorrà andare in montagna con i suoi cugini e amici e imparare a sciare. O vuoi bloccarla con le tue paure e impedirle di imparare a fare qualcosa che qui in Svizzera è fondamentale? Vuoi che sia l'unica tra i suoi amici a non saper sciare perché suo padre, che è pure maestro di sci, aveva paura di alzare gli occhi e guardare un ammasso di roccia?» Eric non rispose. «Tu questa paura la devi vincere, Eric, altrimenti trascinerai anche Sophia e Liène nel buco nero in cui te ne stai rintanato da quando sei finito sotto quella valanga. E non è giusto. Non è giusto per Liène, che ha tutta la sua vita ancora davanti a sé, non è giusto per Sophia, che ha già patito l'impossibile durante il tuo coma, e non è giusto per te, perché in realtà tu hai bisogno di quelle montagne per poterti rigenerare nel tempo libero, soprattutto adesso che la vostra bambina vi richiede così tanta energia.»

L'occlusione mi era salita dal petto alla laringe.

Eric si passò una mano sugli occhi.

«È stato solo un incidente che non si ripeterà mai più» continuò MacLeod. «Adesso mi dai la mano e al mio tre guardiamo insieme quella vetta là di fronte.» Afferrò la mano di Eric e cominciò a contare. «Uno... due... tre! Stai barando. Quello non è guardare, quello è spiare. Apri bene quegli occhi!»

Eric inspirò, poi molto lentamente aprì del tutto gli occhi e rimase a fissare il profilo seghettato delle montagne che lo avevano tradito.

Per un secondo MacLeod si concesse un sorriso. «Quella che è venuta giù era solo neve instabile. Le montagne sono lì e rimangono lì, perché quelli come te e me possano scalarle.»

«Sì» mormorò Eric, poi chiuse di nuovo gli occhi. Sul suo viso si alternavano tutte le emozioni che stavano esplodendo dentro di lui.

«Guardami negli occhi» disse MacLeod.

Eric girò la testa verso di lui e riaprì gli occhi.

«Promettimi che insegnerai a Liène a sciare.»

Eric scosse la testa.

«Promettimelo. Eric, tu hai il dovere di insegnare a tua figlia tutto quello che sai e che puoi insegnarle. Forza, promettimelo.»

Eric chiuse gli occhi.

«Apri quegli occhi! Promettimelo!» Di nuovo quel tono che non ammetteva disubbidienza.

«Te lo prometto» sussurrò Eric alla fine.

MacLeod sorrise soddisfatto.

«Adesso te la senti di camminare o vuoi che torniamo a casa?»

Eric respirò tre volte profondamente.

«Proviamoci.»

«*Guid laddie!*» MacLeod gli mise un braccio intorno alle spalle e lo strinse al suo fianco. Poi ci superarono e imboccarono il sentiero come se fossimo diventati trasparenti.

Alex si voltò verso di me, mentre gli altri due si allontanavano. «Ma come ha fatto?» sussurrò.

Scossi la testa, da un lato perché non lo sapevo e dall'altro perché non riuscivo a parlare. Presi a camminare senza vedere bene il sentiero. La vista mi si era offuscata, il sole mi accecava, le ghiandole mi pulsavano con un dolore sordo. Volevo lasciarmi alle spalle quanto più velocemente possibile il piazzale e tutto quello che avevo sentito.

Alex era di nuovo al mio fianco. «Ma che razza di capo hai?»

Alzai le spalle. A me il Professor Lachlan MacLeod cominciava a fare davvero paura.

CAPITOLO 34

Tornammo a Berna che era ormai tardo pomeriggio. Avevo il sole negli occhi e nel cuore, erano secoli che non mi sentivo così bene.
Nonostante i miei timori iniziali dopo l'introduzione di Alex, MacLeod si era integrato nel nostro gruppo senza alcun problema e si era rivelato un ottimo compagno di avventure. Quando non era in ufficio, era tutta un'altra persona: rideva, scherzava, ascoltava, teneva sotto controllo Eric e anche Alex. Con Alex aveva addirittura stretto una specie di amicizia, per quanto potessero sembrare diametralmente opposti. Per tutto il giorno si erano stuzzicati a vicenda studiandosi. C'erano stati, però, anche momenti in cui dallo scherzo erano passati all'improvviso ad argomenti estremamente seri quali la vita e la morte e l'uccisione di altri esseri umani. Si erano trovati spesso d'accordo e, dove non erano

d'accordo, avevano incrociato le loro spade intellettuali come due filosofi dell'antica Grecia.

Eric era rimasto taciturno, pur interessandosi ai loro scambi, e io mi ero limitato a catalogare nel mio cervello tutti gli indizi che MacLeod lasciava trapelare di sé attraverso quello che diceva. Tra le altre cose, avevo scoperto che per un lungo periodo era stato ateo, mentre ora era più propenso a credere che ci fosse Qualcosa o Qualcuno lassù, anche se si rifiutava di mettere piede in una chiesa, di qualsiasi confessione fosse.

Alex, segugio dal fiuto allenato com'era, aveva capito che c'era qualcosa nel passato di MacLeod di cui il Professore non voleva parlare e aveva provato a più riprese a strappargli qualche informazione, ma senza alcun successo. MacLeod sembrava molto ben allenato nel deviare da quell'argomento e riportare il discorso su altro, con mia immensa delusione.

Ora, nell'atrio della stazione di Berna, che sembrava un tubo rettangolare piantato in verticale nel suolo, osservavo i miei eterogenei compagni di viaggio che si salutavano, circondati da centinaia di persone di rientro da lunghe escursioni in montagna o pronte a godersi il sabato sera con gli amici. Eric aveva l'aria stanca ma appagata di uno che è stato tutto il giorno all'aperto e ha bisogno di andare a dormire. Alex era così felice per lui e per il successo della nostra missione, che non riusciva a stare fermo. MacLeod era rilassato e aveva la pelle del volto leggermente arrossata: le lentiggini si erano estese sugli zigomi ed erano diventate più scure. Probabilmente, con la sua carnagione, era tutto ciò che poteva chiamare abbronzatura, prima che diventasse bruciatura.

Abbracciai Eric e stavo per abbracciare anche MacLeod, quando qualcosa mi frenò e gli porsi semplicemente la mano. Nel momento in cui MacLeod l'afferrò nella sua calda morsa d'acciaio, mi resi conto che non avevo per niente voglia di porre fine a quella giornata e in una frazione di secondo trovai la soluzione: «Ma scusate, voi avete fretta di tornare a casa? Perché non andiamo a farci un bagno nell'Aar?»

Ci fu uno scambio di sguardi simile al reticolato di un campo da allenamento militare.

«Non ho un costume con me» disse quindi MacLeod, ma si vedeva che l'idea lo solleticava.

«E chi se ne frega!» disse Alex. «Nemmeno io. Andiamo in mutande, tanto cosa cambia, basta stare attenti a non perderle, altrimenti poi ci tocca gestire metà della popolazione femminile di Berna.»

MacLeod lo guardò con espressione dubbiosa.

«Sai nuotare, Professore?» gli chiese Alex.

«Sono cresciuto in una casa a strapiombo sul mare, ti pare che non sappia nuotare?»

«Non vorrei mai avere sulla coscienza un genio.»

«Vuoi un consiglio? Stammi lontano, perché so esattamente quanti secondi devo tenerti la testa sott'acqua per farti chiudere la bocca per sempre.»

«Io vengo» disse Eric.

Gli misi un braccio intorno alle spalle e mi avviai verso l'uscita della stazione, lasciando MacLeod e Alex a vedersela tra loro. Ci seguirono subito, continuando a battibeccare come due quindicenni con un po' troppi ormoni in circolo.

Mentre scendevamo la ripida collina del Palazzo Federale in direzione dell'Aar, Alex ricevette una telefonata e si isolò da noi.

Lo osservai con la coda dell'occhio: c'era sempre la speranza di portare qualche informazione piccante a Tim. All'inizio Alex aveva preso la telefonata con gioia, ora tutto il suo corpo denotava tensione: la schiena era rigida, la mano con cui teneva il cellulare era contratta, i movimenti del capo erano bruschi e stava parlando sommessamente, ma con aria minacciosa. Ogni tanto non riusciva a controllarsi e alzava la voce. Riuscii a cogliere solo alcuni spezzoni qui e lì: «Vai a dormire da Kate!», «Chiama Siegmeyer», «Non me ne frega niente di che ore sono», «Cosa stai aspettando?», «Fatti vedere!», «Per favore...».

Non riuscivo a venire a capo di quei frammenti e crearmi un'immagine di quello che stava succedendo alla persona all'altro capo della linea, ma ero quasi certo che si trattasse di una donna. Perché doveva farsi vedere e da chi poi? Chi erano Kate e Siegmeyer? Perché la stava implorando? Perché io ero così curioso?

Quando Alex tornò da noi, non era più dei nostri. La sua mente era altrove. Era raro che si rabbuiasse, ma quando gli succedeva c'erano guai seri all'orizzonte. Probabilmente lo percepì anche MacLeod, perché da lì in poi lo lasciò stare.

Dopo il bagno nell'Aar ci separammo come vecchi amici: MacLeod diretto a Spiegel, io verso il centro storico e Alex ed Eric verso Breitenrain, le spalle quasi a contatto, le teste vicine a confabulare, di nuovo alleati.

CAPITOLO 35

Dopo quell'escursione MacLeod divenne un po' più malleabile anche in ufficio, sebbene all'Istituto non mi chiamasse mai per nome. Del resto, nemmeno io osavo chiamarlo Lachlan in pubblico.

Ogni mattina mi alzavo con slancio e arrivavo al lavoro fremendo dalla voglia di mettermi all'opera. In quelle poche settimane sotto la guida di MacLeod, e anche grazie a qualche intervento di Huber, avevo fatto passi da gigante nella mia preparazione. Potevo scommetterci che Graf non mi avrebbe nemmeno riconosciuto se mi avesse visto all'opera adesso. Dentro di me sentivo una vitalità e un'energia che non avevo mai provato prima: la medicina legale era decisamente la mia strada e quello che imparavo ogni giorno da MacLeod e Huber mi stava arricchendo su tutti i fronti, per quanto a volte fosse difficile gestirli e dovessi usare tutto il mio autocontrollo per non mandarli tutti e due a quel paese. Non avrei mai pensato che potessero insegnarmi qualcosa anche sul piano umano, eppure le loro schermaglie erano un vero e proprio corso di psicologia applicata. Da me non tolleravano né errori né pressappochismo, ma ero sicuro che non mi avrebbero riso in faccia se avessi detto loro che in sala autoptica ero felice: quello era il filo rosso che ci collegava tutti e tre. Nel mio intimo ero loro riconoscente, profondamente riconoscente per quell'esperienza.

Purtroppo, però, la tensione che si era in larga parte stemperata con MacLeod pareva essersi trasferita al rapporto con Mélanie ed era estenuante. Quando ci eravamo conosciuti, facevamo un sacco di cose insieme e soprattutto ci divertivamo, ridevamo. Ora, qualsiasi cosa dicessi o facessi la infastidiva, criticava ogni mia proposta, che si trattasse di una visita a un museo, un concerto, un giro in moto, una serata con gli amici o qualsiasi altra cosa. Nemmeno una cena a due andava più bene.

L'ultima lite l'avevamo avuta per le ferie: lei voleva andare alle Maldive, ma io non potevo allontanarmi dal lavoro per più di una giornata durante il periodo di prova, avevo l'esame di diritto da preparare e, in ogni caso, le ferie me le ero fatte a giugno dai nonni, dove lei mi aveva raggiunto solo per un weekend prolungato. Dato che non riusciva a immaginarsi di andare alle Maldive da sola, alla fine aveva deciso di rimandare le ferie all'autunno, sottolineando che lo faceva solo per me.

E poi c'era la questione dell'appartamento, che non avevamo ancora risolto: sebbene lei adesso guadagnasse molto più di un tempo, io non volevo certo farmi pagare l'affitto da lei, né intendevo dare fondo ai miei risparmi, il che la faceva andare su tutte le furie perché non capiva come uno ricco di famiglia come me potesse privarsi di ogni agio per principio. Il fatto era che, una volta soddisfatte le mie esigenze di cultura e sport, del resto non mi interessava granché. Non me ne fregava niente se la suola delle mie sneakers verdi e bianche stava per staccarsi e neppure se l'ultima volta che mi ero comprato delle t-shirt nuove ero ancora all'università. Non me ne fregava niente neanche se non avevo la vasca con l'idromassaggio o il salotto con una vetrata infinita che dava sul lago di Zurigo. E non tolleravo l'idea di buttare migliaia di franchi per affittare un posto in cui trascorrevo praticamente solo le ore notturne. Mi bastava che le persone che amavo stessero bene e che la vita non mi riservasse un altro colpo come quello di Eric: quando vivevi un'esperienza del genere, tutto il resto passava in secondo piano.

Una sera, dopo che Mélanie aveva cercato per l'ennesima volta di farmi sentire in colpa per il tempo che trascorrevo a Berna, l'avevo fatta sedere vicino a me sul divano e le avevo spiegato in dettaglio quali erano i miei compiti al lavoro, job description alla mano. Le avevo mostrato il materiale che dovevo imparare per l'esame, nella speranza che capisse quante informazioni stessi cercando di far digerire ai miei neuroni. Le avevo perfino fatto vedere gli appunti che prendevo durante le virtopsie, perché si rendesse conto di quante cose ancora non sapessi, ma per tutta risposta mi aveva chiesto se il mio stipendio mi sembrasse commisurato alla sforzo.

Non ero riuscito a ribattere. La mia mente si era riempita di immagini di mia madre che a mezzanotte passata abbracciava mio padre sulla porta di casa, chiedendogli se fosse riuscito a risolvere il problema della proteina spike, perché lei conosceva – e capiva – ogni dettaglio del suo lavoro. Certo, per un'archeologa che doveva affrontare spesso problemi di natura chimica era più facile capire il lavoro di un medico rispetto a una laureata in economia, ma essenzialmente era una questione di interesse. O di mancanza di interesse.

Da quel momento avevo smesso di parlare con Mélanie del mio lavoro. Cercavo di concentrare lo studio nei momenti in cui non c'era, perché altrimenti cominciava a sospirare, passare l'aspirapolvere, spostare oggetti di qua e di là e farmi domande continue, finché alla fine ero costretto ad andare a farmi una corsa in mezzo alla natura o un'ora di palestra per evitare l'ennesimo scontro. Ma questo non mi faceva certo risparmiare tempo, né il materiale da studiare diventava di meno col passare dei giorni.

Di quest'ultimo particolare si era reso conto anche MacLeod, che aveva preso a mandarmi a casa un'ora o addirittura un'ora e mezza prima, affinché potessi studiare.

Quel venerdì mi aveva messo in mano lo zaino e mi aveva detto di sparire, con la scusa che tanto lui doveva andare in piscina – cosa che faceva sempre nei giorni in cui non aveva il corso di tedesco, ma certo non alle quattro del pomeriggio.

Per quello adesso ero seduto al ripiano che fungeva da tavolo tra l'angolo cottura e il salotto nell'appartamento di Zurigo, deciso a finire un capitolo del mio compendio di diritto processuale penale prima che tornasse Mélanie. Poi avrei preparato la cena. Magari ci sarebbe scappato anche qualcosa di più. Ultimamente non facevamo quasi mai sesso e, anche se l'atto in sé non è che mi mancasse particolarmente, quello che mi faceva soffrire era la mancanza di intimità, il contatto della mia pelle contro la sua, il profumo del suo corpo. A volte mi chiedevo se non stesse cercando di sfinirmi per astinenza, così che acconsentissi a darle un figlio, ma poi mi sentivo in colpa per quei pensieri così perfidi e li rinchiudevo nel retro della mente. Forse era solo stressata per il lavoro, alla fine aveva una grossa responsabilità sulle spalle nella sua nuova posizione.

Mi passai le dita tra i capelli. Gli appunti sui fogli sparpagliati davanti a me cominciavano a non avere più senso. Mi distrassi guardando i colori degli evidenziatori, mentre cercavo di decidere quale usare. Li riordinai in varie sfumature, poi selezionai il verde.

Ero sfinito, ma se volevo dare l'esame a settembre non potevo permettermi ritardi sulla tabella di marcia che mi ero fatto. Dovevo concentrarmi, farmi entrare in testa il contenuto di quei paragrafi, fingere di essere pieno di energia come MacLeod.

«Killian, sei pronto?»
La voce di Mélanie che proveniva dall'ingresso mi fece trasalire, tanto ero immerso nei miei pensieri. Cosa ci faceva a casa così presto? E per cosa sarei dovuto essere pronto?

«Perché?»

«Cena? Da Sarah e Samuel?» Mélanie comparve nel salotto, togliendosi le scarpe con una mano e contemporaneamente il foulard con l'altra.

«Oggi? Ma non era la prossima settimana?»

«Oggi. Chiudi quel libro e muoviti che dobbiamo andare.»
La seguii con sguardo mentre si sfilava la giacca del tailleur.

«Vedi cosa intendo quando dico che ti dimentichi tutto?» disse. «Forza!»

«Mi era proprio sfuggito, scusami...» Mi infilai l'indice e il pollice nelle orbite. Non avevo alcuna voglia di uscire, studio a parte. Era stata una settimana molto intensa tra il lavoro con MacLeod e le lezioni di diritto, che dovevo incastrare tra una cosa e l'altra, e avevo bisogno di starmene un po' in santa pace senza avere sempre gente attorno che esigeva qualcosa da me, anche se era solo una conversazione a tavola.

«Devo proprio venire?» Non avevo nemmeno finito di pronunciare quella frase che i miei neuroni si erano già tappati gli occhi con le mani.

«Come sarebbe a dire? Certo che devi venire! Non fai altro che passare dall'Istituto ai libri e viceversa. Ti farà bene distrarti un po'. Ci sono tutti. Così ti presento anche Ellen.»

Ellen? Non osai chiedere chi fosse.

«Ti muovi? E mettiti qualcosa di decente, per favore.»

«Devo finire un attimo qui e poi mi preparo.»

«No!» La sua voce esplose nelle mie orecchie come un bicchiere che si sfracella sul pavimento. Poggiò le mani sul ripiano e si piegò verso di me con gli occhi che mandavano saette. Cercai di tirarmi indietro, ma il forno alle mie spalle non mi consentiva molta liberà di movimento. «Tu-adesso-chiudi-quel-libro-e-non-lo-riapri-più-per-tutto-il-weekend, sono stata chiara?» Le parole le uscivano a fatica tra i denti serrati.

«Impossibile, altrimenti l'esame non lo passo e, se non lo passo, non mi riconfermano alla fine del periodo di prova e perdo il lavoro. E in ogni caso, 'sta roba lunedì la devo spiegare a MacLeod, quindi la devo sapere, punto.»

«Sempre con sto MacLeod! Ormai vivi in funzione sua. Che se le studi lui le cose se gli interessano. Perché devi studiarle tu per lui? Perché non segue anche lui le lezioni all'università?»

E lei perché non si dissolveva in una nuvola di zolfo e non mi lasciava in pace? Non avevo proprio la forza di affrontare tutto questo.

«MacLeod non capisce ancora bene la lingua, quindi non riesce a seguire le lezioni in tedesco, te l'ho già spiegato. E poi non sto studiando solo per lui, sto studiando perché sono cose che un medico legale deve sapere» dissi, articolando bene ogni parola, mentre stringevo il pugno intorno all'evidenziatore.

«Beh, sarebbe anche ora che se la imparasse 'sta lingua se deve vivere qui, no?»

«Lo sta facendo e fa progressi ogni giorno, ma ha bisogno di tempo anche lui, una lingua mica la si impara da un giorno all'altro. E poi queste sono cose complicate, tutte le procedure, le competenze, non sono facili, soprattutto non per lui, che è abituato a un sistema giuridico completamente diverso.»

«Finiscila di difenderlo!» Mélanie chiuse ancora di più lo spazio tra noi. Vedevo ogni screziatura delle sue iridi color nocciola. «Perché non gli affiancano un giurista che sa l'inglese, se ha tutte 'ste difficoltà? Tu sei pagato per fare autopsie, non per lavorare sempre come uno schiavo: di giorno, di notte, nel fine settimana, in ogni secondo della tua vita. Ma lo vedi come sei? Ti dimentichi tutto, sei sempre con la testa in quel cavolo di Istituto!»

Sentii un fuoco divamparmi nelle viscere. «Aiutare MacLeod fa parte del mio lavoro, dentro e fuori dalla sala autoptica!» Mi alzai dallo sgabello per trarre il massimo vantaggio dalla mia statura.

«Il tuo lavoro è fare l'assistente di un medico legale, il che vuol dire assisterlo per quelle quarantacinque ore alla settimana che sono previste nel tuo contratto» disse Mélanie, sottolineando ogni parola con l'indice sulla superficie del ripiano. «Dopodiché si ar-ran-gia! Quello è uno che si è montato la testa. Crede di essere Dio in terra solo perché sa squartare quattro morti. Secondo lui tutti devono servirlo e riverirlo, tu in primo luogo, ed è ora che qualcuno lo faccia tornare con i piedi per terra!»

«Ma non è vero!» Sbattei l'evidenziatore sul marmo della cucina. «MacLeod si fa sempre scrupoli perché non vuole che lavori troppo. Sono stato io a dirgli che mi andava bene fare subito il corso di diritto per levarmi di torno 'sto esame. E sono solo contento se allo stesso tempo posso aiutare anche lui, con tutto quello che mi sta insegnando ogni giorno.» E con tutto quello che aveva fatto per la mia famiglia rimettendo Eric sulla strada giusta. Sophia era in visibilio. Continuava a ringraziarmi perché le avevamo riportato il suo Eric, quello che pensava di aver perso per sempre sotto quella maledetta valanga. Ed era tutto solo grazie a MacLeod, che lo aveva spinto ad alzare di nuovo lo sguardo.

Però, visto come Mélanie stava reagendo adesso, ero davvero

contento di non averle detto che non eravamo stati solo io e Alex ad accompagnare Eric in montagna.

«Eh sì, certo! Ma non ti rendi conto che ti stai facendo rigirare come un calzino? Quello ti sta sfruttando e manipolando e son–»

«A me non mi manipola nessuno! E ti conviene finirla di parlare così di qualcuno che manco conosci.» Abbassai la testa e fissai il compendio di diritto a pochi passi da me. Mi ronzavano le orecchie. Le dita mi formicolavano.

Mélanie afferrò il libro come un serpente addenta una preda e lo scaraventò dall'altra parte della cucina.

«Vai a cambiarti!» mi urlò. «E con MacLeod ci parlo io adesso! Non è che può avere tutto il mondo ai suoi piedi solo perché è un gran bel pezzo di figo! Qualcuno lo deve mettere al suo posto e se non sei capace di farlo tu, ci penso io. Non mi fa mica paura.»

Piombò il silenzio. L'acufene mi stava trapanando il cervello. I miei neuroni si erano impietriti. Poi cominciarono a parlare tutti insieme. Ma li zittii subito.

«E tu come fai a sapere che MacLeod è *un gran bel pezzo di figo*, scusa?» Ero certo di non averglilo mai descritto così. Le avevo detto degli occhi azzurri e dei capelli rossi, ma non avevo mai pronunciato né la parola figo né bello né affascinante né nient'altro in quella direzione. Ne ero sicurissimo.

In un istante le guance arrossate di Mélanie divennero più pallide della pelle di MacLeod.

«Ho visto una sua foto in internet.»

«Non ci sono sue foto in internet. Non c'è una singola foto di lui in internet. Se ne trova, le fa cancellare. Me lo ha detto lui stesso. Perché non è amico di nessuno nella Silicon Valley e non capisce perché debbano avere sue foto» dissi, scandendo ogni parola con una calma che era solo apparente. Dentro mi sentivo sull'orlo di un baratro che non avevo idea di dove finisse.

«L'ho visto, va bene?»

«Quando? Dove?»

«A Berna, ero lì con Sarah e lo abbiamo visto.»

«Per puro caso immagino.» Il magma mi stava bruciando l'esofago, stavo per esplodere, ma ero anche stranamente lucido e distaccato.

Mélanie distolse lo sguardo.

«Martedì non ci sono» le feci il verso, «esco con Sarah, non sappiamo dove andiamo. Come vedi, non mi dimentico proprio tutto.»

«Volevamo vedere com'era, va bene?»

«Gli avete parlato?»

«Sì. Ci ha anche offerto da bere.»

«Ma che galante. E gli avete raccontato chi eravate?»

«No, non siamo mica sceme.»

Sceme no, ma infide sì. «Perché non mi hai detto che volevi conoscerlo? Te l'avrei presentato. Questi sotterfugi non mi piacciono, Mél.»

«Senti chi parla! Chi è che si è candidato per un posto senza dirmi nulla?»

«Era un'altra cosa. Io non sono partito con l'idea di ingannarti. Volevo solo adempiere a un mio dovere morale.»

Mélanie scoppiò in una risata acida. «Che dovere morale?»

«Il dovere che ho come medico e come cittadino di questo Paese di fermare chi commette reati gravissimi e ammazza la gente.»

«Uuh, il principe senza macchia e senza paura, il vendicatore degli oppressi! Devo inginocchiarmi in segno di venerazione?»

Raccolsi il libro malridotto da terra, poi infilai gli appunti nello zaino insieme al tablet. Andai in camera da letto, presi alcuni vestiti e li ficcai in un sacco di carta del supermercato, su cui c'era scritto a caratteri cubitali *"Enjoy your life!"*. Vaffanculo anche alla Coop.

Mélanie comparve sulla porta.

«Cosa stai facendo?»

«Me ne vado.»

«Killian, per favore, non essere ridicolo!»

«Vai a divertirti con Sarah, vai!» Presi la viola dall'armadio e il caricabatterie del cellulare dal comodino.

«Volevamo solo vederlo...» La sua voce non era più così ferma.

«Beh, adesso l'avete visto.» Sfilai il manuale di virtopsia dalla mensola sopra il letto e lo misi nel sacco con i vestiti.

Spostai di peso Mélanie, che sembrava in catalessi, e infilai la porta d'ingresso, prima di cedere alla tentazione di mandarla nello stesso posto della Coop.

CAPITOLO 36

Salii gli scalini due alla volta, finché non raggiunsi l'appartamento in cui viveva David vicino all'università. Mio fratello mi aspettava tenendo la porta aperta quel tanto che bastava perché ci passassero le sue spalle.

«Cosa è successo?» disse a mezza voce.

«Mi fai entrare?»

Si guardò alle spalle e un mezzo sorriso contrito si fece largo sul suo viso stranamente sbarbato.

Tirai un gran sospiro. «Chi è?»

«Una.»

«Una che viene qui spesso?»

«Una che viene qui per la prima volta.»

Chiusi un istante gli occhi. «Ok...»

«Ma cos'è successo?»

«Niente. Ho litigato con Mél, ma non importa. Vado da Tim.»

«Vi siete lasciati?»

«Non-lo-so.»

Vidi la lotta interiore di mio fratello dipinta sul suo volto, che esprimeva in ogni tratto il patrimonio genetico di mio padre. Alla fine si scostò con un sospiro per farmi entrare, ma non mi mossi.

Nel riquadro della porta della cucina, in fondo al breve corridoio ingombro di zaini e attrezzature sportive, era comparsa una ragazza minuta coi tratti di una bambina e gli occhi azzurro cielo. I capelli sembravano una nuvola di lana cardata color oro adagiata sulla sua testa. Sentii il profondo desiderio di infilare le dita in quella massa leggerissima, ma ero certo che né lei né David avrebbero apprezzato il gesto. Qualcosa in lei stimolava tutti i miei istinti protettivi: avrei voluto impedire al mondo di corrompere la purezza di quell'anima. Probabilmente David provava lo stesso impulso.

«Senti, non ti preoccupare. Goditi la serata.»

Salutai la ragazza con un cenno della mano e mi voltai.

«No, Ki, aspetta!»

Lo ignorai.

Trascorsi l'ora di treno immerso nell'arrangiamento per sola orchestra dell'Anello del Nibelungo di Wagner, gli occhi fissi sull'oscurità fuori dal finestrino, il cappuccio della felpa tirato sulla testa per evitare il soffio malefico dell'aria condizionata. Speravo che la cavalcata delle Valchirie mi rimettesse in sesto, ma purtroppo non avvenne.

Scesi alla stazione di Berna e presi l'uscita laterale verso il centro storico, ma il semaforo era rosso e dovetti fermarmi ad aspettare, lo zaino su una spalla, la viola sull'altra e il sacco con i miei vestiti e il manuale di virtopsia in mano. Mi accorsi che era verde solo quando le persone ai miei lati si mossero.

In mezzo alla strada andai a sbattere contro qualcuno che veniva dalla direzione opposta.

«*Hey!*» Alzai lo sguardo e incontrai due fari blu che brillavano nell'oscurità. «Non ti avevo detto di andare a casa a studiare sei ore fa?»

«Ci sono andato. E sono tornato.»

Una macchina suonò il clacson. MacLeod mi prese per un gomito e mi riportò sul marciapiede che avevo appena lasciato, dove l'omino rosso mi diceva che non potevo più muovermi.

«*Killian, is everythin' ok?*»

Quella semplicissima domanda ebbe un effetto devastante dentro di me. Chiusi gli occhi e serrai le mascelle. Qualsiasi cosa avessi fatto, non potevo mettermi a piangere come un bambino davanti a MacLeod. Cercai di ricacciare indietro le lacrime, di ignorare il fatto che c'era qualcosa nella mia laringe che mi impediva di parlare.

«*Cm'on*, via di qua. Stavi andando da qualche parte di preciso?»

Dovetti deglutire due volte prima di riuscire a rispondergli. «No... Sì... Cioè da Tim. A mangiare. Ma lui non lo sa.»

«Ok, allora vieni a cenare da me e poi vediamo. Anch'io non ho ancora mangiato.»

Una cosa che apprezzavo di MacLeod era che sapeva quando stare zitto. L'unica cosa che mi chiese in autobus fu se nella custodia ci fosse la mia viola, vista la cura con cui la maneggiavo, e gli risposi di sì.

MacLeod aprì il portone di casa e salimmo al primo piano. Mi fece entrare nel suo appartamento, che non avevo ancora visto perché la volta precedente ero stato solo da Mark.

L'ingresso si apriva su un ampio salotto con un balconcino sotto l'apice del tetto sporgente.

Sul fondo della stanza, dove mi trovavo io, il pavimento era rialzato rispetto al resto. Si formava così una specie di corridoio aperto, che terminava con una porta spalancata, oltre la quale nella semioscurità si intravedeva un corridoio vero e proprio. Scesi lo scalino e mi avvicinai al divano azzurro, rivolto verso la portafinestra. A sinistra del divano c'era una libreria, a destra la porta della cucina. Le pareti erano abbellite da diversi quadri astratti, su cui spiccavano chiazze di colore intenso. Uno conteneva tutte le sfumature di blu, uno era giallo e oro e il terzo rosso fuoco e rosso carminio: i tre colori primari da cui nascevano tutti gli altri, che riempivano una quarta tela.

Raggiunsi MacLeod in cucina, dove aveva già messo una pentola sui fornelli.

«Zuppa di pollo ti va bene?»

«Qualsiasi cosa.»

Mi accasciai su una sedia, incrociai le braccia sul tavolo e ci poggiai sopra la testa.

Stavo per addormentarmi, quando MacLeod mi mise davanti un piatto fumante, un paio di fette di pane e un bicchiere di acqua, e si sedette ad angolo retto rispetto a me.

Mi resi conto di quanta fame avessi soltanto quando iniziai a mangiare. La zuppa era davvero gustosa, densa, fatta col pollo e le verdure come una volta. Svuotai il piatto e MacLeod me lo riempì di nuovo. Finito il secondo piatto cominciai a sentirmi un pelino meglio.

Solo allora MacLeod mi chiese: «*So, whit's the prroblem?* Ti ha buttato fuori perché stai studiando troppo?»

Lo fissai per un istante. «No, mi sono buttato fuori da solo... perché... perché volevo studiare in pace.»

«Addirittura...» MacLeod si alzò, prese due tumbler da un pensile e una bottiglia di whisky.

«Grazie, ma ho deciso di non bere fino all'esame.»

«A partire da domani.» Mi versò un'abbondante dose di alcol. Poi fece tintinnare il suo bicchiere contro il mio. «*Slàinte Mhath!*»

«*Slàinte Mhath.*»

«Sai» disse dopo un lungo sorso, fissando la parete davanti a sé, «ho perso tre partner a causa della mia vocazione. Due all'università e una dopo.» Voltò la testa verso di me. «Non capiscono, Killian. Non capiscono che è più forte di noi, che dobbiamo imparare e capire e scoprire, perché altrimenti sentiamo quella voce dentro di noi che ci tormenta con le sue domande. Non è che i nostri sentimenti siano meno forti di quelli degli altri, è che non riusciamo a esprimere quello che proviamo se prima non abbiamo risolto il resto. Ma non lo capiscono, e finiscono per odiare quello che ci appassiona così tanto. Per la mia esperienza, le cose sono tre: o soffochiamo la voce dentro di noi e ci assoggettiamo al volere dell'altro col rischio di andare in depressione o esplodere, oppure aspettiamo di trovare qualcuno che sia divorato dalla nostra stessa passione, magari per qualcos'altro, ma il fuoco dentro deve essere lo stesso, così che possa capirci. Oppure rimaniamo soli con noi stessi e la nostra vocazione. Abbiamo sempre i morti a farci compagnia e rompono molto meno.»

«Così uno finisce per morire come loro.»

«Ti sembro morto?»

«No.»

«E allora!»

«Ma io ho bisogno di lei.» A dire il vero, in quel preciso istante l'idea di non avere più Mélanie al mio fianco mi terrorizzava.

MacLeod arricciò le labbra e scosse la testa. «L'unica persona di cui uno ha bisogno è sé stesso. Se sai da dove vieni, sai chi sei e sai dove vuoi andare, gli altri possono accompagnarti, ma non è che ne hai bisogno. Hai bisogno degli altri solo se sei malato e, nel tuo caso, solo se sei gravemente malato, altrimenti te la puoi cavare da solo anche lì.»

«Quindi dovrei ignorare tutti, i loro sentimenti, i miei, e andarmene per la mia strada.»

«Non ho detto questo. Tu hai il vizio di interpretare le cose come fa comodo a te. Ho detto che devi sapere chi sei e cosa vuoi dalla vita. Non devi appoggiarti agli altri e farti dire da loro chi sei e cosa vuoi, e cosa puoi e cosa non puoi fare, e cosa è giusto e cosa è sbagliato. E se agli altri vai bene così come sei, allora sono i benvenuti, altrimenti... Se io avessi fatto quello che gli altri volevano per me, a quest'ora sarei a tosare pecore. Non che ci sia niente di male nella cosa, ma il mio contributo alla comunità medica, alla giustizia, e quindi indirettamente alla società, sarebbe stato di gran lunga inferiore.»

«Ma io non sono te, Lachlan. Io... Io non riesco a fregarmene delle persone con cui condivido la mia vita, voglio renderle felici.»

MacLeod sospirò e incrociò le braccia sul petto, poi inclinò la testa a sinistra e mi fissò con un mezzo sorriso.

«Tu pensi davvero che io sia uno stronzo, vero?»

«A volte sì, perché è così che ti comporti.»

Scosse leggermente la testa. «Ho le mie ragioni, te l'assicuro.»

«E si possono conoscere?»

«La prima è che ho un assistente che si fa mettere i piedi in testa e non mi piace.»

«E le altre?»

Guardò l'orologio al suo polso. «È tardi, Killian, hai bisogno di dormire.»

Bastardo che non era altro!

Mi alzai. «Grazie per la cena» dissi, mentre mi avviavo verso l'ingresso per prendere le mie cose. «Ci vediamo lunedì.»

«Altavilla!» MacLeod stava rimuovendo una pila di riviste

mediche dal divano. «Questo è un divano-letto e tu stanotte dormi qui: è notte fonda e non voglio che tu perda un'altra ora di sonno a girovagare chissà dove. E poi i ponti sull'Aar sono molto alti.»

Catturò il mio sguardo e per un attimo calò un silenzio assoluto. Sì, i ponti sull'Aar erano molto alti...

«Ma non ho niente con me per dormire.»

«Per tua fortuna posseggo più di un asciugamano e sarò così gentile da prestarti un pigiama e regalarti uno spazzolino, perché in fondo non sono così stronzo come pensi.»

Sparì giù per il corridoio e tornò subito dopo con tutto quello che poteva servirmi per la notte, poi mi indicò il bagno principale.

Pavimento e pareti erano rivestiti di lastre di granito grigio, tanto che pareva di essere alle terme in mezzo alle Alpi. Il lavandino era una specie di conca di ceramica bianca poggiata su un armadietto sotto uno specchio ovale enorme, che rifletteva tutto il bagno.

Sulla parete di fronte alla vasca c'erano cinque piccoli specchi rettangolari appesi in linea obliqua così da formare una specie di scala. Erano tutti in qualche modo frantumati, probabilmente con oggetti diversi, visto che le incrinature e le crepe si differenziavano molto da uno specchio all'altro. Sullo specchio più in alto c'era scritto: *"Don't look at me, the answer lies within you"*.

Rimasi a fissare quello specchio, anche se mi diceva di guardare piuttosto dentro di me: la mia immagine riflessa in mille frammenti si propagava all'infinito, il mio volto era spezzato in due come lo specchio. Ero ancora vestito, ma mi sentii completamente nudo. Il cuore prese a martellarmi nel petto, la fronte mi si imperlò di sudore, le dita mi tremavano come piume arruffate dal vento. Fui preso dal panico. Serrai gli occhi, poi mi lavai quanto più velocemente potevo, guardando sempre e solo l'acqua che scorreva nel lavandino, nella speranza che lavasse via lo sporco dalla mia anima e portasse via tutto con sé.

Uscii dal bagno e, per pura abitudine, presi a sinistra.

Misi un piede oltre la porta in fondo al corridoio e mi ritrovai nella camera da letto di MacLeod. Era tutto blu: il copriletto, le tende, il tappeto. Oltre a una cassettiera e un armadio, non c'era nien– L'aria mi si smorzò in gola: la mia immagine mi stava guardando dall'altra parte del letto, attraverso una finestra orientale con una cornice di legno intarsiato: capelli sparati in aria, volto pallido, occhi stralunati contornati di viola. Il mio cervello ci mise un attimo a capire che si trattava di uno specchio fissato alla parete dall'altro lato del letto.

Ma io non volevo specchiarmi da nessuna parte, non volevo vedere il mio volto, non volevo guardarmi negli occhi e vedere il baratro nelle mie pupille!

Uscii incespicando dalla stanza e tornai in salotto, cercando di controllare l'oscurità che minacciava di fagocitarmi.

MacLeod mi aveva già preparato il letto.

«*Sleep well*» mi disse, mettendo il mio tumbler di nuovo pieno di whisky sul tavolino davanti al divano. Poi sparì, lasciandomi solo.

Mi portai il bicchiere alle labbra. Quando lo rimisi giù era vuoto. Mi stesi e mi avvolsi nella coperta, che in Svizzera era d'obbligo anche in estate, rassicurato da quell'abbraccio morbido e dal fuoco che mi ardeva dentro. Chiusi gli occhi.

Era strano indossare i vestiti di qualcun altro. Era come avere quella persona accanto, a stretto contatto. Avvicinarsi così, però, era consentito solo agli amici intimi e mi sentivo come se avessi commesso una specie di reato. MacLeod non era Tim, di Tim sapevo tutto e potevo indossare tutti i suoi indumenti senza alcun problema, mentre di MacLeod non sapevo quasi nulla, dunque non avrei dovuto portare i suoi vestiti. Gli sconosciuti andavano tenuti a debita distanza. Se già le persone che credevi di conoscere ti tradivano e ferivano, cosa poteva fare qualcuno che conoscevi appena? E che era decisamente uno stronzo quando voleva, checché ne dicesse lui.

Mi persi nelle mie elucubrazioni potenziate dal whisky, ma a intervalli regolari i miei neuroni continuavano a tornare davanti a quello specchio orientale. Cosa ci faceva un uomo, nel caso specifico il Professor Lachlan Dubhshìth MacLeod, con uno specchio così in camera da letto? E quella crepa nera, che solcava il mio volto, sarebbe mai sparita davvero? Doveva sparire, a costo di lavarla con l'acido muriatico.

Scivolai in un sonno agitato, popolato da cigni neri che mi impedivano di raggiungere Mélanie, nascondendola con le loro ali spiegate. Mi soffiavano addosso, mi schernivano e mi canzonavano. Non appena cercavo di avvicinarmi, i loro becchi taglienti mi penetravano nel petto, cercando di arrivare al mio cuore. Il sangue mi colava lungo il torace e mi riempiva la gola soffocandomi. Dalle loro ali si staccavano continuamente piume, che mi impedivano di vedere da dove sarebbe arrivato il prossimo colpo.

Comparve al mio fianco mia madre. I suoi occhi erano dipinti di nero come quelli della dea Hathor. In testa portava un diadema di lapislazzuli e smeraldi. «È quello che ti meriti» mi sibilò.

Uno dei cigni riuscì ad afferrarmi per un braccio. Cercai di liberarmi, ma aveva una forza incredibile.

«*Hey, laddie! Relax.* Era solo un incubo.»

Aprii gli occhi. «*Sch... Scheisse!*»

«*Guid morrnin tae ye...*»

Cercai di riprendere fiato. «Che ore sono?»

«Le undici. Vuoi raccontarmi cos'hai sognato?»

«Solo uno dei soliti incubi. Mi succede quando mi agito per qualche motivo. Niente di eclatante. Vado a farmi una doccia e poi sarò a posto.» Oddio, no! Quegli specchi…

CAPITOLO 37

La sera mi accomodai al bancone del bar dell'Incrocio sullo sgabello più lontano dalla porta, in modo da non dare troppo nell'occhio con la tuta da moto che era del tutto inadeguata al luogo e all'ora.

Dopo aver lasciato MacLeod, avevo raggiunto Tim e gli avevo raccontato della lite con Mélanie e di come il mio capo mi aveva prelevato dalla strada. Senza esitare, Tim mi aveva offerto la sua moto e mi aveva suggerito di andare a sfogarmi tra i passi di montagna che separavano il Cantone di Berna da quello di Lucerna. Lui sapeva cosa poteva tirarmi su di morale. Era ciò che tirava su di morale anche lui.

Mi sfilai la giacca e la poggiai sullo sgabello accanto al mio per dissuadere chiunque dall'avvicinarsi. Non avevo voglia di parlare con nessuno. Chiesi a Stefan di dire a Tim che ero lì e se poteva prepararmi qualcosa da mangiare che stavo morendo di fame.

Mentre mandavo giù un sorso d'acqua fresca, ebbi la netta sensazione che qualcuno mi stesse perforando la schiena con lo sguardo.

Mi voltai e vidi Nora seduta all'altro capo della sala in un vestitino verde acqua che le lasciava le spalle scoperte sotto i capelli sciolti, lunghi fino alla vita. Aveva le braccia incrociate sul petto e l'espressione immusonita che aveva da bambina quando le cose non andavano come voleva lei. Era con Matthias, il quale però sembrava trovare la conversazione con qualcun altro nell'etere più interessante di quella con mia sorella.

Sollevai una mano in segno di saluto. Nora non mi rispose e riportò lo sguardo sul suo compagno. Se fossimo stati solo noi, mi sarei alzato e sarei andato a strozzarlo, ma mi astenni per non rovinare la carriera a Tim.

Mi rigirai a fatica verso il bancone. Lo schermo del mio cellulare stava lampeggiando con una chiamata.

«Che c'è?» chiesi a Tim. Doveva essere qualcosa di grave, se aveva interrotto il suo lavoro per chiamarmi. Pensai subito ad Alex e alla sua misteriosa telefonata la sera che eravamo andati a fare il bagno nell'Aar.

«Quarto tavolo a destra. Stacci lontano, ma non farla scappare.» Mise giù.

Scandagliai la sala. E poi la vidi: bruna, elegante, in un vestito nero attillato, che metteva in risalto il suo corpo ammirevole, magro ma non troppo. Sembrava la fotocopia di Audrey Hepburn, acconciatura compresa. Stava sfogliando due spessi cataloghi con molte immagini colorate mentre mangiava.

Afferrai bicchiere e cellulare e mi diressi al suo tavolo, attirando gli sguardi perplessi di non pochi clienti.

La donna alzò su di me un paio di occhi color cioccolato, colmi di punti di domanda.

«*Hello!*» le dissi con il sorriso più smagliante che riuscissi a trovare in quel momento.

«*Hello. Have we met before?* Non mi pare di ricordarmi di te.»

«Beh, tu non mi conosci, ma io so che sei inglese e che vieni qui ogni tanto a mangiare.»

La vidi irrigidirsi.

«Non sono uno stalker, tranquilla. Posso sedermi un attimo? Scusa per l'abbigliamento, ma sono stato tutto il pomeriggio in giro in moto.»

Mi fece cenno con la mano di accomodarmi, anche se chiaramente non era convinta della cosa, mentre con l'altra impilava uno sull'altro i due libri che aveva davanti. Erano cataloghi di aste d'arte.

«Sono il miglior amico di Tim, ehm, del cuoco» le spiegai mentre prendevo posto. «Mi chiamo Killian.»

«*Ooh. Please to meet you!*»

«Piacere mio.»

«Quindi ti ha detto lui chi sono?»

«Sì e no. Nel senso che non lo sa bene nemmeno lui chi tu sia. Non è che saresti così gentile da illuminarci?»

Sorrise divertita e si sistemò dietro l'orecchio una ciocca di capelli sfuggita al fermaglio. Aveva qualcosa nel modo di muoversi che mi ricordava mia zia Amy. Tim, Tim, Tim...

«Mi chiamo Emily Dickinson. Sono di Londra.»

«Emily Dickinson? Ma non era il nome di una scrittrice?»

«Poetessa. Mia madre ha un certo senso dell'umorismo. *Very British.*»

«Mi stai prendendo in giro, vero?»

Afferrò la sua borsa dallo schienale della sedia ed estrasse un astuccio di metallo argentato con una farfalla incisa sopra. Lo aprì e mi passò un biglietto da visita. *Yesss!*

Stefan mi comparve a fianco con un piatto fumante.

«Dove te lo metto?»
Alzai le sopracciglia, demandando a Ms Dickinson la decisione.
«Lo metta pure qui» disse lei.
Li ringraziai entrambi.
«Dunque, Ms Emily Dickinson, vedo che fai la commerciante d'arte. Vieni spesso in Svizzera?»
«Ho vari clienti che acquistano sul mercato svizzero e vengo a Basilea circa una volta al mese. Dipende dalle commesse.»
«A Basilea.»
«Sì.»
«Però vieni a cenare a Berna.»
«Mi concedo questo sfizio, sì.»
Portava un anello sull'anulare di ogni mano e uno anche sul medio sinistro.
«E hai famiglia a Londra?»
«Ho i miei, ma non vivo con loro.»
«E nessun altro? Su, non vorrai mica dirmi che sei tutta sola soletta?»
«Sto molto bene come sto, grazie. Tu?»
«Eeh, non lo so.»
Spalancò gli occhi incuriosita.
«Ho litigato con la mia ragazza ieri e non so bene come e se la cosa continuerà.»
«*Oh, I'm so sorry.*» Il rossore che si era diffuso sulle sue guance la fece apparire ancora più bella.
«Cose che succedono.» Il mio cellulare mi avvertì che era arrivato un messaggio. Le chiesi scusa e sbloccai lo schermo.

Che cavolo stai facendo?!

Soffocai una risata. Cara Nora, che si preoccupava della mia condotta.

Tranquilla. È tutto sotto controllo.

Lo spero per te.

«E non hai mai pensato di trasferirti in Svizzera?» chiesi quindi a Emily, ignorando mia sorella.

Alzò le spalle. «Mi risparmierebbe un sacco di su e giù, ma non ho legami qui, a parte con la gente che lavora nelle fiere e alle aste, se legami si possono chiamare. Per prendere una decisione del genere avrei bisogno di un motivo un po' più valido.»

Nessun problema, carissima *Miss* Dickinson!

Nora e Matthias lasciarono il ristorante per ultimi, dopo che avevo riassicurato a dovere mia sorella sul mio comportamento, mentre il suo eccelso compagno era impegnato a postare chissacché su Facebook.

La schiena di Nora era appena scomparsa tra le tende di velluto, quando Tim piombò nella sala, guardandosi attorno come un investigatore pronto a catturare un sospettato.

«Dov'è? È già andata via? Cazzo, ti avevo detto di trattenerla qui! Oggi non ce l'ho nemmeno fatta a salutarla...»

Gli sventolai davanti al naso il biglietto da visita che avevo conquistato.

«Purtroppo non sono riuscito a fermarla. Doveva tornare a Basilea.»

«È suo?» mi chiese Tim, indicando il biglietto da visita.

Feci cenno di sì con la testa.

«Ti avevo detto di non avvicinarti!»

«E ti dirò di più: ho addirittura cenato con lei.»

«Bastardo! Dammelo! Come si chiama?»

Mi si lanciò contro mentre mi riparavo dietro un tavolo. Gli bloccai ulteriormente la strada con una sedia e poi presi a saettare tra i tavoli. Alla fine riuscì ad agguantarmi e mi costrinse a cedergli il biglietto piantandomi un ginocchio nel fianco, mentre mi piegavo in due per difendere il mio stomaco da un attacco peggiore. Purtroppo eravamo cresciuti a pasta e hockey sul ghiaccio tutti e due e lui era pure inviperito, quindi non avevo chance. Stefan ci guardò con aria di commiserazione, poi risistemò le sedie al loro posto e finì di apparecchiare i tavoli per il giorno dopo.

«Emily Dickinson?!» esclamò Tim.

«Eh sì. E avevi ragione, intorno a lei girano un sacco di soldi. Vedi che lavoro fa? Ah, ed è single, se ti interessa. Quello è il suo numero.»

«Cos'altro ti ha detto?»

«Andiamo a casa, dai. Ti racconto il resto strada facendo.»

«Quanto sei stronzo. Ma davvero è single?»

«Sì. E viene qui solo per mangiare, per il resto quando è in Svizzera sta a Basilea. Vedi tu come vuoi interpretare la cosa, perché va bene che sei bravo a cucinare, ma ci sono degli ottimi ristoranti anche a Basilea...»

CAPITOLO 38

La domenica ci svegliammo tardi, visto che eravamo andati a dormire alle due perché Tim mi aveva fatto raccontare almeno dieci volte ogni dettaglio della mia cena con Emily. Dopo colazione decretò che doveva andare a correre per scaricare tensione, dato che non aveva alternative per le mani, e mi trascinò a fare jogging lungo l'Aar con la prima sinfonia di Mahler a tutto volume che mi rimbombava nel cervello. Poi ebbe la decenza di sparire all'Incrocio e lasciarmi studiare.

Mélanie mi scrisse diversi messaggi per sapere dove fossi, ma li cancellai senza rispondere. Non avevo ancora fatto chiarezza nei miei pensieri e nei miei sentimenti per lei: ero un naufrago in una scialuppa di salvataggio che faceva acqua da tutte le parti e non sapevo se volessi aspettare che qualcuno venisse a salvarmi o buttarmi in acqua e cercare di raggiungere la riva a nuoto con le mie forze. In ogni caso mi stava venendo il mal di mare.

Mi immersi nello studio per tutta la giornata e non mi accorsi nemmeno delle ore che passavano.

Alle sette di sera suonò alla porta uno degli aiuto-cuochi di Tim con una scatola di polistirolo che conteneva la mia cena. Per un attimo mi si annebbiò la vista. Cosa avrei fatto senza Tim?

Quando l'indomani alle sei e mezza del pomeriggio le porte scorrevoli dell'Istituto di Medicina Legale si chiusero alle mie spalle, la calura che avviluppava la città mi piombò addosso col peso di una cotta di maglia.

Ma non fu quello a prosciugare l'aria dai miei alveoli, facendo aderire le loro pareti come quelle di una sacca per trasfusioni ancora inutilizzata.

A tre metri da me c'era Mélanie.

Indossava un tailleur blu scuro con una camicetta color salmone che stonava contro la sua carnagione pallida. I suoi occhi avevano una patina opaca che non conoscevo. Addirittura i suoi capelli avevano perso la loro elasticità e voluminosità come se avesse sbagliato balsamo. Dov'era finita tutta la sua grinta? Non sembrava stare per niente bene. E chissà da quanto tempo era là ad aspettarmi sotto il sole cocente, visto che di solito non finivo mai così tardi.

Ma quello era solo uno dei motivi per cui dovevo rimuoverla da lì al più presto: MacLeod era poco dietro di me quando ero uscito. Si era fermato a scambiarsi le solite galanterie con Huber e Senn, ma sarebbe comparso di lì a un attimo.

Senza darle il tempo di aprire bocca, la afferrai per il gomito e la trascinai giù per la strada, mentre la serpe verde che mi divorava le interiora da quando ero fuggito da Zurigo sollevava di nuovo il capo, sibilando con la sua lingua biforcuta.

Mi fermai solo dopo aver superato il ponte rosso nella Bühlstrasse.

«Sei completamente impazzita?» la aggredii. «Se ti avesse visto MacLeod, avrei potuto perdere il posto!»

«Scusa» mormorò lei, «non ci avevo pensato.»

«Davvero?»

Fece un passo indietro come se il mio tono sarcastico l'avesse sferzata in volto.

«Killian, ascolta» disse con voce malferma, «mi dispiace, ok? Mi dispiace per tutto. Potremmo parlare un attimo di... di noi? Della nostra relazione?»

Alzai un sopracciglio. «Che relazione? Per me una relazione vuol dire sostenersi a vicenda, non vuol dire mettere a repentaglio il posto di lavoro dell'altro.»

Abbassò la testa e scoppiò a piangere.

Alzai gli occhi esasperato e incrociai lo sguardo alquanto perplesso di Eric, che ci stava fissando dall'altro lato della strada. Evidentemente aveva appena lasciato l'Istituto di Geologia dove lavorava, che si trovava poco più avanti in una laterale della Bühlstrasse, ma nella foga non lo avevo notato. Unì le dita a cono e mosse il polso avanti e indietro in un gesto tipicamente italiano.

Scossi la testa e sospirai spazientito: com'era che lui era riuscito a scoparsi nostra cugina per anni senza che nessuno se ne accorgesse e io, per una volta che sfogavo la mia rabbia trattando male la mia donna, che se lo meritava eccome, dovevo anche avere testimoni? Eppure, per quanto Eric non fosse lo stinco di santo che tutti pensavano, ero certo che non avrebbe mai trattato Sophia come io stavo trattando Mélanie.

Gli feci cenno con la mano di smammare, mentre con l'altro braccio stringevo a me Mélanie, che si stava tormentando le mani e mordendo le labbra nel tentativo di frenare le lacrime e non suscitare la curiosità dei passanti. Per fortuna non si era accorta di Eric, perché quell'umiliazione l'avrebbe schiacciata in modo definitivo.

Mi fece immensamente pena, mentre si abbandonava contro il mio petto quasi non avesse la forza di reggersi sulle gambe. Vedere una donna che piangeva era sempre sinonimo di fallimento per me: forse perché nella mia famiglia era quasi una questione d'onore per gli uomini non far piangere le loro donne o forse semplicemente perché significava che ero anni luce da dove avrei voluto essere nella mia relazione con l'altro sesso. La serpe verde si ritirò negli anfratti da cui era sbucata, lasciando un implacabile senso di colpa nella sua scia.

Avevo bisogno di un luogo tranquillo, lontano dal mio capo e dai miei parenti, dove poter parlare con calma con la mia donna – o quello che ne restava.

Puntai verso il bosco di Bremgarten al limitare del quartiere universitario della Länggasse, sperando che nessuna delle mie conoscenze avesse deciso di andare a fare jogging lì dopo il lavoro.

CAPITOLO 39

Dopo aver condiviso con Mélanie il divano-letto a casa di Tim e poco altro, la accompagnai a prendere il treno delle sette per Zurigo. Anche se ci eravamo chiariti e ritrovati, la ferita era troppo fresca per consentirci di tornare subito all'intimità di un tempo e poi Mélanie non avrebbe mai rischiato di farsi sorprendere da Tim. Altri per fare pace scopavano, noi stavamo semplicemente in silenzio, stringendoci l'uno all'altra.

Sulla porta del treno promisi a Mélanie che quella sera sarei tornato a casa il più presto possibile e che avrei cucinato per lei. Le mandai un ultimo bacio attraverso il finestrino e mi diressi all'Istituto.

Come di consueto, la porta dell'ufficio del mio capo era socchiusa. Non la chiudeva mai del tutto, così come non prendeva mai l'ascensore: usava solo le scale. Che fosse claustrofobico? Eppure una fobia del genere mi sembrava difficilmente conciliabile con un lavoro come il nostro: una persona che non tollerava i luoghi chiusi non avrebbe certo scelto di fare un mestiere che richiedeva di stare ore e ore rintanati al buio in una sala in compagnia di un morto.

Feci per bussare, ma rimasi con il pugno alzato a mezz'aria. MacLeod era al telefono.

«*Guid laddie, thit's the way*» lo sentii dire. «Dai che presto facciamo baldoria tutti insieme, vedrai come ci divertiamo! Visto che ti sei svegliato all'alba, approfittane e vai a prepararti lo zaino, che dieci giorni passano subito. E niente coltellini, che altrimenti te li sequestrano in aeroporto. Passami di nuovo la mamma, va.»

Strabuzzai gli occhi. Mamma? Ma se aveva detto che non aveva una famiglia! Ecco perché aveva detto quelle cose su Liène a Eric, come se sapesse com'è avere un figlio piccolo…

Abbassai il pugno, però le mie dita rimasero serrate. Osavo appena respirare per timore di far rumore.

«Trisha, *darrling*, ce la facciamo poi a trovare un paio d'ore per noi? Ci sono delle cose di cui vorrei parlarti.» Silenzio. «Che ne so, andiamo a farci un giro in moto. Mi mancano i nostri giri.» ... «Sì, ovvio che mi manchi anche tu. Mi mancate tutti… Sono così felice che veniate, non hai idea.» ... «*See ye in ten days, darrling.* Fai la brava.»

Un polso sottile, adornato da uno spesso bracciale rosso, comparve nel mio capo visivo e un paio di nocche ossute bussarono alla porta davanti al mio naso.

La dottoressa Moser mi fece un sorriso tirato, mettendo in mostra tutti i suoi denti bianchissimi, poi spinse la porta in risposta all'invito a entrare pronunciato dalla voce profonda di MacLeod.

Scheisse! La lasciai passare, mentre cercavo di riprendermi da quello che avevo appena sentito e dalla vergogna di essere stato sorpreso a origliare.

«*Guten Morgen, Frau Doktor Moser!*» disse MacLeod, scostando tutto premuroso una delle due sedie davanti alla scrivania, così che lei potesse sedersi. «In cosa posso aiutarla?»

Mi ignorò completamente, come se non mi trovassi nella stanza. Che diavolo aveva, oltre a una donna e chissà quanti figli? Sabato mattina mi aveva preparato la colazione, si era assicurato che stessi bene, che avessi un posto dove andare, e ora non mi guardava nemmeno? Strinsi le mascelle e mi sedetti al solito posto. Iniziai a giocherellare con la penna ripensando alle sue parole al telefono, finché lui non mi incenerì con i suoi laser azzurri e smisi di fare *click click*.

«Volevo la sua opinione su un caso» disse la Moser, «perché secondo me siamo in presenza di un tentativo di truffa assicurativa, ma è sempre meglio se queste cose si analizzano in due – o in tre» aggiunse nella mia direzione, mentre con una mano si sistemava un orecchino largo, rosso e rotondo come il suo bracciale.

«Meglio in due» disse MacLeod.

Grazie.

«Mi faccia vedere» continuò, indicando la cartella clinica che la Moser teneva sulle ginocchia.

Cosa avevo combinato? Non poteva essersi accorto che stavo origliando poco fa. Forse avevo sbagliato qualcosa? Il caso del fon caduto nella vasca non era stato un incidente? Avevo dimenticato di spedire qualcosa al pubblico ministero? Avevo contaminato le prove? Mentre il mio sguardo vagava per la stanza, cercai di analizzare tutto quello che avevo fatto negli ultimi giorni alla ricerca di un mio errore. Non colsi una virgola di quello che si dissero, ma tanto per loro era come se non fossi lì, quindi perché avrei dovuto ascoltarli?

Quando finalmente la Moser uscì dall'ufficio, MacLeod si avvicinò al bollitore e cominciò a prepararsi una tazza di tè, continuando a fare finta che io non esistessi.

Ero così teso che, quando si voltò di scatto verso di me, sobbalzai sulla sedia.

«*Whit fecking game dae ye think ye'rre playin'?*» mi chiese con voce che vibrava di rabbia repressa. Se fosse stato Zeus, i suoi capelli rossi avrebbero preso fuoco e dai suoi occhi blu sarebbero partite saette che mi avrebbero perforato il petto come un bitagliente infilato tra le costole di un morto. Afferrai il bracciolo per non essere spazzato via dalla forza radioattiva che emanava dalla sua imponente persona, mentre il fondoschiena mi scivolava in avanti sulla sedia, quasi avessi potuto ridurre così il volume che occupavo nella stanza.

«Cos'è che vuoi sapere? Non hai il coraggio di chiedere, che mandi altri a farmi il terzo grado?»

Oh, Scheisseee! Mi aveva visto con Mélanie! L'aveva riconosciuta! Ok, il mio sogno di diventare medico legale finiva qui.

Chiusi gli occhi.

«Ti ho fatto una domanda! Avevamo un patto!» quasi urlò e batté il palmo della mano così forte sulla mensola che la levetta del bollitore si sollevò e l'acqua smise di sobbollire.

Riaprii gli occhi.

Volevo rispondergli che era l'ultimo che doveva parlare di patti con la sua insincerità, ma mi ritrovai davanti il Cigno in tutta la sua maestosa e terrificante potenza, completo di striscia nera tra gli occhi. Mi stava parlando, ma non capivo le parole. Vedevo solo i tratti eleganti di quel volto: gli zigomi alti, lo sguardo duro, sprezzante, da cui era scomparsa qualsiasi traccia di empatia nei miei confronti, le labbra ben definite, senza ombra di sorriso, la barba rossa che nascondeva il mento e le guance come una maschera.

Il mio respiro era così superficiale che il mio petto quasi non si sollevava. Non riuscivo a muovermi. La lingua mi si era incollata al palato.

Il Cigno si avvicinò e si chinò per guardarmi negli occhi. Ebbi l'impressione che stesse chiamando il mio nome, ma non sentivo nulla, a parte la contrazione spasmodica dei miei organi interni.

Balzai in piedi, lasciando cadere a terra blocco e penna, e fuggii.

Chiusi la porta del mio ufficio quanto più velocemente potevo e vi appoggiai contro la schiena. Cercai di riportare sotto controllo l'attività dei miei polmoni, ignorando i miei neuroni in subbuglio. Eppure non tacevano.

Perché? Perché? Perché il Cigno era tornato a tormentarmi? Ci avevo messo così tanti anni a dimenticare, cancellare, evitare. E ce l'avevo fatta benissimo. Avevo obliterato ogni ricordo e ogni immagine. Per anni avevo gestito la mia vita senza pensare a quegli esseri che mi riempivano di terrore. Ero perfino riuscito a evitare il Lago dei Cigni di Čajkovskij per non avere nulla a che fare con cigni di alcun tipo... Perché non poteva rimanere tutto così?

Il mio corpo venne proiettato in avanti insieme alla porta e mi ritrovai in mezzo alla stanza senza sapere come. L'uomo che possedeva quella forza incommensurabile era alle mie spalle: sentivo il suo respiro e il calore che irradiava dal suo corpo. La sua mano mi afferrò il bicipite e mi fece ruotare finché non ci trovammo faccia a faccia. Girai la testa verso la vetrata per non doverlo guardare negli occhi.

«Killian, che diavolo ti succede?» Lo disse con voce pacata, ma le sue parole vibravano di preoccupazione. La sua mano, che non aveva mollato la presa, mi strinse ancora di più il braccio.

«Non è colpa mia» dissi, articolando le parole con difficoltà. Avevo la bocca completamente asciutta. I liquidi che avrebbero dovuto bagnare le mucose stavano invece umidificando i miei bulbi oculari. Strinsi forte i denti, finché le tempie non cominciarono a farmi male.

«Killian, guardami! Per favore...»

Non ne potevo più. Non ne potevo più di essere sempre chiamato a rispondere di cose che non avevo fatto. MacLeod mi faceva sentire esattamente come mi ero sentito a sette anni, quando mio nonno Rodrigo, furioso come non l'avevo mai visto prima, mi aveva afferrato per le spalle mentre cercavo di fuggire giù per uno dei corridoi della rocca, perché Alex, non io, *Alex* aveva rotto non so che vaso preziosissimo correndo dietro ad Alma per tirarle su la gonna e vedere di che colore aveva le mutandine. Non volevo più tacere per proteggere gli altri. Non avevo più la forza di annientare me stesso per consentire agli altri di condurre la loro vita indisturbati.

Mi costrinsi a fissare MacLeod negli occhi. «Io non c'entro niente» ripetei con voce un po' più ferma.

«Va bene, va bene. Bastava dirlo. Non serviva fuggire come se avessi visto il diavolo.»

Peggio. Molto peggio. «Non tollero di essere accusato ingiustamente di cose che non ho fatto.»

«Lo capisco benissimo. Scusami, ma pensavo che l'idea fosse stata tua.»

«No. È stata un'idea di Mélanie e della sua amica. Volevano conoscerti. Se lo avessi saputo, le avrei fermate.»

MacLeod alzò le spalle. «Non è che abbiano fatto niente di male. Erano solo un po' troppo curiose. Mi hanno fatto un sacco di domande con la scusa che dal mio accento avevano capito che ero straniero. Mélanie è stata molto brava a fingere di non avere idea di chi fossi… Immagino che te lo abbia raccontato.»

«No. Non le ho lasciato il tempo. Me ne sono andato quando ho scoperto cosa aveva fatto.»

MacLeod strinse le labbra, probabilmente rammentandosi della mezza verità che gli avevo propinato come motivo per aver piantato in asso Mélanie il venerdì prima.

«Non mi piacciono i sotterfugi, come non piacciono a te» gli spiegai. «Comunque ci siamo chiariti e...»

«Sei tornato a casa.»

«Ci torno stasera.»

MacLeod chinò appena la testa a conferma che aveva recepito la mia risposta. Aveva lo sguardo distante, mentre fissava la superficie nera del touch screen appeso alla parete.

«In ogni caso» disse dopo un po', «se vuoi sapere qualcosa di me, devi solo chiedere. Non ti assicuro che ti risponderò, ma puoi sempre chiedere.»

Era un'occasione d'oro per chiedergli dei suoi figli e di quella Trisha, ma non ne ebbi il coraggio. Ero troppo sconvolto e non volevo farlo arrabbiare di nuovo. Optai per la prima cosa che mi venisse in mente. «Perché non prendi mai l'ascensore e lasci sempre le porte socchiuse?»

Si appoggiò alla scrivania, mentre un sorriso amaro gli piegava le labbra sotto i baffi. «Sei un osservatore attento, un'ottima dote per un medico legale... È una lunga storia.» Sembrò prendere una decisione. Si staccò di nuovo dalla scrivania e si diresse verso la porta. «Vieni da me, che almeno finisco di prepararmi il tè e facciamo finta di lavorare.»

Ci misi un attimo a seguirlo, temendo chi avrei trovato ad aspettarmi. Ma c'era solo MacLeod che scaldava di nuovo l'acqua nel bollitore. Mi chiese se volessi una tazza di tè e accettai l'offerta, mentre raccoglievo il mio blocco per appunti e la penna da terra.

Versò l'acqua bollente nella teiera e nella stanza si sprigionò l'aroma orientale del Darjeeling. Poi mi passò una tazza fumante e si accomodò sulla sedia che la Moser aveva lasciato vacante poco prima.

«È cominciato tutto quando ero ragazzino» disse, poggiando una caviglia sull'altro ginocchio. «Sono cresciuto in una fattoria in riva al mare, i miei sono allevatori di pecore. Gli animali che morivano facevano parte della mia vita, ma un giorno è morta una pecora che stava benissimo e nessuno sapeva cosa le fosse successo. Il veterinario ha detto che probabilmente aveva ingerito qualche rifiuto tossico e io ho deciso di vedere se aveva ragione prima che la portassero via. Quella notte ho aspettato che i miei dormissero, poi ho preso un coltello da carne dalla cucina e sono andato a trovare la carcassa.»

«Ma quanti anni avevi?»

«Circa dodici.»

«E cos'hai fatto? L'hai aperta?»

«Sicuro!» Ridacchiò, evidentemente divertito dal ricordo. «L'ho dissezionata tutta. Ho cominciato dalla pancia e ho effettivamente trovato un sacchetto di plastica attorcigliato nel suo intestino, poi sono passato al cuore, ai polmoni e così via. Non so quante ore sono stato lì, ma tante. E col senno di poi ho anche fatto un buon lavoro, anche se mi sono sporcato tutto e poi mi sono dovuto lavare al buio dietro la stalla con l'acqua gelida, senza svegliare nessuno.»

Non riuscivo a immaginare quell'uomo distinto e ligio al dovere come un ragazzino di dodici anni ricoperto di sangue, impegnato in un'autopsia illegale in mezzo alla notte. Chissà com'era stato da ragazzo: forte e atletico come adesso o esile, coi capelli arancioni e le efelidi sul naso? Era impossibile capirlo con quell'armatura di muscoli che lucidava a furia di chilometri a nuoto.

«L'unica cosa che ho dimenticato è stata di ricucire la carcassa dopo che vi avevo rificcato dentro tutti gli organi alla bell'e meglio. Penso che a quel punto fossi troppo stanco per riflettere.»

«*Shit!*» sussurrai, mentre nella mia mente si spalancavano le porte del tempio della comprensione.

«*Aye. Really, really high shit.* Prima mio padre mi ha dato una passata con la cintura che non dimenticherò mai» si risistemò sulla sedia quasi la schiena gli facesse ancora male, «poi mi ha rinchiuso in una baracca per tre giorni a pane e acqua.» La sua mano, che ora ero sicuro avrebbe potuto strozzarmi senza alcuna difficoltà, accarezzava meccanicamente il suo polpaccio, rivelandomi che parlare di quell'esperienza gli era difficile, anche se le dita erano rilassate. «Bisogna anche dire che non era la prima che combinavo, quindi mio padre era già abbastanza esasperato.»

«Tipo?»

MacLeod alzò le spalle. «Sparire nella brughiera a picco sul mare e dover essere recuperato dai cani della polizia – quattro volte. Bere il caffè che era destinato agli agnelli deboli e sostituirlo con la Coca-Cola. Spiare le ragazzine che si cambiavano per la lezione di ginnastica...»

Mi sfuggì un risolino divertito.

MacLeod fece segno di no con l'indice. «Non era curiosità morbosa di adolescente. Non mi interessava farci niente, non volevo né baciarle né toccarle né nient'altro. Volevo solo vedere come erano fatte, capire le differenze rispetto ai maschi. Non avevo sorelle o cugine né amiche strette con cui confrontarmi e volevo colmare quella lacuna. Era una curiosità puramente scientifica – che mi è costata una sospensione da scuola per colpa di alcuni ragazzi che hanno fatto la spia.» Ruotò la tazza tra le dita, su cui non portava alcun anello. Ma quello non voleva dire nulla, perché molti medici gli anelli li lasciavano a casa per non doverseli togliere e rimettere in continuazione col rischio di perderli. «La prima di una serie di sospensioni che hanno convinto i miei a farmi continuare a studiare, perché voleva dire che sarei stato lontano dai loro occhi, in un collegio dove ogni infrazione alle regole veniva severamente punita.

«L'autopsia della pecora è stata però la cosa più grave che io abbia mai fatto, perché era del tutto illegale e anche perché la causa della morte avrebbe benissimo potuto essere una qualche malattia, quindi avevo esposto me stesso e tutta la famiglia a un rischio elevatissimo. Dopo il morbo di Creutzfeldt-Jakob, da noi queste cose fanno dare subito i numeri a tutti. Penso sia stato soprattutto quello che ha fatto saltare i nervi a mio padre. Poi ha dovuto pure mettere a tacere l'intera faccenda in paese per non avere la polizia alle costole.» Fece una pausa, ma non osai dire nulla. «In quei tre giorni nella baracca ho patito il freddo, la fame e la sete. E non sono riuscito a trovare un modo per svignarmela. Ora sai perché non mi piacciono le porte chiuse, a prescindere che siano di una stanza o di un ascensore.»

Sapevo anche perché ricuciva i cadaveri con tanta meticolosità e perché voleva sempre avere il controllo di ciò che gli succedeva intorno. Mandai giù un sorso di tè, che mi scottò la lingua, per camuffare la fiumana di emozioni contrastanti che quelle rivelazioni stavano provocando in me. La penna continuava a ruotare tra le mie dita come il bastone di una majorette.

MacLeod continuò: «Quell'episodio, però, è stato anche l'inizio della mia carriera di medico legale. È stata la sensazione di onnipotenza che ho provato quella notte nello scoprire quello che non sapeva nessun altro a spingermi a seguire questa strada. E anche una gran sete di rivalsa – vendetta, più che altro». Tirò un profondo sospiro. «E tu perché hai scelto medicina legale? Non te l'ho mai chiesto.»

«Per una questione morale.» Gli raccontai della ragazza di Bindiswil e di quanto quel caso mi avesse sconvolto perché nell'arco di poche ore una persona perfettamente normale, che conduceva la sua vita senza dare fastidio a nessuno, era stata trasformata in un'ameba muta, che dipendeva dagli altri per la sua sopravvivenza.

«Tutto sommato sei un bravo ragazzo, tu» disse MacLeod alla fine, come se stesse facendo il confronto con sé stesso.

Risposi con un sorriso poco convinto: quel capovolgimento di ruoli era difficile da metabolizzare e i miei neuroni ci avrebbero messo un bel po' per venirne a capo. «A dire il vero, ho cominciato anch'io con un animale, ma con mio padre» gli confessai.

MacLeod sollevò le sopracciglia con un'espressione incuriosita. Le sue iridi erano un mosaico di gradazioni di azzurro, un po' come il fondale della piscina della rocca dei nonni.

Frenai l'impulso di passarmi la mano tra i capelli, perché in una avevo la tazza e nell'altra la penna. «Era il nostro gatto di famiglia. Era morto di vecchiaia. È stato mio padre a propormi di dissezionarlo, perché vedeva che mi interessava capire cosa avesse smesso di funzionare. Mi ha portato in ospedale da lui insieme al gatto e mi ha spiegato come si fa a dissezionare un cadavere e quali strumenti si usano. Poi mi ha fatto provare. È stata un'esperienza sconvolgente, ma illuminante. In qualche modo sono riuscito a dimenticare che era il nostro gatto e a non farmi coinvolgere dal punto di vista emotivo. Quando abbiamo finito, ero deluso che non fosse un animale più grande perché avrei continuato per ore. Per puro interesse scientifico.» Ci sorridemmo. «Le mie sorelle e mio fratello non ne hanno mai saputo niente, perché già la Barbie era stata una tragedia, figurarsi il gatto! Non so nemmeno se lo sappia mia madre, ma probabilmente sì.»

«La Barbie?»

All'improvviso sentii un gran caldo. Perché diavolo avevo menzionato la Barbie? Ma ormai mi toccava andare fino in fondo. «Ho... Ho segato a metà una Barbie di Eleonora per vedere se avesse organi dentro.»

MacLeod fu colto da un attacco di risa che gli fece venire le lacrime agli occhi. Dovette posare la tazza sulla scrivania per non rovesciarsi il tè addosso. «Doctorr Altavilla, consentimi di dirtelo: sei il miglior assistente che io abbia mai avuto – se non fosse per la tua ragazza.»

Chinai la testa. Poi la rialzai. «Ma cosa hanno fatto esattamente?»

MacLeod alzò le spalle. «Quello che si fa quando si vuole rimorchiare qualcuno in un locale: contatto visivo, sorriso, ciao, come ti chiami, da dove vieni, ti piace vivere qui, sei qui con la famiglia, hai figli, quando torni in Scozia ecc. ecc. Sai come si fa, no?»

«E tu cos'hai risposto?»

Allargò le braccia stringendosi nelle spalle. «Che ero scozzese, che qui la vita mi piace, che non avevo una data di partenza prestabilita... Cosa vuoi che abbia risposto?»

Per un secondo ebbi la tentazione di sbattere la testa contro il muro: io volevo la risposta alle altre due domande! Volevo la conferma che mi aveva mentito. Però non volevo metterlo alle strette e rischiare di rovinare l'intesa che si era ristabilita tra noi, anche perché, dopo quelle rivelazioni, mi si stringeva il cuore a pensare a come era cresciuto. Se non avessi temuto che si trasformasse di nuovo nel Cigno, credo che gli avrei stretto una spalla per fargli capire quanto gli ero vicino. Inspirai profondamente e mi sedetti di nuovo dritto sulla sedia. Su Trisha avrei indagato in un momento più opportuno.

«Cosa c'è?» mi chiese.

«Niente. Stavo riflettendo» dissi, fissando la cartolina con la bandiera scozzese attaccata alla lavagna magnetica, dove ora le facevano compagnia diverse immagini di spiagge e tramonti o albe sul mare. Ce n'era perfino una di una balena. Non avevo ancora appurato chi gli avesse mandato tutte quelle missive, ma lo avrei fatto quanto prima, giusto per vedere se le aveva firmate chi pensavo io.

«Fammi un favore, Killian, non far entrare Mélanie qui dentro, non lasciare che ti distragga o che ostacoli il tuo lavoro. Sarebbe un crimine se soffocasse la tua passione per la medicina legale.»

«Sì.» *Click.*

«Finiscila con quella penna perché te la faccio ingoiare! E poi me la riprendo» concluse scandendo ogni sillaba.

Ero ben consapevole che non era una minaccia a vuoto. «*Sorry.*» Qualcuno bussò alla porta. Era Frau Jost.

«*Good morning, Professor MacLeod. Doktor Altavilla, guete Morge*» disse sorridendo, mentre osservava il quadretto idilliaco che dovevamo costituire ai suoi occhi, comodamente seduti uno accanto all'altro con le nostre tazze a strisce colorate. «Vi ho portato il piano dei turni di reperibilità per i prossimi due mesi.» Ci consegnò due fogli con un'enorme tabella colorata. «Ora vi spiego come funziona.»

CAPITOLO 40

Quella sera non tirai fuori gli appunti, né il manuale di diritto processuale penale. Mi dedicai invece a preparare una cena con tutti i crismi per Mélanie. Riuscii addirittura a trovare una candela e la collocai tra i nostri piatti. Poi piegai i tovaglioli a fiore di loto come mi aveva insegnato Tim.

«Mmh, che profumino!» disse Mélanie dall'ingresso. Mi raggiunse ai fornelli e mi mise un braccio intorno alla schiena, mentre osservava quello che stavo facendo.

«Fettine alla pizzaiola con riso e verdure» le rivelai prima di baciarla. Notai con sollievo che aveva riacquistato un po' di colorito. «Vai a cambiarti che è pronto.»

La cena trascorse in un'atmosfera rilassata. Parlammo del più e del meno. Mi chiese addirittura com'era andata la mia giornata al lavoro. Evitai di raccontarle quello che era successo quella mattina e cosa mi aveva rivelato MacLeod di sé. Non le raccontai nemmeno del colpo di genio con cui, di punto in bianco in mezzo alla pausa pranzo, aveva risolto un problema che ci stava assillando da giorni – anche perché la conseguenza era stata che il nostro pranzo era rimasto intoccato sulla tavola fino alle quattro e sicuramente lei non avrebbe approvato –, però le dissi che anche quel giorno avevo imparato qualcosa di nuovo, che di sicuro mi sarebbe tornato utile in futuro. Riuscii addirittura a non menzionare il nome del mio capo.

«Oggi mi hanno comunicato i turni per le emergenze. Dovrò dormire a Berna per essere subito operativo se succede qualcosa» aggiunsi alla fine.

«Per quanti giorni?»

«Una settimana, sei notti di fila, ma tra un turno e l'altro ho varie settimane di pausa. Potresti venire anche tu a Berna, quando devo stare lì.»

Ci fu una battuta di silenzio. «Va bene, vedo cosa posso fare. Magari non tutta la settimana, ma una notte o due possiamo vedere. Dopo dammi le date. Starai dai tuoi o da Tim?»

«Dai miei, immagino. Almeno ho la mia stanza e non rompo a Tim.» Di sicuro non mi avrebbe voluto tra i piedi se le cose con Emily si fossero sviluppate come voleva lui.

Dopo cena lavai i piatti e Mélanie li asciugò man mano che li sciacquavo, ripulendo lo scolatoio di metallo accanto al lavello ogni volta che ci cadeva sopra una goccia, poi andò a farsi la doccia.

La incrociai in corridoio quando uscì dal bagno e per un'istante pensai che i miei neuroni fossero di nuovo impegnati a intessere le loro allucinazioni. Aveva indossato una camicia da notte di seta nera, che aderiva come una seconda pelle al suo corpo perfetto, con uno spacco vertiginoso lungo la gamba sinistra. Non si era mai resa così sexy per me prima di allora.

«Mi lavo i denti e arrivo» le dissi con un sorriso, che però non riuscì a illuminarmi il cuore. Mi sentivo a disagio.

Mi infilai lo spazzolino in bocca, mentre mi guardavo negli occhi allo specchio. Nonostante tutte le sue scuse e rassicurazioni, non riuscivo a fidarmi di lei come prima, cercavo messaggi nascosti nelle sue parole e nelle sue azioni, temevo che avesse sempre un secondo fine, un piano di cui non mi aveva reso partecipe, che mi avrebbe distrutto.

Ma non dovevo permettere che le mie paranoie minassero quello che avevamo costruito insieme nell'ultimo anno e che stavamo cercando di salvare. Dovevo essere razionale: un errore lo potevano commettere tutti. Era stata solo curiosità. Aveva capito anche lei che aveva sbagliato e sicuramente non avrebbe tradito di nuovo la mia fiducia. In fondo mi amava. Forse voleva solo rendermi felice per una sera. Era che non ci ero abituato.

Fissai a lungo il mio riflesso: l'abbronzatura delle vacanze dai nonni era ormai sbiadita, visto che non avevo mai tempo di stare al sole, e la tensione degli ultimi giorni aveva lasciato il suo segno sotto forma di un'increspatura sulla fronte che non voleva andarsene.

In fondo MacLeod ci aveva visto giusto quando aveva detto che ero un bravo ragazzo. Avevo creduto che fosse incapace di rapportarsi con le persone e invece era riuscito a capire più cose di me di molti altri miei amici che mi conoscevano da anni. Con i suoi maledettissimi laser blu era andato oltre l'epidermide, oltre i capelli che non volevano essere domati, la barba di tre giorni, i vestiti appena decenti, ed era arrivato al derma: sotto quella superficie anticonformista, io ero uno che rispondeva alle aspettative, che si sobbarcava le colpe degli altri, che si annullava per essere accettato, che si allineava, che non deludeva. All'inizio era stato uno sforzo, poi era diventata un'abitudine.

Eppure, da qualche parte dentro di me, qualcosa del ragazzino arrabbiato col mondo che ero stato c'era ancora, ma era nascosto così bene che nemmeno MacLeod era riuscito a scovarlo. A quella parte di me non aveva infatti più accesso nessuno, nemmeno io: avevo buttato via la chiave. Era stata la soluzione migliore. Lo era stata all'epoca e lo era ancora adesso. Nascosi la testa nell'asciugamano e sospirai.

Portare alla luce l'ipoderma, il mio vero essere, avrebbe richiesto un'abrasione completa di quegli strati protettivi che si erano creati nel tempo e la sola idea di un intervento del genere mi terrorizzava ancora di più di quella di giocare per sempre la parte del bravo ragazzo, perché sapevo che le conseguenze sarebbero state di gran lunga peggiori.

A prescindere da quello che diceva Tim, Mélanie era l'unica che poteva tenermi ancorato nell'identità che mi ero creato con tanta fatica, e per quello dovevo rimanere con lei, superare, dimenticare, fidarmi, non farmi prendere dal panico ogni volta che sentivo la parola "figlio", adempiere ai compiti che mi erano stati assegnati nella vita. Se non lo avessi fatto, avrei fatto soffrire un sacco di persone.

«Vieni a letto?»

Mi speronai l'epiglottide con lo spazzolino e dovetti tossire per reazione, cercando di non vomitare.

«Scusa» disse Mélanie, «ti ho spaventato.»

«Colpa mia. Non ti avevo sentita. Vieni, andiamo a letto.»

Mélanie in quella camicia da notte sembrava una dea uscita dalla pubblicità di un profumo destinato ad ammaliare gli uomini. Accarezzai la sua pelle liscia e morbida, ancora lievemente arrossata dall'acqua calda. La seta sotto i polpastrelli mi procurava la stessa piacevole sensazione del rivestimento di raso verde smeraldo della custodia della mia viola. Sarebbe stato così facile lasciarsi trasportare nel mondo di piacere che promettevano le sue labbra.

Eppure mi accorsi con una stretta al cuore che i suoi incantesimi non avevano più l'effetto di un tempo su di me: ero nel pieno delle mie facoltà mentali e nemmeno il suo profumo era in grado di placare il mio cervello. Mi sentivo stranamente vuoto dentro: il mio battito cardiaco rimbombava nella cassa toracica. Cosa mi stava succedendo?

Il mio sguardo vagò per la stanza alla disperata ricerca di qualcosa di solido a cui appigliarsi. L'oscurità minacciava di travolgermi di nuovo. Dovevo fermare quell'ammasso di cianuro che rotolava verso di me come nebbia sul mare mosso in inverno. Fissai il manuale di virtopsia, perché era la cosa più voluminosa che avessi davanti. In qualche modo dovevo tornare sulla via da cui mi ero discostato senza nemmeno accorgermene: dovevo far funzionare di nuovo la nostra relazione o sarebbe stata la fine.

Baciai Mélanie nella speranza che altre parti di me decidessero di collaborare a prescindere dallo sciopero indetto dai miei neuroni, i quali stavano già marciando in tutt'altra direzione – una direzione in cui si intravedevano cascatelle di riccioli biondi, occhi che luccicavano nel buio e sorrisi accattivanti…

No! Mai più. Non era quella la mia strada. Quella strada portava solo a un oceano di dolore, delusione e solitudine. Non era quello che volevo. Io ero un bravo ragazzo.

CAPITOLO 41

Seguirono giorni infiniti, in cui all'Istituto non c'era nemmeno l'ombra di un caso. Niente, nemmeno qualcosa di assicurativo. Pareva che gli Svizzeri avessero deciso di non morire più in circostanze sospette, di non ingannare più le assicurazioni e di non uccidersi più a vicenda.

Io ne approfittai per gettarmi a capofitto nello studio per l'esame e aiutare MacLeod con il tedesco. Capiva sempre di più e anche nel parlare faceva pochissimi errori. Quando pranzavamo insieme nella cucina comune gli parlavo addirittura in dialetto bernese, così che imparasse anche quello, visto che sembrava intenzionato a rimanere a Berna. Ogni tanto provava a rispondermi e ci azzeccava quasi più che in tedesco standard: c'erano infatti un sacco di espressioni simili in tedesco svizzero e in inglese scozzese, che facevano andare in visibilio Nora ogni volta che gliene rivelavo una nuova, vista la sua passione per le parentele tra le lingue.

A volte ci facevamo delle gran risate con Kocher e perfino con Huber, ma averlo intorno mi rendeva sempre nervoso e preferivo quando c'era solo Kocher o qualcun altro dei nostri colleghi. La Moser si vedeva di rado al di fuori dei briefing quotidiani. Quando compariva, mi divertivo a vedere i suoi disperati tentativi di accalappiarsi il mio capo, il quale non sembrava però minimamente intenzionato a seguire i suoi inviti. Era molto cortese con lei, ma manteneva le distanze e riusciva a lasciarla ogni volta a bocca asciutta. Io cercavo di non perdermi quelle danze di corteggiamento, perché la Moser era sempre incline a porre domande personali a MacLeod e io ne approfittavo per raccogliere informazioni su di lui. Non che il profitto fosse molto: MacLeod era un'anguilla quando si trattava della sua vita privata. Quando cercavo di riassumere quello che emergeva da quegli scambi, mi ritrovavo con ben poco in mano, anche se ogni briciola era pur sempre una conquista.

Più si avvicinava il weekend e più mi chiedevo chi fosse quella Trisha che stava per arrivare in visita da lui e in che rapporti fossero esattamente quei due.

Approfittando di un momento in cui mi ero trovato da solo nell'ufficio di MacLeod, avevo letto la cartolina con la bandiera scozzese e anche le altre: erano tutte firmate non solo da Trisha in persona, ma anche da Ivy, Gavin e Chris, che dalla calligrafia non riuscivo a capire se fosse un maschio o una femmina. Per me gli Inglesi, o Scozzesi che fossero, avevano sempre una calligrafia femminile. Purtroppo, però, i miei progressi erano finiti lì.

Quando MacLeod se ne andò a mezzogiorno del venerdì, mi disse solo che aveva ospiti e che, se non avevo nulla da fare, potevo prendermi il pomeriggio libero.

Insoddisfatto, ma felice di avere qualche ora per me, chiesi in prestito la moto a Tim e andai a farmi un giro al lago di Neuchâtel. L'acqua luccicava di un blu simile al mercurio sotto il cielo nuvoloso, le cime delle Alpi in lontananza incorniciavano il quadro maestoso che avevo davanti.

Parcheggiai la moto vicino a una spiaggetta e mi distesi sulla sabbia calda, lasciando che i miei pensieri si perdessero tra le nuvole, cullati dalle calde note dei Notturni di Chopin. Alcuni bambini giocavano intorno a me, scavando buche nella sabbia e inzaccherandosi fin sopra i capelli, eppure mi sembravano lontani anni luce.

Sarà stata la mancanza di lavoro, ma mi sentivo inappagato e frustrato. Era come se avessi passato tutta la mia vita a calibrare i pesi sui piatti della bilancia della mia esistenza e ora qualcuno avesse spostato un peso infinitesimale da un piatto all'altro, così che tutto il sistema era diventato instabile. La cosa angosciante era che più cercavo di riorganizzare i pesi per ritrovare un equilibrio e più peggioravo la situazione. Non sapevo più come tenere sotto controllo tutto. Se solo ci fosse stato il lavoro a distrarmi!

Avrei volentieri cenato a Neuchâtel, in un ristorante sull'acqua, però non volevo creare di nuovo problemi con Mélanie. Quindi tornai a Berna, lasciai la moto all'Incrocio e presi il treno delle cinque e mezza in modo da arrivare a Zurigo alla solita ora.

Lunedì, per una volta, fu MacLeod ad arrivare in ufficio con l'aria stanca. O forse era tristezza o nostalgia? Più di una volta lo sorpresi con lo sguardo perso nel vuoto, lontano mille miglia dall'Istituto.

Quando gli chiesi se potessi aiutarlo in qualche modo, mi disse che potevo decalcificargli il bollitore, al che mi ritirai nel mio ufficio, trovai su YouTube il concerto n. 1 per violino e orchestra di Bruch e mi misi a studiare per l'esame, pregando che succedesse qualcosa per porre fine a quell'assenza di stimoli esterni, che ci stava logorando tutti.

Finalmente il giovedì i miei desideri furono esauditi e ci arrivò un regalo dalla Germania, come lo definì MacLeod: i nostri vicini ci chiedevano una controperizia per un processo.

Anche se il caso era stato espressamente deferito a MacLeod, Huber decise di tenerci compagnia, visto che non aveva più larve da osservare e si era già portato in pari con la lettura di tutte le riviste di settore che ingombravano la sua scrivania.

A fine mattinata chiusi il portello della cella frigorifera e mi apprestai a ripulire il tavolo settorio, così che non dovesse fare sempre tutto Siller. Dentro di me ero euforico, ma cercavo di non darlo a vedere. Per la prima volta in vita mia ero stato messo a capo delle operazioni. Per quattro ore avevo dato ordini sia a MacLeod che a Huber e alla fine mi ero pure beccato un *guid laddie* e una pacca sulla spalla da MacLeod. Non riuscivo ancora a capacitarmi della svolta che aveva preso quella giornata, ma avevo indubbiamente toccato con mano l'essenza della parola onnipotenza.

Avevo quasi finito il mio lavoro quando MacLeod, che stava compilando il verbale, fece ruotare lo sgabello su cui era seduto nella mia direzione e disse: «*Dearr Doctorr Altavilla*, il Professor Huber e io siamo del parere che lei non stia sfruttando a dovere le sue potenzialità...»

Li guardai entrambi, mentre il mio braccio continuava meccanicamente a ripulire la superficie fredda del tavolo settorio per renderla di nuovo immacolata.

«... motivo per cui vorremmo che lei cominciasse a pensare al suo dottorato di ricerca.»

Mi accorsi di quello che stavo facendo solo quando sentii lo spruzzo della doccia contro la mia tuta protettiva e mi affrettai a riportare il getto sul tavolo. Dovevo aver capito male. Probabilmente era l'accento. «A cosa?»

«Al dottorato.»

Erano completamente impazziti?! «Ma sto facendo la specializzazione in medicina legale!» protestai.

«E che problema c'è?» chiese Huber senza voltarsi, mentre sostituiva un vetrino con un altro sotto il microscopio. «Può tranquillamente unire le due cose, se sceglie l'argomento con accortezza. Non si può mica lasciare un cervello come il suo a marcire nell'ozio.» Ozio? Secondo lui io stavo oziando? «Magari potrebbe approfondire la sua tesi. Ha detto che le era piaciuto molto il lavoro con Carmichael.»

«Oppure potrebbe concentrarsi sui processi decompostivi neurologici, visto che le interessa la neurologia» aggiunse MacLeod.

«Ma come faccio a trovare il tempo anche per quello?»

«La smetta di fare sempre su e giù da Zurigo, per esempio» disse Huber.

«Ma ci vive la mia ragazza.»

«E non si può trasferire a Berna, la sua ragazza? Ha due belle gambe, che le usi!» ribatté Huber.

Allora ci aveva visti pure lui. Probabilmente era uscito insieme a MacLeod, il quale ora si stava mordendo il labbro inferiore. Dovevano essersi fatti di qualche sostanza stupefacente per combattere la noia. Ce n'erano a volontà in laboratorio da Kocher.

«Poi le ragazze» continuò Huber con un sospiro, staccandosi dal microscopio, «quelle si possono anche cambiare. A volte è addirittura meglio non averne proprio e godersi semplicemente le gioie della vita senza complicazioni di sorta. No, MacLeod?»

«Decisamente.»

Nel silenzio della sala si sentivano le gocce d'acqua che cadevano dalla mia tuta sul pavimento come secondi scanditi da un vecchio orologio a pendolo.

«Facciamo così» disse MacLeod, «si prenda fino a domani per pensare a un bell'argomento e poi ci dica con chi vuole fare il dottorato, che il Professor Huber la sistema come desidera. Magari, se può, eviti Carrmichael, perché non è che mi stia molto simpatico. Ma il suo ex capo va benissimo o chiunque altro. Al limite anche con me o Huber, se vuole, vero Professore?»

«Ma certamente!» disse Huber con un luccichio negli occhi. Poi si rivolse a MacLeod: «Come mai Carmichael non le sta simpatico?»

«Storie dei tempi dell'università. Abbiamo studiato insieme a Edimburgo, anche se lui è più vecchio di me. Aveva fatto altro prima di studiare medicina. Diciamo che preferirei non averci niente a che fare, se possibile, nemmeno per interposta persona.»

«Donne, scommetto.»

«No, peggio.»

«Cosa c'è di peggio delle donne, MacLeod?»

«Le donne con figli, per esempio?»

La mia testa scattò verso di lui così repentinamente che rischiai di provocarmi una commozione cerebrale.

«Stavolta mi tocca darle ragione. Ha figli lei?» disse Huber a MacLeod.

«No. Lei?»

Ah no?!

«Due, una femmina e un maschio. Ma sono adulti e con la madre per fortuna non ci ho più niente a che fare.»

«Una scelta saggia.» MacLeod si chinò di nuovo sul verbale.

Huber ridacchiò e tornò a concentrarsi sul microscopio.

Io li odiavo. Li odiavo tutti e due.

Farti illudere di avere in mano la situazione per poi sbatterti con le spalle al muro era una delle tecniche d'indagine più basilari che ci fossero. La conoscevo perfino io, senza aver ancora fatto alcun esame addizionale di psichiatria o criminologia. E ci ero cascato in pieno. Avevo fornito loro la prova che volevano su un piatto d'argento. Avevo dato il meglio di me tutta la mattina, dimostrando loro fin dove riuscivo ad arrivare se allentavano il guinzaglio. E ora mi avevano incastrato. Bastardi.

CAPITOLO 42

«Che hai?» mi chiese Nora, mentre pescava granelli di couscous da un contenitore di plastica arancione. Eravamo seduti sul prato della Grosse Schanze, con la sede centrale dell'Università di Berna alle spalle e decine di studenti e impiegati seduti o distesi sull'erba intorno a noi a godersi la pausa pranzo al sole. Addentai il mio panino e lasciai vagare lo sguardo oltre i tetti della città, il Palazzo Federale e la cattedrale fino alle Alpi. Soffiava una leggera brezza, che rendeva più sopportabile la calura del mezzogiorno e faceva viaggiare veloci le nuvole che preannunciavano un temporale estivo.

Mandai giù il boccone e dissi: «MacLeod e Huber vogliono che faccia il dottorato».

«Ma sono scemi? Come fai?»

Alzai le spalle ed estrassi gli occhiali da sole dallo zaino, perché la luce accecante mi stava dando un gran fastidio, anche se eravamo all'ombra di uno dei tigli disseminati sul prato.

«Ragionano con altri parametri» dissi con un sospiro.

«Sai che mi sa che l'ho visto l'altro giorno? Cos'era? Sabato credo. Sì, sabato, perché avevo appena fatto prove con l'orchestra in conservatorio e avevo il flauto con me. Rosso di capelli, barba corta, alto, con due spalle così. Parlava qualcosa che non era inglese, ma suonava simile, e non era olandese, quello lo riconosco. Immagino fosse scots.»

«Sì, sarà stato scots. Ma con chi stava parlando?»

«Con due bambini.»

«Bambini?»

«Mhm» fece Nora con la bocca piena. «Un maschio, che avrà avuto sette o otto anni, e una femmina un po' più piccola. La portava sulle spalle. E c'era anche una donna.»

Sollevai gli occhiali da sole. «Una donna.»

«Perché? Non può avere una donna?»

A sentire lui, no. «Com'era?»

«Magra, alta, coi capelli neri sciolti, lunghi. Era vestita con una gonna nera svasata e una maglietta viola senza maniche e aveva il braccio sinistro tutto tatuato con motivi celtici, beh no, probabilmente se era scozzese saranno stati pitti.»

«Era bella?»

Nora si guardò attorno come se i suoi ricordi stessero correndo liberi per il prato e volesse richiamarli a sé. «Booh, sì, direi di sì. Però li ho visti solo un attimo mentre aspettavo l'autobus alla fermata della Zytglogge. Lei gli stava appesa al braccio e si sorridevano.»

«Ma sei sicura che fosse lui?»

«Ovviamente non posso esserne sicurissima, ma non è che ce ne siano proprio tanti di Scozzesi così in giro per Berna. Gli occhi però non li ho visti, purtroppo, perché era sempre voltato dall'altra parte.»

Per fortuna sua, perché se i loro sguardi si fossero incrociati l'avrebbe riconosciuta di sicuro.

«Mi aveva detto che avrebbe avuto ospiti lo scorso weekend.»
«Ecco, vedi. Ma sono i suoi figli, no?»
«Immagino di sì, anche se continua a dire che non ne ha.»
«Perché?»
«E che ne so io.»

C'erano semplicemente troppe cose che non quadravano, a cominciare dal fatto che chiamava *darling* questa Trisha, sebbene lo avesse mollato e non volesse aspettarlo in Scozia né seguirlo qui. In compenso però gli mandava cartoline mielose. Poi avevo appena sentito con le mie orecchie MacLeod dire a Huber che le donne con figli erano il male peggiore, eppure a lei al telefono aveva detto che non vedeva l'ora di rivederla. Magari durante il weekend avevano litigato di nuovo… O forse lei gli aveva solo portato i figli in visita ed erano in rotta? No, perché altrimenti non gli sarebbe stata appiccicata addosso come diceva Nora, né gli avrebbe scritto *"We'll miss you, ok? Love you"* e lui non l'avrebbe chiamata *darling*. Mi infilai le dita tra i capelli. Non ci capivo più niente. Soprattutto non capivo perché MacLeod negasse di avere figli. Che male c'era ad avere dei figli?

«Nora, ma con Matthias ci stai attenta, vero? Intendo che non ti metta incinta.»

Contenitore e forchetta caddero sull'erba. Cercai di salvare il salvabile ed evitare che mia sorella dovesse mangiare terra.

«Ma che domanda è?» chiese Nora dopo un lunghissimo silenzio.
«Prendi la pillola?»
«No.»
«Ecco, lo sapevo io. Queste sono le stronzate della mamma. Non

prendere ormoni!» miagolai, mentre cercavo di fare canestro in un cestino dell'immondizia poco distante con la fetta di cetriolino sottaceto che gli Svizzeri dovevano sempre mettere ovunque, ma che io non riuscivo a mandare giù, acida com'era.

«Funziona benissimo anche così, ti assicuro.»

«Funziona così bene che infatti la mamma è rimasta incinta quattro volte.»

«Stai dicendo che non mi volevano?»

«No. Sto dicendo che devi usare un metodo più sicuro!»

«Tu sei paranoico. Fai così anche con Mélanie?»

«Mélanie prende la pillola e stai certa che controllo che la prenda puntualmente ogni sera.»

«Perché non ti riempi di ormoni tu, anziché costringere lei?»

Santa pazienza! In quel momento non ce la potevo proprio fare a reggere una discussione sulle ingiustizie di genere – un'arte in cui le donne Altavilla erano specializzate. «Io non costringo nessuno. Ha scelto lei la pillola. Tu comunque stacci attenta.»

«Tanto non stiamo neanche più andando a letto insieme.»

«Vi siete mollati?» Lo dissi con un po' troppo entusiasmo. Infatti Nora mi incenerì con lo sguardo.

«No, ma ci vediamo molto poco. E io ho bisogno di stare con una persona per riuscire ad andarci a letto.»

«Nora, perché non ti guardi un po' attorno? Ci sono così tanti altri bei ragazzi in giro.»

«Sono tutti occupati.»

«Non è vero. Ma se ti vedono con un altro, è difficile che si avvicinino. Non hai voglia di provare qualcos'altro?»

«Non ho voglia di provare niente. Sono in una fase di totale apatia.»

«Ma non sei incinta, vero?»

«Oh, cazzo, Killian! Hai finito di rompere i maroni?»

CAPITOLO 43

Rigirai tra le dita lo scontrino che Mélanie mi aveva lasciato sul ripiano della cucina come se l'elenco di acquisti potesse illuminarmi. Sul retro aveva scritto solo:

"Non so quando torno. M"

Come mai la donna che amava i telefoni mi lasciava un biglietto così sintetico che non si capiva niente? E poi quando era passata da casa, se di solito non tornava mai prima di me?

Presi il mio cellulare dallo zaino e la chiamai. Tre volte mi rispose la segreteria telefonica. Che diavolo stava succedendo? Provai a chiamare Sarah, ma anche lì fui dirottato sulla segreteria.

Andai in bagno e poi in camera da letto per vedere se Mélanie avesse preso qualcosa che indicasse l'intenzione di dormire fuori, ma sembrava tutto al suo posto, blister della pillola compreso.

Mi preparai un'omelette che accompagnai con diverse verdure avanzate dalla sera prima e mi sedetti in balcone tra le mie piante, che ogni sera, a prescindere che ci fosse qualcuno a godersele o meno, regalavano al mondo i loro profumi meravigliosi.

Trascorsi un'ora a chiedermi se la sparizione della mia donna potesse avere a che fare con la nostra relazione. Ma negli ultimi giorni era stato tutto tranquillo: non trovavo nulla tra le cose che avevo detto e fatto che potesse averla indotta alla fuga. Nel mio intimo i dubbi continuavano però a tormentarmi: che fossero andate a dare di nuovo la caccia a MacLeod? No, Mél non era così scema.

In ogni caso speravo che rientrasse presto, perché volevo parlare con lei del dottorato, anche se sapevo già cosa mi avrebbe detto. Però non volevo nasconderle nulla questa volta. Il suo no avrebbe dato man forte al mio lato razionale e messo a tacere il mio lato passionale, che non voleva sentire ragioni.

Mi era chiaro che io non ero MacLeod e non sarei mai stato come lui. Per essere come lui, oltre al suo cervello potenziato, avrei dovuto avere il suo passato, ma per fortuna avevo avuto dei genitori pieni di amore e comprensione. E questi genitori, per quanto sostenessero la mia passione per la medicina legale, mi avrebbero sicuramente detto che era troppo presto per lanciarmi nell'avventura del dottorato. Esattamente come Mélanie, anche se le sue motivazioni sarebbero state sicuramente diverse.

Tornai in casa e tirai fuori la viola dal suo nido di raso verde e seta color vinaccia, che profumava di legno e pece. Dopo gli sbalzi di temperatura dovuti all'aria condizionata dei treni durante i miei spostamenti tra Zurigo e Berna, un pirolo si era completamente allentato e ci misi un po' per farle tenere l'intonazione. Tirai fuori dal coperchio della custodia gli spartiti dei pezzi che avremmo suonato al matrimonio di Eric e Sophia e studiai fino alle dieci, quando fui costretto a smettere per non trovarmi la polizia fuori dalla porta.

Mélanie non era ancora tornata. Provai di nuovo a chiamarla, ma di nuovo mi rispose la segreteria. Una leggera preoccupazione mi si stava insinuando nel petto. Mi stesi sul letto con una rivista medica che avevo prelevato dalla cucina dell'Istituto, dove qualcuno l'aveva abbandonata.

Alle undici e quaranta sentii la chiave girare nella toppa e schizzai in piedi.

«Dove diavolo sei stata?»

Mélanie tirò su col naso, non mi guardò neanche e andò direttamente in bagno.

«Perché avevi sempre il telefono spento? Mi sono preoccupato da morire!» Non le lasciai chiudere la porta del bagno.

«Posso fare la pipì in santa pace?»

«No. Cos'è successo? Cos'hai?» chiesi poi, notando il suo aspetto stravolto, gli occhi rossi, il pallore del viso.

«Sarah ha avuto una bambina. Sonja» disse, prendendo dal cassetto sotto il lavandino un assorbente. «Posso cambiarmi senza testimoni?»

Mi ritirai in salotto ad aspettarla. Come cavolo era che non avevo nemmeno considerato quella possibilità? Samuel era a Düsseldorf per lavoro, lo sapevo perché non poteva venire alla partita di unihockey che avevamo organizzato con altri amici per sabato pomeriggio. Ovvio che Sarah si era portata dietro Mélanie. Che brutta cosa non vedere nascere la propria figlia... Dovevo chiamarlo.

«Ma hai assistito al parto?» chiesi a Mélanie non appena ricomparve nel salotto.

«Sì.»

«Ed è andato tutto bene?»

«Mhm.»

Avevo assistito a un solo parto in vita mia, perché mio zio Kolja, ginecologo da quasi quarant'anni, era del parere che ogni medico dovesse sperimentare almeno un parto nella vita, e l'esperienza mi aveva sconvolto molto più di tutti i morti che avevo visto da allora. Avrei avuto un sacco di domande da fare a Mélanie, ma con tutta probabilità non avrebbe saputo rispondermi. Né volevo torturarla ulteriormente, già sembrava sul punto di crollare.

Sollevò il coperchio della padella per vedere cosa ci fosse da mangiare.

«Aspetta, te la scaldo io. Siediti. Vuoi qualcosa da bere?»

«Acqua.» Si sedette al ripiano e poggiò la testa sulle braccia.

Le misi davanti un bicchiere, che ignorò.

Le accarezzai i capelli. «Vuoi raccontarmi com'è stato?» le chiesi in un sussurro.

Sollevò la testa a fatica. «Tremendo.»

«Ma allora è andato storto qualcosa?» Avvicinai una sedia alla sua, ma non sapevo se volesse che la toccassi, quindi non la strinsi a me, bensì presi a giocherellare con uno dei miei evidenziatori che era rimasto lì da prima.

«No, tutti hanno detto che è andata benissimo, ma per me è stato tremendo. E anche per Sarah.»

«Dicono che poi si dimentichi.» Non sapevo come altro aiutarla. Ero un medico, non uno psicologo. E mi sentivo terribilmente in colpa: questo avrebbe dovuto essere un momento di gioia, invece era un incubo. Per lei e per me.

«Sì, forse se sei tu a partorire, lo dimentichi.»

Sospirai, immaginandomi di avere addosso un impermeabile e che quell'accusa velata stesse scivolando via senza lasciare traccia.

Mi alzai per controllare la padella. Avremmo mai risolto quel problema, se io non avessi ceduto?

CAPITOLO 44

L'indomani arrivai all'Istituto a pezzi. Mi accasciai sulla sedia davanti alla scrivania del mio capo per raccogliere i suoi ordini, tenendo tra le mani una tazza di caffè molto forte. MacLeod aveva le maniche della camicia beige arrotolate fin sopra il gomito per combattere il caldo. Non sembrava possedere camicie con le maniche corte. O forse era solo perché in Scozia non ne aveva avuto bisogno e qui non aveva ancora provveduto a comprarsene di adeguate alle temperature. Abbassai lo sguardo sulla mia t-shirt verde slavato. Forse avrei dovuto portare anch'io una camicia al lavoro, ma il solo pensiero mi soffocava e già quella mattina facevo fatica a respirare.

MacLeod mi squadrò con i suoi occhi azzurro intenso. Sospirò.

«Killian, hai dormito?»

«Non molto» dissi, cercando di strappare un filo che si era staccato dalla cucitura laterale dei miei jeans.

MacLeod si passò la mano sinistra sui baffi e sulla barba. La schiena mi si irrigidì in previsione di una delle sue solite ramanzine, ma disse solo: «Oggi abbiamo un caso facile». Prese in mano il dossier e lo lasciò cadere sulla scrivania, come se avesse appena deciso qualcosa dentro di sé e stesse sigillando la sua risoluzione con quel gesto.

Quando ebbe finito di spiegarmi cosa dovevamo fare, mi alzai per andare a preparare la sala autoptica come al solito.

Stavo per aprire la porta, quando MacLeod mi chiese: «E per il dottorato?»

Mi rigirai molto lentamente a fronteggiarlo. Avevo sperato che se ne fosse dimenticato, ma il mio capo non era uno che si dimenticava le cose, anzi, bastava vedere quanti vocaboli nuovi riusciva a memorizzare dopo averli sentiti una sola volta.

«Non ancora» risposi, fissando la sua bocca e non i suoi occhi per paura di rimanere pietrificato come chi guardava Medusa.

«Non hai ancora deciso l'argomento o con chi farlo?» Il suo tono aveva un che di minaccioso, come se mi stesse sfidando a dargli una risposta diversa dalle alternative che mi stava offrendo.

«Non lo faccio. Per ora.»

MacLeod sbatté il dossier sulla scrivania con così tanta forza che il cartoncino si piegò ad angolo retto dove incontrò il bordo del tavolo. Sentivo la potenza del suo sguardo ustionarmi la pelle e tenni gli occhi fissi sul plico tra le sue mani.

Calò il silenzio. Oltre la parete Huber stava ridendo con qualcuno nel corridoio, ma ridere era l'ultima cosa di cui avessi voglia. Incapace di rimanere ancora lì immobile, spostai il peso da una gamba all'altra.

Quando alzai lo sguardo, MacLeod mi stava fissando non con ira, bensì con un'espressione più simile al dolore. Aveva le labbra compresse e stava respirando profondamente, in modo misurato.

«Vai giù» mi ordinò con voce sorda.

Uscii dall'ufficio, portai la mia tazza in cucina senza esserne davvero consapevole e mi diressi verso le scale che usavamo solo noi due. Scesi la prima rampa, poi mi appoggiai contro il muro di cemento freddo e rovesciai la testa all'indietro. Chiusi gli occhi per non vedere il soffitto che si sfocava.

Lo avevo deluso. Avevo deluso il mio capo, che tanto volevo impressionare. Dopo tutta la fiducia che aveva riposto in me. Dopo che mi aveva spronato a tirare fuori tutto il mio potenziale, a diventare come lui.

Ma non avevo alternative.

Serrai la mascella e mi riavviai giù per le scale prima che arrivasse MacLeod. Dovevo semplicemente andare avanti e non pensare, non pensare, non pensare!

MacLeod non mi rivolse la parola tutta la mattina, non mi spiegò nulla, non mi guardò nemmeno una volta, mentre lavorava come se non ci fosse nessun altro nella stanza.

A più riprese mi sentii contrarre la gola, mentre mi chiedevo se quella fosse anche la fine della nostra strana amicizia. MacLeod mi aveva detto di non lasciare che Mélanie interferisse con il mio lavoro, ma una decisione come il dottorato non potevo prenderla senza pensare anche a lei. Vedendola in quelle condizioni per colpa mia, non avevo nemmeno trovato il coraggio di menzionare la cosa e avevo fatto l'unica scelta che potevo fare in quella situazione. Ora mi sembrava di aver lasciato cadere un macigno sul germoglio di un fiore che era appena spuntato dalla terra dopo il gelo dell'inverno e non vedevo alcuna possibilità di rimedio.

Forse era meglio che mi cercassi un nuovo posto di lavoro. Preferibilmente a Zurigo. Da qualche parte dovevo ancora avere il numero di Graf. Eventualmente avrei anche potuto sentire Carmichael.

Ci stavamo cambiando nello spogliatoio alla fine della mattinata, quando non riuscii più a reggere il silenzio opprimente che riempiva lo spazio tra noi. Era come se mi fosse crollata addosso un'intera piramide: l'ossigeno stava per finire e non trovavo più il cunicolo per uscire da quel labirinto. Non tolleravo di essere rigettato così. Avevo sempre temuto di deludere chi mi stava intorno e perdere l'affetto delle persone che stimavo. La mia intera vita era stata un tentativo di accontentare tutti, eppure l'unica cosa che vedevo intorno a me era delusione, rimprovero, distacco. Mi sedetti di peso sulla panca di metallo che scorreva sotto gli armadietti.

«*I'm sorry*» dissi, perché non sapevo come altro ricomporre quella frattura. Mi sentivo così inadeguato, incapace, inidoneo a svolgere il ruolo che avrei dovuto ricoprire sia a casa che al lavoro.

MacLeod continuò ad allacciarsi le scarpe. Quando ebbe finito, si raddrizzò sovrastandomi.

«Killian, nella vita ciascuno deve stabilire delle priorità. Tu in questo momento devi sistemare la tua vita privata, è chiaro. Quando avrai finito, fammelo sapere.»

Si voltò e uscì dallo spogliatoio.

Afferrai il bordo della panca con entrambe le mani, finché il sangue smise di circolare nelle dita e le nocche divennero bianche come il pavimento. Ci furono tre secondi in cui sentii solo i passi di MacLeod che si allontanavano lungo il corridoio. Cercai con tutte le mie forze di concentrarmi sul flusso d'aria che entrava e usciva dai miei polmoni, ma non servì a nulla. Mi alzai di scatto e tirai un pugno alla porta del mio armadietto con una violenza tale da ammaccare il metallo. Seguì un calcio alla panca, che si rovesciò a terra con un fracasso che rimbombò lungo tutto il corridoio.

MacLeod rientrò di corsa. Mi afferrò da dietro e mi strinse in una morsa di acciaio. Non riuscivo a muovere né il busto né le braccia per quanto cercassi di divincolarmi. Gli sferrai un calcio sulla tibia, ma avvolse la sua gamba intorno alla mia, impedendomi di continuare. Se avessi provato a dargli un calcio con l'altra gamba, avrei perso il contatto con il pavimento.

«Killian! Calmati!»

Comparve sulla porta Huber, i guanti insanguinati levati in aria e lo sguardo esterrefatto.

«Ma cosa sta succedendo?» chiese.

«Lo lasci a me» gli disse MacLeod. Huber farfugliò qualcosa su dove MacLeod poteva trovarlo se ne avesse avuto bisogno, come se non lo sapesse, e si ritirò.

Provai a liberarmi ancora un paio di volte, non tollerando il contatto con il corpo di MacLeod, ma lui non allentava la presa. Era come una camicia di forza. A un certo punto capii che, se volevo che mi mollasse, dovevo smetterla di oppormi o saremmo rimasti così fino a sera. Evidentemente non era la prima volta che immobilizzava qualcuno e, considerata la sua mole, non avevo alcuna chance di liberarmi da solo.

Quando mi lasciò andare, mi allontanai subito da lui come da un fuoco che mi aveva appena ustionato. Rialzai la panca e la sistemai alla perfezione sotto gli armadietti con gesti misurati, ignorando il dolore che dal polso si stava irradiando lungo il braccio fino alla spalla.

«Killian...»

«Chiedo scusa, Professore» dissi respirando a fatica e uscii dallo spogliatoio con la sensazione che le braccia di MacLeod mi stessero ancora stringendo come le spire di un boa constrictor.

CAPITOLO 45

Lunedì mattina entrai nel mio ufficio e accesi il computer come di consueto. Riuscii a digitare correttamente la password solo al terzo tentativo. Quando aprii la casella di posta elettronica, desiderai aver sbagliato la password così tante volte da aver bloccato il computer.

Tra le mail c'era un invito marcato in rosso per una riunione nell'ufficio di Senn alle sette e quarantacinque. Il briefing quotidiano era stato spostato alle nove e trenta.

La porta di MacLeod era chiusa, quella di Huber pure, quindi trascorsi la mezz'ora che mancava all'appuntamento annaffiando le piante di melissa che prosperavano sulla loro mensola, facendomi un caffè in cucina e riordinando le carte che ingombravano la mia scrivania – tutto molto lentamente, concentrandomi su ogni gesto.

Mi avrebbero licenziato in tronco o mi avrebbero concesso un'altra settimana, giusto perché potessi provare un turno di reperibilità?

Quando fu ora, salii all'ultimo piano, dove si trovava l'ufficio di Senn. Bussai ed entrai.

La stanza era ancora più ampia di quella di MacLeod, ma i mobili erano esattamente gli stessi. Su una delle pareti era appesa una foto della cerimonia di posa della prima pietra dell'edificio in cui ci trovavamo: mostrava Senn con un mattone in mano, Huber e vari altri medici, il sindaco di Berna e il rettore dell'Università. Due pareti della stanza erano di vetro e la vista spaziava su mezza capitale.

Nell'ufficio c'era meno gente di quella che mi aspettassi: solo Senn, Huber e MacLeod, il quale, alla mia vista, si lasciò sfuggire un *"Holy shit!"* che sentirono tutti, nonostante lo avesse detto pianissimo.

Nessuno rispose al mio saluto, perché tutti stavano fissando il mio braccio destro ingessato fino al bicipite, rivestimento di garza verde e bacio rosso di Mélanie compresi.

Rimasi in piedi davanti alla porta, sicuro che non ci avrebbero messo più di due minuti a dirmi che potevo raccattare le mie cose e levare il disturbo.

«Ma si sieda, Doktor Altavilla, la prego!» disse Senn, facendo un mezzo movimento come se volesse alzarsi. Huber scostò la sua sedia più a destra, così che potessi passargli accanto e sedermi tra lui e MacLeod, di fronte a Senn.

«Che cosa si è fatto?» chiese Senn.

«Rotto il braccio.»

«Sì, quello lo vedo. Intendo che ossa si è rotto?» disse, indicando con la mano il mio gesso.

«Ulna e metacarpale. Pisiforme e unciforme scheggiati.»

Huber aspirò l'aria tra i denti. MacLeod si voltò dall'altra parte e parve trovare particolarmente interessante l'angolo tra parete e soffitto.

«Durante il weekend?» Senn lo disse quasi come se ci sperasse. «No, venerdì. Qui al lavoro. Ho... ho perso il controllo. Mi dispiace.»

«Bene» disse Senn. «Cioè, no, bene proprio per niente, ma adesso vediamo di ristabilire un po' d'ordine. Dunque, se ho capito bene, le cose sono andate così.» In pochi minuti, seguendo degli appunti su un foglio davanti a lui, fece il riassunto sia del giovedì in cui avevamo fatto la controperizia sia del venerdì, enumerando tutti i fatti, senza però muovere alcuna critica o accusa, da bravo capo supremo chiamato a dirimere una controversia tra i suoi sudditi.

Quando mi chiese se avessi qualcosa da aggiungere, dissi di no e gli confermai che le cose si erano svolte come aveva detto lui. Nemmeno MacLeod e Huber ebbero nulla da obiettare. Sarei stato curioso di sapere chi dei due si era rivolto a Senn. Forse Huber, che non tollerava comportamenti poco professionali, o forse MacLeod, per disfarsi una volta per tutte di me. Forse tutti e due insieme, visto che da antagonisti si erano in qualche modo trasformati in alleati.

«Doktor Altavilla, ora vorrei che lei mi spiegasse come ha vissuto personalmente gli eventi di cui abbiamo appena parlato.»

Cosa cambiava? Ero spacciato in ogni caso: non c'era alcun modo in cui un assistente merdoso come me potesse difendersi di fronte a due luminari come quelli che mi stavano seduti accanto. E poi cosa potevo dire a mia discolpa? Ero io che avevo perso il controllo, nessun altro. Ero io che avevo tirato un pugno all'armadietto con così tanta violenza da fratturarmi due ossa e scheggiarne altre due. Ero io che non ero riuscito a difendermi senza dare i numeri.

Inspirai profondamente, poi dissi: «Giovedì mi sono sentito ingannato, perché mi ero impegnato al massimo durante l'autopsia e il mio sforzo è stato usato contro di me per farmi capire che non stavo dando abbastanza e che avrei dovuto fare anche il dottorato.

Venerdì ho dovuto fare una scelta che non era tale, perché non avevo alcuna opzione: ho anche una vita privata di cui devo tenere conto e non posso sempre fare tutto quello che sul piano ipotetico potrei invece fare. Non era mia intenzione reagire così, ma non sono riuscito a controllarmi. Chiedo scusa.»

Era solo metà della verità, ma non potevo certo stare lì a spiegare loro che deludere qualcuno era una cosa che non tolleravo perché mi faceva sentire una nullità.

«No, no, lei non si deve scusare! Sono il Professor MacLeod e il Professor Huber che desiderano porgerle le loro scuse. Per questo siamo tutti qui.»

Guardai MacLeod con la coda dell'occhio sinistro, poi Huber con la coda dell'occhio destro, tenendo la testa immobile rivolta verso Senn. Infine fissai il gesso che mi avrebbe tenuto compagnia per le prossime settimane.

«*Ah'm sorry, Killian.* Non avrei dovuto metterti così sotto pressione.»

Guardai MacLeod in faccia per la prima volta quella mattina: era pallidissimo, gli occhi erano infossati e contornati da ombre scure, sembravano addirittura di un azzurro meno brillante del solito. Pareva stare male quanto me, con la differenza che lui probabilmente non era intontito dagli analgesici. Che diavolo gli era successo durante il fine settimana? Non lo avevo mai visto così.

«*It's ok*» gli dissi e lo intendevo davvero. Speravo che lo capisse. Se non mi buttavano fuori, andava bene tutto, perché io, dopo aver toccato con mano cosa volesse dire essere un medico legale, a Zurigo da Graf non ci volevo tornare e nemmeno da Carmichael, visto che MacLeod per qualche motivo non lo stimava.

«Deve scusare anche me» disse Huber. «Non ho capito quanto forte fosse l'opposizione dall'altra parte. E dire che lei ci aveva pure avvertiti... Quanto deve tenere il gesso? Cinque settimane?»

«Sì.»

MacLeod si passò una mano tra i capelli, sconvolgendo il loro abituale ordine.

«Cercherò di fare quello che posso» dissi per rassicurarlo.

«Con la sinistra?» chiese lui sconsolato.

«Così sarà più facile imparare le tecniche che mi fa vedere.»

Un sorriso amaro gli distese le labbra.

«Desidero che una cosa sia chiara, però» disse Senn, «non intendo tollerare oltre questo tipo di comportamento – da nessuno dei tre. Quindi vedete di chiarirvi una volta per tutte e di concentrarvi sul vostro lavoro.» Guardando MacLeod e Huber aggiunse poi: «Il dottor Altavilla è qui per assistere il Professor MacLeod e diventare medico legale. Se e quando deciderà di fare un dottorato di ricerca, ce lo comunicherà ufficialmente e vedremo come muoverci.» Poi guardò me. «Questo incidente sarà riportato nella sua valutazione al termine del periodo di prova. Se rimarrà l'unico episodio – e spero vivamente che lo rimarrà –, non ne terremo conto.» Feci un breve cenno di assenso con la testa. «E se dovesse esserci qualsiasi tipo di screzio tra voi, desidero esserne informato immediatamente, prima di arrivare a estremi del genere. Sono stato chiaro?»

Tutti e tre annuimmo come bravi scolari e tornammo nei nostri uffici in silenzio.

MacLeod si fermò davanti alla mia porta.

«Posso entrare?»

Gli feci cenno, con la mano sinistra, di accomodarsi.

Chiuse la porta dietro di sé.

«Mi dispiace così tanto, Killian, non ne hai idea.»

«Non è mica colpa tua. Ho fatto tutto da solo.»

«Ti ho spinto io.»

Alzai le spalle. «Passerà. È solo una gran rottura di scatole, perché sono lentissimo a fare tutto. Scusami tu per il calcio invece.»

«Ma figurati! Ho sperimentato ben di peggio nella mia vita, ti assicuro.» Doveva per forza, per imparare a bloccare una persona così.

Mi porse la mano sinistra. La afferrai con la mia. Era strano stringersi la mano così. Capitava a volte che, mentre lavoravamo su un cadavere, MacLeod mi prendesse la mano per guidare i miei movimenti e insegnarmi esattamente come effettuare una sezione, ma le nostre epidermidi non entravano mai in contatto perché in sala autopsie indossavamo sempre guanti di lattice. Toccare direttamente la sua pelle era una sensazione strana: il calore che emanava mi faceva sentire meglio, ma allo stesso tempo era come se non bastasse. L'incidente che stavamo cercando di superare aveva rotto il vecchio equilibrio e questo mi impediva di rilassarmi, perché non sapevo che forma avrebbe preso il nostro rapporto d'ora in avanti.

Indicò il mio braccio col mento, senza lasciar andare la presa. «Ti fa male?»

«Parecchio. Soprattutto la notte. Per fortuna esistono gli analgesici.»

«Posso fare qualcosa per te? Non vuoi andare a casa?»

«No. Dammi solo qualcosa da fare, così evito di pensare.»

Guardò l'orologio al suo polso, evidentemente calcolando quanto tempo avevamo fino al briefing. «Vieni con me.» Si voltò e uscì dalla stanza.

CAPITOLO 46

MacLeod mi portò fino al piano sotto le sale autoptiche, quasi al livello della ferrovia, dove non ero mai stato prima. Aprì una porta chiusa a chiave e mi fece entrare in una stanza priva di finestre, la cui parete di fondo era tappezzata di schermi. Al centro c'era una specie di consolle. Sulle pareti laterali erano accatastati i computer che dovevano costituire il server dell'Istituto.

MacLeod si chinò e aprì un armadietto chiuso a chiave, dal quale estrasse un laptop, che collegò alla consolle e agli schermi. Ero sicuro che fosse lo stesso che avevo visto quel giorno in giardino a casa sua. Si fermò col dito sul tasto di accensione.

«Tu lo sai tenere un segreto, vero Killian?»

«Sì, decisamente.»

«Quello che vedrai in questa stanza, deve rimanere in questa stanza. Chiaro?»

«Chiarissimo.»

Dopo avermi lanciato un'ultima, penetrante occhiata, accese il laptop e avviò un programma.

Le maschere erano grigie e rudimentali, ma non mi lasciai trarre in inganno dall'aspetto poco lusinghiero dell'interfaccia. Alcuni dei pulsanti avevano delle sigle molto interessanti, sigle che per una volta capivo.

«*Richt*, noi la scorsa settimana abbiamo fatto quella controperizia con Huber, giusto?»

Come dimenticarla? Annuii.

«Ci abbiamo perso tutta la mattina. Sì o no?»

«Sì.»

«Adesso la facciamo fare all'amico mio qui, che non ha ancora un nome, ma sa già lavorare abbastanza bene, e ti faccio vedere quanto tempo potevamo risparmiare per ottenere lo stesso identico risultato.»

Immagini su immagini cominciarono a scorrere sugli schermi, mentre il programma analizzava i dati che avevamo ottenuto dalla scansione fatta col Virtobot prima che cominciassimo l'autopsia.

«Vedi, i dati che noi raccogliamo ogni giorno sono utili, sì, ma così come sono non possiamo sfruttare appieno il loro potenziale, nemmeno con tutti i software di analisi che abbiamo a disposizione qui. Avevo lo stesso problema a Glasgow. Allora, siccome non ho molto da fare nella vita a parte il mio lavoro, un giorno mi sono messo a giocare con il computer: volevo trovare un modo per ottenere il massimo dai dati che avevo, avvalendomi anche delle soluzioni raggiunte da altri. E alla fine, prova di qua e prova di là, ho sviluppato questo software.»

Mi tornò alla mente quello che mi aveva detto durante la nostra prima telefonata a proposito di progetti che voleva portare a termine: le sue parole acquistavano ora un significato tutto nuovo.

«Ma come funziona esattamente?»

«È una specie di centrifuga delle banche dati di vari istituti di medicina legale in tutto il mondo. L'unica cosa che dobbiamo fare è decidere quali delle risposte che ci presenta sono plausibili per noi e poi andare a cercare conferma mirata nel cadavere. In questo modo possiamo limitare il nostro lavoro al minimo indispensabile ed essere super veloci ed efficienti. Con queste funzioni qui si possono selezionare o escludere determinati parametri, così da targettizzare ulteriormente la selezione. Finora nessun software è mai riuscito a incrociare così tante banche dati. Però più sono e più capacità di calcolo serve. Per questo lavoro direttamente sul server dell'Istituto.»

Guardai MacLeod, poi gli schermi, poi di nuovo MacLeod: allora era vero che riusciva a dire com'era morta una persona senza nemmeno avvicinarsi al cadavere ed ecco come faceva! Era un genio, era semplicemente un genio!

«Nella versione operativa ci sarà anche una componente di intelligenza artificiale, ma prima di attivarla devo assicurarmi che i dati da immettere come riferimento siano corretti, altrimenti l'IA comincerebbe a sparare risultati sbagliati e sarebbe un disastro. Quella parte lì la sta però sviluppando un esperto negli Stati Uniti. Comunque funziona anche così. Se ora siamo fortunati, nell'arco di una decina di minuti avremo un referto completo. Una di quelle cose che Huber odia, ma che costituiscono il futuro della medicina legale, che gli piaccia o meno.»

Le mani mi si diressero alla testa nonostante il gesso, mentre tentavo con tutto me stesso di non starmene lì a bocca aperta come un ebete.

«Poi ti spiego in dettaglio come funziona dal punto di vista informatico, così capisci bene. Appena avrò finito il controllo della banca dati di riferimento, passerò al collaudo vero e proprio, poi lo brevetterò e lo lancerò sul mercato, ma mi manca ancora un bel po' di lavoro. Per il momento funziona solo per le virtopsie, però non escludo che un giorno, con i dovuti aggiustamenti, possa essere usato anche per i vivi.»

«Ma è un lavoro pazzesco!»

MacLeod alzò le spalle. «È il progetto di una vita, che è nato dalla mia frustrazione dopo che sono tornato a casa incavolato nero perché avevo trascorso metà della notte assieme a un cadavere per dimostrare qualcosa che avevo intuito fin da subito, ma che nessuno strumento a mia disposizione mi confermava – e la persona che avrebbe dovuto essere lì ad aspettarmi non c'era più...» Cliccò su un paio di bottoni, calibrando ulteriormente la ricerca. «Noi l'altro giorno siamo andati a tentoni e abbiamo sprecato un sacco di tempo e massacrato quel povero cadavere – cioè voi l'avete massacrato. Con questo software non ce ne sarà più bisogno. *Sorry*, Huber.»

«È incredibile!» Scossi la testa, mentre mi passavo la mano sinistra sugli occhi, temendo che fosse solo uno scherzo della mia immaginazione. Eppure, quando li riaprii, era tutto ancora lì: computer, schermi, immagini, MacLeod. «Ma, a parte la componente IA, il resto l'hai programmato tu da solo?»

MacLeod annuì lentamente, con un sorriso che faceva appena capolino sotto i baffi.

«Non dirmi che hai anche una laurea in informatica.»

«No, ma ho studiato moltissimo e conosco un paio di programmatori che mi danno gentilmente una mano qui e lì quando mi blocco. È una sfida enorme, ma io amo le sfide e il fatto che mi serva per fare meglio il mio lavoro è un incentivo ad andare avanti. Però, davvero, non ne devi parlare con nessuno nel nostro ambiente e preferibilmente nemmeno fuori, perché qualcuno potrebbe impossessarsi della mia idea e brevettare qualcosa di simile prima di me e *non voglio*. Va bene?»

«Ma ci mancherebbe! Puoi stare tranquillo: non dirò assolutamente niente a nessuno.» Avrei voluto inginocchiarmi davanti a lui. Nora ed Eric, e pure Huber, meritavano un monumento per aver fatto incrociare i nostri destini.

«Qui dentro lo sanno solo quelli della direzione, ma non parlarne nemmeno con loro, è meglio. Non so se sarebbero contenti di sapere che tu sei al corrente di tutto. Vedi, il mio contratto prevede, tra le altre cose, che io completi questo programma e lo commercializzi quanto prima, conferendo una percentuale degli introiti all'Istituto. In cambio, loro mi mettono a disposizione la materia prima, la strumentazione all'avanguardia che abbiamo la fortuna di avere qui, il server e quante più banche dati possibile, incluse quelle dell'Inselspital, di Ginevra, Basilea e Zurigo. Ora sono in trattative con Losanna, oltre che con altri istituti in giro per il mondo. Capisci che, se qualcuno dovesse soffiarmi l'idea sarebbe un bel disastro per tutti.»

Ecco perché era venuto in Svizzera! «Chiaro.»

Un fiume di adrenalina invase il mio corpo. Quel software, già così com'era, costituiva un passo da gigante in direzione di quelle nuove metodologie di lavoro di cui tutti parlavano nel nostro settore, ma di cui nessuno aveva ancora fornito esempi concreti. MacLeod ce l'aveva fatta prima di tutti gli altri! Quell'uomo stava per rivoluzionare il nostro mondo e mi stava dando la possibilità di assistere mentre lo faceva. Voleva dire che si fidava di me. Nonostante tutto.

Mi stava girando la testa. Non capivo, però, se fosse dovuto all'euforia o ai farmaci che avevo tranguggiato in abbondanza appena sveglio per non sentire il dolore al braccio.

CAPITOLO 47

Puntai verso il ristorantino libanese che si trovava al piano terra di un palazzo in stile liberty nella Länggasse. Le torrette, i balconi con ringhiere in ferro battuto e le colonne rosa pallido all'esterno contrastavano con l'ambiente spoglio all'interno. La saletta era invasa dall'odore di spezie e pietanze orientali, umidità di lunga data, legno stagionato e carta di giornale.

Il locale era gremito di studenti dall'abbigliamento trasandato come il mio e i capelli lunghi acconciati nelle pettinature più disparate, a prescindere che si trattasse di uomini o donne. Un po' li invidiavo, perché dovevano solo pensare a fare esami senza la responsabilità di un lavoro, ma ero anche contento di essermi lasciato quegli anni alle spalle.

Individuai subito mia madre, non solo perché era la donna più matura lì dentro, ma anche perché era quella con l'aria più intellettuale e bohémienne di tutti, con la treccia castano-argentata che le scendeva lungo il petto, gli orecchini di madreperla e gli occhiali dalla montatura rosso vinaccia, che le servivano per leggere il menu, ma la rendevano terribilmente sexy perfino ai miei occhi.

La baciai sulla guancia, incastrai lo zaino nell'angolo tra il nostro tavolo e il finestrone che dava sulla strada e mi sedetti di fronte a lei.

Si tolse gli occhiali e mi passò in rassegna con la fronte corrugata, quasi stesse controllando che avessi ancora tutti gli organi al loro posto. Poi si soffermò sul mio braccio verde.

«*Darling*» disse, tirando un sospiro che avrebbe sollevato il coperchio di un sarcofago.

«Mamma, sto bene, non ti preoccupare.»

«Quanti antidolorifici hai preso?»

«Tre pastiglie, non sento niente.»

«È troppo, vero?» chiese lei, alzando lo sguardo su qualcuno alle mie spalle.

«Sì» disse mio padre, sedendosi al suo fianco. La baciò e poi si rivolse a me: «Si può sapere come hai fatto?»

«Ho tirato un pugno a un armadietto per non tirarlo a MacLeod. O a Huber.» Guardai fuori dalla finestra, dove un gatto stava chiedendo l'elemosina a due ragazze sedute a un tavolino.

«A Huber lo potevi anche tirare» borbottò mio padre e si beccò una gomitata nelle costole.

«Ma perché sei così?» mi chiese mia madre.

«Così come? È stato MacLeod a provocarmi.»

«Killian» intervenne mio padre, «MacLeod è il tuo capo e quello è il tuo posto di lavoro. Non stai giocando a hockey, non puoi comportarti così, per quanto MacLeod ti faccia innervosire.»

«Sentite, se dovete farmi il processo, allora me ne vado a mangiare altrove. E, giusto perché capiate che non è stata tutta colpa mia, stamattina MacLeod mi ha pure chiesto scusa, e anche Huber, davanti a Senn, perché si sono resi conto che avevano oltrepassato il limite, ok?»

«Ma cos'hanno fatto?» chiese mia madre.

«Volevano che facessi il dottorato insieme alla specializzazione.» I miei si fissarono increduli.

«I medici legali sono tutti spanati, l'ho sempre detto io» disse mio padre e fece cenno alla cameriera che venisse a prendere le ordinazioni.

Quando la ragazza si fu allontanata, mia madre riattaccò: «Ma perché non ti metti in malattia per qualche giorno? Che senso ha andare in giro come uno zombie, imbottito di antidolorifici?»

«Non esiste. Ho il turno di reperibilità questa settimana, è la prima volta e non me lo perdo. Magari succede qualcosa di interessante. Pure MacLeod prima voleva che andassi a casa, ma non se ne parla proprio. Tra l'altro, stamattina mi ha fatto vedere il suo progetto segreto!» sussurrai. «Sicuramente per pulirsi la coscienza, ma intanto io adesso so a cosa sta lavorando!» Non riuscii a trattenere un sorriso al ricordo di quella meraviglia informatica.

Mio padre si voltò verso mia madre. «Spa-na-ti.» Poi si concentrò di nuovo su di me: «E cosa sarebbe questo progetto segreto?» Sussurrò le ultime due parole come avevo fatto io, ma con un'espressione che indicava chiaramente che mi stava prendendo in giro.

«È un *segreto*, non te lo posso dire. Ma è strepitoso, credimi. Forse potrebbe addirittura essere utile anche a voi al Lichtstrahl, una volta che lo avrà adattato per i vivi. Ci sta ancora lavorando, però.»

«Beh, fammi sapere quando avrà finito. Se è qualcosa che ci può aiutare, soprattutto coi bambini, allora potremmo davvero essere interessati.»

«Aspetta e vedrai.»

«Hai detto cinque settimane col gesso?» chiese mia madre, richiamando la nostra brevissima telefonata del sabato prima, in cui le avevo comunicato che mi ero rotto il polso in seguito a un incidente e mi ero rifiutato di aggiungere altro, se non che la moto non c'entrava niente, visto che sembrava convinta del contrario.

«Sì. Ma magari lo posso togliere anche dopo quattro. Dipende da quanto velocemente si rimargina.»

«Ma è solo l'ulna?» chiese mio padre.

«Ulna e metacarpale con frattura scomposta multipla, pisiforme e uncinato incrinati.»

Mio padre si massaggiò i bulbi oculari con il pollice e l'indice e scosse la testa. «Ma quanto forte l'hai tirato sto pugno?»

«Non potrai nemmeno suonare al matrimonio» si inserì mia madre, i cui pensieri stavano evidentemente andando in tutt'altra direzione.

«No, lo so. Ed è la cosa che più mi fa incazzare.»

Mia madre voltò la testa verso la finestra, ma non aggiunse altro. Le sue labbra compresse dicevano già abbastanza. Ero l'unico a suonare la viola in famiglia e, sebbene fossi oggetto di barzellette e frecciatine come tutti i violisti, se mancavo si sentiva.

Mio padre invece disse: «Vedi di non fracassarti anche l'altro polso adesso, solo perché le cose non stanno andando come vuoi tu».

«Ma quindi devi dormire qui a Berna questa settimana?» chiese ancora mia madre, quasi volesse cambiare argomento.

«Sì, sto da Tim.» Non ero per niente sicuro che mi volesse tra i piedi e avevo detto a Mélanie che sarei stato dai miei, ma in quell'istante mi era diventato chiaro che a casa loro sarei stato continuamente sotto sorveglianza e avevo bisogno della mia libertà.

«No. Tu vieni a casa» sentenziò mia madre.

«Credo di essere abbastanza grande per decidere liberamente dove cazzo dormire.»

«Smettila con questo linguaggio! Sei mio figlio, sei tutto rotto e adesso vieni a casa dove ti posso tenere d'occhio, perché sarai anche adulto anagraficamente, ma di testa sei peggio di un bambino di sette anni.»

Come non detto. «No. È un secolo che non sto con Tim e stasera ci facciamo allegramente i cazzi nostri, visto che è il suo giorno libero.» Non avevo idea se Tim fosse d'accordo con questo piano, ma io volevo comunque un resoconto dettagliato della notte tra sabato e domenica che, a quanto pareva, era riuscito a trascorrere in artistica compagnia. In più avevo bisogno di sfogarmi con qualcuno che mi capisse e non mi giudicasse. Speravo solo che non avesse altri programmi.

«Dì un'altra volta una parolaccia e ti trascino in bagno a lavarti la bocca con il sapone.»

Il braccio di mio padre si poggiò sulle spalle di mia madre. «Killian, stasera vai da Tim, ma da domani dormi a casa per il resto della settimana.»

CAPITOLO 48

Salii gli scalini d'ingresso del palazzo di inizio Novecento in cui viveva Tim e suonai il campanello. Non rispose nessuno, ma Tim mi aveva assicurato che sarebbe tornato per cena, per cui mi sedetti su un gradino ad aspettarlo.

Davanti a me le case della città vecchia, che avevo appena lasciato sull'altra sponda dell'Aar, erano addossate le une alle altre quasi a farsi forza a vicenda. A vegliare su di loro c'erano il campanile appuntito della cattedrale, quello più piccolo della chiesa francese e le cupole del Palazzo Federale, le cui rifiniture dorate sfavillavano colpite dagli ultimi raggi del sole calante.

Dopo una mezzoretta, durante la quale rischiai di addormentarmi due volte mentre la mia fantasia viaggiava per le steppe dell'Asia sulle note di Kalinnikov, vidi in lontananza una figura solitaria che attraversava il ponte della Nydegg. L'andatura decisa e la postura eretta di chi non teme la vita mi rivelarono subito che si trattava di Tim. Girò intorno alla Fossa degli orsi, ormai inutilizzata, essendo i suoi abitanti stati trasferiti nel parco sulle sponde del fiume, e sparì dalla mia vista. Cinque minuti dopo ricomparve in fondo alla via.

«Scusami, ho incontrato Johannes in centro e mi sono fermato un attimo a parlare con lui» disse quando mi individuò.

«Sta bene?»

«Solito. Non ha ancora trovato una donna degna di entrare nel suo regno.»

Salimmo fino all'ultimo piano, dove Tim viveva in un appartamento a due livelli, con una galleria superiore che si affacciava sul salotto. Le lame delle due spade appese a X su uno dei muri sfavillarono quando Tim accese la lampada di pergamena collocata in un angolo.

«E tu? Emily l'hai invitata a entrare nella tua alcova?»

«Sicuro! Non ho mica le paranoie di Jo, io.»

Rifiutai l'offerta di un bicchiere di vino, preferendo del succo d'arancia per via dei farmaci che stavo prendendo, e mi stesi sul morbido divano di alcantara color palissandro. Il polso mi pulsava, ma ero troppo curioso di sapere cos'era successo tra Tim ed Emily per lasciarmi distrarre dal dolore. «E?»

«E cosa?»

«Emily.»

«Hai fame?»

«Bella mossa. Sì, ho fame, ma prima mi racconti tutto. Non credere di cavartela così. Avanti, siediti e racconta.»

Tim si accomodò su una delle poltrone e incrociò le caviglie sul tavolino che ci separava. Ma anziché rispondermi, si gustò il vino in tutta calma. Una volta soddisfatto, disse: «Ci siamo scambiati un paio di messaggi dopo che avevi recuperato il suo numero–»

«Non l'hai chiamata?»

«No, volevo conoscerla meglio di persona, non al telefono, per cui le ho chiesto di avvisarmi quando sarebbe venuta a Berna, cosa che ha fatto.»

«Tu dovevi davvero nascere nel Medioevo.»

«Perché? Odio non poter vedere in faccia la gente quando le parlo, soprattutto quando la posta in gioco è alta. La vuoi sentire 'sta storia, sì o no?» Si sfilò il portafoglio dalla tasca dei jeans e lo lasciò cadere sul tavolino.

Annuii.

«Allora stai zitto. Quando è arrivata all'Incrocio... era bellissima. Più bella ancora del solito. Per un attimo ho pensato di abbandonare tutto e fuggire con lei... Però non potevo, quindi le ho chiesto di aspettarmi e per una volta l'ho trovata lì quando ho finito di lavorare. Ci siamo messi a parlare e si è fatto tardi e non volevo che viaggiasse da sola in treno a mezzanotte. Poi Basilea sai com'è di notte nel weekend. Così le ho detto che aveva due opzioni: o la portavo in moto oppure veniva da me.»

«Che cavaliere!»

«Taci e impara.» Prese un altro sorso di vino. «Ha deciso di venire qui, nonostante non avesse niente per la notte. E non l'avevo ancora nemmeno baciata. Penso di non essere mai riuscito a trattenermi così a lungo. Sono arrivato al ponte, poi non ce l'ho più fatta.» Sghignazzò e si passò una mano sulla nuca.

«E immagino che tu non le abbia detto che qui hai tutto quello che occorre a una donna perché non è certo la prima volta che ti porti a casa qualcuno così spontaneamente.»

«Ovvio che no. Comunque è stata benissimo, tanto che ieri a Basilea non ci voleva tornare e ancora meno in Inghilterra.»

«E tu?»

«Io cosa?»

Mi misi di nuovo a sedere per poter bere. «Sei stato bene?

Perché finora non mi hai rivelato nemmeno un dettaglio piccante e non è da te.»

Abbassò lo sguardo con un mezzo sorriso: sembrava un quindicenne alla prima cotta.

«Ti sei preso proprio una bella batosta!»

«Mi piace, ok? Mi piace un casino. E non solo fisicamente. Mi piace tutto di lei.»

«Te la sei scopata almeno? O sei stato lì a idolatrarla tutta la notte?»

«Le donne come Emily non vanno scopate, Ki, vanno amate.»

«Oh, mioddio...!» Roteai gli occhi. Era incredibile come Tim riuscisse a vivere su due binari diversi: c'erano le donne a cui permetteva di entrare e uscire dalla sua vita senza che lasciassero alcuna traccia e c'erano quelle a cui consentiva di capovolgere la sua esistenza. Erano davvero poche, ma quando le incontrava non capiva più niente. Le accoglieva nel suo castello e si poneva al loro servizio. Avrebbe combattuto crociate per loro. In ventisette anni che lo conoscevo non avevo però ancora capito cosa fosse a far scattare quel meccanismo. Cosa distingueva queste principesse dalle altre donne? Lo sapeva solo lui. Mi distesi di nuovo e mi sistemai un cuscino sotto la testa.

«Stai diventando sempre più cinico con le donne, Ki. Sembri Alex. E vuoi che ti dica perché?»

Fissai le travi del soffitto sopra di me senza dire nulla.

«Perché tu la donna che hai non la ami. Ti ostini a far funzionare una relazione che non funziona per non so quale cavolo di motivo.»

«Invece funziona! È solo che non è un periodo facile: abbiamo tutti e due un lavoro di responsabilità e siamo stanchi e stressati. E il fatto del parto di Sarah non ha certo aiutato, perché lo sai che Mél ha 'sta fissa della famiglia. Però questo non è certo il momento giusto. Né per me, né per lei. È facile per te portarti a letto chi vuoi senza alcun impegno. Se vivi insieme a una persona, le cose sono ben diverse: sei sempre a contatto e devi gestire un sacco di cose contemporaneamente, cercando di tenere conto di tutto. Devi confrontarti su ogni minima scelta, discuterne, trovare una soluzione condivisa...»

«Mhm... E tu hai raccontato a Mélanie perché ti sei rotto il polso, vero? Perché voi parlate di tutto e condividete tutto, giusto?»

Erano domande retoriche, non richiedevano una risposta.

«Chissà come mai venerdì sera hai telefonato a me dal pronto soccorso e sabato mattina siamo stati due ore al telefono a rielaborare quello che era successo.»

«Perché non te ne vai un po' a fanculo?» Gli tirai un cuscino, ma lo evitò senza far uscire nemmeno una goccia di vino dal bicchiere, perché con la sinistra non riuscivo proprio a mirare.

«Non le hai detto niente del dottorato, vero?» continuò.

«No, va bene? Perché non volevo tirare su un altro casino. Era distrutta dopo il parto di Sarah.»

«E come le hai spiegato che ti sei rotto il polso?»

«Sono scivolato sulle scale in stazione mentre correvo per non perdere il treno.» Tim alzò gli occhi al soffitto e scosse la testa. «Ero scivolato anche lo scorso inverno, ti ricordi? All'Ospedale di Zurigo. Succede che io scivoli.»

«Quando giochiamo a hockey non scivoli mai, però.»

«No, perché ho i pattini.»

«Ah. E dimmi un po': come intendi andare avanti con Mél, considerando che non condividi con lei nulla di quello che succede nella tua vita?»

«Non è che non condivido *nulla*. Solo le cose che riguardano il lavoro, perché o non le capisce o finiamo per litigare. E continueremo come abbiamo fatto finora. Ci sono coppie che si fanno le

loro vite separate e poi alla sera si ritrovano per fare altro insieme.»
Tim strinse le labbra e annuì lentamente. «Comunque non capisco perché adesso stiamo parlando di Mélanie quando stavamo parlando di Emily» aggiunsi.

«Perché quello coi problemi di coppia sei tu, non io. Io ho passato una bellissima notte super romantica a fare l'amore, non scopare, *fare l'amore* al lume di candela con una donna che mi fa perdere la testa. Tu quand'è stata l'ultima volta che hai completamente perso il contatto con la realtà con una donna? Quand'è che hai fatto l'amore l'ultima volta, Ki?»

«Mélanie non è una romantica. È una donna pratica.»

Tim emise una risatina in cui mi parve di sentire una punta di scherno. «Ah, tutto chiaro. Io in ogni caso preferisco quelle che ti fanno perfino dimenticare come ti chiami, ma è questione di gusti personali.»

«Ecco, appunto, allora fatti un po' i cazzi tuoi.»

Allargò le braccia e chinò il capo in segno di resa. «Cosa vuoi mangiare?»

«Quello che c'è.» Sospirai e chiusi gli occhi. Gli volevo un mare di bene, ma a volte rompeva davvero troppo. Eravamo sempre stati diversi e lo saremmo sempre stati, anche con le donne.

«Bene, allora vediamo di mangiare qualcosa.» Si sollevò dalla poltrona e andò in cucina.

Lo seguii poco dopo e mi appoggiai allo stipite della porta.

«Torna?»

Tim smise di rovistare nel frigo e si voltò verso di me.

«Appena può. E verrà anche al matrimonio di Eric e Sophia a darmi una mano con la cucina.»

«Ti sarà solo d'intralcio.»

«Scusa, non ho capito: stiamo parlando di Emily o di Mélanie?»

Presi una cipolla dal cestino appeso vicino alla porta e gliela tirai dritta sul petto. Con forza.

CAPITOLO 49

Due mani calde stavano scorrendo lungo il mio petto con tocco delicato, seguite da una lingua che lasciava una scia umida sulla mia pelle, scendendo così lentamente da farmi fremere di desiderio. Il cuore mi batteva nel petto come un tamburo sul campo di battaglia. Non dovevo! Non potevo! Eppure volevo. Volevo perdermi nelle onde fluttuanti di piacere che quegli occhi colmi di malizia promettevano. Smisi di respirare. Alzai per un istante lo sguardo oltre quella testa che mi stava conducendo in paradiso e incrociai gli occhi del Cigno. Metà del suo volto era seria e minacciosa come sempre, l'altra metà era attraversata da un sorriso sardonico, il sopracciglio sollevato in segno di incredulità, come se la striscia nera che gli divideva la fronte dividesse anche la sua anima.

Cercai di tirarmi indietro, di allontanarmi da quella bocca, ma altri quattro cigni si materializzarono intorno a me. Due mi afferrarono le braccia e due le gambe, impedendomi di muovermi. Il sorriso del Cigno si rispecchiò anche sull'altra metà del suo volto e adesso era beffardo. Mi contorsi cercando di liberare le braccia, ma le mani incredibilmente forti dei cigni non mi lasciavano andare. Sentivo ogni loro dito che penetrava nella mia pelle, quasi fossero i denti di una trappola nascosta sotto il fogliame nel bosco. Lo stomaco mi si attorcigliò in un nodo di panico. In un disperato tentativo di salvarmi, raccolsi tutta la forza che avevo e cercai di raggomitolarmi per proteggere il mio corpo da quelle creature infernali. Un dolore lancinante mi trafisse il braccio destro, diramandosi fino al petto.

«Killian!» Era la voce di Mélanie.

Spalancai gli occhi annaspando, come se fossi appena riemerso da un'apnea durata troppo a lungo. Mi ritrovai a casa dei miei, nella mia stanza immersa nel buio appena rischiarato dalla luce che penetrava dal lucernaio. Il polso mi doleva. Le mie membra erano rigide come quelle di un morto. Ruotai la testa: non c'era nessuno, a parte Mélanie che mi guardava costernata.

«Che diavolo stavi sognando? Mi hai svegliata da quanto ti agitavi.»

Mi passai la mano sinistra sulla fronte: la pelle era ricoperta da una patina di sudore freddo. «Niente, solo un incubo. Scusami.»

«Ma stai be–»

Il cellulare sul comodino squillò.

Scheisse! Il turno!

In due secondi ero in piedi.

Ma il numero sullo schermo non era né quello dell'Istituto né quello di MacLeod.

Era Alex.

«Che c'è?» chiesi con voce ancora affannata, sedendomi di peso sul letto perché mi girava la testa.

«Cos'è? Ti ho disturbato?»
«Non come credi, no» dissi, respirando a pieni polmoni per calmarmi. «Pensavo fosse una chiamata di emergenza. Ho il turno di reperibilità. Tu che hai?»
«È troppo lunga da spiegare adesso. Ho bisogno del tuo aiuto.» Il suono monotono in sottofondo pareva quello di un motore.
«Ma sei in macchina?»
«Sì. Sei a Zurigo, vero?»
«No, a Berna perché, appunto, sono di turno.»
«Cazzo!»
«Perché tu dove sei?»
«Quasi a Zurigo. Ok... » Lo sentii sospirare pesantemente. «Ce la fai?» chiese evidentemente a qualcun altro, poi si rivolse di nuovo a me: «Ok, tra un'ora e un quarto sarò a Berna. Fatti trovare pronto con tutta la roba medica d'emergenza.»
«Mi spieghi che cosa sta succedendo?»
«Devi venire a casa mia. Ho bisogno che mi aiuti.»
«Alex, cazzo! Ho capito, ma perché? In teoria non potrei muovermi di qui.»
«Breitenrain è più vicino all'Istituto di Elfenau. Preparati e aspettami all'inizio della via, che passo a prenderti, così non svegliamo i tuoi.»
«Ma che cosa è successo?»
«Poi ti spiego.» Alex terminò la chiamata senza aggiungere altro.
Mélanie, che aveva seguito la conversazione con occhi sgranati, disse: «Vengo anch'io».
«Ma no, stai qui. Dormi. Avrà combinato uno dei suoi soliti casini.»
«Appunto.»

La strada era rischiarata dall'illuminazione pubblica e dalle lampade nei giardini delle case lungo la via. Gli alberi disegnavano macchie scure sul marciapiede e tutto era immerso nel silenzio sotto lo sguardo attento delle stelle.

Dato che non volevo pensare al mio sogno e non sapevo più che domande pormi sulla vita di Alex, cercai di distrarmi camminando in modo da evitare le ombre e mettere sempre i piedi nelle zone illuminate. In certi punti, però, era davvero difficile, nonostante le mie lunghe gambe, perché le chiome degli alberi erano molto folte in estate. Nel tentativo di non perdere contro me stesso, urtai Mélanie per sbaglio e lei mi spinse via in malo modo. Odiava quando mi comportavo come un bambino. E odiava Alex. Perché diavolo voleva venire anche lei?

Arrivammo all'inizio della via proprio mentre Alex accostava al marciapiede con la macchina di Eric. Al suo fianco c'era una donna che si teneva un icepack sul volto.

Alex tirò giù il finestrino e fissò Mélanie, prima di salutarla con un secco *hoi*.

«Non è colpa mia» gli sussurrai, mentre aspettavo che Mélanie entrasse in macchina, prima di prendere posto accanto a lei. «Ciao» dissi poi alla ragazza. Alla luce del lampione i suoi capelli, legati in una mezza coda di cavallo, emanavano riflessi rosso-arancioni. Non l'avevo mai vista prima.

Alex si voltò. «Che cavolo ti sei fatto tu?» Aveva due ombre nere sotto gli occhi e la mascella tesissima. Riuscivo perfino a vedergli le vene pulsare nella tempia.

«Rotto il polso.»

Per un attimo vidi il panico invadergli gli occhi, poi si riprese: «Ma riesci a metterla a posto?»

«Se mi spieghi cosa è successo e se capisco cosa dovrei fare, forse te lo posso dire.»

Alex si ricordò le buone maniere. «Questa è Valentina.»

Le porsi la mano sinistra tra i sedili. «Piacere, Killian.»
«Piacere, Vale. E grazie.» Valentina strinse la mano anche a Mélanie. Aveva le iridi di un azzurro chiarissimo, nella semioscurità sembravano quasi trasparenti. «Mi dispiace che Alex vi abbia tirati giù dal letto. Gli avevo detto di aspettare fino a domani mattina, ma sapete com'è...»
Se sapeva anche lei com'era Alex allora voleva dire che si conoscevano bene. E dal suo dialetto doveva essere originaria dei Grigioni.

La rassicurai che non era affatto un problema e le chiesi cosa le fosse successo.

Valentina guardò per un istante Alex, poi riportò il suo sguardo sulla strada davanti a sé senza rispondermi.

«Un pugno» disse quindi lui, indicando l'icepack.
«Sei stato tu?» gli chiesi e sentii Mélanie irrigidirsi accanto a me.
«Ma per chi mi hai preso?»
«E che ne so. Ha guardato te.»
«È stato suo marito.» Il suo sguardo mi stava sfidando a fare qualsiasi commento. Mi concentrai per annientare i miei neuroni, che stavano già intessendo un romanzo intorno a quelle informazioni e ai fatti che avevo davanti agli occhi.

«Le ha tirato un paio di pugni. Voglio che vedi quanto danno ha fatto. Forse bisogna ricucire, forse le ha spaccato lo zigomo. Non lo so. Ha perso un sacco di sangue. Ora si è un po' fermato.»

«Dal naso?» chiesi, cercando di non far trapelare alcuna nota di allarme nella mia voce, anche se la mia memoria stava snocciolando un elenco di casistiche che non mi lasciavano per niente tranquillo.

«No, non tanto dal naso, più che altro dalla ferita sullo zigomo.»
«Nausea? Vomito?»
«Nausea se guardo la strada e le macchine, le luci mi danno un fastidio tremendo» disse Valentina.

«Cefalea? Hai mal di testa?»

«Sì, sono terribilmente stanca.»

«Sì è addormentata?» chiesi ad Alex.

«Un paio di volte, sì, ma è anche mezzanotte passata.»

«Ma quando ti ha colpita sei caduta? Hai battuto la testa da qualche parte? Sei svenuta?»

«Sono caduta, ma non ho battuto la testa.»

Le feci un altro paio di domande e cercai di capire se aveva la febbre. «Ma perché cavolo non siete andati in ospedale? Con tutta probabilità ha un trauma cranico, Alex, deve assolutamente stare distesa.»

Alex sospirò. «Lo so-o! Ma in ospedale ti invitano caldamente a parlare con la polizia.»

«E non va bene?»

«Per me va benissimo.»

Ma per lei evidentemente no.

«Andiamo da te che intanto si stende e poi vediamo.»

E Alex in tutta questa faccenda cosa c'entrava? O era lui la causa di tutto? Non potevo certo tempestarlo di domande con Valentina lì, ma mi sarebbe piaciuto tanto. In ogni caso dovevo prima pensare a lei.

CAPITOLO 50

La cucina di Alex era stranamente ordinata. Per una volta il lavello sotto i pensili color panna non era pieno di piatti sporchi. Sul tavolo, poggiato contro la parete opposta, non c'erano bicchieri usati né bottiglie mezze piene. In altre circostanze mi sarei preoccupato, ma ora avevo altro a cui pensare.

Approfittai del fatto che Valentina fosse in bagno e che Mélanie l'avesse seguita per assicurarsi che stesse bene, per carpire qualche informazione ad Alex, impegnato a caricare la caffettiera. Non ero uno psicologo, ma conoscevo quell'uomo più che bene.

«E tu cosa c'entri?» gli chiesi in un sussurro.

«È una mia amica e mi ha chiesto aiuto» mi bisbigliò in risposta.

«All'una di notte.»

«Erano le cinque e mezza. Sono andato a prenderla a Glarona.»

«Cooosa?» Era all'altro capo della Svizzera e non c'erano strade dirette.

«Non la lasciavo certo lì da sola con il rischio che quello stronzo tornasse a finire quello che aveva cominciato.»

«Certo che no, ma non aveva amici più vicini, scusa?»

«Evidentemente no, perlomeno non qualcuno che non conoscesse anche suo marito.»

«Io, comunque, alle mie amiche non metto la mano sul culo per accompagnarle su per le scale.»

Alex si voltò come se lo avessi frustato.

«Non le ho messo la mano sul culo!» sibilò.

«Poco più su. E più ti incazzi e più mi convinco che tu le mani sul culo gliele hai già messe, eccome.»

La porta del bagno cigolò e Alex si rigirò verso i fornelli. Che gioia per una volta nella vita riuscire a inchiodarlo!

Feci accomodare Valentina sul letto in camera di Alex. Mélanie non pareva voler oltrepassare la porta, ma in quel momento non potevo davvero occuparmi di lei.

Disposi sul comodino il materiale che avevo sottratto a mio padre e con quanta più cautela possibile disinfettai la ferita. L'ematoma si era già esteso fino all'occhio, creando una macchia rossa. La pelle chiara e delicata che ricopriva lo zigomatico era lacerata e si vedeva la carne viva e sanguinante, ma il gonfiore mi impediva di capire l'entità della lesione. In ogni caso sarebbero state necessarie almeno un paio di clip, se non una sutura vera e propria. Però quello che mi preoccupava di più era la commozione cerebrale, se non peggio. Occorreva assolutamente una TAC. Voleva dire andare in ospedale, che la signora lo volesse o meno.

Le somministrai degli antidolorifici e spruzzai dell'anestetico sulla ferita, mentre Alex le copriva l'occhio con la mano.

Poco dopo, nella periferia del mio campo visivo, lo vidi tirare fuori il foglietto illustrativo dalla scatola di analgesici e consultarlo. Evidentemente soddisfatto, tornò a osservare ogni mio movimento, poi controllò altri farmaci e infine guardò con circospezione le pinze e i portaghi nel kit da sutura. Cercai di tranquillizzarlo dicendogli che sapevo fare il mio mestiere, ma mi fissò con espressione poco convinta.

Non stava fermo un istante, continuava a chiedere a Valentina se avesse dolori e come si sentisse. Lei gli rispondeva con aria stanca che si sentiva meglio adesso che era distesa e che poteva stare tranquillo.

Mélanie a un certo punto si sedette per terra con la schiena appoggiata allo stipite della porta e non si mosse più da lì, quasi fosse in catalessi – o forse stava solo cercando di non vomitare.

«Devo chiudere la ferita, altrimenti rimarrà una mega cicatrice. Però ho un piccolo problema» dissi ad Alex, richiamando l'attenzione sul mio braccio ingessato. «Quindi mi devi dare una mano.»

«Io?» Alex prese in mano i flaconi di disinfettante e Betadine, lesse il loro contenuto, poi li rimise giù.

«Sì, tu. O preferisci che chiami tuo padre?»

«Chiama il tuo.»

«Il mio ci manda di filato al Lichtstrahl.»

Un lampo passò negli occhi di Valentina. «No, vi prego» disse con un filo di voce. Le sue dita, su cui non brillava alcun anello, si attorcigliarono intorno alla coperta. Si morse il labbro inferiore. Deglutì. I suoi occhi non sostennero il mio sguardo. Era palesemente traumatizzata ed era chiaro che non avrebbe retto altro.

«Chiamiamo Alma» disse Alex.

«In mezzo alla notte?»

«È infermiera, no?»

«Potrebbe partorire da un momento all'altro, lasciala dormire.»

«Stewart! Chiamiamo Stewart!»

«Stewart è un dentista, Alex, non un traumatologo e non sarebbe tanto più utile di te. Ce la facciamo benissimo da soli.

Vieni qui e fai quello che ti dico. Devi solo assistermi. Qualcosa riesco ancora a fare.»

«Ma non è mica un giocatore di hockey! Non la puoi ricucire alla bell'e meglio. E non voglio assolutamente farle male. Ha già patito abbastanza.»

«Non le farai male, non sente niente ormai. E non la devo ricucire, metto solo delle clip, funzionano meglio e lasciano meno segni.»

«Non voglio rovinarle la faccia.»

«Non gliela rovini, fidati.» Se la causa di quel pugno era lui, il danno lo aveva già fatto.

Alex si inginocchiò accanto al letto e poggiò una mano su quella di Valentina. «Ti va bene se facciamo come dice lui?»

«Fate» rispose lei, come se non potesse interessarle di meno.

«Allora» tagliai corto, «devi solo tenere insieme i due lembi, ma bene. La clip la riesco a mettere anche con la sinistra.»

Ci impiegammo tre volte il tempo che ci avrei messo io da solo con la mano destra, ma il risultato mi parve ottimo. Diedi una pacca sulla spalla al mio assistente.

«E bravo Alex! Ora dobbiamo fare una TAC per vedere in che condizioni è l'osso e se ci sono altri danni.» Meglio non scendere nei dettagli riguardo a tutte le ripercussioni che poteva avere un trauma cranico non trattato correttamente e soprattutto non immediatamente.

«No!» disse subito Valentina, puntando i suoi occhi vitrei su di me, mentre ricominciava ad agitarsi.

«Non ti preoccupare, non andiamo in ospedale. Ti porto all'Istituto di Medicina Legale dove lavoro. Lì non c'è nessuno e abbiamo tutti i macchinari che ci servono.»

Valentina guardò Alex con occhi imploranti.

«No, aspetta!» disse lui, agitandosi a sua volta. Che diavolo avevano tutti e due? «Ma la TAC, solo alla testa, vero?»

«Sì, certo. O ti ha colpito da qualche altra parte?» chiesi a Valentina.

«Mi ha spinta e sono andata a sbattere con l'anca contro il tavolo. Poi sono caduta quando mi ha colpita in faccia, ma non mi sono fatta niente.»

«Sei sicura? Non vuoi che controlli?»

«No, no. Sono solo un po' ammaccata.»

Alex mi afferrò per l'avambraccio: «Ma ce li avete all'Istituto quei grembiuli lì per proteggere?»

«Le casacche di piombo intendi? Certo che le abbiamo, ma mica servono per una TAC alla testa. Che problema hai?»

«Nessuno. È che non voglio esporla a più rischi di quelli che sta già correndo.»

«Non sta correndo alcun rischio.»

«Lo spero.»

Mi lasciai andare sulla sedia nel mio ufficio. L'orologio sulla mia scrivania segnava le sei di mattina. Poggiai l'avambraccio sinistro sulla superficie bianca e vi abbandonai sopra la testa. Che nottata!

Alla fine la TAC non l'avevamo fatta, perché due secondi prima che avviassi la scansione, Alex mi aveva rivelato che Valentina era incinta. Al che non mi era rimasto altro da fare che chiamare rinforzi, perché la posta in gioco era troppo alta e il margine di errore che potevo permettermi era pari a zero.

La scelta era caduta sulla zia Alessia, madre di Alma, pediatra al Lichtstrahl e fata turchina nelle emergenze, la quale, essendo avvezza a sistemare i nostri problemi dietro le quinte, si era precipitata all'Istituto senza indagare troppo.

Tra i macchinari in una delle sale autoptiche ero riuscito a trovare un semplice ecografo e nell'arco di pochi minuti avevamo potuto rassicurare Valentina che il battito cardiaco del suo bambino era regolare e tutto era perfettamente nella norma, al che era scoppiata a piangere. Questo aveva dato notevole filo da torcere ad Alex, che per un attimo era sembrato incapace di articolare parola.

Dopo qualche minuto si era ripreso e aveva cercato di tranquillizzarla, sussurrandole qualcosa all'orecchio, mentre le accarezzava i capelli. Avevo molte domande che mi fluttuavano per la mente, ma essendo di natura più genetica che medica, avevo preferito tenermele per me.

Per fortuna Mélanie, quando aveva sentito che avremmo dovuto entrare in una sala autoptica, aveva deciso di tornare a casa dai miei senza accompagnarci all'Istituto. Probabilmente ne aveva già avuto abbastanza a casa di Alex.

Quando Valentina aveva smesso di piangere, ci eravamo dedicati al suo cranio: lo zigomatico non era fratturato, ma sicuramente la ragazza aveva una commozione cerebrale e assoluto bisogno di riposare per riprendersi dallo shock, per cui la zia Alessia li aveva rispediti a casa a dormire, mettendo non solo Valentina ma anche Alex in malattia per i prossimi giorni.

Quando li avevamo salutati appena fuori dall'Istituto, non mi era sfuggito che la zia aveva stretto l'avambraccio di Alex e aveva abbassato le palpebre chinando leggermente la testa come a dirgli che era tutto a posto. Non mi era neanche sfuggito il fatto che per tutto il tempo Alex si era rifiutato di allontanarsi di un solo millimetro dal fianco di Valentina, sebbene la zia gli avesse inizialmente chiesto di lasciarci soli con lei. Per tutta risposta aveva detto: «Non credo proprio», al che la zia aveva guardato Valentina e, ricevuto il suo benestare, non aveva aggiunto altro.

Una volta che i due erano spariti, la zia mi aveva preso

sottobraccio ed eravamo andati a fare colazione all'Inselspital, dove c'era un bar sempre aperto.

Ci eravamo seduti a un tavolino e le avevo chiesto se condividesse i miei sospetti. Lei mi aveva fissato cercando di rimanere seria, ma poi eravamo scoppiati a ridere un po' per allentare la tensione e un po' perché ci stavamo tutti e due immaginando la faccia dello zio Kolja quando avrebbe saputo che sarebbe diventato nonno e che la madre di suo nipote era sposata con un uomo che non era suo figlio.

«Zia, ti prego, vedi di essere presente quando glielo dice o stavolta lo ammazza davvero. Tu sei l'unica che può fermarlo, nemmeno la zia Amy può farcela se lo zio si incazza veramente» l'avevo supplicata. Lei mi aveva messo una mano sul braccio e mi aveva detto di non preoccuparmi.

Se non fossero state le sei, sarei stato tentato di chiamare Tim per raccontargli tutto e comunicargli che presto avrebbe ottenuto il titolo di zio. Non mi ero infatti dimenticato com'era iniziata la gita sull'Altopiano con Eric e MacLeod e la voglia di vendicarmi di Alex era davvero forte. Ma, a prescindere dall'orario, erano informazioni che mi erano state rivelate nel mio ruolo di medico e non potevo dire niente a nessuno. Era un po' assurdo, ma mi sentivo quasi onorato che Alex avesse chiesto il mio aiuto, lasciandomi entrare in quel territorio privato che di solito era riservato solo a Eric.

Sarei passato a casa sua più tardi per accertarmi delle condizioni di Valentina e magari convincerla a denunciare il marito, ma ora avevo bisogno di mezz'ora di sonno...

«Doktor Altavilla!»
Aprii gli occhi, ma rimasi immobile. Quella non era la voce di Huber, veeero? Chissà che ora era.

«Doktor Altavilla!»

Sollevai la testa e sorrisi a Huber. Che senso aveva cercare di camuffare il fatto lampante che stavo dormendo? Era come quella volta in cui lo zio Kolja aveva beccato me e Tim immersi in uno dei suoi manuali di ginecologia – una lettura alquanto illuminante, anche se le spiegazioni dello zio Kolja erano state decisamente più utili all'atto pratico.

«Mi dica» dissi, accentuando ancora di più il mio sorriso.

«Ha dormito qui in ufficio così? Era di turno per le emergenze? Ci sono delle brande su al quinto piano, sa? E può starsene anche da un'altra parte qui nelle vicinanze, basta che comunichi dov'è e non si muova da lì.»

«Sì, lo so, grazie. È che stanotte non ho praticamente dormito, ma per altri motivi.»

Huber scrollò la testa. «Vuole un caffè?»

«Ottima idea» dissi, alzandomi dalla sedia. Mi doleva tutto: le braccia, la schiena, la testa. Per fortuna avevo un armamentario di analgesici nello zaino.

«Vada a rimettersi in sesto. Il caffè glielo preparo io.»

Aah, stavo sognando! Forse era il caso che mi svegliassi prima che arrivassero per davvero gli altri.

Huber aprì la porta per farmi passare e mi ritrovai faccia a faccia con MacLeod.

«Vuole un caffè anche lei, MacLeod?» gli chiese Huber.

«No, grazie.»

«Beh, il suo assistente ne ha disperatamente bisogno, quindi dovrà fare a meno di lui per un quarto d'ora. Se vuole venire a farci compagnia, siamo in cucina.»

Ok, ero sveglissimo e come al solito ero capitato in mezzo al fuoco incrociato di quei due psicopatici. Chi mi avrebbe impallinato stamattina? Huber o MacLeod?

«Mi pareva di essere stato abbastanza chiaro.» Ok, MacLeod.

«Sbrigati!» abbaiò mentre lo superavo.

«Avanti, MacLeod» disse Huber in un aperto tentativo di rabbonirlo.

«Io ho bisogno di un assistente sveglio e operativo, non di qualcuno che non riesce a tenere gli occhi aperti perché ha passato la notte a far baldoria! Come diavolo si fa a lavorare così?» MacLeod si voltò, raggiunse il suo ufficio in fondo al corridoio, poi chiuse la porta alle sue spalle con fermezza.

Era proprio vero che certi gesti valevano più di mille parole – e facevano anche molto più male.

CAPITOLO 51

Riuscii a non fare arrabbiare ulteriormente MacLeod mentre svolgevamo i nostri compiti quotidiani, ma la stanchezza e il dolore al braccio rendevano ogni ora un tormento sempre crescente. Saltai la pausa pranzo per andare da Valentina, il che non alleviò il mio malessere, anzi, ma almeno la trovai più tranquilla e questo mi rasserenò un pochino. Quando la lancetta dell'orologio sulla mia scrivania segnò le cinque, decisi che avevo raggiunto il mio limite di sopportazione e andai a dire a MacLeod che sarei andato a casa.

Stava facendo esercizi di tedesco seduto su una delle due sedie davanti alla sua scrivania con le gambe sollevate sull'altra sedia e una tazza di tè in mano.

«A casa mia, sì» disse senza distogliere lo sguardo dalla pagina.

«Perché a casa tua?»

«Perché tu hai bisogno di dormire. Sei convalescente. Stai male.

E siccome evidentemente non sei in grado di crearti le condizioni per dormire il numero di ore che ti serve per stare in piedi e far funzionare il tuo cervello, ora ci penso io.»

Scheisse! «Ma vado dai miei. Non c'è... nessuno.»

«Le cose sono due: o vengo a dormire dai tuoi anch'io oppure tu vieni a dormire da me. Scegli.»

Mi arrotolai una ciocca di capelli intorno al medio. Ero esausto, il braccio mi pulsava, volevo solo chiudere gli occhi, non mi importava dove. «Va bene, vengo da te.»

Mentre MacLeod finiva di sistemare la cucina dopo cena, uscii sul balconcino sotto il tetto a godermi la vista della città all'imbrunire.

Mark era seduto al tavolo in giardino e stava bevendo una birra con un amico. Sollevò una mano in segno di saluto. Ricambiai e salutai anche il suo amico, quando si voltò a guardarmi.

«*Yrr mobile's rringin'*» mi disse MacLeod dal salotto.

Pensai subito ad Alex e corsi a recuperare il cellulare dallo zaino.

«Quando torni?» mi chiese Nora con voce incerta.

«Stasera non torno. Dormo da MacLeod. Volere del capo.»

«Ah.» Esitò. «Vuoi che lo dica alla mamma?»

«Sì, fammi sto piacere. Avevi bisogno di qualcosa?»

MacLeod mi si piantò davanti con le braccia conserte sul petto, scandendo il tempo con le dita sul suo bicipite.

«No, no... Avevo solo voglia di sentirti, tutto qui. Possiamo fare domani, non ti voglio disturbare.»

«No, dimmi.» Anche se gli occhi mi si stavano chiudendo dal sonno, non potevo certo sbatterle il telefono in faccia.

«Ho...» La voce le si ruppe.

In un attimo ero di nuovo sveglissimo. «Nora! Che cavolo è successo?»

«Ho mollato Matthias. Definitivamente.»

«Oh, tesoro!» Il peso specifico delle mie cellule si era appena dimezzato. Avrei potuto prendere il volo. «Hai fatto troppo bene.»

«Non lo so, Ki. Sto di merda.»

«Sì, sì, lo capisco. Lo so, fa male, ma hai fatto la cosa giusta, credimi. Non piangere, tesoro.»

«È che da qualche parte deve uscire, st'angoscia che c'ho dentro.»

«Sì. Hai fatto benissimo a chiamarmi. Ce la fai fino a domani o vuoi venire qui? Sono sicuro che MacLeod non direbbe di no.»

A dire il vero non ne ero proprio così sicuro, visto come mi stava perforando il cervello con lo sguardo, ma il benessere di Nora era più importante della mia incolumità.

«No, ce la faccio.» Tirò su col naso. «È che giù ci sono tutti e dovevo dirlo a qualcuno.»

«Tutti chi?»

«Solito. Lo zio Kolja e la zia Amy, la zia Alessia e lo zio Richi. Fanno cena-riunione per il Lichtstrahl, come sempre.»

«Meglio, così ti lasciano in pace. Ascolta, dì alla mamma che mangi per conto tuo perché sono noiosi, vai a farti un bel bagno caldo, poi ti prendi quello schifo di Baileys che ti piace tanto e ti scoli la bottiglia in camera mia, senza che nessuno lo sappia. Ok?»

«Ok...»

«E domani pranziamo insieme. Fammi sapere dove vuoi andare.»

«Mhm.»

«E se hai bisogno chiamami, anche in mezzo alla notte, hai capito?»

MacLeod si tranciò la giugulare con la punta delle dita, ma lo ignorai.

«*Ha di gärn*, Nora.»

«*Whit's happened tae herr?*» mi chiese MacLeod non appena ebbi terminato la chiamata.

«Ha mollato il suo rag– *ex* ragazzo.» Non riuscii a nascondere un sorriso giubilante.

«E questo ti rende felice?»

«Sì, molto. La trattava troppo male e lei non se lo merita affatto.» MacLeod mi fissò in modo strano, ma la conversazione fu interrotta dal suo cellulare.

Pregai dentro di me che non fosse una chiamata d'emergenza, perché non avrei retto. Avevo davvero bisogno di dormire.

«*Trrisha, darrling! How arre things?*»

Ahaaa, Trisha darling! Ora mi sarei piazzato io davanti a lui a braccia conserte ad ascoltare la sua telefonata.

«*Whit?* Cosa c'entri tu adesso con la casa?»

Il suo tono mi fece rivalutare le mie intenzioni e mi allontanai di qualche passo, anche se ero curiosissimo di sentire cosa avrebbe detto. Ma MacLeod cambiò lingua. Bastardo! Non era neanche scots, che mi avrebbe forse consentito di cogliere un paio di parole simili all'inglese: era passato direttamente al gaelico. Anche se il tono minaccioso era rimasto lo stesso.

Dirottai la mia attenzione sulla libreria lungo una parete del salotto, che non avevo ancora avuto occasione di ispezionare. Era piena di libri fantasy, classici e recenti. MacLeod leggeva fantasy?! Non lo avrei mai detto... Piuttosto fantascienza, thriller, gialli, ma fantasy? *Le cronache di Narnia*, *Il signore degli anelli*, *Harry Potter*, *Le cronache del ghiaccio e del fuoco*, erano tutti lì. Io non ci capivo più niente di quell'uomo, davvero!

Nel frattempo aveva finito di parlare con Trisha darling e stava chiamando qualcun altro.

«*Whit the fuck dae ye think ye're doing callin' Trrisha?*»

Uuuh, questo era inglese e ormai il suo modo di parlare non aveva più segreti per me. Però doveva essere incazzato nero, perché il suo accento era fortissimo. E io ero felice che per una volta non ce l'avesse con me.

«No, non mi calmo proprio per niente! Tu Trisha la lasci fuori da 'sta storia, hai capito?» ... «Bene, sai cosa? Non me ne può fregare di meno. Il mio conto ce l'hai. Versaci sopra la mia metà e sparisci dalla mia vita. L'ultima volta che voglio sentire o leggere il tuo nome è sul mio estratto conto.»

Lanciò il cellulare sul divano, poi parve ricordarsi che ero lì e si scusò.

Un'ipotesi si stava consolidando nella mia mente, eppure non mi convinceva del tutto: Trisha doveva essere la nuova donna di MacLeod, non per forza la causa della separazione da quest'altra donna, con cui aveva evidentemente avuto una casa che ora aveva venduto, ma magari la "consolazione". Solo che si erano conosciuti quando lui ormai era già vincolato all'Istituto e lei magari non se l'era sentita di mollare tutto e seguirlo qui, quindi avevano optato per una di quelle soluzioni "proviamo e poi vediamo". I bambini potevano essere di Trisha – oppure di MacLeod e della prima donna e Trisha glieli aveva portati in visita. O potevano essere di lui e Trisha e la loro era una storia segreta che durava da anni, senza che nessuno lo sapesse. MacLeod aveva una doppia vita! No, ok, questo era davvero un po' esagerato e, sebbene non capissi molto di lui, non mi sembrava proprio una persona di quel tipo, anche se non si poteva mai sapere... Però allora perché mi aveva detto che nessuno lo stava aspettando in Scozia? Mi mancavano ancora troppe informazioni. In quasi due mesi non avevo fatto alcun progresso significativo nel mio intento di capire chi fosse quella donna misteriosa. Com'era possibile lavorare a stretto contatto con qualcuno giorno dopo giorno e sapere così poco della sua vita? Era estremamente frustrante.

Sentii che sarebbe stato bene chiamare Mélanie prima che

lo facesse lei e approfittai del fatto che MacLeod era sparito nel suo studio per adempiere ai miei doveri di coppia lontano dalle orecchie del mio capo. La rassicurai sul mio stato di salute, senza specificare le mie coordinate geografiche. Mi raccontò che in ufficio avevano avuto un'altra perquisizione legata al caso del suo ex capo e che si erano portati via altri computer, ma per fortuna non il suo. Infine mi chiese: «Sai qualcosa di Valentina? Mi ha fatto così pena ieri notte».

«Sono passato da lei a pranzo. Era più tranquilla, ma ancora sconvolta. Credo che abbia anche molti più dolori di quello che dice. Se Alex non le stesse sempre appiccicato addosso, sono sicuro che si lascerebbe andare un po' di più.»

«Ma pensi che tra loro ci sia qualcosa? Era molto sollecito, no?»

Meglio evitare qualsiasi accenno al microscopico dettaglio che avevo scoperto all'Istituto durante la notte.

«Con Alex tutto è possibile. Comunque, Valentina mi ha rivelato che non era la prima volta che il marito la picchiava, solo che questa volta è stato peggio perché l'ha colta di sorpresa. Non si aspettava di trovarselo in casa.»

«Che angoscia... Ma perché non lo denuncia?»

«Gliel'ho detto anch'io. Ma non vuole. Secondo me ha paura che lui la faccia fuori. In ogni caso hanno deciso che adesso starà qui finché non si ristabilisce del tutto. Poi vedranno. Tornando a noi, io domani sera rientro a Zurigo. Questo weekend devo studiare per l'esame, ma vediamo di fare anche qualcosa di bello insieme, ok?»

«Va bene.»

Quando mi voltai, MacLeod mi porse un bicchiere di whisky senza dire una parola. Aveva le labbra serrate e lo sguardo di un felino ferito pronto a sferrare l'ultimo attacco se qualcuno si fosse incautamente avvicinato.

«Non bevo fino all'esame, sto pure prendendo farmaci.»

«Ma finiscila.» Mi infilò il bicchiere in mano con forza e non osai oppormi oltre perché non volevo finire a fare il parafulmine.

Mi accasciai sul divano al centro della stanza, dato che le gambe non mi reggevano più. L'unica cosa che mi dava ancora energia era la notizia di Nora, anche se avrei preferito essere con lei. MacLeod continuava a camminare avanti e indietro davanti alla porta del balcone, perso nei suoi pensieri.

«Su, prepariamo 'sto letto» disse infine, indicando il divano.

Non riuscii ad aiutarlo granché con il braccio immobilizzato, ma feci quello che potevo.

«Vuoi dormire nel mio letto che è più comodo?» mi chiese, accennando con il capo in direzione della sua stanza. «Io dormo qui senza problemi.»

Per carità, no! Io in quella stanza non volevo più metterci piede, perché già ora non riuscivo a tenere a freno i miei neuroni che stavano banchettando con Trisha darling davanti allo specchio, braccio tatuato compreso, figurarsi se avessi trascorso un'intera notte là dentro.

«No, no. Dormo qui. Va benissimo!»

Per la seconda volta indossai i vestiti di MacLeod.

CAPITOLO 52

«Killian!» Qualcuno mi stava scuotendo. Aprii un occhio controvoglia. Ero lontano milioni di anni luce. «Killian, c'è stato un omicidio a Köniz. Dobbiamo andare.»
Aprii l'altro occhio. Il mio cellulare prese a squillare. Mentre ringraziavo la centralinista, mi attraversò la mente il pensiero che alcune donne della mia famiglia, tipo Athena o Alma, sarebbero andate in visibilio al mio posto. MacLeod a torso nudo con i capelli sconvolti era davvero uno spettacolo anatomico: i pettorali sporgevano sopra gli addominali perfettamente scolpiti, i suoi deltoidi avrebbero retto l'universo e, quando si voltò, potei ammirare i trapezi e i grandi dorsali senza i vestiti che normalmente li nascondevano. Quella volta all'Aar non l'avevo guardato con tanta attenzione, perché ero distratto da Alex, ma era veramente un esempio da manuale. Forse avrei dovuto prendere in considerazione anch'io la possibilità di andare in piscina anziché in

palestra se questi erano i risultati, ma tanto non avevo tempo né per l'uno né per l'altro in quel momento e comunque quello non era certo il momento adatto per pensare a come plasmare il mio corpo. Schizzai in piedi e in meno di cinque minuti ero vestito e pronto per partire.

MacLeod mi passò un casco e una tuta da moto, poi sparì nello studio di fronte al bagno e tornò con due bauletti, di cui controllò meticolosamente il contenuto: il materiale di cui avremmo avuto bisogno per l'ispezione c'era tutto. Vi aggiunse un termos di tè con due tazze da campeggio di metallo blu, una barretta di cioccolata fondente e il pane che era avanzato dalla cena. Vedendo che non riuscivo a infilarmi la manica del giubbotto con il braccio ingessato, mi aiutò a sistemare la tuta sulla spalla e tirò su la cerniera fin dove si riusciva. Nonostante si fosse appena alzato, aveva un'aura di energia che intimoriva la mia anima ancora mezza insonnolita.

Lo ringraziai e accennai alle scorte. «Come si vede che fai 'sto lavoro da un pezzo.»

«Aspetta di avere qualche anno di esperienza alle spalle e queste piccole agevolazioni non te le farai mancare nemmeno tu.»

Non fu necessario cercare l'indirizzo: i lampeggianti della polizia ci guidarono alla meta in una palazzina anonima nel centro del paese. Fummo accolti con deferenza da un ispettore della polizia, che ci spiegò che la vittima era stata uccisa con un colpo di pistola. Lo sparo aveva svegliato i vicini, ma l'assassino era riuscito a fuggire senza essere notato.

Mi infilai la tuta protettiva e i calzari per non contaminare la scena del reato. Ai piani superiori sentivo le voci dei poliziotti che cercavano di mantenere la calma tra i vicini, pregandoli di tornare nei loro appartamenti e attendere gli agenti per l'interrogatorio di routine.

Davanti alla porta ci aspettava una vecchia conoscenza.

«*Guten Abend, Frau Polizistin*» disse MacLeod. «Posso entrare o vuole vedere il mio permesso di soggiorno e il tesserino dell'Istituto di Medicina Legale?»

La poliziotta lo fulminò con lo sguardo e si fece da parte per lasciarci entrare, fissando interrogativamente il mio braccio ingessato.

«Può stare certa che non lo abbiamo ucciso noi» le dissi sottovoce, mentre mettevo piede nell'appartamento.

Non sentii nemmeno la sua risposta, perché il mio cervello era già concentrato sulla scena che avevo davanti agli occhi. La vittima, un uomo di una trentina d'anni, era seduta sul divano. Un rivolo di sangue rosso vivo gli scorreva lungo il naso da un foro nel lobo frontale, gli occhi erano spalancati su un'ultima immagine di terrore, che ora la polizia doveva ricostruire. Gli esperti di balistica all'Istituto si sarebbero divertiti. I polsi erano dietro la schiena, probabilmente legati in qualche modo. Era stata un'esecuzione in piena regola.

Infatti in quell'istante arrivò anche il pubblico ministero. Bovet era un uomo tarchiato, con i capelli più neri che avessi mai visto. La prima volta che lo avevo incontrato con MacLeod, ci eravamo chiesti se fossero tinti.

«*Guten Abend, Herr Bovet*» gli disse MacLeod, stringendogli la mano, prima di infilarsi i guanti. La testa di Bovet gli arrivava sì e no al torace.

«*Guten Abend, Professor MacLeod. Doktor Altavilla.*» Mi salutò con un cenno del capo che ricambiai, mentre MacLeod mi infilava con una tecnica ormai collaudata l'unico guanto che potevo portare, il tutto sotto lo sguardo perplesso di Bovet.

«Quando è arrivata la chiamata alla polizia?» chiese MacLeod in perfetto tedesco e Bovet prese a sciorinarli i dettagli di cui disponeva, che, però, erano davvero pochi.

Non appena gli uomini della scientifica ebbero finito di fare foto, si mise all'opera MacLeod. Accertò l'assenza di segni vitali, un'operazione del tutto superflua, ma ufficialmente, finché un medico non diceva che eri morto, eri ancora in vita, e poi si mise ad analizzare il cadavere, riferendo a Bovet quello che scopriva – sempre in tedesco. Io mi limitavo a eseguire i suoi ordini, conscio del fatto che la mia presenza era pressoché inutile. Il Professor Lachlan MacLeod era ormai perfettamente in grado di intrattenersi con il pubblico ministero. Senza bisogno di me.

Osservai la stanza. La vittima era stata una persona disordinata e poco pulita: c'era puzza di fumo rancido, due posacenere erano pieni di mozziconi di sigarette, c'erano vestiti, piatti e bicchieri sporchi un po' ovunque. Un pacchetto di patatine aperto giaceva abbandonato su una sedia: nessuno lo avrebbe finito, ma forse sarebbe potuto essere ancora utile, se l'aveva toccato l'assassino. Sul tavolo c'erano alcune buste con bollette guardate di fretta, che chissà chi avrebbe pagato adesso. Quante cose si lasciavano in sospeso, quando si moriva così.

La scientifica lavorava intorno a noi alla ricerca dell'arma e di possibili tracce, fotografando e catalogando ogni minimo oggetto, prima di richiuderlo in un sacchetto di plastica e accatastarlo in una cassetta grigia.

Mi sentivo un intruso nell'appartamento di quell'uomo che mai mi avrebbe invitato di sua spontanea volontà in casa sua. Il cadavere accanto a me non mi disturbava affatto, quello che mi dava filo da torcere era l'invasione della sfera privata di un'altra persona. Se rovesciavo i ruoli e mi immaginavo qualcuno nella mia stanza intento a prelevare i miei oggetti, a profanare i miei ricordi e il mio passato, mi sentivo ferito nell'intimo. Una cosa era dissezionare un cadavere in sala autoptica, dove tutto era asettico e impersonale, e tutt'altra cosa era ritrovarsi proiettati nella vita di una persona che fino a due ore prima era ancora viva e aveva appena visto la morte in faccia, letteralmente.

Restammo poco. Per scoprire di più avevamo bisogno di analizzare il cadavere all'Istituto. La salma fu chiusa in un sacco nero e noi uscimmo all'aria fresca, dopo aver salutato Bovet e la Frau Polizistin, la quale farfugliò qualcosa di indistinto al nostro indirizzo, mentre ci allontanavamo.

Erano le quattro. Non valeva la pena di tornare a dormire e comunque non sarei riuscito a chiudere occhio: il mio corpo aveva troppa adrenalina da smaltire.

«Sai cosa facciamo adesso?» mi disse MacLeod, mentre si infilava il casco. «Andiamo a goderci l'alba.»

Sgranai gli occhi.

«Avanti, da qui sicuramente si arriva in poco tempo dove c'è una bella vista delle Alpi.»

Tutto sommato non era una cattiva idea per purificarsi l'anima dall'obbrobrio a cui avevamo appena assistito. Salii sulla moto dietro di lui e gli dissi di seguire le indicazioni per Schwarzenburg.

Entrammo nell'area del parco naturale del Gantrisch e cominciammo a salire verso il passo del Gurnigel. MacLeod guidava davvero bene, prendeva i tornanti alla giusta velocità e non frenava mai bruscamente, anche se non conosceva la strada ed era buio. La sua moto era potente come lui e pian piano mi rilassai, sicuro che non avrei corso rischi. Cercai però in tutti i modi di non toccarlo, perché il contatto fisico con quell'uomo mi disturbava.

Ci fermammo in cima al passo. Lassù faceva freddo e fui felice di avere la tuta da moto addosso. Trovammo un punto riparato dal vento, da dove si poteva ammirare il paesaggio scandito da vette e vallate fino al lago di Thun, che però era troppo lontano per essere distinguibile nell'oscurità. A est il cielo cominciava a schiarirsi appena, mentre sopra le nostre teste brillavano ancora le stelle.

Mi stesi sull'erba e inspirai l'odore della terra, sperando che sostituisse il puzzo della morte, che avevo ancora nelle narici.

MacLeod poggiò una tazza di metallo fumante vicino alla mia testa. «*Slàinte Mhath!* Al tuo battesimo di fuoco.»

«Grazie.»

Mi passò un pezzo di cioccolata e una fetta di pane. «Come ti senti?»

«Fisicamente?»

«No. Dentro.»

Alzai le spalle. «Credo bene. Pensi che faccia male?»

«Quando ti sparano in testa?»

«Eh.»

«Boh, non credo che uno abbia il tempo di sentire il dolore. Più che altro è la paura prima.»

«In effetti... Chissà se si aspettava di morire stanotte.»

«Anche se aveva un presentimento, di sicuro non voleva. Nessuno vuole morire. A parte quelli che si suicidano e pure loro spesso all'ultimo se ne pentono». Prese un sorso di tè, poi continuò: «Una volta io e un mio amico abbiamo ripescato un tipo dal mare. Si era buttato giù da una scogliera, ma aveva preso troppa rincorsa ed era saltato oltre gli scogli su cui intendeva sfracellarsi. Quando lo abbiamo recuperato stava per morire affogato. Si è aggrappato a noi con tutta la forza che aveva. Non aveva alcuna voglia di morire quello lì, credimi.»

Lo spazio tra noi si riempì del sibilo del vento tra gli alberi e i cespugli, mentre il tè ci scaldava le interiora e ammiravamo le montagne che diventavano sempre più nitide all'orizzonte.

«Posso farti sentire un pezzo di musica?» gli chiesi.

Allargò le braccia.

«Anche se è classica?»

«Sentiamo.»

«Vieni qui.»

Si sedette più vicino a me e gli diedi un auricolare, poi cercai The Lark Ascending di Ralph Vaughan Williams, suonato da mio zio Kolja al violino con l'accompagnamento del resto della famiglia.

Quando il pezzo finì, MacLeod disse semplicemente: «*Have ye gaet some morre?*»

Cercai la nona sinfonia di Dvořák, perché era uno di quei pezzi di musica che ti aprivano i polmoni e la mente e ti facevano ritrovare la fiducia nel genere umano.

«Questo è il primo pezzo di musica ad aver raggiunto la luna» gli dissi. «Armstrong se l'è voluto portare con sé durante la missione Apollo 11.»

MacLeod si distese al mio fianco e si perse tra le note e le stelle.

CAPITOLO 53

Scesi dal treno alla stazione di Sion nel cuore del Vallese insieme a Mélanie. Era nuvoloso, ma non erano nuvole da pioggia e di sicuro si sarebbero dissolte nel corso della notte. Per il fine settimana del matrimonio di Eric e Sophia era infatti previsto un tempo splendido.

Dovevamo aspettare quaranta minuti per l'autobus che ci avrebbe portati fino al paesino più vicino allo chalet, così Mélanie andò a comprarci qualcosa di fresco da bere, visto che a mezzogiorno la città era una fornace.

Mi guardai attorno e salutai le montagne che conoscevo da quando ero nato. Erano mesi che non tornavo in quei luoghi in cui avevo trascorso così tanti weekend della mia infanzia, ma l'idea di mettermi di nuovo in treno per stare meno di ventiquattro ore allo chalet di famiglia, dopo che già non facevo altro che viaggiare avanti e indietro durante la settimana, era davvero troppo per me in quel momento, per quanto amassi quel Cantone incuneato tra l'Italia e la Francia.

Quando arrivammo allo chalet, i festeggiamenti erano già in pieno svolgimento, sebbene il matrimonio non fosse ancora stato celebrato: già il fatto che fossimo tutti in vita era motivo sufficiente per far baldoria.

Lo chalet apparteneva ai miei nonni paterni, ma tutti i membri della famiglia erano liberi di andare e venire a loro piacimento. Lo avevano acquistato in condizioni pietose e si erano impegnati per anni per ristrutturarlo e renderlo uno dei miei posti preferiti. Se pensavo alla mia infanzia, i miei ricordi più belli erano quasi tutti legati a quella casa di legno con la facciata intarsiata con motivi tradizionali. Non avrei mai dimenticato la sensazione di meraviglia che mi colmava da ragazzino quando aprivo gli scuri al nostro arrivo e mi ritrovavo davanti le cime innevate oltre la vallata: era tutto così grandioso e immenso in Vallese. Lì avevo imparato a sciare, ad arrampicarmi su per le pareti di roccia e a volare col parapendio in quel cielo che mi invadeva fino al midollo.

Eppure non riuscivo più a guardare a quelle cime senza associarle a Eric: ogni ricordo era ormai contaminato dall'angoscia dei giorni che avevamo passato nella nebbia dell'incertezza e dell'impotenza, e non sapevo se quella patina grigia, che toglieva brillantezza a ogni colore, si sarebbe mai dissolta del tutto. Era più probabile che diventasse una delle tante cose con cui dovevo imparare a convivere, senza permetterle di corrompere la gioia che comunque provavo a essere lì.

Davanti alla casa, lunghe file di tavoli erano state allestite sul prato fiorito che scendeva fino al bosco. Ogni tavolo era abbellito da composizioni di fiori dai colori sgargianti ed era protetto dal sole da enormi ombrelloni bianchi con fiocchi e festoni azzurro e argento, i colori degli Altavilla. Un tavolo, separato da tutti gli altri, era stato collocato sotto la balconata dello chalet, ma non vi sedeva nessuno.

A una estremità del prato, quasi al limitare del bosco che abbracciava il terreno dei nonni, una squadra di camerieri stava servendo cibo a un'interminabile fila di invitati, che pareva un'onda del mare da cui qui e lì si staccavano singole gocce, che si allontanavano e poi si rimescolavano alle altre sotto il cielo che andava rasserenandosi. Una di quelle gocce era Nora, che stava ridendo alle battute di tre ragazzi, i quali avevano occhi solo per lei. Sorrisi tra me e me, felice di vedere che per lei la vita stava ricominciando.

Individuai tutti e quattro i miei nonni seduti a una tavolata e mi precipitai a salutarli.

Li abbracciai uno a uno e li rassicurai che il mio braccio era in via di guarigione, visto che la cosa sembrava preoccuparli in modo particolare. Mélanie salutò tutti con deferenza. Lasciò mia nonna Ginevra per ultima, sicuramente perché era quella che la metteva più in soggezione. Quel giorno poi Ginevra d'Altavilla era al massimo della sua maestosità, coi capelli attorcigliati intorno al capo impreziositi da brillanti che non avevo alcun dubbio fossero veri, un lungo vestito rosso scuro con un colletto rialzato che ricordava certi quadri del Settecento, e una parure di gioielli di cui non volevo nemmeno immaginarmi il valore. I matrimoni di famiglia erano le uniche occasioni in cui si dimenticava di essere una hippie ribelle e assumeva in tutto e per tutto l'identità che aveva acquisito sposando mio nonno Rodrigo. Col risultato che offuscava qualsiasi altra donna presente, pur essendo una delle più anziane.

Mentre osservavo Mélanie che parlava con i miei nonni, mi accorsi che tutto quello che diceva o aveva un risvolto economico o riguardava la sua ascesa sociale, come se stesse cercando di impressionarli favorevolmente parlando di qualcosa che, secondo lei, poteva essere in linea con i loro interessi. Eppure, dalle cose che le avevo raccontato e dai loro precedenti incontri, avrebbe dovuto sapere che i miei nonni parlavano di tutto, ma non della loro posizione sociale e ancora meno di soldi.

«E tu, Killian?» mi chiese a un certo punto mia nonna Ginevra, voltandosi verso di me. «Come va col lavoro? Hai già fatto l'esame di diritto?»

«No, ce l'ho il–»

«Ah, Killian ormai vive in quel posto orrendo» si intromise Mélanie. «O lavora o studia. Non so come faccia sempre con 'sti morti. Poi il suo capo è davvero impossibile, non gli dà un attimo di tregua.»

Fu un istante, ma vidi lo sguardo che si scambiarono mia nonna Ginevra e mio nonno Rodrigo.

«L'esame ce l'ho il 24 settembre» dissi, ignorando completamente quello che aveva detto Mélanie.

«In bocca al lupo allora, tesoro» disse mia nonna, «sono sicura che lo supererai egregiamente come sempre. Se uno ama quello che fa, niente può fermarlo.»

«Sì, hai ragione. Mélanie, vieni che andiamo a prenderci qualcosa da mangiare anche noi prima che finiscano tutto. Lo sai come sono questi. Non c'è già più posto dove sedersi.»

Cercammo di raggiungere la fila, ma fummo intercettati da mia madre, che prese Mélanie e la condusse allo chalet, spiegandole dove aveva messo i nostri vestiti e tutto quello che le avevamo dato da portare su in macchina per il fine settimana.

Ne approfittai per capire chi fosse già arrivato e chi mancasse ancora all'appello, mentre intorno a me il brusio della gente si mescolava al frinire dei grilli e un'arietta leggera trasportava fino a me il profumo del bosco. Non potei fare a meno di pensare a MacLeod, che, nonostante fosse stato invitato all'ultimo minuto, non era potuto venire perché quel fine settimana era a Stoccolma per un convegno, a cui in teoria avrei dovuto partecipare anch'io. Da un lato mi dispiaceva che non ci fosse, perché avrei voluto presentarlo ai miei e soprattutto a mia nonna Ginevra, ma dall'altro lato ero sollevato di non dover mediare tra lui e Mélanie per tutto il fine settimana.

Tim sapevo che era impegnato in cucina. Alex lo avevo visto correre dentro lo chalet appena eravamo arrivati: non lo invidiavo per niente nel suo ruolo di testimone. David e Johannes erano invece seduti allo stesso tavolo e nessuno dei due era accompagnato: chissà se Nuvoletta d'Oro era ancora in circolazione. Con Jo non mi ponevo nemmeno la domanda, speravo solo che un giorno qualcuno ristabilisse la sua fiducia nel genere umano, o magari anche solo nel genere femminile, sebbene capissi sempre di più la sua scelta di vita. Li salutai velocemente e andai ad abbracciare gli sposi.

Mentre stringevo Sophia, scrutai il volto di Eric: non c'era più traccia di paura nei suoi occhi, solo pura gioia. Era riuscito a sconfiggere i suoi demoni e io sapevo chi lo aveva spinto nella giusta direzione, anche se poi il resto del cammino se lo era fatto da solo. Lo abbracciai stretto senza dire una parola, perché non serviva. Ci furono concessi solo pochi istanti insieme prima che i due fossero risucchiati nel vortice delle congratulazioni, ma mi furono sufficienti per ottenere la conferma che sarebbe andato tutto bene.

Stavo cercando di tornare alla fila per prendermi da mangiare, quando con la coda dell'occhio percepii una macchia rossa alla mia sinistra.

«Killian, ti spiacerebbe venire un attimo con me?»

Seguii la gonna svolazzante di mia nonna Ginevra: camminava spedita e ne dedussi che si era riempita di analgesici e probabilmente avrebbe continuato a farlo per tutto il fine settimana, perché altrimenti i dolori dovuti all'artrosi non le avrebbero dato pace. Non si lamentava mai, però, perché lei non era una che permetteva ai problemi di prendere il controllo della sua vita: trovava semplicemente un modo per superarli e continuare a perseguire qualsiasi obiettivo si fosse prefissata. Giungemmo fino ai primi alberi del bosco, dove non c'era nessuno.

Mia nonna si voltò e mi fissò a lungo.

«Che c'è?» le chiesi dopo un po', perché quell'esame silenzioso mi stava mettendo a disagio.

«Tesoro, non prendertela se te lo chiedo, ma sei veramente sicuro di quello che stai facendo con Mélanie?»

La saliva mi andò di traverso e dovetti tossire.

Visto che non le rispondevo, continuò: «Ovviamente è la tua vita e sei libero di fare quello che vuoi, ma io, al posto tuo, ci penserei due volte».

Quando fui sicuro di riuscire a controllare la mia voce, dissi: «Nonna, non ti preoccupare: ci ho già pensato più di una volta ultimamente e… e avevo già i miei dubbi, ma adesso ho capito che tra noi non potrà mai veramente funzionare, non ci sarà mai l'alchimia che c'è tra te e il nonno o tra mamma e papà. Non ci capiremo mai con un semplice sguardo come fate voi. Abbiamo valori diversi e obiettivi diversi…»

La conversazione a cui avevo appena assistito aveva dissolto gli ultimi brandelli di nebbia: ora mi era chiaro che io con una donna che considerava orrendo quello che mi appassionava e non intendeva sostenermi nel raggiungere il mio sogno non potevo vivere e la vista di Eric e Sophia, pronti a stare uno a fianco dell'altra per il resto della vita come avevano sempre fatto fin da bambini, non aveva fatto altro che rafforzare questa realizzazione. Inoltre mi era più chiaro che mai che io non avrei mai potuto aiutare Mélanie nel realizzare il suo di sogno, perché fare soldi e mettere su famiglia non era tra i miei obiettivi, nemmeno a lungo termine. Tim aveva avuto perfettamente ragione: non eravamo fatti l'uno per l'altra. Le volevo indubbiamente bene, ma di passione in quello che provavo per lei non c'era traccia. Era più come l'affetto che nutrivo per le mie sorelle o cugine.

Il volto di mia nonna si distese in un sorriso che rivelò la sua arcata dentaria superiore leggermente piatta – come la mia. «E allora diglielo, Killian, perché lei non lo ha mica capito. E vai per la tua strada.»

«Vorrei conoscere un anestetico da iniettarle prima.»

«Si chiama tempo e fa il suo effetto dopo, non prima. Tu hai bisogno di altro, ben altro. Avanti, dammi il tuo braccio sano e aiutami a tornare al tavolo a tranquillizzare tuo nonno.»

«E di cosa aveva paura? Che qualcuno prendesse il controllo del suo patrimonio?»

La nonna si puntò i pugni sui fianchi e mi incenerì con il suo sguardo verde mare. «Aveva paura che potessi combinare una cavolata di cui ti saresti pentito amaramente per il resto della tua vita, ecco di cosa aveva paura! Eppure lo sai com'è, non vuole mai intervenire per lasciarvi fare le vostre esperienze. Ma io certi scrupoli non me li faccio, soprattutto quando la cavolata è davvero grossa.»

«Grazie per la fiducia.»

Mia nonna scoppiò a ridere. «Ma perché diavolo ti sei messo con lei? Non capisce niente di te. Né di noi.»

«Non lo so, ci hanno praticamente messo insieme degli amici comuni e all'inizio funzionava, ma da quando sono andato a vivere con lei le cose sono andate sempre peggio, soprattutto col nuovo lavoro. Avrei tanto voluto renderla felice, diventare come voleva lei, ma non ci sono riuscito…»

«Killian, ascoltami» disse, poggiandomi una mano ossuta

sull'avambraccio, «gli Altavilla non diventano niente. Gli Altavilla sono. E bisogna imparare a conviverci – da dentro e da fuori. Punto. Smettila di voler sempre accontentare gli altri, te l'ho già detto. Se non ti liberi di 'sta sindrome della crocerossina, finirai per annientarti da solo. Guarda come ti sei già ridotto!» Indicò il mio braccio ingessato. «Non riesci nemmeno più a muoverti liberamente.»

«Cosa c'entra? Il mio capo mi ha fatto girare le scatole e ho tirato un p–»

«Sì, sì, lo so» sventolò una mano in aria, «tua madre mi ha raccontato tutta la storia.» E ti pareva! «Ma il problema non è il tuo capo, il problema sei tu.»

Io? Mi infilai la mano sinistra tra i capelli, guardando il panorama delle Alpi senza vederlo. «Ma cosa dovevo fare? Lo sai che vita sto facendo al momento? Come faccio a fare anche il dottorato adesso?» Pestai un piede per terra. Perché nessuno capiva?

«Stai calmo che ti rompi anche la gamba. Questo non è certo il momento ideale per metterti a fare un dottorato, non intendevo quello. Il problema è che tu scegli pure il gusto del gelato tenendo conto dei gusti che sceglierebbe qualcun altro. Hai detto di no al dottorato perché stavi pensando a Mélanie, che odia quello che fai, non alle difficoltà pratiche di fare un dottorato adesso. È vero o no? Ti si sono addirittura incurvate le spalle da quando stai con lei.»

«È per via della fascia, mi tira. Sai quanto pesa un braccio ingessato?»

«Ma non dire cazzate. Tira indietro quelle spalle e alza quella fronte. Sei un Altavilla sì o no?»

Voltai la testa verso il bosco e fissai una fila di formiche che saliva lungo il tronco di un larice, sperando che mia nonna capisse che doveva finirla prima che perdessi la pazienza anche con lei.

«Vuoi fare un ripasso del tuo albero genealogico?»

«No gra-zie.» C'era già troppo azzurro e argento in giro per i miei gusti.

«Lo so che tu te lo dimentichi volentieri, ma lo sai, sì, per cosa sta la D nel tuo nome? Vuol dire che tu fai parte di quelli lì» disse, indicando vari membri della mia famiglia sparsi tra i tavoli imbanditi, tutti riconoscibili per il loro portamento eretto, come se fosse un marchio di fabbrica. «Gli Altavilla non abbassano il capo, Killian. Mai. Se incontrano un avversario più forte di loro, si fanno disarcionare a testa alta.» Si spostò nel mio campo visivo e mi costrinse a guardarla negli occhi. «Hai capito?»

«Sì.»

«Ascoltami: mettiti davanti a uno specchio, nudo, e fai due chiacchiere con te stesso, perché mi sembra più che ora che tu ti chiarisca un po' le idee su chi sei e cosa vuoi dalla vita. E fregatene di quello che pensano gli altri, ma soprattutto molla quella ragazza. Basta, ho finito.»

Alleluja!

La Professoressa mi prese sottobraccio, intrecciò le sue dita con le mie e, a dispetto di me stesso, per un attimo invidiai mio nonno Rodrigo: perché non avevo incontrato una donna così anch'io? La mia vita sarebbe stata completamente diversa, non per forza più facile, ma sicuramente più profonda.

Riconsegnai mia nonna a mio nonno e ripresi posto in fila, anche se mi era passata la fame.

Dopo poco fui affiancato di nuovo da Mélanie: si era cambiata e ora indossava un abito blu scuro attillato, che metteva in risalto il suo fisico ineccepibile. I capelli le brillavano e gli orecchini di acquamarina scomponevano i raggi del sole, decorando il suo collo con piccoli arcobaleni cangianti. Era bellissima.

Eppure non avevo alcuna voglia di toccarla. Non avevo

nemmeno voglia di parlarle. Perché in quel momento non potevo dirle quello che avrei dovuto e non sapevo cos'altro dirle.

Mi voltai dall'altra parte e a un tavolo scorsi Daphne e Alma, che si faceva aria con un ventaglio: aveva il terrore che il bambino decidesse di nascere proprio quel weekend, ma almeno sapeva di avere attorno tutte le persone di cui poteva aver bisogno, inclusa un'equipe di medici eccezionali.

Lo zio Kolja era infatti seduto poco distante con lo zio Richi e mio padre e vidi che continuava a lanciare occhiate ad Alma: qualsiasi cosa fosse successa, era pronto a intervenire.

Salutai Daphne con la mano e le feci segno di tenerci due posti. Speravo che intrattenessero loro Mélanie, anche se forse non erano proprio le persone giuste.

CAPITOLO 54

All'inizio della cerimonia non mi aveva disturbato né il profumo delle rose che decoravano la navata e l'altare della cattedrale né l'odore della cera sciolta che colava dai candelabri, mescolandosi all'incenso impregnato nelle pietre dei muri da secoli. La frescura dell'ambiente immerso nella penombra, rischiarato solo da centinaia di candele, era stata un piacevole contrasto rispetto alla calura che avvolgeva la città di Sion. Tuttavia, man mano che la cerimonia si avvicinava al culmine, inspirare quell'odore carico, mescolato ai profumi degli ospiti, mi stava provocando un crescente malessere.

Mélanie al mio fianco teneva gli occhi incollati su Eric e Sophia. Pareva assorbire ogni minimo dettaglio del vestito bianco di Sophia ricamato con perle e brillanti, neanche ci fosse stato qualcuno fuori dalla cattedrale pronto a interrogarla. Probabilmente quelle informazioni erano destinate a Sarah, con la quale aveva trascorso ore a scegliere il suo vestito, le scarpe, l'acconciatura, la parure e la borsetta. O forse la sua attenzione maniacale per le due persone davanti a noi era dovuta semplicemente al fatto che avrebbe voluto esserci lei al posto di mia cugina.

Feci scivolare la mano nella tasca della giacca per assicurarmi di avere ancora la busta che Sophia mi aveva dato da consegnare all'illustre Professor Lachlan MacLeod, facendomi giurare che non l'avrei aperta. Dovevo metterla al sicuro nello zaino non appena fossimo tornati allo chalet.

Non riuscivo a trovare una posizione in cui i pantaloni non mi bloccassero la circolazione all'altezza delle ginocchia, c'era troppo poco spazio tra la panca su cui ero seduto e l'inginocchiatoio di quella davanti perché potessi allungare un pochino le gambe. E le scarpe nuove di pelle nera, che rifletteva il brillio delle candele, mi facevano male dopo le decine di scalini che avevamo dovuto salire per arrivare alla cattedrale dal centro storico.

A causa del gesso, né la camicia né la giacca del completo indaco si chiudevano bene e la stoffa era eccessivamente tesa intorno al collo. La nuca e le spalle erano contratte per reggere il peso del gesso supportato dalla fascia. La cravatta, che mi ero allentato durante la salita e che Mélanie mi aveva stretto di nuovo prima della cerimonia, mi tranciava la laringe e cominciava a mancarmi l'ossigeno.

Ma quanto parlavano i preti? In fin dei conti la cosa importante era che si amassero e rispettassero per sempre, no? Quindi perché non pronunciava la formula di rito e ci faceva uscire all'aria aperta?

Accanto a me, Liène si agitò tra le braccia di mia cugina Magdalena, la sorella di Eric e Johannes, che era posizionata strategicamente vicino al corridoio laterale, nel caso in cui la piccola avesse cominciato a manifestare il suo scontento per essere stata separata dai suoi genitori, impegnati in qualcosa che riguardava solo loro. Incrociai lo sguardo di Magda. Volevo quasi proporle di portare fuori Liène, ma non volevo perdermi proprio lo scambio degli anelli: eravamo tutti lì per quello. Poggiai la mano sinistra sulla testolina bionda, che mi stava nel palmo, e le accarezzai i radi boccoletti col pollice, finché non si riaddormentò.

Riportai la mia attenzione sul prete e il mio cuore smise di battere: al suo posto c'era un cigno bianco con le ali spalancate. Cominciai a sudare. Il colletto della camicia mi tagliava la pelle. L'incenso mi soffocava. Guardai Mélanie – si era trasformata in un cigno nero! Mi voltai verso Magda: era un cigno pure lei! Il profumo dei petali di rosa, che mi sembravano piume sparse ovunque, mi faceva girare la testa. Non mi arrivava più aria ai polmoni. Ero circondato da centinaia di creature infernali, che ridevano di me! Il sangue mi pulsava nei polpastrelli, mentre il gesso si stringeva sempre di più intorno al mio braccio. Il dolore era insopportabile.

«Killian, controllati!» mi sibilò Mélanie, conficcandomi le unghie rosso sangue nella coscia. La sua voce mi riportò alla realtà proprio nel momento in cui Eric giurava amore eterno a Sophia.

Mi stropicciai le palpebre con le punte delle dita tremanti.

«Dai, Ki, non cominciare, che altrimenti parto anch'io» mi sussurrò Magda, ma non fui in grado di risponderle. Riuscii a malapena a soffocare un singhiozzo.

Nella mia mente stavano piovendo meteore infuocate. Una dopo l'altra stavano scavando un cratere sempre più profondo nella trama del mio essere: frammenti di sguardi dal significato oscuro, spezzoni di una serata trascorsa a ridere e scherzare. Alcol, troppo alcol. Mani che toccavano dove non avrebbero dovuto. E poi quel no pronunciato con l'ultimo barlume di lucidità per salvarmi.

Quella volta ci ero riuscito. Ora, invece, non trovavo appigli: stavo scivolando sempre più velocemente lungo la spirale che portava nel cuore di quell'abisso senza fondo e non sapevo più cosa fare per difendermi.

CAPITOLO 55

Finché c'era stata ancora gente in giro a fare baldoria, ero riuscito a non pensare. Ma ora non c'era più nessuno in piedi. Molti invitati erano andati a dormire negli alberghi di Sion. Gli irriducibili, di cui facevo parte, si erano invece rifugiati nelle tende che erano spuntate come funghi sugli spicchi di prato ancora liberi davanti allo chalet e al limitare del bosco. Mélanie si era addormentata esausta accanto a me. Avrebbe preferito una stanza d'albergo, ma io non mi sarei mai separato dagli altri e a Sion non c'erano comunque camere libere da nessuna parte per via del matrimonio.

Non avevo più nessuno con cui parlare. Ero solo con me stesso. Ed era una compagnia repellente.

Intorno a me vedevo un caleidoscopio di relazioni vive, pulsanti, mentre la mia era morta e spiccava per contrasto, come sangue arterioso su mattonelle bianche – sangue che fuoriusciva da un corpo ormai esanime. Con la coda dell'occhio sbirciai il volto di Mélanie nella penombra. Non tolleravo più la vista di quella donna che rappresentava il mio fallimento come amante e come uomo.

Scivolai fuori dal mio sacco a pelo e poi dalla tenda. Sul prato regnava il silenzio: ormai anche gli ultimi bisbigli e le ultime risatine avevano ceduto il posto al sonno. Nascosta tra le fronde dei pini neri, una civetta mi lanciò il suo saluto, mentre mi inoltravo nel bosco fino a raggiungere il costone che dava sulla vallata.

La falce della luna calante, alta nel cielo, era affilata come un bisturi. Riconobbi l'Orsa Minore, Pegaso, Ercole, il Drago, l'Aquila, la Lira e il Cigno attraversato dalla sua Fenditura di polveri oscure, che, con la loro ombra, nascondevano alla vista le stelle della Via Lattea – erano tutti lì, testimoni silenziosi delle vicissitudini degli uomini sulla Terra.

Volevo perdermi tra quei corpi celesti, volevo volare fin lassù, tra le cime aguzze delle montagne dall'altra parte della valle. Volevo portare via con me l'odore di erba arsa dal sole, di pini e di resina ancora calda. Volevo lasciarmi cullare nell'oblio da quel profumo conturbante. Quel profumo che mi ricordava l'uomo che aveva messo a soqquadro la mia esistenza. L'uomo con cui avrei voluto condividere quel fine settimana, con cui avrei voluto celebrare quella festa dell'amore. L'uomo che per me era il Cigno, ma che non lo sapeva e non lo avrebbe mai saputo. Perché nessuno sapeva del Cigno.

La musica di Čajkovskij mi esplose nella testa, mentre l'immagine di corpi meravigliosamente scolpiti, che non erano fatti per me, mi riempiva la mente. Uomini il cui volto era diviso a metà da una striscia nera, perché in loro non prevaleva il lato maschile su quello femminile: avevano integrato entrambi i loro lati. Mentre io avevo negato la mia vera natura. Per conformarmi. Per non essere diverso dagli altri. Per non essere escluso, deriso, sminuito perché non funzionavo come gli altri. Per essere un bravo ragazzo.

Ma per quanto avessi soffocato tutti i miei istinti, per quanto mi fossi scelto le donne più belle e avessi cercato di essere l'uomo che volevano, il Cigno era sempre rimasto vivo dentro di me. Mi aveva osservato, mi aveva chiamato, mi aveva minacciato e ora non riuscivo più a tenerlo a bada.

Avrei dovuto capirlo quella notte, quando avevo intrecciato le dita tra i ricci dorati di Lorenz e avevo lasciato che infilasse le mani sotto la mia maglietta e mi baciasse, che non potevo vincere contro me stesso. Invece l'avevo respinto, l'avevo escluso dalla mia vita per sempre. Non avrei mai dimenticato il dolore nel suo sguardo. Era uguale al mio. Perché quella notte avevo pugnalato me stesso insieme a lui.

Eppure nel mio intimo sarei sempre rimasto un Cigno, non avrei mai potuto obliterare quel dato di fatto, per quanto ci provassi. Potevo solo perdermi nell'infinito e lasciare che ogni cellula del mio corpo si librasse nell'aria con l'impatto al suolo. Cento metri di dislivello potevano darmi la libertà a cui anelava la mia anima, potevano spezzare le catene che mi tenevano inchiodato in una vita che non era la mia, potevano cancellare la mia memoria e la mia coscienza, potevano uccidere il mio maledetto senso del dovere.

Bastava lasciarsi andare. Senza prendere la rincorsa. Un solo passo. E nessuno avrebbe mai saputo che ero un Cigno...

CAPITOLO 56

Cinque dita si conficcarono nel mio bicipite. Fui tirato indietro dal crepaccio con tale forza che mi accorsi di quello che stava succedendo solo quando la mia schiena andò a sbattere contro un petto saldo e muscoloso. Un altro braccio mi attraversò il torace, impedendomi di muovermi.

«Cosa stracazzo stai facendo?!» mi sibilò nell'orecchio la voce di Tim.

«Niente, ammiravo la vallata.»

«Da qui non si ammira la vallata! Da qui si precipita giù. Lo sai benissimo che ci hanno sempre vietato di venire in questo posto perché il terreno è friabile e non regge.»

Mi fece piroettare su me stesso.

«E allora tu cosa ci fai qua?»

«Ero venuto a pisciare. Poi ho visto un'ombra e pensavo fosse qualche invitato che non sapeva del pericolo. Cazzo, Killian!»

Mi afferrò la testa tra le mani, poggiando la fonte contro la mia. «Cosa-diavolo-volevi-fare?»

«Non lo so.» Un singhiozzo mi sfuggì dalla gola.

Tim mi abbracciò così stretto che temetti che mi avrebbe fratturato le costole.

«Perché, Killian? Perché?»

«Io non sono come voi. Non voglio sposarmi, non voglio mettere su famiglia... Io sono diverso.»

«Ma che problema c'è? Chi se ne frega! Chi stracazzo se ne frega! Mica tutti devono essere felici in coppia. Ci sono persone che stanno bene da sole. Nessun problema! E poi hai sempre noi: solo non sarai mai.»

Una risatina mi gorgogliò nella gola come le bollicine in una bottiglia di Coca-Cola scossa con troppa violenza.

«Mollala, Ki! Te l'ho già detto non so quante volte: dacci un taglio, non è la donna giusta per te. Sei sempre lì che dici che è la tua àncora di salvezza, ma non sta salvando proprio nulla, ti sta distruggendo. Non sei più te stesso da quando stai con lei. Non sei felice e non lo sarai mai così. Lasciala andare, Ki! Ritrova te stesso e fatti la tua vita come vuoi tu!»

Il gorgoglio si trasformò in una cataratta: non riuscivo a frenarmi. La mia risata echeggiò tra i pini e si sfracellò contro le rocce. Io mi ero già trovato. Io ero un Cigno! Io avevo una striscia che mi scendeva dalla fronte alla punta del naso e due maestose ali bianche, con le quali, però, non sapevo volare.

«Tu sei completamente ubriaco» sentenziò Tim. «Stai fermo qui che devo pisciare.»

Si allontanò di pochi passi, ma non smise di guardarmi neanche un secondo.

Avrei potuto ancora voltarmi e saltare. Non sarebbe riuscito a fermarmi.

Ma forse aveva ragione. Forse potevo semplicemente vivere secondo la mia natura. Senza dirlo a nessuno, come non avevo mai detto niente a nessuno del Cigno – nemmeno a lui. Perché era il mio migliore amico e non volevo deluderlo.

CAPITOLO 57

Tra l'arrivo dell'autobus a Sion e la partenza del treno c'erano pochi minuti di attesa. Accompagnai Mélanie al binario. Un paio di comitive se l'erano presa comoda dopo la domenica trascorsa in montagna e ora aspettavano il treno serale per Briga, da dove si prendeva la coincidenza per Berna. Gli ospiti del matrimonio se ne erano ormai già andati tutti.
«Mél.»
Si voltò verso di me, il volto stanco dopo i bagordi del fine settimana.
«Io adesso non prenderò questo treno.» Era l'unica cosa che mi venisse in mente di dire: non avevo mai lasciato una donna prima e non sapevo se ci fosse una formula di rito.
«Perché? Dove vai?»
«Non torno a Zurigo.»
«Vai a Berna? Ma è lo stesso treno.»

«No, non torno *più* a Zurigo.»

Mélanie rimase a fissarmi, mentre il significato di quelle parole si faceva strada nel suo cervello.

«Come sarebbe a dire?» sussurrò.

«Mi dispiace, ma non ce la faccio più.» Il suo viso sbiancò. «Non c'entra con te, te lo giuro. Sono io. Non posso darti quello di cui tu hai bisogno. Non sarei mai in grado di renderti felice. Mi dispiace.»

«Ma ti ho detto che va bene aspettare.»

«No, non è una questione di tempo. Sposarsi, avere figli... non è la mia strada, Mél. Non posso essere come vuoi tu.»

Vidi tutti i suoi sogni che si dissolvevano nei suoi occhi come castelli di sabbia sgretolati dal vento del deserto.

La abbracciai. «Mél, mi dispiace così tanto. Ti voglio un sacco di bene, credimi, ma non sono l'uomo che fa per te. Sono sicuro che lo troverai, ma non sono io.»

Il suo corpo si irrigidì. «Non mi toccare!» urlò divincolandosi. La gente sul binario si voltò a guardarci.

La lasciai andare, mentre il treno entrava in stazione.

Non si girò nemmeno.

Rimasi sul binario finché il treno sparì in fondo alla vallata. Le lacrime mi colavano lungo le guance. Il dolore che provavo al petto era devastante. Il mio corpo evidentemente non sapeva produrre endorfine in misura sufficiente a mitigare un dolore così. Ed era colpa mia, era tutta colpa mia. Non avevo dato ascolto a Lorenz e mi ero invece rifugiato nella relazione con Mélanie, perché non avevo avuto il coraggio di guardarmi in faccia e ammettere che io non ero come i miei amici.

Sarei dovuto saltare sotto gli occhi di Tim: avrebbe fatto meno male a Mélanie. Avrebbe fatto meno male a me.

Mi sedetti sul muretto di recinzione del parcheggio fuori dalla stazione ad aspettare il prossimo treno. Persi il contatto con la realtà, mentre fissavo le mie sneakers verdi consunte. Riuscivo solo a pensare che dovevo comprarmene di nuove. Assolutamente.

«Killian! Ma avete perso il treno?»

Alzai lo sguardo e incrociai quello limpido di Nora. Dopo due giorni sotto il sole in compagnia, le sue guance erano di nuovo rosee e aveva perso la sua aria derelitta. «No. Mélanie il treno l'ha preso. Solo io no.»

Mi si avvicinò e mi fissò da vicino nella semioscurità dell'imbrunire con quei suoi occhi verde acqua come quelli di tutti gli Altavilla che non li avevano azzurri. Io ero l'unico ad averli diversi: un verde impuro, inquinato dal marrone.

«Ki?»

«Hmm?»

«Ti sei lasciato con Mélanie?»

«Sì.»

Per un po' Nora non disse nulla, poi mi accarezzò una guancia. «È la cosa più giusta. Avanti, vieni con me. Mamma e papà sono in macchina vicino al semaforo. Ci siamo accorti che non avevamo abbastanza latte per domani con Daph e gli altri a casa e a quest'ora è aperto solo il negozietto qui in stazione. Mi sa che sarà meglio comprarne un altro litro ancora.»

Quando mi vide nello specchietto retrovisore, mio padre si sporse fuori dal finestrino in cerca di Mélanie. Ma Mélanie non c'era più.

Mentre apriva la portiera, Nora disse semplicemente: «Ki torna a casa con noi. E ci resta».

Mia madre si voltò tra i sedili. Ci fissammo per un lungo istante. Si rigirò e disse: «Ecco, dopo il braccio ci siamo rotti anche il cuore. Lo sapevo io che andava a finire così. Adesso possiamo finalmente tornare a casa».

Mio padre non disse una parola, mise in moto la macchina e accese la radio. L'Adagio per archi di Barber invase l'abitacolo e io sentii il mio cuore incrinarsi.

Trascorsi tutto il viaggio a guardare la notte che avvolgeva ogni cosa fuori dal finestrino. Non riuscivo a smettere di piangere, ma non sapevo se fosse per Mélanie, per me o perché le persone che più amavo non sapevano chi fossi realmente.

Nora rimase aggrappata al mio braccio fino a Berna, le dita intrecciate con le mie.

CAPITOLO 58

Salii le scale fino al secondo piano dell'Istituto molto lentamente nel tentativo di calmare i miei nervi. Era di gran lunga peggio del primo giorno di lavoro, perché adesso sapevo benissimo chi mi stava aspettando. Quello che non sapevo era come avrei reagito io alla sua vista, ora che tutto era cambiato.

Dimenticai i miei timori nell'istante in cui aprii la porta del suo ufficio: il mio capo aveva un'espressione tormentata, che non mi piacque proprio per niente, sebbene fosse terribilmente affascinante anche con la mandibola tesa. Indossava una camicia azzurra con gli ultimi due bottoni sbottonati. Forse non tollerava nemmeno quel tipo di chiusura e lo capivo, dopo la tortura a cui ero stato assoggettato al matrimonio. In mano teneva un foglio con delle parti evidenziate in rosa, che trasparivano anche dal retro.

Mi sedetti di fronte a lui dopo averlo salutato e aver a malapena ricevuto risposta. Il foglio mi volò in grembo. Era una tabella con delle stampigliature temporali. Sulla prima riga c'era il mio nome con la mia sigla. Nella colonna di sinistra erano riportate le date del mese di agosto. Nella colonna successiva c'erano vari orari per ciascuna data, nella maggior parte dei casi quattro, poi c'era una colonna con scritto In o Out in corrispondenza di ciascun orario e nell'ultima colonna c'erano dei codici e delle sigle.

Gli orari contrassegnati in rosa erano: 02:13 in, 02:44 out, 02:46 in, 04:38 out, 05:54 in, 12:03 out, 13:42 in, 17:15 out.

Ci misi un attimo per decifrare le sigle corrispondenti ai terminali su cui avevo passato il badge per aprire le porte, ma mi ci volle solo una frazione di secondo per realizzare che avevo un grosso, grossissimo problema.

Sollevai lo sguardo.

«A quanto pare, ci sono anche dei video che riprendono te e altre due persone, un uomo e una donna, che entrate, poi tu che esci ed entri con un'altra donna, poi voi che uscite tutti insieme e tu che rientri circa un'ora più tardi da solo.»

Scheisse! Assentii, ma non dissi nulla perché stavo cercando di elaborare una strategia che arginasse quanto più possibile i danni.

«Dimmi solo una cosa: volevi il mio computer?»

«Il tuo computer?»

«Il laptop col software.»

«No! Assolutissimamente no!» Ero allibito che potesse aver pensato una cosa del genere. «Non farei mai una cosa così! Perché dovrei?»

«Per i soldi, Killian, per la fama, per il successo.»

Scossi la testa con veemenza. «No, mai! Io non faccio cose di questo tipo! Vengo da una famiglia ricca sfondata, non mi servono altri soldi. Non uso nemmeno quelli che ho a disposizione!» Mi infilai una mano tra i capelli. «Pensi davvero che io sarei capace di arrivare a tanto? Allora non hai capito proprio niente di me.

Non so nemmeno come funzioni di preciso il tuo software, cosa vuoi che ci faccia?»

«Ci sono infatti molte cose di te che non capisco. E non capisco nemmeno perché porti gente qui dentro nel mezzo della notte. Mi sembrava l'unica spiegazione logica, però sono molto sollevato di essermi sbagliato, perché non so se sarei riuscito a digerire un tradimento del genere.» Il suo sguardo vagò verso il touch screen, dove il salvaschermo stava disegnando ghirigori colorati, poi tornò su di me. «Scusami se ho pensato male di te, ma ci sono momenti in cui non so più nemmeno io cosa pensare. Il software è il progetto della mia vita, capisci?»

«Sì, lo so. È per questo che non farei mai nulla per sabotarti. Io non tradisco chi si fida di me!» Soprattutto non lui e il fatto che mi credesse capace di una cosa del genere mi riempiva di amarezza.

«Infatti, una parte di me continuava a dirmi che non poteva essere.»

«Avresti dovuto darle ascolto.»

«Scusami.»

Alzai le spalle mentre cercavo di calcolare quali altre ripercussioni avrebbe potuto avere quel foglio.

«Ora mi spieghi perché sei entrato qui dentro a quell'ora e chi erano quelle persone?»

Il segreto professionale poteva andare a farsi benedire: questa volta venivo prima io, perché la posta in gioco era troppo alta.

«Erano solo Alex e una sua amica. Lei era appena stata pestata dal marito. Temevo che avesse una commozione cerebrale, che infatti aveva, e volevo passarla nel Virtobot. Solo che poi ho scoperto che era incinta e quindi ho deciso di chiamare una mia zia che è pediatra al Lichtstrahl. Volevo che mi desse una mano con la diagnosi, visto che con un braccio solo non riuscivo a esaminare bene la ragazza, e che controllasse che il bambino stesse bene.»

«Ma perché non siete andati in ospedale?»

«Lei non voleva, perché sapeva che avrebbero fatto pressioni perché denunciasse il marito alla polizia e non se la sentiva, era terrorizzata.»

MacLeod scosse la testa. «Bel casino.»

«Sì. Non so come faccia Alex a stare così calmo, perché io al posto suo avrei già ammazzato quell'uomo a mani nude.»

MacLeod abbracciò la stanza con i suoi fari azzurri. «*Is she a frriend or his girrlfrriend?*»

Ci fu un attimo di silenzio.

«Alex la considera la sua donna. In ogni caso è la madre di suo figlio.»

MacLeod levò gli occhi al soffitto e sospirò.

«Però quando mi hanno chiesto aiuto non sapevo per certo che fosse lui il padre. Ho solo fatto il mio dovere di medico. Probabilmente non è stata la scelta più oculata, ma non ci ho riflettuto molto. Volevo assicurarmi che non avesse un'emorragia cerebrale. Le ha tirato un pugno così forte che le ha lacerato la pelle, per fortuna lo zigomatico ha retto. Ma aveva nausea e fotofobia e temevo che fosse in pericolo. Aveva perso molto sangue.»

MacLeod si ravviò i capelli con entrambe le mani. «*Richt*. Ti consiglio di puntare su questo quando rispondi a quelli che ti stanno aspettando in sala riunioni. Cercherò di difenderti, Killian, ma non so quanto saranno disposti ad ascoltarmi. Ho già fatto l'impossibile perché Senn non ti buttasse fuori quando ti sei rotto il polso. Huber mi ha sostenuto quella volta, giusto perché tu lo sappia, ma adesso non so se tu possa contare ancora su di lui. Non sono riuscito a parlargli da solo. Cammina.»

Percorrere un corridoio lungo come quelli dell'Istituto di Medicina Legale di Berna era una brutta cosa quando avevi una spada di Damocle che ti pendeva sulla testa. Stare seduto davanti a dieci persone che volevano sapere tutto degli affari tuoi e del tuo parentado pure. Decisi che qualsiasi cosa mi fosse uscita di bocca non avrei fatto nomi.

Quando ebbi risposto a ogni singola domanda, Senn si batté la stanghetta degli occhiali sul mento e disse: «*Hören Sie, Doktor Altavilla*, poche settimane fa eravamo nella stessa posizione. Solo che, se l'altra volta la colpa non era del tutto sua, questa volta lo è. Questo è un Istituto di Medicina Legale. *Legale*, capisce? Quello che è conservato qui dentro è, nella maggior parte dei casi, materiale probatorio per dei processi. Non possiamo avere gente estranea che entra ed esce a piacimento degli assistenti, perché questo rischia di inficiare interi procedimenti. Sono stato chiaro? È il motivo per cui questo edificio non è accessibile al pubblico. E i suoi parenti, comprese le amanti, sono pubblico esterno. E all'esterno devono rimanere! Intesi?» Annuii. «Quello che lei ha fatto è estremamente grave. L'unica cosa che la salva è che ha agito per adempiere al suo giuramento, quindi, ancora una volta, le permetto di rimanere – fino al termine del periodo di prova, che, le ricordo, è tra due settimane e mezzo. Dopodiché si vedrà.»

Chinai la testa. Deglutii, ma il groppo che mi si era formato in gola non andava né su né giù.

«E il suo badge lei adesso lo consegna al Professor MacLeod, che verrà a prenderla all'ingresso e timbrerà per lei ogni mattina, a pranzo e la sera. Ora vada a fare il suo lavoro e cerchi di imparare a tenere ben distinta la sua vita privata da quella professionale, perché è quello che fa ogni medico che si rispetti.»

Uscii dalla stanza senza fiatare e andai a osservare i treni che passavano sotto la vetrata del mio ufficio. Si muovevano lentamente in prossimità della stazione, ma in quel momento non riuscivo a metterli a fuoco lo stesso.

Mi sentivo le guance in fiamme. L'acufene mi stava

frantumando il cervello. Un'umiliazione pubblica così non l'avevo mai sperimentata in vita mia. Ma forse era solo un assaggio di quello che mi aspettava in generale nella vita d'ora in poi: umiliazione, esclusione, derisione, disprezzo e forse anche pestaggi, proprio come il ragazzo che MacLeod e io avevamo salvato mesi prima. E avrei fatto meglio ad abituarmici, perché gli esseri umani erano impostati da secoli per eliminare tutto quello che era diverso, tutto quello che non rispondeva alle aspettative, tutto quello che non capivano, con la scusa che poteva essere nocivo. Ciò che non rientrava nella norma veniva corretto, omologato, uniformato, escluso o soppresso. E i medici erano i peggiori, perché loro erano formati per individuare le anomalie e rimuoverle. Ogni curva che denotava uno scostamento dai parametri prestabiliti doveva essere appiattita. Se avessi scelto la musica come carriera, forse le cose sarebbero state un po' diverse, ma da medico ero circondato da persone che avevano la *vocazione* di curare.

Dopo un lasso di tempo indefinito, che nella mia percezione aveva assunto una qualità tridimensionale e un colore rosa smorto, qualcuno entrò nella stanza, ma non mi voltai.

«Killian...» MacLeod si avvicinò e mi mise una mano sulla spalla. «Fai bene sto esame e dimostra loro quanto vali, che in qualche modo ce la faremo.»

Io, l'unica cosa che volevo era che mi stringesse come aveva fatto Tim in Vallese.

«Gimme yourr badge, c'm on.»

A mezzogiorno dissi a MacLeod che non sarei uscito per pranzo e salii sul tetto dalle scale di emergenza.

Era una giornata ventosa, che preannunciava l'autunno ormai alle porte. Mi stesi sul cemento grezzo. Non era freddo, ma nemmeno caldo come il terrazzo della rocca dei nonni nelle notti d'estate. Soprattutto, nell'aria non c'era il profumo di mirto che aleggiava lì. Il braccio ingessato, poggiato sul mio stomaco vuoto, pesava come piombo e mi impediva di sentire la fame.

Le nuvole si rincorrevano dalle Alpi al Giura. Mi sentivo proprio come quegli ammassi di umidità: senza una forma né una consistenza precisa, un uomo che non era del tutto uomo, un medico che non poteva definirsi nemmeno generico, né svizzero, né italiano, né inglese. Non ero niente, non ero nemmeno degno di avere un badge e di spostarmi liberamente, come se il gesso non limitasse già a sufficienza i miei movimenti.

Il cellulare prese a vibrare nella tasca dei miei pantaloni.

«Daph?»

«Come stai, Ki?»

«Abbastanza di merda, grazie.»

«Sì, ne abbiamo tutti preso atto a colazione. Ora mi fai il piacere di uscire dal tuo buco e andare avanti con la tua vita? Lasciare Mélanie era l'unica cosa sensata che tu potessi fare. Siamo tutti d'accordo su questo e ti sosteniamo pienamente, ma adesso finiscila di fare la vittima, perché non ti porterà da nessuna parte. Concentrati invece sulle tue cose come, tanto per dirne una, l'esame di diritto.»

«Sono io sbagliato, non lei.»

«Oh, smettila! Tu non sei sbagliato! Sei semplicemente come sei e bisogna sapere come gestirti. Mélanie non sapeva neanche da dove cominciare, ok? Vuoi sapere una cosa che ho sentito la nonna Ginevra dire a Natale? Stava parlando con la mamma e non so che altre zie in cucina e io ero appena fuori in corridoio–»

«Stavi origliando?»

«Non stavo origliando! Volevo prendere qualcosa da mangiare per Runa.»

«Mhm... E cos'ha detto la nonna? Sentiamo.»

«Sei sicuro che lo vuoi sapere?»

«Ormai.»

«Ha detto: "Quella non è nemmeno in grado di farlo arrabbiare davvero, figuriamoci di fargli bollire il sangue per altri motivi". È vero?»

Ci pensai per un attimo. «Sì, è vero. Mi sono arrabbiato con lei per davvero solo una volta. Me ne sono addirittura andato di casa, solo che poi sono tornato... E per il sangue, era già tanto se in qualche modo scorreva.»

Ci fu un attimo di silenzio. «A maggior ragione ora lasciati tutto alle spalle e vai avanti.»

«Ma dove vuoi che vada? Mi hanno perfino tolto il badge.»

«Come sarebbe a dire?»

«Che non posso più entrare e uscire dall'Istituto come mi pare. Devo sempre chiedere a MacLeod.»

«Ma cos'hai combinato?»

«Io niente – o quasi. È Alex che si scopa chi non dovrebbe.»

«Che c'entra Alex con l'Istituto? Racconta!»

Si era scatenata la predatrice che era in lei e sapevo che non mi avrebbe lasciato in pace finché non le avessi raccontato tutto.

Quando ebbi finito di riferirle di Valentina, disse: «Ora Alex mi sente».

«No, no, per carità! È già abbastanza stressato per tutta la situazione, senza che gli fai venire anche i sensi di colpa per quello che sta succedendo qui.»

Silenzio.

«Daph, ti prego, lascialo stare!»

«Adesso non agitarti tu.»

«Promettimelo!»

«Ok. Ma tu devi recuperare quel badge al più presto.»

«Non credo che lo rivedrò più.»

«Hanno detto fino al termine del periodo di prova, ma dopo di sicuro te lo ridaranno, vedrai. Devi solo fare bene l'esame. Sei preparato?»

«Sono più o meno in pari con lo studio, sì. Ma non sarei così ottimista. Non credo che mi terranno, a prescindere dall'esame. Senn è stato abbastanza chiaro.»

«Devo venire a parlarci io?»

«Non-ti-avvicinare-neanche-all'incrocio-dell'Inselspital. Hai capito?»

«Va beene. Supera sto esame e poi vediamo.»

Chissà che nel frattempo non se ne tornasse in Norvegia, dove poteva fare meno danni.

«Senti» continuò, «in realtà volevo dirti che stasera noi quattro andiamo a cena insieme.»

«Noi quattro chi?»

«Tu, io, Nora e Dävu.»

«Ma Dävu è a Zurigo.»

«Dävu prende il treno e viene a Berna. Non è che le ferrovie hanno smantellato la linea solo perché a te non serve più. Andiamo da qualche parte dove si mangia bene e non ci conosce nessuno. Nora e io abbiamo già fatto un elenco da cui potete scegliere. Te lo mando per mail.»

«Ma che gentili.»

«Tu però prima vieni a casa, ti fai una doccia e ti cambi, che non voglio mangiare con uno che puzza di morto accanto.»

«Non puzzo di morto, stronza.»

Non feci in tempo a poggiare il cellulare sul pavimento che squillò di nuovo. Era Tim. Voleva sapere come stessi. Gli raccontai che ero single e con un piede già fuori dall'Istituto. Mi disse che forse era un segno, che forse dovevo cambiare anche il mio capo, non solo la mia ragazza, ricominciare da zero su tutti i fronti. Mi avrebbe richiamato nel pomeriggio. Lo salutai dicendogli di non preoccuparsi per me e di concentrarsi su Emily, che era davvero splendida.

Una lacrima silenziosa mi rotolò dall'angolo dell'occhio fino all'orecchio.

CAPITOLO 59

Ventiquattro ore più tardi stavo bevendo un caffè con Kocher nella cucina dell'Istituto, quando MacLeod fece irruzione in quell'oasi di pace, sventolando in mano la stampa di una cartina stradale.

«Omicidio nell'Altopiano bernese» disse col tono che chiunque altro avrebbe usato per annunciare che era arrivata la pizza. «Andiamo!» mi ordinò. Gli occhi gli brillavano come quelli di un bambino a cui hanno detto che può aprire i regali di Natale.

Buttai giù il caffè d'un sorso e lo seguii in corridoio.

«Si sa già qualcosa?» gli chiesi.

«La donna delle pulizie ha trovato la padrona di casa ammazzata e del marito non c'è traccia. La donna è stata fatta a pezzi.»

«A pezzi?!»

«Da quello che mi ha riferito Huber sembrerebbe un raptus da stupefacenti. Viene anche lui. Abbiamo un range di circa sei giorni per la morte, perché la donna delle pulizie va una volta alla settimana, e il cadavere è già in stato di avanzata putrefazione. Magari riusciamo a dare subito a Bovet qualche informazione più dettagliata.»

«Cosa dobbiamo fare esattamente?»

«Raccogliere i pezzi e assicurarci che ci sia tutto. Poi dovremo capire come è morta.» Si fermò e puntò i suoi occhi azzurri su di me, serio e di un fascino conturbante. Avrei voluto afferrargli il volto tra le mani e poggiare le mie labbra sulle sue... Urlai ai miei neuroni di smetterla.

«Te la senti? Ti assicuro che non dormirai per qualche giorno e l'odore non te lo dimenticherai mai più.»

Abbassai lo sguardo più che altro per impedire ai miei pensieri di perdersi in un labirinto senza uscita, ma anche perché mi feriva che dubitasse di me, per l'ennesima volta.

«Credi che non ce la faccia?» chiesi con voce appena udibile.

«In condizioni normali ce la faresti benissimo, ma da ieri hai perso la tua grinta e non so davvero se tu sia abbastanza forte per reggere uno shock così in questo momento. Però è anche un'occasione unica per scoprire se questo mestiere fa davvero per te.»

«E se non ce la faccio, cosa succede?»

«Torni qui e vai a fare l'assistente di Kocher.» Mi fece l'occhiolino, poi mi poggiò una mano sulla spalla. «La prima volta è sempre uno shock per tutti, non ti preoccupare. Devi provare almeno due volte per sapere per certo se ce la fai o no. Se è troppo, esci semplicemente dalla casa e vai a farti una passeggiata. Poi però torni a darmi una mano.»

Mi strinse la spalla, forse per farmi coraggio, forse per confermarmi che stava scherzando. Io riuscivo solo a percepire il calore della sua mano.

«Huber, lei è pronto?» chiese quindi attraverso la porta aperta dell'ufficio di quell'uomo che non avevo alcuna voglia di vedere, dopo che il giorno prima aveva cercato di mettermi in difficoltà in tutti i modi alla riunione con Senn e farmi fare la figura dell'imbecille davanti a tutti, cosa che gli riusciva sempre benissimo. Dover gestire anche lui avrebbe reso tutto ancora più difficile.

«Su, Altavilla» mi disse Huber, quando fummo pronti per partire. «Basta non pensare. Spenga il cervello e si immagini di essere sul set di un film: sono tutti solo effetti speciali. Vedrà che così funziona. Andiamo!» aggiunse con un gesto simile a quello di un direttore che dà l'attacco a un'orchestra, ma io con lui non volevo suonare.

«Guido io, eh» disse ancora, mentre scendevamo le scale, «che con MacLeod c'è sempre il rischio di un frontale.»

«So guidare benissimo a destra. Il mio cervello non è nemmeno vagamente vicino alla pensione» rispose MacLeod, che ci precedeva di qualche gradino – la schiena più perfetta che avessi mai visto e il culo... beh, il culo di un nuotatore.

Il casale in cui era stato rinvenuto il cadavere si trovava lungo una stradina tortuosa, che si snodava tra le valli dell'Altopiano bernese. Là il vento soffiava più forte che a Berna. Mi guardai intorno, mentre chiudevo la portiera della macchina: i prati erano trapuntati di fiori dai colori delicati e nel cielo individuai un falco che ruotava sopra di noi, probabilmente disturbato da quell'inusuale andirivieni di persone in un luogo di solito poco trafficato. Avrei voluto mettermi lo zaino in spalla e sparire tra le rocce, prendendo uno dei sentieri che decoravano i pendii delle montagne intorno a noi come i ricami arzigogolati su una gonna del Settecento. Ma, sebbene temessi che il mio capo avesse ragione sul mio stato psicofisico, fremevo anche dal desiderio di mettermi alla prova: la tensione che emanavano MacLeod e Huber si era trasmessa anche a me nell'abitacolo ristretto della macchina.

Uno degli uomini della scientifica ci accolse nel giardino antistante il casale, tra i gerani rossi e bianchi che straripavano dai vasi di terracotta. L'uomo, di cui vedevo solo gli occhi marrone scuro perché era ricoperto dalla testa ai piedi da protezioni di vario genere, ci diede una tuta, dei guanti e una mascherina. MacLeod reperì anche degli occhiali dalla valigetta che era sempre pronta all'uso nella macchina dell'Istituto.

Indossai tutto l'armamentario, sperando che non proteggesse solo il mio corpo, ma anche la mia psiche. Qualsiasi cosa fosse successa, non potevo crollare davanti a MacLeod e Huber, non avrei mai dato loro quella soddisfazione. Serrai le mascelle e misi piede oltre la soglia al seguito del mio capo.

Feci pochi passi e trasalii: anche con la mascherina e il mentolo, che avevo avuto la prontezza di spirito di portarmi appresso, fui colpito dall'odore stantio e metallico di sangue e carne putrefatta. MacLeod mi lanciò uno sguardo preoccupato, ma lo rassicurai con un cenno della mano.

Raggiungemmo la cucina seguendo le indicazioni di un poliziotto e ci trovammo davanti allo spettacolo più raccapricciante che avessi mai visto: c'era sangue dappertutto – e pezzi, pezzi dappertutto. Sul tavolo c'era quel che rimaneva del corpo di una donna trafitto da diverse coltellate inferte probabilmente con un coltello seghettato, a giudicare dai lembi lacerati delle ferite. Gli occhi mancavano e anche il naso. I capelli erano in parte stati strappati via. Mi portai una mano alla testa coperta dal cappuccio della tuta.

MacLeod e Huber, invece, cominciarono subito a scambiarsi informazioni con l'esperto della scientifica che stava rilevando impronte nella stanza. Come attraverso un vetro sentii l'uomo dire: «Il resto è in salotto, ma a quanto pare il tutto è cominciato in camera da letto, anche lì ci sono tracce di sangue ovunque. Stiamo lavorando quanto più velocemente possibile, ma è una scena così vasta che ci metteremo giorni.»

Huber si avvicinò al busto in evidente stato di decomposizione e cominciò ad analizzare con occhio esperto le larve che vi crescevano dentro, mentre MacLeod procedeva a fare una cernita dei pezzi sparsi in giro, segnando tutto quello che vedeva su un foglio, senza però toccare nulla.

Rimasi fermo immobile in mezzo a quell'orrore. Avevo il battito cardiaco accelerato, ma sapevo che era solo dovuto a una reazione istintiva della mia amigdala, che stava mandando impulsi di pericolo a tutto il mio organismo, attivata dall'anomalia della situazione.

«Posso spostare questi pezzi o dovete ancora lavorare qui? Le foto le avete fatte?» chiese MacLeod in tedesco all'uomo della scientifica.

«Sì, sì, quell'angolo lì è a posto, faccia pure. Lì ci sono dei sacchi, se vuole.»

MacLeod cominciò ad allineare per terra i pezzi che aveva già protocollato.

«Altavilla, vuoi andare a fare la stessa cosa nel salotto? Non spostare nulla, però, fai solo un elenco di tutto quello che vedi, ok?»

«Ok.» Cercai di riprendermi dal mio stato catatonico e mi avviai a passo incerto nella direzione indicatami.

Il salotto era quasi peggio della cucina: qui c'era stata lotta. Passai in rassegna la stanza dalla porta. C'erano manate insanguinate e scie rosse dappertutto: sui muri bianchi, sui mobili di antiquariato, per terra sulle assi di legno e sui tappeti. Una mano giaceva sul tavolino davanti al divano con un tendine che sembrava il cavo elettrico di una bambola dell'orrore. Un pezzo non meglio identificato era sul divano: la stoffa beige era intrisa di sangue rappreso, che aveva formato una macchia marrone scuro delineata da un bordo quasi nero.

Cominciai a scrivere, ma io stesso non riuscivo a decifrare la mia calligrafia, un po' per la difficoltà che avevo a scrivere col gesso e un po' perché la mano mi tremava così forte che la penna rischiava di volare via.

Non pensare, non pensare, non pensare. Sei sul set di un film, non c'è niente di vero. Come si faceva a tagliare via il braccio di una persona? E le gambe? Ci voleva parecchia forza per tranciare un osso senza nemmeno avere degli strumenti adatti. E strapparle via gli occhi? Era stato il marito che aveva fatto quelle cose orrende alla persona che in teoria amava? O la polizia avrebbe trovato anche lui da qualche parte? Magari alcuni di quei pezzi erano suoi, non della moglie... Non pensare, fai quello che ti ha detto MacLeod!

CAPITOLO 60

Tornammo all'Istituto nel pomeriggio. Avrei voluto ritirarmi per qualche istante nel mio ufficio, ma MacLeod mi afferrò per un braccio e mi trascinò in cucina. Mi mise in mano una tazza di tè senza nemmeno chiedermi se la volessi, poi mi poggiò davanti un piatto con alcune fette di prosciutto e dei pezzi di formaggio insieme a del pane. Sarei mai riuscito a mangiare di nuovo carne in vita mia?

«Come stai?» mi chiese, mentre si sedeva di fronte a me.

«Ok.» Cos'altro potevo dire? Era come se mi fossi sdoppiato. Una parte di me stava ancora lavorando in quella casa intrisa di sangue, classificando frammenti di un corpo martoriato, e l'altra parte era lì, nella cucina dell'Istituto di Medicina Legale di Berna, ma era solo il guscio esterno. La mia anima era altrove. Ma dove?

«Mangia, che non hai pranzato.»

Avevo un costante ronzio nelle orecchie, come se mi trovassi lungo un'autostrada con una colonna di camion che viaggiavano tutti alla stessa velocità senza soluzione di continuità. Guardavo le mie mani, una ingessata e l'altra no, e vedevo solo quella mano tranciata via dal braccio, abbandonata sul tavolino del salotto con quel tendine che, come una sonda, cercava il contatto con la terra. Quanto male doveva fare sentirsi strappare via una mano, se già solo due ossa rotte mi avevano impedito di dormire per il dolore?

«Killian...» mi disse MacLeod con la sua voce profonda e pacata, coprendo la mia mano con la sua. «*Hey*, è normale sentirsi disconnessi dalla realtà dopo un'esperienza del genere. Puoi parlare di come ti senti, sai? L'abbiamo sperimentato tutti.»

Ritirai la mano, anche se avrei voluto lasciarla lì per sempre. «Va tutto bene.» Chiusi un istante gli occhi. Sangue. Sangue ovunque. Pezzi. Pezzi ovunque. Li riaprii subito, spaventato dalle immagini che avevano preso possesso del mio cervello.

MacLeod roteò gli occhi, mentre staccava un morso dal panino che si era appena fatto.

«Sai, a volte mi chiedo se il tuo problema sia più la testardaggine o l'orgoglio.»

«MacLeod, lasciami stare.»

Chissà quanto ci aveva messo a morire quella donna. E quanto aveva sofferto. O era stata smembrata dopo essere stata uccisa? E quelle orbite vuote. Dov'erano finiti i bulbi oculari? Quelli mancavano sull'elenco. Li aveva l'assassino? L'assassino che stava ancora girando per il mondo... Chissà se lo avrebbero mai trovato.

«Guarda, o ne parli con me oppure ti costringerà a parlarne Huber. Vedi tu cosa preferisci.»

Non gli risposi. E non toccai il cibo. Riuscii a mandare giù solo un sorso di tè.

Dopo aver mangiato anche quello che c'era sul mio piatto, MacLeod mi scortò alla porta dell'Istituto e mi ordinò di tornare a casa. Mi avrebbe volentieri accompagnato, ma lui e Huber avevano ancora lavoro da fare, molto lavoro da fare.

A casa c'era solo mia madre, ma non la salutai neanche. Il suo sguardo costernato, mentre mi faceva entrare, era identico a quello della dea Hathor.

Riuscii in qualche modo ad arrivare al bagno di servizio e vomitai il sorso di tè e i resti della colazione, oltre alla bile verde-giallognola che si era accumulata nel mio stomaco.

«Killian, *are you ill?* Posso fare qualcosa? Cosa ti prendo?»

Mi sciacquai il volto, ficcando tutta la testa sotto il getto d'acqua fredda.

«Lasciami stare! Lasciami semplicemente stare! Non voglio niente e non voglio parlare con nessuno!» dissi attraverso l'asciugamano, mentre le lacrime cominciavano a bruciarmi gli occhi e un dolore sordo mi avvolgeva le tonsille.

Scappai in camera mia e chiusi a chiave la porta, poiché sapevo che il peggio doveva ancora arrivare. Perché, ovviamente, sulla scena del delitto avevano chiamato anche lui, Sebastiano d'Altavilla, criminologo e profiler esperto, che io chiamavo zio Seba da quando ero nato.

Stavo vagando per i meandri della mia psiche, quando le tre note del campanello mi richiamarono a Berna. La stanza era avvolta nel buio, il mio corpo giaceva sul letto, svuotato di qualsiasi energia dopo i singhiozzi che lo avevano sconquassato per ore. Gli occhi erano così irritati che ricominciavano a lacrimare se li aprivo. Era meglio tenerli chiusi e basta.

Ora c'era altra gente in casa. Sentivo Daphne chiamare Lukas, perché andasse a vedere chi era alla porta. Glielo avrei potuto dire io, senza nemmeno aprire il portone. Ed era venuto per me. Ma non mi interessava. Ormai mi era tutto indifferente.

Qualcuno provò ad aprire la porta della mia stanza, che però era chiusa a chiave. Fregato!

«*Killian, open the door!*»

Non risposi. Era strano come lo zio Seba ed Eric avessero esattamente lo stesso timbro di voce. Era il tono che era diverso.

«Adesso. O la sfondo. Hai cinque secondi, perché sono stato in quello schifo fino a ora e non ho proprio più pazienza.»

Il mio corpo pareva essersi trasformato in granito: dovetti fare uno sforzo immenso per alzarmi e andare ad aprirgli la porta.

Mi ritrovai davanti mio zio, alto e atletico, con l'espressione stanca che aveva sempre i primi due giorni delle vacanze. Forse erano i miei occhi, forse era la luce fioca delle scale, ma mi parve che i ricci scuri ai lati del suo viso fossero meno ricci e più grigi del solito.

Mi indicò il letto, tirò fuori la sedia da sotto la scrivania e si sedette di fronte a me. Lo ringraziai in cuor mio perché non aveva acceso la lampada. Evidentemente la pallida luce notturna che filtrava dal lucernaio andava bene anche a lui.

Parlammo a lungo, ma non come psicologo e paziente, bensì come due pari che cercavano di scendere a termini con gli aspetti più orridi dell'essere umano. Man mano che parlavo, mi sentivo più leggero, meno solo.

Arrivò mia madre con un vassoio con due piatti di minestrone e crostini. Lo poggiò sulla scrivania e stava per andarsene senza dire una parola, quando mi alzai e la abbracciai.

«*I'm sorry, mum.*»

«*Don't worry, darling.* L'importante è che adesso tu stia meglio.»

Mi strinse forte. E quell'abbraccio mi rimise in piedi. Quelle erano le persone che mi volevano davvero bene, le persone su cui potevo contare sempre, soprattutto nei momenti più bui, le persone che erano pronte a perdonarmi qualsiasi cavolata avessi fatto, le persone che forse, un giorno, avrebbero capito.

Quella notte parlai di molte cose con lo zio Seba e molte cose si chiarirono nella mia mente.

Mi addormentai spossato, con il concerto per flauto traverso e arpa di Mozart nelle orecchie. Mozart andava sempre bene per le psicosi post-traumatiche, un po' come il Valium.

CAPITOLO 61

Andai al Lichtstrahl per farmi togliere il gesso da mio padre. Dopo che mi ebbe liberato il braccio, mi lavai nella stanzetta adiacente e tornai da lui per i raggi.
Il mio cuore si alleggerì quando vidi le lastre bianche e grigie sullo schermo che mi dicevano che le parti spezzate di me si erano ricomposte: ero di nuovo integro.
«Fammi vedere l'articolazione.»
Mossi il polso e il gomito per controllare se funzionassero ancora. Era tutto rigidissimo, sembrava che gli impulsi facessero fatica ad arrivare dal cervello alle estremità per farle muovere come volevo io. Ci avrei messo un secolo per tornare a suonare la viola in modo decente. Chissà se saresti riuscito anche solo a tirare dritto l'arco.
Mio padre mi prese la mano tra le sue, asciutte e fresche, e cominciò a massaggiare il palmo e poi il braccio fino al gomito. Era

una sensazione estremamente piacevole dopo il dolore, il fastidio e il prurito che mi avevano accompagnato nelle ultime cinque settimane.
«Grazie» gli dissi, quando mi lasciò andare.
«Esercizi tutti i giorni o la rigidità diventerà cronica.»
«Sì.»
«E niente tennis.»
«E chi è che ha il tempo di giocare a tennis?»
«Magari adesso avrai più tempo.»
Stendere il braccio era una sensazione stranissima. Chissà se gli animali, quando si alzavano la prima volta, sentivano i tendini tirare e i muscoli tremare per lo sforzo in quel modo. Camminare sulle proprie gambe, dopo i mesi di gestazione, doveva essere davvero uno sforzo non indifferente.
«Stai meglio in generale?» mi chiese quindi mio padre.
Annuii.
«Se hai bisogno, lo sai che con me puoi sempre parlare.»
«Sì, grazie.»
«Anche di Mélanie, non solo del lavoro.»
Annuii di nuovo. «Ci sono momenti in cui mi manca da morire. Vorrei chiamarla per sapere come sta...»
Scosse la testa e si sedette al computer. «È meglio se la lasci stare, altrimenti non riuscirà mai a metterci una pietra sopra.»
«Devo andare a prendere tutta la mia roba.»
«Dalle ancora qualche giorno, poi scrivile un messaggio. Magari è meglio se vai quando lei non c'è.» Staccò gli occhi dallo schermo e li puntò di nuovo su di me. «Vuoi che ti accompagni?»
«No, è così poca roba. Più che altro sono le piante, ma Tim ha già detto che viene con me.»
«Bene. Comunque stai attento a non caricare troppo quel braccio per un po'.»

Mio padre aggiornò la cartella clinica in cui erano documentati tutti i danni fisici che avevo subito nella mia vita, ma non quelli psichici, che erano ben più gravi. Quando ebbe finito, mi invitò a precederlo lungo il corridoio che portava in un'altra ala dell'ospedale. Ovviamente la prestazione non era gratuita, ma ero più che lieto di pagare il prezzo.

«Dimmi una cosa tu, invece» dissi, mentre lui apriva la porta della stanza adibita alle donazioni di sangue. «Cosa ha combinato Huber con la mamma?»

Mio padre sospirò, preparò la sacca e svolse la cannula collegata all'ago. «Cerca di portarsela a letto ogni volta che la vede. Si sono conosciuti a una festa di beneficenza e lui ci ha provato spudoratamente, finché non sono arrivato io. Poi si sono rivisti varie volte per via delle mummie, ma mi fido sufficientemente di tua madre per crederle quando mi dice che non gli ha dato corda né intende dargliela.»

Mi sedetti sulla poltrona riservata al personale e, mentre mi infilava l'ago nel braccio, gli raccontai della stellina sul mio curriculum, perché il dubbio che mia madre potesse aver influito in qualche modo sulla mia selezione tornava a tormentarmi a intervalli regolari.

Mio padre rifletté per un istante, poi disse: «Ascolta, Killian, Huber è un marpione, ma non è un cretino, altrimenti non sarebbe dov'è. Se ha suggerito a MacLeod di prendere te, lo avrà fatto perché riteneva che tu fossi la persona giusta per quella posizione».

Mi infilò in mano una pallina di gomma, affinché la stringessi per pompare il sangue nella sacca. «Non dico che non avrà pensato alla mamma, ma non sarà certo stato quello il criterio di scelta. Non poteva permettersi di appioppare a MacLeod l'assistente sbagliato. Se ci ha messo la firma, vuol dire che credeva davvero in te.» Mi guardò dritto negli occhi. «Sei una testa calda, ma come medico, per l'età che hai, sei eccellente. Smettila di sminuirti sempre.»

Non riuscii a dargli una risposta, perché dentro di me era tutto in subbuglio: mio padre non era uno che distribuiva complimenti a caso e quello che diceva, lo intendeva veramente.

«Ad ogni modo» continuò, «sono contento che ora ci sia tu all'Istituto, così puoi tenere sott'occhio Huber la prossima volta che la mamma ha bisogno di qualche analisi.»

Premetti insieme le labbra, poi mi decisi. «Ancora per poco.»

«In che senso?»

«Non intendo continuare a lavorare lì, a prescindere da chi mi abbia scelto e perché.»

«Ma come? Per via dell'Altopiano? Guarda che è normale essere sconvolti le prime volte con casi del genere, poi uno ci si abitua, come col soccorso alpino. Non vorrai mica gettare la spugna per quello?»

«Il caso dell'Altopiano non c'entra niente. È una questione di incompatibilità umana tra me e MacLeod – e anche Huber.»

Mio padre sollevò i lembi del camice e si sedette su uno sgabello accanto a me. «Non funziona, eh?»

Scossi la testa. «No. MacLeod è geniale, ma... ma non riesco a stargli vicino come persona.» Più che altro non potevo stargli vicino come avrei voluto io e i voli pindarici dei miei neuroni mi impedivano di concentrarmi sul lavoro. Inoltre temevo di fare o dire qualcosa che gli avrebbe rivelato quello che provavo per lui. «E Huber è quello che è.»

«E cosa intendi fare allora?»

«Senza dubbio continuare a specializzarmi in medicina legale, ma non qui a Berna. Ne riparleremo quando avrò messo a punto un piano.»

«Non è uno dei tuoi soliti colpi di testa, vero? Non avrai mica intenzione di tornare a Zurigo per Mélanie?»

«No, no. Mélanie non fa più parte dell'equazione. La mia è una decisione molto ben ponderata e basata solo sulle mie esigenze. Ne ho parlato anche con lo zio Seba ed è d'accordo con me: ho bisogno di qualcosa di completamente nuovo.»

Mio padre annuì una volta. Non aveva mai contraddetto il fratello di sua moglie ed evidentemente non intendeva cominciare adesso. «Bene, allora poi mi racconterai.»

«Non dire ancora niente alla mamma, però.»

«Non ti preoccupare.»

La bilancia emise la sua musichetta e mi sfilai l'ago dalla vena. Mio padre mi passò il modulo standard da compilare per la donazione. Mentre portava via la sacca piena di sangue, mi accorsi che molte domande che prima avevo saltato a piè pari ora erano diventate rilevanti per me. In particolare mi colpì il pensiero che, se avessi mai avuto un qualche tipo di relazione da quel momento in poi, non avrei più potuto donare sangue per quattro mesi. Avrei dovuto fare molta attenzione a non tradirmi da solo.

Certo, avrei sempre potuto dire che avevo una nuova ragazza, ma non volevo mentire alla mia famiglia, né volevo dover spiegare a mia madre perché questa non la portavo a casa a differenza di tutte le altre. Ma tanto per il momento il problema non si poneva nemmeno lontanamente. C'erano un sacco di altre cose che dovevo sistemare prima di cercare un modo per dimenticare Lachlan MacLeod.

CAPITOLO 62

Il giorno dopo il mio capo non c'era: doveva andare a Losanna per il suo progetto. Quando accesi il computer e aprii la casella di posta elettronica, comparve una serie infinita di e-mail dal suo indirizzo. Mi aveva avvisato che avrebbe deviato la posta su di me, in modo che non venisse tralasciato nulla di urgente soprattutto in relazione al caso dell'Altopiano, ma non mi sarei mai immaginato che ogni giorno ricevesse così tante e-mail. La mole di corrispondenza dai quattro angoli del pianeta richiedeva una vera e propria operazione di triage. Dove diavolo trovava il tempo per rispondere a tutti? Cominciai a fare una cernita, tentando di capire quali fossero i messaggi urgenti e quali invece potessero aspettare.

La mia attenzione fu attirata da un'e-mail che si distingueva da tutte le altre perché nell'oggetto c'era scritto solo *Yr bsnss*. Era stata inviata da una certa Patricia Walker. Ci cliccai sopra e comparve un messaggio striminzito:

Heyye boy!
U ok? MOT ok. Boy ok? Cmng smtime? Miss u! Chldrn 2.
X T

Patricia Walker. Ecco come si chiamava realmente Trisha darling! La donna con un braccio completamente tatuato, che si vestiva di nero e viola e aveva due figli, probabilmente con MacLeod, col quale, però, aveva anche una relazione a dir poco complicata... Rilessi l'e-mail nel tentativo di capire cosa intendesse. Come diavolo scriveva? Non aveva tempo nemmeno per una frase di senso compiuto o le scocciava mettere qualche vocale in più? *Boy?* Io MacLeod non lo avrei mai chiamato *boy*, voleva dire che erano davvero intimi. Poi c'era quel bacio in chiusura, come sulle cartoline… MOT stava per il tagliando della motorizzazione o era un'abbreviazione tutta loro? Siccome non riuscivo a valutare il grado di importanza del messaggio, per sicurezza lo inoltrai all'indirizzo privato di MacLeod, senza commenti.

Poi andai a cercare Patricia Walker in internet: se limitavo la ricerca al Regno Unito, c'erano un centinaio di occorrenze e non avevo tempo di passarle in rassegna tutte. A quanto pareva, perfino il personaggio di un fumetto si chiamava così. Rifeci la ricerca per immagini. Feci ruotare una volta la rotellina del mouse e per poco non mi venne un arresto cardiaco: dallo schermo mi stava guardando non solo una bellezza dai capelli corvini, ma anche un MacLeod di almeno dieci anni più giovane. Trisha darling indossava un elegante vestito viola, che però aveva le maniche lunghe, quindi non si vedeva se il braccio fosse tatuato o meno. In mano teneva un premio di qualche genere e la foto sembrava scattata in un contesto ufficiale. MacLeod, invece, era... in kilt. In kilt! Mi infilai tutte e due le mani nei capelli e rimasi a guardarlo affascinato. Era felice in quella foto: gli occhi gli brillavano e il suo sorriso non aveva nulla di forzato. La sua mano era poggiata con disinvoltura sull'anca di Trisha darling e lei gli stava appoggiata addosso come se fosse la cosa più naturale del mondo.

Dunque si conoscevano da anni! Questo significava che la mia teoria della "consolazione" non stava in piedi, a meno che non riconsiderassi l'opzione "doppia vita"... Possibile? Ammettendo per assurdo che fosse così, questo avrebbe potuto giustificare il fatto che MacLeod non volesse parlare dei suoi figli. Ma poteva mai un padre vivere lontano dai suoi figli per mesi e fare praticamente finta che non esistessero?

Salvai la foto. Poi mi venne in mente che dalla foto potevo risalire al sito internet. Atterrai sulla pagina di un istituto di biologia marina di Inverness, ma quella fu l'unica foto di Trisha – e di MacLeod – che riuscii a trovare.

Allora accoppiai il nome di Trisha con "biologia marina" e trovai la dottoressa Patricia Walker un po' invecchiata, ma comunque ancora grintosa e sorridente, completa di curriculum. Aveva studiato biologia marina all'Università di Edimburgo negli stessi anni in cui il Professor Lachlan MacLeod aveva studiato medicina e, guarda caso, aveva seguito i suoi stessi movimenti fino ad approdare a Glasgow. Ora guidava un team di ricercatori presso l'Università di Glasgow ed era stata insignita di numerosi premi per le sue ricerche sulle balene. Il suo profilo terminava con *"Married, two children"* – e io sapevo con chi.

Era bastata una sola foto di anni prima, sfuggita ai controlli di MacLeod, per rivelarmi una miniera di informazioni che stavano facendo impazzire i miei neuroni, senza però che riuscissero a elaborare una soluzione che mi convincesse del tutto.

Dall'altro lato, quella foto era però anche l'ennesima conferma del fatto che MacLeod viveva nell'universo che io avevo appena abbandonato e che non ci saremmo mai potuti trovare, nemmeno a metà strada.

L'occhio mi cadde sull'orologio e mi si contrasse lo stomaco. Mi precipitai giù per le scale e mi cambiai alla velocità della luce. Mi disinfettai le mani ed entrai nella sala autoptica, mentre leggevo il breve rapporto relativo al caso che avrei dovuto analizzare con Huber.

«Mi scusi per il ritardo. Ci ho messo più del previsto a smistare la posta di MacLeod.»

«Mi passi il bitagliente. No, non quello. Quello grande.»

Serrai le labbra e mi preparai ad affrontare una giornata lunga e difficile al fianco dell'uomo che voleva portarsi a letto mia madre.

CAPITOLO 63

Sentii un fruscio alla porta del mio ufficio. «*Stop studyin'*, ormai non ti serve a niente.» Alzai gli occhi dai fogli di appunti sparpagliati sulla scrivania. «Vieni a berti una birra, avanti.»
Scossi la testa. «No, non posso mica arrivare all'esame intontito.» MacLeod sollevò l'indice. «*Just a wee pint*. Poi vai a casa e ti metti a dormire.»
Volevo insistere sul mio rifiuto, ma mi balenò in mente che, con tutta probabilità, quella sarebbe stata l'ultima occasione per trascorrere un'ora con lui fuori dall'ufficio. Mancava infatti una sola settimana alla fine del periodo di prova – e alle mie dimissioni.
«Ok. Però mezza.»
MacLeod fece una faccia delusa.
Andammo da Séan al pub irlandese.
«Ti senti pronto?» mi chiese MacLeod, allungando le gambe

davanti a sé, dopo essersi accomodato su un divanetto ricoperto di velluto rosso.

«Sì, più di così penso che non potrei davvero fare.»

«Ti credo! Negli ultimi dieci giorni hai studiato davvero un sacco. Ogni volta che passavo dal tuo ufficio eri con la testa sui libri, non credere che non me ne sia accorto. La tua ragazza si è quindi arresa all'idea di stare insieme a un invasato?»

Lo fissai sopra il bordo del bicchiere. «Mélanie non fa più parte della mia vita.»

MacLeod calò il bicchiere sul tavolo con un tonfo. «E da quando?»

«Dal matrimonio di Eric e Sophia.» La lettera! Mi ero completamente scordato di dargli la lettera di Sophia!

«E perché non mi hai detto niente?»

«Perché mi premeva di più che tu capissi che non ero entrato di notte nell'Istituto per rubare il tuo laptop.»

MacLeod chinò il capo, un gesto che non faceva quasi mai. Rigirò per un po' il bicchiere tra le dita, senza sollevarlo dal tavolo. Come avrei voluto essere io al posto di quel bicchiere e sentire le sue dita sulla mia pelle! Ma non sarebbe mai successo. Non solo non mi avrebbe mai toccato, presto non lo avrei nemmeno più visto. Non lo avrei più guardato negli occhi. Non avrei più sentito la sua voce calda e profonda. Non avrei mai più sentito il suo passo lungo il corridoio. Non avrei più potuto seguirlo mentre perfezionava il suo software. Non avrei più imparato nulla da lui, se non quello che avrebbe pubblicato e forse nemmeno quello. Andava sempre a finire così con gli uomini che amavo...

Gli occhi mi si inumidirono.

MacLeod rialzò la testa e io chinai la mia per proteggermi da quello sguardo.

«*Och, Killian...*» Mi poggiò una mano sul braccio. «*Hey*, lo so che all'inizio ci si sente uno schifo, ma col tempo passa, credimi. Un po' alla volta cominci a vedere tutte le cose che non andavano e che prima ti rifiutavi di vedere e a un certo punto capisci che nessun'altra soluzione ti avrebbe permesso di essere in pace con te stesso e magari addirittura felice.»

Strinsi le mascelle e lo fissai di nuovo negli occhi. Se avesse saputo che significato assumevano le sue parole per me!

«Sai, quando la persona con cui stavo da anni mi ha lasciato per un altro, ho pensato che la mia vita non avesse più alcun senso, ero ferito ed ero disperato...»

Stava parlando di Trisha? Era lei con cui era stato per anni, lo sapevo dalla foto! Quindi era lei che lo aveva mollato. Brutta stronza... E lui la accoglieva in casa sua e girava con lei come se niente fosse? La chiamava addirittura *darling*? E lei gli diceva che le mancava e gli mandava baci... Avevano quindi fatto pace? Non aveva senso, qualsiasi ipotesi facessi non reggeva.

«...Non riuscivo più a provare entusiasmo per nulla. Ho trascorso giornate intere seduto su una spiaggia a guardare le onde del mare e i miei pensieri roteavano sempre intorno alle stesse frasi, alle stesse immagini. Poi ho cominciato a uscire da quelle immagini, a esaminarle da fuori e ho capito. Ho capito che l'intero assunto su cui si basava quella relazione, a partire da come era cominciata, era sbagliato. E mi è montata dentro una rabbia tremenda, perché non lo avevo voluto vedere prima, perché mi ero sempre adeguato, avevo sempre cercato di accontentare la persona che adoravo, trascurando tutti i *miei* bisogni. E quella rabbia mi ha permesso di superare, di andare avanti, di capire che non c'era niente da adorare. E oggi mi dico: per fortuna che è finita.»

A quelle parole la mia teoria implose del tutto: nessuno scenario che avevo ipotizzato si allineava con quel racconto. Dovevo ricominciare da capo e rianalizzare ogni informazione di cui dispongo.

«Altrimenti con tutta probabilità non sarei nemmeno qui» concluse MacLeod.

E la mia vita sarebbe stata completamente diversa. Avrei continuato a negare me stesso, sarei diventato il vice di Graf e sarei probabilmente rimasto un radiologo per sempre. Mi sarei sposato, avrei avuto un paio di figli. E un giorno sarei saltato nel vuoto per liberarmi da quella prigione. In un certo senso dovevo la mia vita al Professor Lachlan MacLeod. Mi aveva salvato da me stesso e da Mélanie, anche se il conto era davvero salato: non solo mi ero riscoperto gay, ma dovevo per forza separarmi dall'uomo che amavo se non volevo impazzire.

All'improvviso mi resi conto che non me ne importava più niente di Trisha e di come MacLeod gestisse le sue relazioni: l'unica cosa rilevante era che io non sarei mai stato il destinatario dei suoi sentimenti e questa consapevolezza mi annichiliva. Per me nella vita di MacLeod non c'era posto. E il posto che ci sarebbe potuto essere nella mia vita per lui, a lui non interessava. Lachlan era eterosessuale. Io ero gay.

Siccome continuava a fissarmi, riportai i miei pensieri sul nostro discorso: «Quello che mi fa stare peggio è quello che ho fatto a Mélanie. Non avrei mai voluto farle così male. Volevo renderla felice, ma non ce l'ho fatta.» Non stavo mentendo, era davvero così, ma era solo un'infinitesima parte della verità, l'unica che potessi rivelargli.

«Guarda la cosa dall'altro lato: lei ha lasciato che tu le facessi male, lei ti ha affibbiato il compito di renderla felice. E non funziona. Non può funzionare, perché crea un legame di dipendenza e quindi uno squilibrio nella coppia. Osmosi, Killian, è tutta una questione di osmosi: dare e ricevere devono essere sullo stesso piano, altrimenti il sistema è instabile e basta niente perché uno dei due vasi comunicanti tracimi, soprattutto se non sono più comunicanti.

Ora lei starà sicuramente male e ti odierà, ma forse prima o poi capirà e si lascerà tutto alle spalle. O forse no, sta a lei. E lo stesso vale per te. Ristabilisci il tuo equilibrio e poi trovati un altro vaso con cui comunicare, magari uno che ti capisca anche.»

Alla luce fioca del locale, i suoi occhi avevano assunto una tonalità blu oltremare che mi attirava come una calamita. Io il mio vaso l'avevo trovato, ma non voleva comunicare con me come volevo io. Sentii che le emozioni stavano prendendo il sopravvento e finii la mia birra per distrarmi.

«Vado a studiare» dissi e mi alzai.

«Vai a dormire che ti è più utile.»

Quando fummo sul marciapiede, MacLeod mi disse: «*Laddie*, in bocca al lupo! Mi raccomando, mantieni la calma e ragiona a mente fredda. Sono sicuro che la soluzione la sai, qualsiasi cosa ti chiedano, basta che sotterri il tuo lato emotivo e usi il cervello.»

Lo guardai sconsolato: era proprio quella la soluzione, ma lui non conosceva il problema.

«*Oh, c'm on!*» Mi abbracciò e mi strofinò la schiena con la mano sinistra.

Furono pochi secondi, ma bastarono a far cambiare posto a tutti i miei organi interni. Quel petto, quelle braccia, quel profumo...

Dovevo allontanarmi da lui! Dovevo fuggire da lì!

«A domani» dissi e mi diressi quasi correndo alla fermata dell'autobus.

L'unica cosa che riuscivo a pensare era che dovevo prendere il 19 in direzione di Elfenau e assolutamente non di Spiegel.

Rileggevo i miei appunti, seduto alla scrivania nella mia stanza, ma non capivo cosa avessi scritto. Le parole non avevano più un senso che riuscissi a decifrare. L'unica cosa che capivo era che dovevo mettere quanti più chilometri possibile tra me e il Professor

Lachlan MacLeod. Sentivo ancora le sue braccia intorno a me. Non facevo altro che chiedermi come sarebbe stato se...

Ma era inutile. Era inutile porsi domande su scenari impossibili.

Abbandonai i fogli sulla scrivania e mi misi a letto.

Non bastava che mi licenziassi, dovevo andare via, via, via. Ma dove? Lucerna? Basilea? Rischiavo comunque di ritrovarmelo davanti per via del suo progetto. Germania? Austria? La gente moriva in circostanze sospette anche lì, no?

La ripetitività dei miei pensieri mi fece cadere in una specie di dormiveglia, da cui continuavo a svegliarmi di soprassalto.

Dovevo assolutamente dormire almeno un paio d'ore. L'indomani dovevo essere lucido perché in medicina, se non sapevo qualcosa, potevo almeno fare appiglio alle altre mie conoscenze e magari arrivare lo stesso alla risposta, ma in diritto non avevo basi su cui fare affidamento: o sapevo o non sapevo e, se non ero riposato, rischiavo di dimenticare anche quello che sapevo.

Presi il cellulare dal comodino per vedere l'ora: erano le due e mi era anche arrivato un messaggio, ma non me ne ero accorto perché prima di mettermi a ripassare avevo spento la suoneria per non essere disturbato.

Spiega le ali e vola, Killian!

Rimasi a fissare a lungo lo schermo.

E poi decisi di seguire il consiglio del mio capo: avrei aperto le ali e sarei volato via – e ora sapevo anche dove.

Lo farò.

CAPITOLO 64

Uscii dalla facoltà di giurisprudenza dell'Università di Berna, lasciandomi alle spalle l'imponente facciata di pietra olivastra, con le ampie finestre incastonate tra le colonne neoclassiche.

Sebbene non avessi chiuso occhio perché avevo trascorso il resto della notte a intessere piani e vagliare possibili scenari per il mio futuro, ero stato stranamente razionale e tranquillo quando mi ero trovato davanti alla commissione d'esame. Forse perché ormai ero abituato a gente che mi metteva sotto pressione o forse perché le risposte che più mi premevano ormai le avevo trovate e tutte le altre mi sembravano facili in confronto.

Mi comprai un panino, ignorando le due studentesse che si stavano sciogliendo alla vista del mio completo grigio, e me lo mangiai mentre camminavo dalla Länggasse all'Istituto.

Avevo una settimana per far sparire tutte le mie cose dall'ufficio senza che nessuno se ne accorgesse, così da potermene andare il secondo dopo aver presentato le dimissioni l'ultimo giorno di settembre. Tanto valeva iniziare subito. Dovevo solo trovare in giro dei manuali per sostituire i miei, in modo che nessuno si accorgesse dello scaffale vuoto. La cosa più difficile sarebbero state le piante di melissa, ma forse quelle potevo anche lasciarle lì per il mio successore.

«Come sei entrato?» mi chiese MacLeod, quando passai a salutarlo, dopo essermi cambiato nel mio ufficio e aver indossato un paio di jeans che tenevo lì per ogni evenienza, memore della mia disavventura all'Ospedale di Zurigo.

«Ho sorriso alla ragazza alla reception.»

Mi guardò fisso per un attimo, poi levò gli occhi al soffitto e sospirò. «Spero solo che non lo venga a sapere Senn. E l'esame com'è andato, invece?»

Alzai le spalle, mentre osservavo le sue dita che sostituivano la cartuccia della penna stilografica senza sporcarsi. «Per averlo passato, l'ho passato. Staremo a vedere come.»

Il suo volto si illuminò con un sorriso. Era vagamente consapevole di quanto figo fosse? «Lo sapevo. *Guid laddie!*»

«Niente d'interessante qui?»

«Calma piatta. Puoi anche andare a casa a goderti un po' di meritato riposo.» Riavvitò la stilografica con tocco leggerlo. La delicatezza con cui maneggiava gli oggetti era incredibile per un uomo della sua mole.

«Grazie, penso che lo farò, perché ho davvero bisogno di dormire.»

«*Skedaddle aff.* Ci vediamo domani.»

Un neurone mi suggerì di chiedergli se volesse venire con me. Lo annientai e lasciai l'Istituto.

Dormii tutto il pomeriggio, senza svegliarmi nemmeno una volta.

La sera, quando riuscii a racimolare abbastanza energia, scesi in cucina.

C'era solo Nora. I miei erano andati a teatro.

Mangiammo insieme. Nessuno dei due aveva granché voglia di parlare, per cui ci lasciammo intrattenere dalla radio che stava trasmettendo in diretta il Requiem di Fauré dalla Filarmonica di Parigi.

Dopo aver sparecchiato e messo i piatti nella lavastoviglie, uscii in giardino e mi adagiai sul dondolo. Alle mie spalle il cespuglio di lavanda dispensava un ultimo tocco di profumo prima dell'autunno e in fondo al giardino l'acqua scrosciava da una conca nell'altra tra le rose. La luna piena brillava nel cielo, con i suoi crateri ben visibili anche a occhio nudo. Parevano ematomi e ferite cauterizzate sulla pelle di un guerriero tornato dalla battaglia. Forse per quello in tedesco *Mond* era un sostantivo maschile.

Nora mi raggiunse con due bottiglie di birra e un accendino, con cui accese varie candele sul patio e tra l'erba davanti al dondolo. Poi si sedette vicino a me. Si tirò sulla testa il cappuccio del pile per proteggersi dall'aria ormai pungente della notte, come avevo appena fatto io, e restammo ad ammirare quella luna enorme che saliva impercettibilmente all'orizzonte, stendendo un manto d'argento su ogni cosa.

«Nora... ho deciso di trasferirmi in Inghilterra.»

Schizzò via da me e il dondolo prese a oscillare di nuovo. «Cosa?!»

«All'Istituto le cose non vanno. Non posso e non voglio rimanere lì.»

«Ma come?»

Le spiegai che con MacLeod non riuscivo a lavorare.

«Ma Ki, era il tuo sogno!»

«Sì, ma per quanto ami il lavoro, sul piano umano proprio non ci siamo.» O c'eravamo anche troppo...

Nora mi fissò dritto negli occhi. «Ma sei davvero sicuro di voler mollare tutto così?»

«Sì. O me ne vado o impazzisco e combino qualcosa di ancora peggio del polso e mi brucio il futuro una volta per tutte.»

«Se lo dici tu... Ma perché in Inghilterra?»

«Perché lì so che mi piace vivere.»

«Ma... Ma non puoi andartene così! Noo!» Gli occhi le si riempirono di lacrime d'argento che presero a colarle lungo le guance, trasformando il suo volto in una maschera veneziana.

«Nora, devo. Credimi, devo ricominciare la mia vita lontano da qui.»

«Vengo con te.»

La strinsi al mio fianco. «Poi vediamo. Intanto vado io, mi trovo un lavoro e poi pensiamo anche a te, ok? Vorrei trovare un posto a Londra, ma non voglio vivere lì, è troppo caotica. Penso che starò nella vecchia casa dei nonni, se mi lasciano, e poi posso fare il pendolare da lì.»

Nora si asciugò il viso con una manica. «Sicuro che ti lasciano, loro ormai ci stanno così poco, sono sempre in Italia. Non capisco perché non la vendano.»

«Perché la nonna non vuole. Comunque è un gran peccato che non se la goda più nessuno al di là delle ferie, quindi ora ci vado io. Sai che bello, coi cavalli e i campi con le siepi e le colline e il cielo così basso che ti pare di poterlo toccare!»

«Non voglio restare qui da sola.»

«Ma non sei sola. Hai tutto il resto della famiglia, i tuoi amici, l'orchestra e devi finire gli studi. Dopo puoi venire. Intanto ti lascio la mia stanza, così puoi avere la tua privacy. Ok?»

La sua espressione non lasciava dubbi sul fatto che lo scambio non le paresse equo.

Provai di nuovo a farla desistere dal suo intento perché, per quanto le volessi bene, avevo bisogno di stare solo con me stesso per abituarmi alla mia nuova vita.

«Vieni a trovarmi una volta al mese oppure vengo io qui, che ne dici?»

Arricciò le labbra. «Mai più di un mese senza vederci.»

«Mai più di un mese e puoi telefonarmi quando vuoi e non ti rispondo male.»

Le sfuggì un sorriso triste. Coprii la sua mano con la mia e gliela strinsi.

«Innanzitutto, però, devo licenziarmi dall'Istituto.»

«Ma ce la farai a lavorare lì ancora tre mesi? MacLeod e Huber non ti tortureranno ancora di più?»

«Mica devo aspettare tre mesi. Io dal primo di ottobre sono libero. Al termine del periodo di prova non c'è preavviso. Né da una parte né dall'altra.»

«Ah... Però mi dispiace che tu te ne vada da lì, dopo tutta la fatica che hai fatto. Avevo tanto sperato che saresti stato felice con MacLeod.»

«Anch'io. Ma non era destino.»

«Non lo rimpiangerai nemmeno un po'?»

«Sì... Certo che sì, alla fine è stato il miglior mentore che io abbia mai avuto e non so se nessun altro potrà mai insegnarmi quello che mi insegnerebbe lui se restassi, ma al momento ho bisogno di pensare anche a me, non solo alla mia carriera. La medicina legale è solo la mia vita professionale, ho anche una vita privata che devo rimettere in sesto e ho capito che qui non posso farlo perché tutto mi lega al passato. Devo cambiare contesto per riuscire a lasciarmi ogni cosa alle spalle. Basta. Vita nuova.»

«Ma continuerai a studiare per diventare medico legale?»
«Ma certo! Quello senza alcun dubbio, perché il lavoro in sé... beh, è semplicemente il *mio* lavoro.»
«Almeno quello. Ma sei proprio sicuro sicuro? Guarda che poi mica puoi tornare all'Istituto quando ti gira.»
«Sì, sicuro.»
Stette un po' in silenzio, guardando le fiammelle delle candele che venivano spinte di qua e di là dal vento.
«Non riesco proprio a immaginarmi di non averti qui attorno...»
«Dovresti essere felice: non avrai più nessuno che ti rompe.»
Una lacrima minacciava di rotolarle di nuovo lungo la guancia e la eliminò con stizza.
«Comunque posso romperti anche da lì, cosa credi.»
«Non sarà mai la stessa cosa.» Si accoccolò nell'incavo del mio braccio. «Chi lo sa finora?»
«Solo tu e tienitelo per te. Quando avrò trovato un posto lo dirò a tutti.»
«Nemmeno Tim?»
«Nemmeno Tim, ma glielo dirò nei prossimi giorni.»
«Ok.» Ci fu un altro silenzio, poi disse: «Vuoi che ti aiuti con la lettera di dimissioni?»
«Ma sì, dai, così mi tolgo anche questo pensiero. Vai a prendermi il tablet di sopra?» Le feci un sorriso a trentadue denti.
Roteò gli occhi, poi si alzò sbuffando.

Egregio Prof. Dott. Senn,
egregio Prof. Dott. Huber,
egregio Prof. Dott. MacLeod,

Poi mi fermai.
«Prima la data» bisbigliò Nora.

Il mio problema non era la data, era che non riuscivo a distinguere le lettere sullo schermo perché era tutto sfocato.

«Alla fine» le risposi, cercando di far finta di non avere alcun dolore acuto al petto che mi stava perforando il cuore.

CAPITOLO 65

Quando la mattina del 30 settembre arrivai all'Istituto con un macigno sullo stomaco, MacLeod non era nel suo ufficio, ma la teiera fumava e in un angolo c'era il borsone da sport che usava per andare in piscina.

Mi versai una tazza di tè e presi posto sulla mia sedia per l'ultima volta. Mentre accarezzavo il bordo della tazza con il pollice, il mio sguardo si posò sulla scrivania: era ordinatissima come sempre. La penna stilografica era perfettamente allineata a sinistra della tastiera, pronta all'uso. Sulla lavagna magnetica le cartoline e le foto ricoprivano ormai tutto il bordo, lasciando uno spazio bianco al centro, che solo di rado MacLeod riempiva di scritte, perlopiù se stava spiegando qualcosa a me. Lo scaffale era pieno di manuali colorati, che prima o poi avrei studiato anch'io. Pile di fascicoli erano collocate sopra uno degli armadietti, divise a seconda dello stato di avanzamento della pratica. Il touch screen, che avevamo passato così tante ore a fissare insieme, era spento.

Presi un sorso di tè, ma non riuscì a colmare il vuoto che si stava aprendo dentro di me come una voragine che rischiava di fagocitarmi intero.

«*Guid morrnin!*» MacLeod entrò nella stanza portando con sé una ventata di energia, che si infranse contro l'alone di mestizia che mi circondava.

«*Morning.*»

«Scusami per il ritardo. Sono dovuto andare da Senn a discutere di varie questioni.» Poggiò sulla scrivania una cartellina verde e mi fece dondolare davanti alla faccia il badge, prima di farmelo cadere in grembo. Poi andò a versarsi del tè e sollevò la sua tazza in una specie di brindisi. Quindi disse: «Direi di toglierci subito di torno il colloquio di fine periodo di prova, così è fatto, ok?» Si passò una mano tra i capelli. Quanto avrei voluto farlo io quel gesto! Chissà com'era sentire i suoi capelli scivolare tra le dita. Erano come i miei? Più morbidi? Non lo avrei mai saputo.

Annuii e, prima di dimenticarmi di nuovo, posai sulla scrivania la lettera che riportava, nella calligrafia svolazzante di Sophia, il nome di colui che sarebbe stato il mio capo ancora per pochi minuti.

MacLeod alzò un sopracciglio con aria interrogativa.

«Non so cosa contenga, me l'ha data Sophia per te ancora al matrimonio, ma con tutte le cose che sono successe, mi sono completamente dimenticato di dartela. Scusami.»

MacLeod prese la busta e la rigirò tra le dita, tastandone lo spessore.

«Ha detto che la devi leggere quando sei da solo.»

«Addirittura. Ok. Grazie, comunque.» La busta andò a fare compagnia alla penna stilografica. MacLeod si sedette e tirò davanti a sé la cartellina con cui era entrato in ufficio. «Se ti va bene, facciamo una cosa veloce.»

Gli dissi che non avevo nulla in contrario, mentre lui osservava il primo foglio davanti a sé con la testa inclinata a sinistra.

«*Richt*. Ehm... Beh, innanzitutto complimenti per l'esame.» Mi passò il foglio sopra la scrivania.

Stampato a lettere cubitali in mezzo a varie righe di testo c'era uno dei voti più alti che avessi mai preso in vita mia. Sbattei più volte le palpebre, mentre tentavo di elaborare l'informazione.

Quando alzai di nuovo lo sguardo, MacLeod stava cercando di reprimere un sorriso senza grande successo.

«Perché hai tu questa lettera, scusa? È indirizzata a me.»

«Perché stamattina ho risparmiato alla stagista che distribuiva la posta i dieci passi fino al tuo ufficio. Sono stato gentile, no?»

Mi limitai a scuotere la testa. Non avevo forze da sprecare arrabbiandomi per quella clamorosa violazione della mia privacy: avevo una battaglia molto più ardua davanti.

«Non ce l'ho fatta a resistere, perdonami. Ne avevo anche bisogno per il colloquio con Senn, in realtà. Con quell'esame ti sei salvato.»

«O mi hai salvato tu?»

«No, no, io non ho detto assolutamente nulla. Ho solo messo il foglio sotto il naso dei presenti e, dopo che tutti ne avevano preso atto, Huber ha detto a Senn: «Che ci vuoi fare, ti ho detto che è eccezionale». Non mi è sembrato necessario aggiungere altro. Ti sei riscattato da solo, Killian. Mrs Jost sta preparando il tuo contratto a tempo indeterminato.»

Non riuscii nemmeno a sorridere.

«Non sei felice?»

«Sì, certo che sono felice. Volevo dimostrare loro che valevo qualcosa e ci sono riuscito. È una bella soddisfazione, giusto?»

«Giustissimo! Non avevo dubbi che ce l'avresti fatta, ma non sapevo come avrebbero reagito quelli della direzione: eri davvero in bilico. Però dopo un risultato così sarebbe stato molto difficile per loro darti il benservito, proprio molto difficile.» Sorrise e si formarono tante piccole rughette agli angoli dei suoi occhi. Stava davvero esultando per me. «Per quanto riguarda la mia valutazione» disse poi, voltando alcuni fogli ricoperti di tabelle e crocette, «non ho granché di cui lamentarmi, anzi, sei il miglior assistente che io abbia mai avuto, te l'ho già detto. Prima di conoscerti non ero del tutto convinto che fossi la scelta giusta, perché eri così giovane e inesperto, ma mi hai ampiamente dimostrato che sono due fattori del tutto irrilevanti: se la qualità c'è, c'è a prescindere dall'età. Poi ti puoi leggere tutta 'sta roba, se vuoi, prima di firmare. Questo foglio devi invece compilarlo tu.» Mi passò il modulo di valutazione dei superiori e dell'esperienza fatta e mi offrì la sua stilografica.

Stavo compilando il questionario, quando giunse la Moser a chiedere aiuto a MacLeod – chissà perché non andava mai da Huber – e la seguimmo nella stanza in cui venivano eseguite le perizie sui vivi.

Tornammo al secondo piano che era ormai quasi mezzogiorno. MacLeod decise che era più logico fare la pausa pranzo e poi ritrovarci per terminare il colloquio per non doverci interrompere di nuovo alle dodici.

All'una ero nel suo ufficio a compilare la fine del questionario sotto il suo sguardo attento, cosa che mi faceva sempre aumentare automaticamente la pressione. Riuscii però a controllare il fremito che minacciava di prendere possesso delle mie dita.

Gli ripassai il modulo.

Ci diede una scorsa veloce. «Ma hai letto quello che c'è scritto prima di rispondere?»

«Mhm.»

«"La collaborazione con il suo superiore non le ha causato difficoltà." Assolutamente vero. Come fai a rispondere assolutamente vero, quando ti ho spinto a sfracellarti un polso?»

«La mia interpretazione del termine "collaborazione" evidentemente è più restrittiva della tua. Per me la domanda si riferisce alle mansioni indicate nella mia job description e lì non ho avuto alcuna difficoltà con te. E anche quella volta del polso, non è stata la collaborazione con te che mi ha creato difficoltà, era la relazione con Mélanie.»

MacLeod si grattò il pomo d'Adamo. «Ecco cosa non ho scritto: "Ha una tendenza a essere polemico ed è decisamente testardo. Si presume una causa genetica di linea materna". Dopo lo aggiungo.» Gli feci un sorriso tirato, mentre lui continuava: «Sei davvero sicuro di voler lasciare così 'sta risposta? Guarda che Senn ti chiamerà a renderne conto».

«Anche quando, non riceverà risposta.»

«*Whit dae ye mean?*»

Estrassi dal mio blocco per appunti la seconda missiva che avevo da consegnare quel giorno e la misi sulla scrivania, spingendola verso di lui con l'indice.

«Questa è la mia lettera di dimissioni.»

Mi guardò come se avesse visto resuscitare un morto, poi sussurrò sbattendo le palpebre: «*Yr whit?*»

«*Mein Kündigungsschreiben.*»

Ci mise un tempo sproporzionatamente lungo per leggere le quattro righe con cui scindevo il rapporto di lavoro con l'Istituto.

«*But why?*»

«Per motivi personali, l'ho scritto. Niente a che fare con il lavoro in sé.»

MacLeod abbassò di nuovo lo sguardo sul foglio, poi tornò a fissare me. Mi parve che la sua carnagione avesse assunto una tonalità bluastra e che i suoi occhi fossero lucidi come se fosse febbricitante.

«Torni a Zurigo da Mélanie?»

«No, non l'ho più vista da quando ci siamo lasciati.»

«Allora sono io.»

«No. Sono io, Lachlan. Io e basta. Non posso più lavorare qui dentro, punto.»

«Il lavoro non ti piace? Non dovevo portarti sull'Altopiano, lo sapevo io...»

«Assolutamente no! Amo questo lavoro ed è l'unico lavoro che voglio fare.»

«Ma... Huber allora?»

«No. In fin dei conti mi ha insegnato molto anche lui. E a proposito, grazie davvero per tutto quello che mi hai dato in questi mesi. Non dimenticherò mai quello che ho imparato da te. Ti sono estremamente riconoscente per... tutto. E non dirò mai niente a nessuno del software, non ti preoccupare.»

Scosse la testa e fece un gesto con la mano come a dirmi di stare zitto. «È per Senn? Per come ti ha punito? Doveva farlo, Killian, non poteva lasciar correre. Quello che ha detto sul materiale per i processi è vero.»

«Lo so. Senn non c'entra niente.» Ora che ci riflettevo, però, quell'affermazione non era del tutto vera: era Senn che mi aveva inculcato in testa che vita privata e vita professionale non potevano essere mescolate e nel mio caso era tutto così intrecciato che non riuscivo più a sbrogliare la matassa. L'unica cosa era tagliare il cordone che mi legava a quel posto e a quell'uomo. Ma era una cosa estremamente dolorosa, mille volte peggio che lasciare Mélanie – o Lorenz. Mi sembrava che qualcuno mi stesse rigirando un pugnale seghettato nel cuore, spingendo sempre più in profondità. Erano gli ultimi istanti in cui potevo perdermi nell'infinito azzurro di quegli occhi meravigliosi. Come avrei fatto senza di lui?

«O è successo qualcosa con la Moser?»

La Moser? Ma quella ce l'aveva con lui, mica con me! «No, non è successo niente con nessuno. È semplicemente una cosa mia. Non sono più quello che ero nove mesi fa e nemmeno tre mesi fa e ho bisogno di cambiare molte cose nella mia esistenza, incluso il mio posto di lavoro.»

«*But why?*»

«Questioni personali. Non è questo il luogo per parlare della mia vita privata e non voglio parlarne neanche fuori da qui. Ti prego semplicemente di accettare quelle dimissioni. Non avrai certo difficoltà a trovare qualcuno che mi rimpiazzi in men che non si dica.»

«E tu cosa farai?»

«Vado via. All'estero.»

«In Italia?»

«No.»

«Germania?»

«Non intendo parlarne.»

Rimase un attimo in silenzio, fissando il foglio. «Ok» disse poi. Tirò indietro le spalle e strappò il foglio in una miriade di pezzetti, che lasciò cadere sulla scrivania come una pioggia di coriandoli.

Avevo previsto che mi avrebbe tartassato di domande, perché era semplicemente deformazione professionale, e mi ero preparato notte dopo notte a difendermi. Ma un gesto così non lo avevo nemmeno lontanamente immaginato. Cosa dovevo fare adesso?

Ci fu un colpetto alla porta e Huber irruppe nella stanza, prima ancora che MacLeod potesse dire "avanti".

«Presto, presto! L'hanno trovato!»

Registrando le nostre facce perplesse, si degnò di aggiungere: «Il marito. Sul versante del Gurten che dà verso l'Ulmizberg».

«Vivo o morto?» chiese MacLeod.

«Impiccato.»

MacLeod si alzò, fece il giro della scrivania, mi afferrò per il bicipite e mi trascinò a prendere il maglione nel mio ufficio, neanche fossi stato un bambino disubbidiente.

Mentre Huber ci guidava al luogo del ritrovamento, avevo due pensieri che si rincorrevano nella mia mente: uno era che speravo che il marito si fosse impiccato da solo perché quella morte, per quanto orrenda, avrebbe almeno posto fine a un incubo e il caso dell'Altopiano non sarebbe diventato l'ennesimo caso irrisolto, cosa che dentro di me avevo temuto per giorni. L'altro era che dovevo far arrivare una copia firmata delle mie dimissioni sulla scrivania di Senn prima che finisse quella giornata.

CAPITOLO 66

Mentre aspettavamo che la scientifica terminasse con le foto e i rilievi, si levò un vento pungente e ringraziai in cuor mio MacLeod per avermi fatto prendere il maglione. Le foglie multicolore presero a rincorrersi in mulinelli ai miei piedi, mentre altre si staccavano dagli alberi, librandosi nell'aria.

Quando ebbero finito, i pompieri tagliarono la corda all'altezza del ramo a cui era stata fissata e il cadavere fu adagiato su una portantina e trasportato nella tenda bianca che la polizia aveva appena montato. Huber stava per avvicinarsi, pronto a rilevare l'assenza di segni vitali, quando MacLeod si schiarì la voce. Huber si fermò e, dopo un attimo di esitazione, mi invitò con la mano a procedere.

Cercai conferma negli occhi di MacLeod, ma, da quando eravamo usciti dal suo ufficio, aveva indossato di nuovo l'armatura in cui avevo inutilmente cercato di fare breccia per tre mesi e i suoi occhi erano freddi e distaccati. Mi fece solo un cenno di assenso col capo. Era tornato l'estraneo che avevo conosciuto in sala autoptica il giorno prima del mio compleanno. Quella constatazione mi spezzò il cuore, ma mi aiutò anche a mettere una pietra tombale sul nostro rapporto: se si allontanava da me, se mi chiudeva fuori, se scavava una trincea tra me e lui, mi rendeva la vita molto più facile. E gli fui grato anche di quello.

Le mie dita cercarono il battito cardiaco nel corpo che stava steso davanti a me, ma non vi era più alcuna traccia di vita.

Il sole stava ormai tramontando quando terminammo di riferire a Bovet i nostri rilevamenti.

Huber si offrì di portare MacLeod a Spiegel, visto che più o meno eravamo di strada, ma MacLeod gli disse: «No, grazie, torno a piedi. Ho bisogno di schiarirmi le idee con una bella camminata. E il dottor Altavilla viene con me, visto che le idee se le deve schiarire anche lui».

«Veramente io dovrei andare in ufficio a prendere il mio zaino.» Dovevo anche stampare di nuovo le mie dimissioni e lasciarle sulla scrivania del capo supremo o a qualcuno delle Risorse Umane, anche se era più probabile trovare Senn a quell'ora.

«Lei fa quello che dico io, perché fino a prova contraria è ancora il mio assistente ed è qui per fare quello che dico io. E non me lo faccia ripetere un'altra volta.»

Per fortuna dall'indomani non avrei più sentito quel tono, perché, se da un lato mi faceva rizzare i capelli sulla nuca, dall'altro mi faceva venir voglia di sbatterlo contro un tronco e infilargli la lingua in bocca. Eppure dovevo rimanere calmo e razionale – e arrivare all'Istituto prima di mezzanotte. Mal che andasse, avrei dovuto spedire una PEC.

Huber aggrottò la fronte, poi alzò le spalle. «Ci vediamo domani allora.»

Con finta cavalleria MacLeod mi invitò a prendere il sentiero che saliva sulla cima appiattita del Gurten. Da lì si poteva poi scendere a Spiegel e in città.

Il versante del monte su cui ci trovavamo era poco frequentato e in quel momento eravamo gli unici esseri animati visibili, oltre a un paio di pecore in un campo alla nostra sinistra.

Addentrarsi nel bosco al calar del sole era come immergersi in un regno fatato: l'oro si mescolava al rosso, il rame al verde, il marrone dei tronchi al blu del cielo che si intravedeva oltre i rami. Ogni tanto un soffio di vento scatenava una pioggia di foglie, che planavano nell'aria come fiocchi di neve colpiti dal sole. Il terreno umido rilasciava un odore ricco di sottobosco, che si mescolava a quello degli alberi.

Ammirare quello spettacolo fece gradualmente retrocedere in secondo piano lo scenario rivoltante che ci eravamo appena lasciati alle spalle. Se le circostanze fossero state diverse, mi sarei infilato gli auricolari con le Danze Sinfoniche di Rachmaninov e mi sarei messo a ballare in mezzo alle foglie, ma in quel momento ballare era l'ultimo dei miei desideri.

Da qualche parte doveva esserci un uccello da preda in cerca della cena perché gli altri uccelli non osavano farsi sentire. In alcuni punti il terreno era sdrucciolevole, coperto da milioni di foglie tondeggianti, seghettate, larghe, strette, che frusciavano sotto i nostri passi. Poggiai la mano sul tronco di un acero per evitare di perdere l'equilibrio dove la strada si faceva particolarmente ripida e si rischiava di scivolare. Un pezzo di corteccia si staccò come una lamina di cannella. Lo frantumai tra le dita e poi annusai quell'odore denso, profondo, ancestrale. Di solito, immergermi con tutti i sensi nella natura faceva espandere la mia anima. Ora invece riuscivo solo a pensare che, quando sarei morto, volevo che le mie ceneri fossero sparse poco più avanti nel FriedWald, il bosco della pace. E che qualcuno suonasse per me The Lark Ascending di Vaugham Williams.

Fummo investiti da una folata di vento e mi parve che gli alberi mi sussurrassero: "*Shhh!* Non è ancora ora di fare questi pensieri".

MacLeod camminava poco distante da me a passo spedito. Ogni tanto mi lanciava un'occhiata, ma non diceva una parola. D'un tratto si fermò in mezzo al sentiero e per poco non gli finii addosso.

«Dimmi perché» disse tra un respiro e l'altro. «Dimmi che cosa ho fatto. Ok, ti ho messo troppo sotto pressione con il dottorato, non ho calcolato bene tutte le varianti, ma ora ho imparato la lezione e non farò mai più una cosa del genere, te lo prometto. Ti chiedo di nuovo scusa per tutta quella storia. Ho fatto qualcos'altro?»

Scossi la testa. «Te l'ho già detto, non ha nulla a che fare con qualcosa che hai fatto. È una mia necessità personale. Devo ripartire da zero. In un posto lontano da qui.»

«È successo qualcosa con i tuoi familiari?»

«No.»

«Allora vedi che è il lavoro!»

«No. Voglio diventare medico legale e lo diventerò. Solo non qui.»

«Ma perché no?» Il tono di MacLeod era tra il disperato e l'implorante. Non lo avevo mai sentito parlare così. «È una questione di soldi? L'ho già fatto rilevare che ti stanno pagando troppo poco per quello che fai.»

Risi. «No, i soldi sono l'ultima cosa che mi preoccupa.»

«Ti stanno tormentando a casa? Vuoi venire a vivere da me? Posto ce n'è.»

«No, no, grazie. Voglio andare via da Berna. Ho bisogno di fare nuove esperienze fuori dalla Svizzera.»

MacLeod si passò una mano tra i capelli. Il loro colore rosso scuro si intonava alla perfezione con l'acero alle sue spalle, che pareva un gigantesco fiammifero sfavillante: le foglie erano di un rosso così vivido che era difficile credere che fosse un colore naturale.

«Ok. Dimmi cos'hai. Con tutti gli esami di psichiatria che ho fatto posso ben aiutarti.» Il suo volto era teso, i suoi occhi bruciavano, le sue spalle erano leggermente incurvate, una posizione che non era da lui.

Gli feci segno di no con l'indice. «L'unico modo in cui puoi aiutarmi è accettando le mie dimissioni.»

«No! Non ti lascio svanire nel nulla così. Non puoi andartene senza darmi un motivo. Voglio sapere cos'hai.» MacLeod incrociò le braccia sul petto e mi imprigionò con il suo sguardo, lo stesso con cui mi aveva inchiodato al mio posto quando ci eravamo incontrati per la prima volta e che, come allora, stava sparpagliando tizzoni ardenti nelle mie viscere. Solo che ora non c'era verso di ignorarli.

Rimanemmo a fissarci in un vuoto avulso da qualsiasi dimensione spazio-temporale. Quegli occhi, quegli zigomi, quelle labbra, quella pelle così chiara di cui conoscevo ogni efelide – era l'ultima volta che vedevo quei dettagli, ma non li avrei mai dimenticati. Non avrei mai dimenticato una singola ora che avevo trascorso vicino a quell'uomo. La sua voce, le sue mani, il suo sguardo... Una tenaglia parve chiudersi intorno alla mia gola.

Le foglie, cadendo a terra intorno a noi, bisbigliavano al mio orecchio: "Diglielo. Diglielo!" Il loro ultimo messaggio prima di fondersi di nuovo con la terra.

I miei neuroni invece strepitavano: "Sei matto! Scappa!"

Una tortora nel bosco tubò: "Ora o mai più".

Deglutii, poi mi concentrai su ogni vibrazione delle mie corde vocali, mentre dicevo: «Sono gay, Lachlan». Il resto poteva dedurlo da sé.

MacLeod rimase perfettamente immobile. Il suo petto smise

di alzarsi e abbassarsi. Infine un sorriso incredulo gli irruppe sulle labbra e disse: «*Ye're whit?!*»

«Gay.»

«Gay?» Si portò entrambe le mani alla testa, forse per impedire al suo cervello di scoppiare, forse per tenere fermi i suoi capelli scompigliati dal vento. «Ma una cosa così non si può decidere da un giorno all'altro! Fino a un paio di settimane fa stavi insieme a una donna.»

«Non l'ho deciso da un giorno all'altro. Sono quattordici anni che lotto con me stesso, che sto male. E adesso voglio stare bene, voglio essere in pace con me stesso. E voglio costruirmi una nuova vita dove non mi conosce nessuno.»

«Scusami, ma non ci posso credere. Cos'è? Un gioco? Mi stai mettendo alla prova?» Scosse la testa e ridacchiò. «Gay!»

Il suo scherno mi colpì come una frustata. Strinsi i denti e a testa alta ripresi a camminare lungo il sentiero. Un piede davanti all'altro. Inspira... espira... Un passo alla volta. Via da qui. Via da lui.

«No! Killian, fermati!»

Non ti voltare. Continua a camminare.

Una morsa d'acciaio mi afferrò il bicipite. Cercai di divincolarmi, ma con uno strattone MacLeod mi portò faccia a faccia con lui. C'erano venti centimetri tra noi. Troppo vicini.

«Killian, scusami, davvero. Non è che non ti voglio credere, è che è tutto così assurdo. Tu non capisci.»

«Io non capisco? Ti assicuro che adesso capisco cose che non ho mai capito prima. E tra queste c'è che non voglio vederti mai più. Continua pure a ridere, ma a spese di qualcun altro.»

«Non stavo ridendo di te, te lo giuro! Non farei mai una cosa del genere. *Mai*. Stavo ridendo di me stesso, non di te. Di me!»

«Perché?» Sentivo lacrime di umiliazione scaldarmi i bulbi oculari. «Perché hai fatto perdere la testa a un gay? Puoi metterlo nel tuo curriculum insieme a tutte le altre tue conquiste e farlo sapere a tutto il mondo.» Mi formicolavano le dita. Non dovevo perdere il controllo. Il Killian che ero adesso, il vero Killian, non perdeva il controllo, sapeva chi era e cosa voleva e nessuno, nemmeno il grande Professor Lachlan Dubhshìth MacLeod, poteva portarlo fuori rotta.

«Queste non sono cose da sbandierare ai quattro venti» disse. «Ma sei davvero convinto di quello che stai dicendo? Sai cosa vuol dire essere gay?»

«*MacLeod, fuck you.*» Con uno strattone liberai il braccio e ripresi a camminare.

Sentii un'imprecazione in una lingua che non capivo alle mie spalle. Due secondi dopo MacLeod era davanti a me e camminava all'indietro, cercando di fermarmi con le mani alzate a novanta gradi come la dea Hathor. Ma non mi toccò.

«Killian, fermati un attimo. Ascoltami! So cosa stai vivendo, so come ti senti.»

«E come fai? Hai fatto un esame anche in Essere Omosessuale? Essere Omosessuale 1, 2 e 3. Bravo! Professor Lachlan Dubhshìth MacLeod, specialista in Essere Omosessuale.»

MacLeod ridacchiò. «È la materia in cui sono in assoluto più specializzato. Anni di esperienza.»

«Levati dalla mia vista prima che ti disintegri.» Feci un passo verso di lui, ma non si spostò, né reagì in altro modo, per cui fui costretto a fermarmi, dato che non c'era spazio sul sentiero per passargli accanto.

«Calmati» mi disse. «Hai capito cosa ti ho detto? Hai ragione: sono Professore emerito nell'arte di essere gay.»

Cosa diavolo stava dicendo? Gay? Ma quando mai! Mi stava solo prendendo in giro. «Ah sì? E Trisha chi è allora? Ti ho sentito che la chiamavi *darling* al telefono. E i bambini? Mi hai mentito fin dall'inizio. Mi hai detto che non avevi legami né figli.»

«Io non mento, Killian. Non ho figli e non ho partner.»

«Non è vero! Lo so che sono stati qui. Eleonora ti ha visto in centro con Trisha e due bambini. E io ti ho sentito al telefono che dicevi a uno di loro di dare un bacio alla mamma.»

Sorrise e scosse la testa. «Gavin e Ivy sono figli di Trisha e suo marito Chris, io non c'entro niente.» Sollevò di nuovo le mani. «Trisha è solo la mia migliore amica.»

Mi passai una mano sugli occhi, cercando di ricordarmi tutte le informazioni che avevo raccolto sulla sua vita privata negli ultimi tre mesi per capire se mi stesse raccontando la verità. I miei neuroni ricomposero nella mia mente l'immagine del ragazzo ferito che avevamo soccorso la prima volta che eravamo andati al pub irlandese a Bollwerk: MacLeod lo aveva accudito con estrema sollecitudine, attirandosi perfino le ire della poliziotta perfida, e il giorno dopo non mi aveva dato pace finché non ero riuscito a sapere come stava. Quel ragazzo era indubbiamente gay. Forse per quello se lo era preso così a cuore? E quante volte si era preso cura di me ben oltre ciò che gli imponeva il suo ruolo di superiore? L'attenzione che riservava al suo aspetto, il suo gusto chic ma non troppo nel vestire, il suo modo di muoversi con eleganza nonostante la sua mole...

«Non mi credi?» Tirò fuori il cellulare dalla tasca dei pantaloni. «Guarda: Trisha.» Premette il tasto di chiamata e poi quello del viva voce.

Una voce di donna proruppe all'altro capo della linea: «*Darling! Is everything ok? OMG, I was starting to get so worri–*»

«*Trisha. Stop.* Per favore, puoi rispondere alle domande di Killian? È qui con me. Sei in viva voce.»

«*Oh... Oh, ok. Hi, Killian.* Cosa volevi sapere?»

«Chi sei.»

«Chi sono?»

«Sì.»

«Patricia Walker... Sono biologa marina, studio le balene... all'Università di Glasgow. Ehm... Sono anche mamma. Di due bambini.»

«E chi è il padre?»

«Lachy, ma sta bene?»

«Trisha, rispondigli e basta.»

«Ma Chris, ovviamente. Cioè mio marito.»

«E Lachlan?»

«Lachy? Lachy è il mio migliore amico. È... è il tuo capo. Beh, lo sai, no, chi è Lachlan? Killian, è tutto ok?»

«Voglio dire, non vi amate?»

«No... Beh, non più. Io, perlomeno...»

«Trisha, digli tutto» disse Lachlan.

«Ook. Ci siamo conosciuti all'università, lui faceva medicina, io biologia, e io mi sono innamorata di lui, ma lui... Lachy, ma sei davvero sicuro?»

«Ti ho detto di dirgli tutto.»

«Ok. Allora lui mi ha detto che gli dispiaceva molto, ma che, ecco, le donne non gli interessavano. Ci ho messo un po' a superare la delusione. All'inizio non ci potevo credere. È così... beh, mascolino, quando lo guardi.» Lachlan roteò gli occhi. «Però alla fine me ne sono fatta una ragione. Forse è stato più facile perché non era per via di un'altra, era solo com'era fatto lui. Poi col tempo siamo diventati amici. Davvero amici. Mi ha perfino presentato Chris – probabilmente per sgravarsi la coscienza, dopo che mi aveva costretta per anni a sorbirmi i suoi partner. Sempre molto affascinanti, ma alcuni veramente stronzi, tipo l'ultim–»

«Sì, va bene, Trisha, grazie. Poi ti chiamo.» MacLeod terminò la chiamata senza nemmeno darle il tempo di salutare. «Quando stavo a Glasgow ci vedevamo quasi ogni giorno» continuò rivolto a me, «vivevamo vicini, al mare. Facevo spesso da babysitter ai bambini. Chris deve viaggiare molto per lavoro e io aiutavo Trisha come potevo. Ogni tanto me li prendevo per tutto il weekend. Andavamo a campeggiare al mare o in montagna e a fare tutte le cose che Trisha non permette loro di fare. Mi mancano da morire e io manco a loro, per quello ci sentiamo quasi tutti i giorni. Quando sono venuti qui c'era anche Chris, ma probabilmente Eleonora non l'ha visto. Mi credi adesso? Vuoi che ti spieghi altro?»

Tante di quelle cose che non sapevo nemmeno da dove cominciare. Gay, gay, gay... Il mio cervello sembrava essersi inceppato su quella parola come un CD graffiato. «Cos'è successo con... il tuo ex?»

Lachlan sospirò. «Ian. Era... cioè è un giudice. Abbiamo convissuto per cinque anni, poi se n'è andato con un altro, così da un giorno all'altro. Non è stata la miglior esperienza della mia vita. Non mi piace essere abbandonato» disse scandendo ogni parola.

Abbassai lo sguardo. Ero sudato e avevo freddo. Con il sole, stava cominciando a calare anche la temperatura mentre il vento aumentava d'intensità, e avevo solo il maglione addosso.

«Ti prego, Killian, non andartene anche tu.»

Il tono con cui lo disse mi fece subito rialzare gli occhi. C'era stata soltanto un'altra occasione in cui avevo visto quell'espressione sul suo viso: quando gli avevo detto che non avrei fatto il dottorato.

«Resta con me» ripeté. «Continua a regalarmi il tuo sorriso ogni mattina. Tu non hai idea di cosa significhi per me. Per favore.»

Un tremito scosse il mio corpo. Chiusi gli occhi. Stava andando tutto troppo velocemente, non riuscivo a metabolizzare quelle informazioni. Quello che stava succedendo era così lontano da qualsiasi scenario avessi immaginato per quella giornata che mi sembrava di essere stato risucchiato in un'altra galassia, dove la forza di gravità ti spingeva verso altri corpi, anziché attirarti verso il centro.

Sentii le mani di Lachlan sfiorarmi le guance. Più che il contatto, percepii il calore che emanavano, quasi avesse paura di toccarmi. Mi accarezzò un sopracciglio con il pollice.

«Guardami.»

Non volevo. Se mi fossi immerso di nuovo in quei buchi neri contornati da raggi blu, non sarei più riuscito a riemergere. Eravamo così vicini che sentivo il suo profumo – un misto conturbante di uomo e pino, a cui non riuscivo più a resistere.

«Guardami.» Era una supplica, non un ordine.

Aprii gli occhi. Il cielo alle sue spalle era diventato turchese con striature arancioni e porpora. I suoi capelli, la barba e gli occhi avevano assunto tonalità ancora più vivide. Sembrava il dio di quel mondo infuocato.

«Lo so che è difficile» mi sussurrò con la sua voce pacata, che mi ancorava sempre a terra, nonostante tutto. «Ma insieme possiamo superare qualsiasi cosa.»

Quella frase si depositò da qualche parte nel mio intestino, scardinando ogni certezza a cui mi ero appigliato nella vita fino ad allora e trascinandomi verso un mondo nuovo, immerso in una moltitudine di colori intensi, morbidi, avvolgenti. Dovevo solo mettere a tacere quei miei maledettissimi neuroni che sbraitavano: "Capo! Pericolo! Attenzione! Non si fa!". Ma si sbagliavano tutti: quello non era il mio capo, non eravamo all'Istituto. Eravamo in mezzo al bosco e lui era semplicemente l'uomo che amavo.

Ed era un Cigno. Era davvero un Cigno! Come me. E mi stava implorando di rimanere con lui. Mi voleva! Così com'ero, col mio sorriso imperfetto, i miei capelli indisciplinati e tutti gli altri miei difetti.

Mossi la testa in modo che la sua mano mi accarezzasse la

guancia: un gesto che avevo visto fare centinaia di volte al Cigno che aveva risvegliato in me quelle pulsioni proibite per la prima volta. Lui non si mosse e io rimasi così, con la guancia a contatto con il suo palmo, finché non trovai la forza di dire che ritiravo le mie dimissioni.

Il vento fece frusciare le foglie degli alberi intorno a noi, come se stessero emettendo un sospiro di sollievo e una cascata di lamine d'oro leggere come piume ci isolò dal mondo.

«*Guid laddie.*»

CAPITOLO 67

Ci fissammo per un tempo infinito. Nessuno dei due osava fare il passo che avrebbe chiuso lo spazio tra noi. A seconda dei pensieri che mi attraversavano la mente, il mio cuore passava dalla tachicardia alla bradicardia. Volevo nascondermi tra le sue braccia, ma volevo anche fuggire, perché sapevo che da quel momento in poi sarebbe cambiato tutto tra noi e non sapevo come.

Alla fine mi porse la mano. Feci scivolare la mia nella sua, calda e accogliente. Non appena mi ebbe afferrato saldamente, tirò indietro il braccio, così che finii contro il suo petto. Con l'altro braccio mi circondò la schiena, senza però stringermi: volendo, avrei potuto liberarmi. Ma non volevo assolutamente, stavo troppo bene lì, nel tepore che emanava il suo corpo.

«*God, Killian*» mi sussurrò nell'orecchio, la sua guancia premuta contro la mia. «Pensavo che una cosa così non sarebbe mai successa tra noi.»

«Nemmeno io.»

Il mio braccio libero si mosse da solo e gli cinse la vita. La mia mano accarezzò i muscoli della sua schiena attraverso la stoffa, saldi, forti, perfettamente plasmati. Non mi pareva vero di poterlo toccare così. Ero terrorizzato da quello che stava succedendo, ma anche euforico.

Un altro brivido mi percorse da capo a piedi, però non aveva nulla a che fare con il freddo. Aveva a che fare col fatto che il contatto con quel corpo stava rompendo ciò che restava degli argini che trattenevano il mio Io. Stava risvegliando i miei istinti dal sonno dei cent'anni. Solo che non sapevo come gestire quello che provavo per quell'uomo in quel momento: mi ero innamorato di lui, eppure, a quanto pareva, non sapevo assolutamente niente di lui. Ciononostante il mio corpo era a contatto con il suo. Ed era una sensazione bellissima.

«Stai tremando. Hai freddo. Vuoi venire a casa mia?»

«Sì.»

«Andiamo, allora.» Sciolse l'abbraccio, però non lasciò la mia mano.

Camminare nel bosco mi aiutò a ritrovare un minimo di lucidità, anche se i miei organi interni continuavano a fare quello che volevano, soprattutto ogni volta che riflettevo sul fatto che non avevo idea di cosa sarebbe successo nelle prossime ore. Forse non era affatto una buona idea andare a casa sua, ma non avrei saputo dove altro andare. L'idea di separarmi da lui era insopportabile.

Quando mettemmo piede nell'ingresso, incrociammo l'uomo che avevo visto seduto fuori in giardino con Mark, che saliva dallo scantinato con una montagna di bucato sulle braccia.

«*Hi, guys*» disse e, rivolgendosi a me, aggiunse: «*Sorry*, non riesco a darti la mano. Comunque io sono Jeff». Aveva un accento americano molto marcato, probabilmente del sud.

«Piacere, Killian.»

«Com'è, vi siete scambiati i ruoli?» gli chiese MacLeod, già a metà delle scale che conducevano al suo appartamento, indicando il bucato.

«Non ne parliamo, guarda. Ha *l'ispirazione*, capito? Deve *creare*. Il che significa che non ha fatto un tubo per tutta la settimana. Arrivo a casa stanco morto, dopo un viaggio di diciotto ore, e l'appartamento è un casino. Ma adesso vede: prima metto a posto casa e poi metto a posto lui, te lo giuro!»

Lachlan scoppiò a ridere. «Buon divertimento allora! *Killian, ye commin'?*»

Ero rimasto ai piedi della scala, impietrito dalla realizzazione che Jeff era la "moglie" di cui mi aveva parlato Mark: l'ingegnere nucleare che sapeva farsi rispettare da tutti. Non ne avevo alcun dubbio!

Salutai Jeff e seguii Lachlan.

«Scusa, ma tu questo appartamento come l'hai avuto?» gli chiesi, mentre mi sfilavo le scarpe fuori dalla porta, da bravo Svizzero, e le allineavo accanto a quelle di morbida pelle scamosciata dell'uomo che mi precedeva. Un giorno mi sarei comprato anch'io delle scarpe così.

«Tramite internet. Ci sono diversi siti per... quelli come noi. Ho trovato l'annuncio, ho chiamato e ci siamo capiti subito. Infatti, viviamo benissimo insieme.»

«Soprattutto quando Jeff non c'è?»

Lachlan sollevò un sopracciglio. «Ma grazie per la fiducia e la considerazione! Primo, loro non sono una coppia aperta: chiunque si avvicini a Mark rischia la morte e se qualcuno si avvicinasse a Jeff, penso che Mark tirerebbe fuori un lato di sé molto poco artistico. Secondo, io non vado a ficcarmi in mezzo a coppie già consolidate. Terzo, mi sono divertito abbastanza quando ero all'università e certe cose non mi interessano più. Oggi cerco ben altro. Quarto, sono venuto qui per disintossicarmi, non per mettermi nei casini – e ti assicuro che in quanto a casini mi basti e mi avanzi tu.» Il suo sorriso mi fece capire che non gli dispiaceva poi così tanto che fossi diventato il casino per eccellenza della sua vita.

Chiuse a chiave la porta d'ingresso e lo stomaco mi si contrasse per la portata di quel gesto: l'uomo che odiava le porte chiuse ci aveva tolto ogni via di fuga. Mi voleva davvero lì insieme a lui!

Ma cosa voleva esattamente da me? Il divario tra le sue conoscenze e le mie mi parve più insormontabile che mai e qui non si trattava di medicina: non avevo idea di come si comportassero due gay. Forse esattamente come gli etero? E se i gay scozzesi erano più spigliati dei gay svizzeri? Lo sguardo mi scivolò verso la porta.

«*Hey*, ma cosa ti frulla in testa? *Relax, laddie!* Non ti mangia mica nessuno.»

Ero così trasparente?

Lachlan si avvicinò a me e mi accarezzò un bicipite. «Sei al sicuro qui. E puoi essere semplicemente te stesso: vuoi dire una cosa? La dici. Vuoi fare una cosa? La fai. Ok?»

Annuii.

Mi sollevò il braccio e poggiò le labbra sul polso in corrispondenza dell'ulna che mi ero fratturato, mentre mi fissava dritto negli occhi. La scossa sismica provocata da quel contatto così intimo arrivò dritta ai miei lombi. Mi si bloccò il respiro. Il Professor Lachlan MacLeod mi aveva appena baciato il polso…!

«*Ah'm so sorry*. Avrei voluto morire quando sei entrato nell'ufficio di Senn con il gesso.»

Riuscivo a malapena a respirare. Il mio polso fratturato non mi interessava minimamente, volevo soltanto sentire di nuovo le sue labbra sulla mia pelle.

«Stavo solo cercando di tenerti lontano da quella donna: ti stava rovinando e non volevi vederlo.»

Dovetti fare uno sforzo per rispondergli. «Non lo faceva apposta... A... avevamo sogni diversi. Incompatibili. Avrei dovuto capirlo subito.»

«Queste cose è difficilissimo vederle quando sei coinvolto in prima persona. L'importante, però, è accorgersene prima o poi.»

Il suo pollice stava accarezzando il punto in cui sentivo ancora il calore delle sue labbra. Facevo fatica a ragionare.

«Pensavo che, se mi fossi comportato come voleva lei, saremmo stati felici. Invece stavamo male entrambi perché io non ero in grado di...»

«*Shhh*, non ci pensare adesso, non è più importante. Adesso devi solo pensare a stare bene, lo hai detto tu stesso. E io sono qui per aiutarti a stare bene.»

«Basta che non ti arrabbi se sbaglio qualcosa, perché non so niente di tutto questo.»

«Non c'è niente da sapere. C'è solo da sentire. E io mi arrabbio soltanto quando ti vedo fare cazzate, Killian. Essere te stesso non è una cazzata, quindi non hai di che preoccuparti. Smettila semplicemente di autocensurarti. Ma prima di tutto vai a farti una bella doccia calda, perché hai le dita ghiacciate e non voglio che ti ammali. Io intanto preparo la cena. E no, la risposta a quello che stai pensando è *no*.»

Ok, ero trasparente e non ero per niente svizzero. «Perché?»

«Perché non voglio che tu esca da qui traumatizzato. Un passo alla volta. E il primo è che *tu* vai a farti la doccia, mentre *io* vado a preparare la cena. È meglio così, credimi. Vieni che ti do un asciugamano.»

Quando entrai in bagno e vidi la mia immagine riflessa negli specchi, mi accorsi che non avevo più paura: il terrore di quelle superfici riflettenti e di quello che potevano rivelarmi si era dissolto. Anzi, volevo guardarmi negli occhi in tutti gli specchi che c'erano in quella casa. Volevo vedere la mia striscia nera e le mie ali. Volevo perdermi negli occhi azzurri dell'uomo che ora mi stava guardando dallo specchio sopra il lavandino col sorriso di chi la sa lunga. Volevo che le sue ali si chiudessero intorno a me e non mi lasciassero andare mai più.

Mi porse l'asciugamano. Mamma mia, quello sguardo! Era in completa opposizione con ciò che aveva appena detto, ma, anche se mi sarebbe piaciuto sfidarlo per vedere se riuscivo a farlo cedere, ero consapevole che poi non avrei saputo cosa fare, quindi mi rassegnai a lasciarlo andare in cucina.

Solo che a questo punto la doccia me la sarei dovuta fare fredda…

CAPITOLO 68

Quando entrai in cucina, la tavola era già apparecchiata e un piatto di zuppa fumante mi aspettava davanti a un bicchiere di vino rosso. Mi sedetti al solito posto, ad angolo retto rispetto a Lachlan.
Lui levò il bicchiere: «*Slàinte Mhath.* Spiega le ali e vola, Killian.»
«*Slàinte Mhath.* Dovrai insegnarmi a volare, però.»
«Lo farò. Al momento giusto.» I suoi occhi, invece, mi dicevano che lo avrebbe fatto volentieri anche subito. Cosa avrei dato per sapere cosa stava pensando! O forse meglio di no...
Abbassai lo sguardo e mi concentrai sulla mia zuppa: anche questa era squisita ed era proprio quello di cui avevo bisogno in quel momento.
Dopo qualche boccone mi chiese: «Quando te ne sei accorto?»
«Che ero gay?»

«Eh.»

«Mah, non c'è stato un momento in cui ho detto: "Cavoli, sono gay". All'inizio, quando ero ancora ragazzino, mi sono solo accorto che mi piacevano cose che altri maschi trovavano rivoltanti.»

«Tipo?»

«Tipo il film *Billy Elliot*... *Swan Lake*... Cose così. Conosci *Swan Lake*? Non *Il Lago dei Cigni*, l'altro. Il balletto con i cigni maschi.»

Lachlan inclinò la testa a sinistra e dopo qualche istante disse: «Sì... Cioè non veramente, ma una volta Trisha mi ha fatto vedere un articolo... In realtà mi ha fatto vedere la foto di un ballerino e mi ha chiesto se mi piacesse, era a torso nudo e aveva una striscia nera sulla fronte. Il titolo era *Swan Lake* qualcosa. Intendi quello?»

«Esatto! Noi siamo Cigni, Lachlan, come quelli lì.»

Mi guardò perplesso. «Se lo dici tu…» Buttò giù un sorso di vino e io non riuscii a non fissare il suo pomo d'Adamo, finché non se ne accorse e mi affrettai a riportare i miei pensieri su ciò di cui stavamo parlando.

«Quel balletto è stato ripreso nel film di Billy Elliot. L'ultima scena del film è un pezzo di *Swan Lake*. Il ballerino non era un attore, era il ballerino vero che faceva il Cigno in *Swan Lake*. Ti ricordi quella scena? Lui dietro le quinte che si prepara a entrare sul palco? E suo padre e suo fratello sono in platea? E c'è anche il suo amico gay?»

Lachlan scosse la testa. «No. L'avrò visto vent'anni fa.»

«Vabbè, magari ce lo riguardiamo, se hai voglia.»

«Assolutamente! Anche il balletto. Si trova su Internet?»

«Probabilmente sì, ma dura due ore abbondanti. Magari un weekend.» Un weekend in cui mi sarei sentito pronto per rivedere quei corpi e ascoltare quella musica dopo tutti quegli anni…

Assentì. «Quindi ti piacevano 'ste cose che agli altri facevano schifo, ma non eri consapevole di essere gay.»

«A un certo punto mi è venuto il dubbio, ma cercavo di rassicurarmi che non lo ero. Però passavo notti intere a guardare *Swan Lake* di nascosto. Ancora adesso mi ricordo ogni scena, ogni movimento dei ballerini. Se sento Čajkovskij mi viene in mente *Swan Lake*, non *Il Lago dei Cigni* classico. Però poi ho cominciato ad avere problemi a scuola, perché non dormivo di notte e compensavo di giorno.»

Lachlan sollevò un sopracciglio. «Ma va?»

Gli tirai un leggero calcio sotto il tavolo, al che mi prese la caviglia tra le sue e non mi lasciò più andare. Ci misi un attimo a riprendere il filo del discorso.

«I miei si sono preoccupati molto, non capivano cosa stesse succedendo. Soprattutto mia madre. Ha addirittura rinunciato a una spedizione archeologica per stare con me, mentre mi facevano tremila analisi al Lichtstrahl perché temevano che avessi qualche malattia rara o la leucemia. Se avessero saputo...» Un sorriso amaro mi piegò le labbra al ricordo. All'improvviso mi si formò un nodo in gola, premetti insieme le labbra.

«Che c'è? Non devi parlarne, se non te la senti.»

Serrai gli occhi. Deglutii. Poi sentii la mano di Lachlan che mi accarezzava la schiena e fui preso dal bisogno irrefrenabile di condividere con lui il peso che mi portavo dentro da quattordici anni.

Inspirai a fondo. «Durante quella spedizione, un altro archeologo ha preso il posto di mia madre. Hanno trovato una tomba con una cassa di gioielli e pietre preziose dal valore inestimabile. E mia madre era a casa con me. Perché io, anziché dormire, guardavo i ballerini.» Lachlan non disse nulla. «È come se qualcuno avesse brevettato il tuo software prima di te, capisci? Un archeologo vive per scoprire una cosa così.»

«Sì, capisco perfettamente. Ma poi ha trovato delle mummie, no? È meglio quello, immagino.»

«Non lo so. Le mummie sono brutte. Quei gioielli sono bellissimi, sembra quasi impossibile che sia stato un essere umano a farli.»

«È per quello che hai quelle pietre sulla scrivania?»

«Sì, ma non me le ha date mia madre, me le ha date mia zia Alessia, la pediatra, quella che è venuta all'Istituto. Non ha mai scoperto il perché della mia narcolessia, ma sa che mi sento ancora terribilmente in colpa verso mia madre per quello che è successo. Dice che devo imparare a conviverci, come con le pietre: sono sempre lì, ma per la maggior parte del tempo non è che la mia attenzione sia puntata su di loro. Fanno semplicemente parte della mia esistenza. Però è difficile da accettare.»

«Ne hai mai parlato con tua madre?»

«No, è una cosa di cui non parliamo. Lei non me l'ha mai fatto pesare, mai, ma io non posso dimenticare che, se non fosse stato per quel dannato balletto, la scoperta l'avrebbe fatta lei. Forse un giorno riuscirò a dirglielo, magari quando parlerò con lei anche di tutto il resto...»

«Una cosa alla volta.»

«Sì.»

Trascorse qualche minuto di silenzio. Guardai i pezzi di pane che affogavano nella zuppa.

«Quando mi sono reso conto di quello che avevo provocato, ho cancellato *Swan Lake* dal computer e ho deciso di comportarmi come tutti gli altri per veder di nuovo sorridere mia madre.»

«E, testardo come sei, ce l'hai pure fatta.»

«Esatto.»

«A quale prezzo, però.»

Mi portai il bicchiere alle labbra. Visto che c'ero, potevo raccontargli anche il resto: «Poco più di un anno fa ho respinto un ragazzo gay che aveva capito tutto di me, anche se mi piaceva un sacco. Gli ho detto che si era sbagliato e ho tagliato i ponti».

Lachlan alzò gli occhi al soffitto e scosse la testa. «Eri già con Mélanie?»

«No, è stato prima di lei, ero single. Avrei potuto benissimo andare con lui, ma dopo tutti quegli anni passati a convincermi che ero normale, non avevo alcuna intenzione di sabotare i miei sforzi da solo. Anzi, mi sono messo con Mélanie proprio per dimenticarlo. Aveva una cascata di capelli biondi ricci, tipo parrucca, sai. Impossibile da dimenticare...»

Mi fissò serio. «Giusto per chiarirci: essere gay è normale tanto quanto essere etero. Ci sono anche animali gay. È solo un'altra norma. Dipende tutto dal campione in esame. Se noi prendiamo questa casa, ad esempio, non occorre che ti spieghi qual è la norma qui dentro, vero, Doctorr Altavilla?»

Sorrisi e scossi la testa.

«*Richt*. E sei riuscito a nascondere tutto a Mélanie?»

Mi infilai una cucchiaiata di zuppa in bocca, ma non la mandai giù per un po'. Alla fine però cedetti: «Sì, non era mica la prima, ci ero abituato, non me ne rendevo nemmeno conto. Poi però sei arrivato tu e sono cominciati i problemi seri, con Mélanie, con te, con me stesso. Sono giunto al punto che non riuscivo nemmeno più ad andare a letto con lei.»

«Ti credo!»

«Sei mai stato con una donna?»

«No, mai e mai lo farò. Non mi attraggono fisicamente. Prendi Trisha: è una bellissima donna, lo vedo anch'io, ma non riuscirei mai ad andarci a letto insieme. Non so proprio come tu abbia fatto.»

Alzai le spalle. «Non lo so nemmeno io. E comunque non mi piaceva particolarmente, perché non mi dava quello di cui avevo bisogno. Nemmeno emotivamente. Era più un dovere che altro.»

Lachlan si limitò a guardarmi con una tenerezza che era quasi dolorosa. Il suo sguardo aveva perso qualsiasi traccia di durezza o di difesa: si era tolto l'armatura. Io ero stato sincero come non mai, ora lo sarebbe stato anche lui?

«E tu come hai capito che eri gay?» gli chiesi.

Si alzò per servirci altra zuppa. Poi riprese posto.

«Io...» Scrollò le spalle. «Io sono sempre stato gay, ho sempre saputo di esserlo e per me non è mai stato un problema. Con me stesso, intendo. Il problema erano gli altri.»

«Cioè?»

«La prima volta che ho accarezzato il braccio a un ragazzo che mi piaceva a scuola, sono finito all'ospedale con una costola rotta e una commozione cerebrale.»

Rimasi con il cucchiaio a mezz'aria. Al che Lachlan terminò il gesto per me, spingendomi il polso verso la bocca con l'indice.

«Non aveva apprezzato il gesto e la sua gang ancora meno. È successo poco dopo la dissezione della pecora. Da noi molto spesso tra ragazzi le cose si risolvono così.»

«Ma i tuoi cos'hanno detto?»

«Che, visti i miei precedenti e il fatto che ora andavo anche ad azzuffarmi in giro, Inverness era il posto giusto per me. *Bye, bye!*»

Questa volta lo feci: gli afferrai la mano e gliela strinsi forte. Non la ritirò. Anche se temevo di sapere già la risposta, gli chiesi: «Ma i tuoi lo sanno che sei gay?»

«No. Penso che mi sbatterebbero fuori dal clan. Sono a malapena tollerato già così.»

«Quindi non sanno niente di Ian?»

«No, né di lui né di quelli prima. Pensano che io sia uno scapolo impenitente, che sta mettendo a repentaglio la sopravvivenza del clan MacLeod. Del resto, non c'è da meravigliarsi: chi lo vuole uno che lavora coi morti?»

«Tu non lavori *coi* morti, lavori *sui* morti. Con me. È ben diverso.»

Sorrise, ma l'ombra di mestizia rimase.

«E a Inverness ti sei dato alla pazza gioia?»

«No. L'esperienza a scuola era stata troppo traumatica. Fino all'università nessuno ha saputo nulla. Poi lì sì che mi sono dato alla pazza gioia. Per fortuna c'era Trisha. Lei e la medicina sono le due cose che mi hanno salvato dal perdermi tra alcol, festini e one night stand.»

«Uno non lo direbbe mai guardandoti adesso.»

«L'apparenza inganna.»

«Soprattutto quando uno *vuole* che inganni.»

«Beh, sì, altrimenti i miei assistenti fuggirebbero. Soprattutto quelli che arrivano tutti abbronzati e in ritardo il primo giorno di lavoro.»

«Non ero in ritardo!» protestai ridendo.

«Se io sono in sala autoptica alle otto e tu sei il mio assistente e arrivi alle otto e trenta, sei in ritardo. Di mezz'ora.»

«Frau Jost mi aveva detto di essere da te alle otto e mezza!»

«Non me ne può fregare di meno.» Il suo sguardo era cambiato: ora aveva la tonalità metallica che assumeva quando stava per risolvere un caso. Spinse indietro la sedia e si alzò. «Vuoi ancora zuppa?»

«No, sono a posto, grazie.»

Si chinò per prendere il mio piatto. Sentii le sue labbra sulle mie, senza che avessi nemmeno la possibilità di capire cosa stesse succedendo. Fu un secondo, ma bastò per sparare un cocktail di ormoni nel mio organismo che mi privò della facoltà di pensare.

«Questo è quello che avrei voluto farti quella mattina, perché *eri* in ritardo» mi sussurrò sulle labbra.

Non feci in tempo a riprendermi dalla sorpresa, che mi baciò di nuovo. Questa volta più a lungo, finché non cominciai a rispondergli, perché non riuscivo a farne a meno. Mi girava la testa. Il

Professor Lachlan MacLeod mi stava baciando sulla bocca! E io volevo che continuasse per sempre.

Invece si interruppe.

«Ne vuoi ancora?» mi chiese con voce così bassa che la sentii riverberare nella mia cassa toracica, mentre tracciava con l'indice il percorso della mia giugulare dall'orecchio alla base della gola.

«Sì» sussurrai.

«Ti fidi di me?»

«Credo di sì.»

«Ti fidi di me?»

«Sì.»

«Allora vieni con me.» Mi prese per mano, spense la luce della cucina e mi condusse nel salotto immerso nella semioscurità. Si sedette sul divano e mi ordinò di sedermi a cavalcioni sulle sue gambe.

Il mio cervello si spense, ma altre parti di me mi spinsero a ubbidirgli, anche se mi assicurai di rimanere sulla punta delle sue ginocchia. Era una sensazione stranissima trovarsi in quella posizione con un uomo. Soprattutto con *quell'*uomo.

Lachlan mi prese la testa tra le mani, intrecciò le dita tra i miei capelli e mi baciò di nuovo, abbattendo anche l'ultimo baluardo di resistenza da parte mia. Il mio bacino scivolò più vicino al suo. Le sue mani si insinuarono sotto la mia maglietta. Erano calde e mi accarezzavano come se fossi la cosa più preziosa del mondo.

«Ma perché mi trattavi sempre così male se...?»

«Perché vedere l'odio che ardeva nei tuoi occhi era l'unico modo per rimanere al mio posto, altrimenti non so cosa sarebbe successo, perché vedi, Doctorr Altavilla, il tuo sorriso ha degli effetti un po' strani sui miei processi fisiologici. Comincia a bruciarmi tutto dentro ed è davvero molto difficile ignorare la cosa. Lo è stato fin dal primo momento in cui sei entrato in quella sala autoptica e mi hai lasciato senza fiato» mi disse sulle labbra, scandendo ogni parola.

Sorrisi al pensiero di quello che stava pensando lui durante quei primi momenti insieme, mentre io volevo ammazzarlo.

«Sì, esattamente quel sorriso lì, quello che regali alle ragazze alla reception.»

Sorrisi ancora di più. «Ero convinto che fossi un grandissimo stronzo.»

«Lo so. Mi impegnerò per farti cambiare idea.»

«Ma non ti ho mai odiato veramente. Avevo solo una paura folle di te, perché sentivo che potevi distruggere il mondo perfetto che mi ero costruito, che potevi annientare l'alter ego che mi ero creato.»

«Non avevi tutti i torti. Ma non c'è niente di cui avere paura, comunque.» La sua mano riprese ad accarezzarmi sotto la maglietta. Al che gli sfilai la camicia dai pantaloni e gli sfiorai gli addominali. La sua pelle era morbida. La volevo a contatto con la mia. Probabilmente lui voleva la stessa cosa, perché mi tirò contro il suo petto e lì rimasi, mentre le nostre mani continuavano a esplorare.

Non conoscevo il grado di illiceità di quello che stavamo facendo, ma doveva per forza di cose essere un reato – il delitto perfetto. Con il miglior complice che potessi immaginare.

«Lasciati andare, Killian, fai quello che vuoi, quello che hai sempre voluto fare e ti sei sempre vietato di fare. Sono a tua completa disposizione. *Fly!*»

«Insegnami come.»

CAPITOLO 69

Appena arrivai all'Istituto mi precipitai nel mio ufficio a indossare la camicia e il completo grigio che stavano ancora appesi dietro la porta dal giorno dell'esame di diritto e che avevo lasciato come ultima cosa da portare via dopo essermi licenziato. Lachlan mi aveva prestato un paio di boxer, ma altri suoi indumenti sarebbero stati un po' troppo sospetti e non potevo certo presentarmi al briefing mattutino il mio primo giorno di lavoro da membro effettivo dell'Istituto con la maglietta sudata del giorno prima.

Bussai alla porta della sala riunioni con qualche minuto di ritardo, salutai e mi scusai, ridendo in cuor mio per le facce incredule di Senn, Huber, Kocher, la Moser e tutti gli altri, quando mi videro vestito così elegante.

Il Professor Lachlan MacLeod, impeccabile e professionale come sempre, stava spiegando qualcosa in piedi davanti alla lavagna, ma si era zittito al mio ingresso. Forse dovevo considerare la possibilità di vestirmi così ogni giorno, se era questo l'effetto...

«*Guten Morgen, Professor.* Prego, continui pure, non volevo interromperla.»

MacLeod cercò di terminare il gesto che stava facendo ma, dato che stava guardando me, non estese il braccio a sufficienza e i fogli che voleva poggiare sul tavolo accanto a lui planarono a terra. Si affrettò a raccoglierli e io ne approfittai per sedermi accanto al posto che lui aveva lasciato vacante lungo un lato del ferro di cavallo formato dai tavoli al centro della sala.

Appoggiai il mio blocco per appunti davanti a me ed estrassi dall'astuccio gli evidenziatori, mettendoli con cura uno accanto all'altro a formare un arcobaleno, mentre tutti mi guardavano basiti.

MacLeod era tornato in possesso dei suoi fogli e ora mi stava fissando di nuovo. Quando incrociai il suo sguardo, disse: «Doctorr Altavilla, le spiacerebbe farci sapere quando ha finito di sistemare i suoi colori, così possiamo continuare?»

Presi un evidenziatore in modo che l'indice puntasse proprio verso il cigno inciso sulla plastica e lo girai così che potesse vederlo.

«Intende questi?»

«Sì, intendo quelli.»

«Questi sono evidenziatori, non colori – *Leuchtstifte*, da *leuchten*, illuminare. Comunque ho finito. Sono a sua completa disposizione.»

«Grazie per avercelo fatto sapere.»

Il Professor Huber passò lo sguardo da me agli evidenziatori, sollevò le sopracciglia, poi tornò a concentrarsi su MacLeod, scuotendo leggermente la testa. Mi veniva quasi voglia di abbracciarlo: senza di lui, con tutta probabilità io e quell'uomo terribilmente affascinante, che dominava la stanza anche quando non diceva nulla, non ci saremmo mai incontrati. O forse devo tutto a mia madre... Mi aveva dato la vita una volta e ora, per vie traverse di cui non sapeva niente, me l'aveva ridata. Un giorno, quando sarei stato abbastanza forte, l'avrei ringraziata.

Senn incrociò le braccia sul petto in attesa che il mio capo riprendesse il filo del discorso.

Mi parve di intravedere l'ombra di un sorriso sotto i baffi di MacLeod, ma in ogni caso l'avrei pagata cara, potevo scommetterci. Al Professor Lachlan Dubhshìth MacLeod non piaceva perdere il controllo. Solo che, a quanto pareva, io avevo il potere di fargli perdere non solo il controllo, bensì anche qualsiasi contatto con la realtà. Ne avevo le prove.

Gli sorrisi: non vedevo l'ora di discutere della coniugazione del verbo *leuchten* a quattrocchi con lui. Magari sotto la doccia o direttamente nella sua camera da letto, per poi addormentarmi con i suoi pettorali premuti contro le mie scapole, le sue ali serrate intorno a me e le sue labbra che mi sussurravano all'orecchio frasi irripetibili nella lingua segreta dei Cigni. Una lingua che ora capivo e parlavo anch'io.

LA PLAYLIST DI KILLIAN

Vuoi ascoltare la musica di Killian?
Eccoti la sua playlist!

- Mendelssohn: terza sinfonia
- Stamitz: concerto per viola
- Brahms: concerto n. 1 per pianoforte e orchestra
- Sibelius: seconda sinfonia
- Rachmaninov: concerto n. 2 per pianoforte e orchestra
- Brahms: concerto per viola, arrang. Berio
- Carmina Burana
- Gershwin: Rhapsody in blue
- Liszt: composizioni per pianoforte
- Wagner: Anello del Nibelungo, arrang. orchestra De Vlieger
- Mahler: prima sinfonia «Titano»
- Chopin: Notturni
- Bruch: concerto n. 1 per violino e orchestra
- Kalinnikov: sinfonia n. 1
- Vaughan Williams: The Lark Ascending
- Dvořák: nona sinfonia
- Čajkovskij: Il Lago dei Cigni
- Barber: op. 11, Adagio per archi
- Mozart: concerto per flauto traverso e arpa
- Fauré: Requiem
- Rachmaninov: Danze Sinfoniche

UNA SORPRESA PER TE

Grazie per aver letto questo romanzo della Saga degli Altavilla! Spero che ti sia piaciuto.

Se vuoi aiutarmi nel mio percorso di scrittrice, ti sarei molto grata se potessi lasciare una recensione onesta e imparziale del romanzo sullo store dove lo hai acquistato. In questo modo renderai più visibile il mio libro e aiuterai altri lettori a capire se questa storia fa per loro. Come scrittrice indipendente posso contare solo sul tuo sostegno.

Grazie di cuore!

* * *

Se la nostalgia sta già cominciando a farsi sentire e vuoi leggere ancora qualche pagina dedicata ai personaggi di questa storia, clicca sul link qui sotto o copialo nel tuo browser e potrai scaricare in esclusiva il prologo di questo romanzo iscrivendoti alla newsletter. Contiene spoiler, quindi leggilo solo dopo aver letto *Il Cigno*. Non lo troverai da nessun'altra parte!

subscribepage.io/elsalohengrin-IC

Ti piacerebbe entrare a far parte del team che accompagnerà il lancio del prossimo romanzo della Saga degli Altavilla? Scrivi all'indirizzo qui di seguito per ottenere maggiori informazioni:

contact@elsalohengrin.com

RINGRAZIAMENTI

La prima persona che vorrei ringraziare è la prima persona che ha letto questo romanzo, quando stava ancora prendendo forma: Guja Boriani. Guja ha capito subito che tipo di storia stavo cercando di raccontare e con i suoi suggerimenti e incitamenti mi ha aiutata a superare i momenti di dubbio e insicurezza e arrivare alla pubblicazione. Senza di lei questo libro probabilmente non avrebbe mai visto la luce.

Un grazie infinito anche a Elisa Maiorano Driussi per gli incontri al bar tra un impegno e l'altro, il beta reading, il sostegno, il confronto, lo scambio di knowhow, soprattutto per quanto riguarda i social media, e l'organizzazione della campagna di lancio con RISE - Agenzia creativa per scrittori. Senza la sua amicizia, il suo entusiasmo e la sua fiducia, a volte sarei davvero stata tentata di mollare tutto.

Un grazie di cuore anche a tutte le mie altre fantastiche beta reader, che mi hanno aiutata a perfezionare il testo, eliminando strafalcioni, incongruenze e sviste: Eleonora Satta, Ilaria Galli, Catherine Bogliacino, Marta Venturi, Sabina Borcime, Francesca De Giovanni e Greta Mercadante, non so come avrei fatto senza di voi!

Grazie anche alla mia pazientissima graphic designer, Ester di EK Graphic Factory, che ha creato la copertina di questo romanzo con la sua fantasia e maestria, esaudendo ogni mio desiderio.

Grazie a tutte le bookblogger che hanno contribuito a far conoscere questo libro: il vostro lavoro è fondamentale!

Non vanno dimenticate le mie amiche di sempre, quelle che ci sono anche in mezzo alla notte, quando devi traslocare, non sai più dove sbattere la testa o non hai voglia di fare sempre la persona seria: Ila, Saby, Fra e Tatà, le cene con voi sono un ristoro per l'anima (e fonte d'ispirazione)!

Un ringraziamento particolare va a tutti i miei amici Cigni, che nel corso degli anni mi hanno raccontato le loro esperienze di sofferenza e gioia, regalandomi l'ispirazione per questa storia: siete persone speciali!

Grazie anche a tutti gli altri amici e ai vicini che mi hanno permesso di scrivere questo libro occupandosi dei miei figli o raccontandomi aneddoti della loro vita.

Grazie ai miei genitori, che mi hanno fatta crescere tra la musica e i libri, insegnandomi che l'arte, in qualsiasi forma, non è solo ispirazione e genio, ma anche studio ed esercizio quotidiano.

Infine un grazie immenso a mio marito e ai miei figli per la pazienza e per aver capito che la mamma ha anche un'altra famiglia a cui badare, ma non per questo vi ama di meno!

P. S. Grazie Killian e grazie Lachlan, per esservi manifestati nella mia mente e avermi concesso di raccontare le vostre storie. Lo so che avete ancora tanto da rivelare: ci arriveremo!

L'AUTRICE

Elsa Lohengrin è nata in Inghilterra, è cresciuta in Italia, dove si è laureata in traduzione, e ora vive in Svizzera, dove divide le sue giornate tra l'attività di traduzione, lo studio della narratologia, la scrittura dei suoi romanzi, la sua famiglia e una miriade di altri impegni. Ha studiato scrittura creativa con alcuni dei maggiori esperti di storytelling negli Stati Uniti, conseguendo diversi diplomi. Scrive narrativa contemporanea e storie d'amore in italiano, la sua lingua di preferenza. Ha un marito e tre figli, e sogna di vivere in un paesino sperduto lungo la costa scozzese.

Leggi il blog e iscriviti alla newsletter di Elsa
per scoprire di più sul mondo degli Altavilla
e sui prossimi romanzi della Saga:

www.elsalohengrin.com

Segui Elsa sui social:

Instagram: @elsalohengrinauthor
Facebook: @ElsaLohengrinAuthor
LinkedIn: @elsa-lohengrin-author